LE COURONNEMENT

DU MÊME AUTEUR
CHEZ LE MÊME ÉDITEUR

Série Eraste Fandorine

Azazel

Le Gambit turc

Léviathan

La Mort d'Achille

Missions spéciales

Le Conseiller d'Etat

Série Nicholas Fandorine

Altyn Tolobas

Série Pélagie

Pélagie et le bouledogue blanc

Boris Akounine

LE COURONNEMENT

Roman

Traduit du russe
par Paul Lequesne

PRESSES DE LA CITÉ

Titre original : *Koronatsia*

ISBN 2-258-05783-3

K. I.

20 mai

Il est mort sous mes yeux, l'étrange et déplaisant personnage.

Tout s'est passé très vite, tellement vite.

En même temps qu'éclataient les coups de feu, il s'est trouvé projeté contre la chaîne.

Il a laissé tomber son petit revolver, s'est agrippé à l'instable garde-corps et est resté un instant figé, la tête renversée en arrière. J'ai aperçu son visage livide, barré d'un trait de moustache, avant que le voile de crêpe noir ne le dissimulât à nouveau.

« Eraste Pétrovitch ! » ai-je crié, l'appelant pour la première fois par son prénom et son patronyme.

Ou bien ai-je seulement voulu crier ?

La dangereuse passerelle oscillait sous ses pieds, quand brusquement sa tête a basculé en avant, comme sous l'effet d'une violente bourrade, sa poitrine est venue peser contre la chaîne, et déjà son corps, après une grotesque pirouette, s'abîmait dans le vide.

Le fameux coffret m'a échappé des mains, a heurté une pierre et s'est brisé en deux, libérant un flot d'étincelles aveuglantes, multicolores facettes de diamants, de saphirs et d'émeraudes.

Du fond du ravin m'est parvenu le bruit d'un choc mou accompagné d'un craquement sinistre, qui m'a arraché un cri. Emportée par son élan, la grande forme noire a dévalé la pente abrupte pour n'interrompre son écœurant mouvement de rotation que tout au bord du ruisseau. Son bras, inerte, est retombé dans l'eau, et le corps est demeuré là, gisant, la face contre les galets.

Je n'aimais pas cet homme. Peut-être même le haïssais-je. En tout cas je désirais qu'il disparût une fois pour toutes de notre vie. Cependant je ne souhaitais pas sa mort.

Son métier était le risque, il jouait constamment avec le danger, mais bizarrement je n'avais jamais imaginé qu'il pût périr. Il me semblait immortel.

Je ne sais combien de temps je suis resté là, debout, immobile, le regard rivé en bas. Très peu sans doute. Mais le temps s'était comme lézardé, fissuré, et basculant par cette déchirure j'ai rejoint ma vie paisible de naguère à laquelle le destin avait brutalement mis un terme deux semaines plus tôt.

Oui, c'était également un lundi. Le 6 mai.

6 mai

C'est au matin que nous sommes arrivés dans l'ancienne capitale de l'empire de Russie. En raison des fêtes du couronnement à venir, la gare de Nikolaïev était surencombrée, aussi notre train avait-il été détourné, par une voie de raccordement, sur la gare de Brest, procédé qui me parut de la dernière incorrection de la part des autorités locales, et encore est-ce là un euphémisme. Sans doute fallait-il y voir la conséquence d'une certaine froideur affectant les relations entre Son Altesse Guéorgui Alexandrovitch et Son Altesse Siméon Alexandrovitch, gouverneur général de Moscou. Je ne puis trouver d'autre motif susceptible d'expliquer l'humiliante demi-heure d'attente que nous eûmes à subir en gare de triage, pour qu'ensuite notre train spécial se trouvât dérouté vers une gare de second ordre.

Qui plus est, nous n'y fûmes pas accueillis par Siméon Alexandrovitch en personne, comme l'exigent le protocole, la tradition et, finalement, le simple respect qu'on doit à un frère aîné, mais seulement par le président du comité de réception des invités, vague ambassadeur de la cour impériale qui, du reste, devait filer aussitôt à la gare de Nikolaïev pour y recevoir le prince de Prusse. Depuis quand à Moscou témoigne-t-on davantage de déférence à l'héritier du trône de Prusse qu'à l'oncle de Sa Majesté, grand amiral de la flotte russe et deuxième grand-duc, par rang d'âge, de la maison impériale ? Je n'ai rien laissé paraître de mes sentiments devant Guéorgui Alexandrovitch, mais je pense qu'il n'était pas moins indigné que moi d'un affront aussi manifeste.

Encore heureux que Son Altesse la grande-duchesse Ekatérina Ioannovna fût restée à Saint-Pétersbourg, elle qui est si attachée aux subtilités de l'étiquette et au respect de la dignité impériale. L'épidémie de rougeole qui avait frappé ses quatre jeunes fils, Alexeï Guéorguiévitch, Sergueï Guéorguiévitch, Dmitri Guéorguiévitch et Konstantin Guéorguiévitch, avait empêché Son Altesse, mère aimante et exemplaire, d'assister au couronnement, événement pourtant de la plus haute importance dans la vie de l'Etat et de la famille impériale. Certes, les mauvaises langues prétendaient que l'absence de Son Altesse aux fêtes célébrées à Moscou était moins motivée par l'amour maternel que par le refus de tenir un rôle de figurante lors du triomphe de la jeune tsarine. On évoquait à ce propos l'histoire survenue l'année précédente à l'occasion du bal de Noël. La nouvelle impératrice avait proposé aux dames de la très auguste famille de fonder une sorte d'atelier de confection, de telle sorte que chacune des grandes-duchesses tricotât une coiffe chaude pour les orphelines de l'institution Sainte-Marie. Peut-être Ekatérina Ioannovna réagit-elle, en effet, de manière trop sévère à cette initiative. Je n'exclus pas non plus que depuis cette date les relations entre Son Altesse et Sa Majesté se fussent quelque peu détériorées, toutefois le fait que ma maîtresse ne fût pas venue au couronnement ne répondait à aucune volonté d'ostentation, je puis m'en porter garant. Ekatérina Ioannovna peut bien nourrir à l'égard de Sa Majesté l'opinion qu'elle veut, pour rien au monde, cependant, elle ne se fût permis de négliger son devoir dynastique sans une très sérieuse raison. Les fils de Son Altesse étaient bel et bien gravement souffrants.

C'était bien entendu fort dommage, mais, comme on dit dans le peuple, à quelque chose malheur est bon, car toute la cour grand-ducale était restée avec Son Altesse à la capitale, ce qui simplifiait de manière substantielle la tâche très délicate qui m'attendait, à savoir notre déménagement temporaire à Moscou. Les dames de la cour avaient eu beau se montrer très affligées à l'idée de ne pas participer aux festivités moscovites et exprimer haut et fort leur mécontentement (sans sortir, il s'entend, du cadre de la bienséance), Ekatérina Ioannovna était restée inflexible : le cérémonial réclamait que la petite cour se trouvât là où résidait la majorité des membres de la famille grand-ducale, or la majorité des Guéorguiévitch, ainsi que se nomme officieusement notre branche de la maison impériale, ne devait pas quitter Saint-Pétersbourg.

Seuls quatre de ses représentants se rendaient au couronnement : Guéorgui Alexandrovitch lui-même, son fils aîné et son benjamin, ainsi que son unique fille, Xénia Guéorguievna.

Comme je l'ai déjà dit, l'absence de ces messieurs et de ces dames de la cour ne m'inspirait que du contentement. L'intendant du palais, le prince Metlitski, et le directeur du secrétariat de la cour, le conseiller secret von Born, n'eussent fait qu'entraver ma tâche en fourrant leur nez dans un domaine totalement inaccessible à leur entendement. Un bon majordome n'a pas besoin d'avoir sur le dos une nurse ou un pion pour s'acquitter de ses devoirs. Quant aux gouvernantes et autres dames d'honneur, je n'eusse tout bonnement pas su où les loger, tant la pitoyable résidence allouée à la maison verte (ainsi appelle-t-on notre maison en raison de la couleur de la traîne de la grande-duchesse) par le comité en charge du couronnement se révéla exiguë. Cependant, je reviendrai plus loin sur ce point.

Le voyage depuis Saint-Pétersbourg s'était déroulé sans incident. Le convoi comptait trois voitures : dans la première se trouvaient les membres de la très auguste famille, dans la deuxième leurs serviteurs, dans la troisième tous les ustensiles et bagages nécessaires, en sorte que je devais constamment passer d'un wagon à l'autre.

Son Altesse Guéorgui Alexandrovitch s'était attablée, aussitôt après le départ, devant une carafe de cognac en compagnie de Son Altesse Pavel Guéorguiévitch et du *Kammerjunker*[1] Endlung. Il avait jugé bon d'en vider onze verres, puis, fatigué, avait dormi jusqu'à Moscou. Avant de s'abandonner au sommeil, dans sa « cabine », ainsi qu'il avait baptisé son compartiment, il m'avait raconté un peu de son voyage maritime en Suède, voyage qui avait eu lieu vingt ans auparavant et avait produit sur Son Altesse une vive impression. Il faut dire que, bien que Guéorgui Alexandrovitch possède le grade de grand amiral, il n'est jamais sorti en mer qu'une seule et unique fois, et garde de cette aventure le plus désagréable souvenir. Il aime, du reste, à évoquer le fameux Colbert, Premier ministre de

1. Gentilhomme de la chambre — titre de cour.

France, qui, sans avoir jamais mis le pied sur un navire, a su néanmoins hisser son pays au rang de grande puissance maritime. L'histoire du voyage en Suède m'a été infligée bien des fois déjà, et j'ai eu tout le loisir de l'apprendre par cœur. Le moment le plus périlleux en est la description de la tempête au large des côtes de Gotland. Après les mots « Et alors le capitaine de crier : "Tous aux pompes !" », Son Altesse a l'habitude de rouler d'énormes yeux et de frapper un grand coup de poing sur la table. C'est ce qui se produisit encore cette fois-là, mais sans nul dommage pour la nappe et la vaisselle, car, ayant pris mes mesures à temps, j'empêchai carafe et verre de tomber.

Quand Son Altesse, épuisée, commença de perdre le fil de son récit, j'adressai un signe au laquais pour qu'il l'aidât à se déshabiller et à se mettre au lit, et allai m'enquérir de Pavel Guéorguiévitch et du lieutenant Endlung. Etant jeunes et en pleine santé, ils se ressentaient beaucoup moins de leur consommation de cognac. On peut même dire qu'ils ne s'en ressentaient pas du tout, en sorte qu'il convenait de garder un œil sur eux, compte tenu surtout de l'extravagant caractère de monsieur le *Kammerjunker*.

Oh, cet Endlung ! Je ne devrais sans doute pas parler ainsi, mais Ekatérina Ioannovna a commis une grosse erreur en imaginant que ce monsieur pourrait être un précepteur convenable pour son fils aîné. Le lieutenant, bien sûr, est un habile animal : regard clair et limpide, complexion rose, cheveux blond doré partagés par une raie impeccable, joues de gamin colorées de rouge, bref, tout le portrait d'un ange. Avec ça, plein de déférence pour les dames d'un certain âge, expert en ronds de jambe, capable d'écouter avec la même mine pénétrée d'intérêt aussi bien l'histoire de Ioan de Kronstadt que celle de telle levrette atteinte de la rage. Rien d'étonnant à ce qu'Ekatérina Ioannovna eût fondu devant Endlung. Un garçon si plaisant et, surtout, si sérieux ! Rien à voir avec ces chenapans d'aspirants de marine de l'Ecole navale, ou ces vauriens des équipages de la Garde. Elle avait trouvé à qui confier la tutelle de Pavel Guéorguiévitch pour sa première longue croisière ! J'ai pu admirer tout à loisir le zèle déployé par ce curateur.

A la première escale, au port de Varna, Endlung s'était travesti en perroquet des îles – costume blanc, gilet écarlate, cravate semée d'étoiles, panama à large bord – et s'en était allé tout droit visiter quelque mauvaise maison, où il avait entraîné également Son Altesse, alors encore tout enfant. Comme je tentais de m'interposer, le lieutenant m'avait lancé :

« J'ai promis à Ekatérina Ioannovna de ne pas quitter Son Altesse des yeux. Où je vais, il me suit.

— Non, monsieur le lieutenant, lui avais-je répliqué, Son Altesse Ekatérina vous a dit : partout où *il* ira, *vous* le suivrez. »

Mais lui, tout aussitôt :

« Mon cher Afanassi Stépanovitch, c'est de la sophistique. L'important est que nous soyons inséparables, comme les Ajax. »

Et il ne s'était pas privé de traîner le jeune midship dans tous les bouges de rencontre, jusqu'à Gibraltar. Mais après Gibraltar, et jusqu'à Kronstadt, tous les deux, lieutenant et midship, s'étaient tenus parfaitement sages, s'abstenant même de descendre à terre, mais courant quatre fois par jour trouver le médecin de bord pour avoir leur injection. Le joli précepteur que voilà ! Sous l'influence de cet Endlung, Son Altesse a beaucoup changé, à en devenir méconnaissable. J'en ai fait discrètement la remarque à Guéorgui Alexandrovitch, mais celui-ci n'a pas jugé utile de s'en inquiéter : « Peu importe, m'a-t-il répondu, pareille école ne peut que profiter à mon Polly. Quant à Endlung, c'est un bon à rien, sans doute, mais c'est aussi un excellent camarade, il a un cœur d'or et il ne saurait causer grand mal. » Mais je lis, moi, dans cet Endlung comme dans un livre. Un cœur d'or, la bonne blague ! Grâce à l'amitié que lui porte Pavel Guéorguiévitch, il a non seulement obtenu de coudre le monogramme impérial sur ses épaulettes, mais le voici à présent *Kammerjunker*. C'est inouï ! Un titre de cour aussi respecté à un si médiocre petit lieutenant !

Restés seuls, les deux jeunes gens avaient entamé une partie de bésigue, avec pour enjeu de soumettre le perdant au caprice de l'autre. Comme j'entrouvrais la porte du compartiment, Pavel Guéorguiévitch m'apostropha :

« Viens t'asseoir, Afanassi. Joue donc avec nous "à l'américaine". Si tu paumes, je te force à raser tes précieuses côtelettes ! »

Je remerciai et déclinai la proposition, alléguant une occupation urgente, bien que je n'eusse en réalité rien de particulier à faire. Il n'eût plus manqué que je jouasse avec Son Altesse « à l'américaine » ! Mais Pavel Guéorguiévitch savait parfaitement que je ne pouvais être pour lui un partenaire de jeu, il ne faisait que plaisanter. Ces derniers mois lui est venue la décourageante habitude de me taquiner. Et tout cela grâce à M. Endlung : c'est le fruit de son influence. Endlung lui-même, il est vrai, a renoncé depuis quelque temps à me chiner, mais Pavel Guéorguiévitch ne cesse aucunement. Peu importe, cependant, Son Altesse peut bien s'y autoriser, je ne lui en veux pas.

Ainsi cette fois-là m'a-t-il déclaré, en affichant la mine la plus sévère :

« Tu sais, Afanassi, la phénoménale pilosité de ton visage suscite la jalousie de certains personnages influents. Par exemple, avant-hier, au bal, quand tu te tenais à la porte, si imposant d'allure, avec ton bâton doré et tes favoris hérissés de chaque côté, toutes les dames ne regardaient que toi, tandis que le cousin Nicky n'avait pas droit à un seul coup d'œil, tout empereur qu'il fût. Il faut, je le dis, il faut qu'on te rase ou au moins qu'on te rafraîchisse le poil. »

En réalité, ma « phénoménale pilosité » n'a en soi rien de bien extraordinaire : moustache un peu longue et favoris opulents peut-être, mais non point extravagants, et en tout cas toujours décemment entretenus. Mon père et mon grand-père portaient les mêmes, de sorte que je n'avais nullement l'intention ni de les raser ni de les couper.

« Ça va, Polly, intervint Endlung, prenant ma défense. Cesse de tourmenter Afanassi Stépanovitch. Joue donc plutôt, c'est ton tour. »

Je vois bien qu'il me faudra malgré tout expliquer mes relations avec le lieutenant. Mais c'est là toute une histoire.

Le premier jour de notre croisière sur la frégate *Mstislav*, à peine étions-nous sortis du port de Sébastopol qu'Endlung, m'ayant guetté sur le pont, m'avait posé une main sur l'épaule et déclaré, le regard insolent, totalement délavé par tout le vin absorbé à l'occasion des adieux :

« Eh quoi, mon vieil Afanassi, sacrée âme de laquais, on vient s'aérer les ouïes ? On les déploie au vent ? (Sous l'action de la fraîche brise marine, mes favoris se trouvaient en effet légèrement ébouriffés – je fus par la suite contraint de les raccourcir un peu, pour le temps du voyage.) Ce n'est pas un ordre, mais une prière d'ami : file trouver ce grigou de buffetier, dis-lui que Son Altesse réclame qu'on lui apporte une bouteille de rhum, contre le mal de mer. »

Déjà en chemin, durant le trajet en train jusqu'à Sébastopol, Endlung n'avait cessé de m'asticoter et de me lancer des piques en présence de Son Altesse, mais j'avais tout enduré, attendant l'occasion de m'expliquer avec lui en tête à tête. Or voici que cette occasion se présentait.

Délicatement, j'avais saisi entre deux doigts la main du lieutenant, l'avais ôtée de mon épaule, et lui avais rétorqué fort poliment ceci :

« Puisque la fantaisie vous prend, monsieur Endlung, de vous soucier de définir mon âme, il serait plus juste de dire qu'elle est celle non point d'un laquais, mais d'un *Hoffurier*[1], car de longues années d'un service irréprochable à la cour de Sa Majesté m'ont valu de me voir conférer ce titre. Lequel se rapporte à la neuvième classe et correspond dans la hiérarchie civile au grade de conseiller titulaire, et dans l'armée à celui de *lieutenant de vaisseau.* »

J'avais appuyé à dessein ces derniers mots.

Endlung s'était emporté :

« Un lieutenant ne fait pas le service à table ! »

Et moi, aussi sec :

« On *fait le service*, monsieur, au restaurant, mais dans la très auguste famille on ne fait que *servir*. Chacun à sa manière, selon ce que commandent l'honneur et le devoir. »

Après cette altercation, Endlung était devenu avec moi doux comme un agneau : il me parlait avec courtoisie, ne se permettait plus aucune plaisanterie, m'appelait par

1. Fourrier de la cour.

mon prénom et mon patronyme et s'adressait à moi uniquement en me voussoyant.

Il convient d'avouer qu'un homme dans ma position entretient un rapport particulier avec la deuxième personne du singulier et du pluriel, du seul fait que notre statut, à nous, serviteurs de la cour, est également particulier. Il est difficile d'expliquer comment il se fait qu'on se sente offensé d'être tutoyé par certaines gens, et blessé de s'entendre voussoyer par d'autres. Mais je ne saurais pourtant servir que ces derniers, si vous comprenez ce que j'ai à l'esprit.

Je vais tenter néanmoins de l'expliquer. Je ne souffre d'être tutoyé que par les gens de très auguste famille. Non, je ne le souffre pas, je le tiens pour un privilège et une marque de distinction. Je me trouverais tout bonnement accablé si Guéorgui Alexandrovitch, Son Altesse la grande-duchesse ou n'importe lequel de ses enfants me donnait soudain du « vous ». Il y a trois ans, un différend est né entre Ekatérina Ioannovna et moi, à propos d'une femme de chambre qu'on avait injustement accusée de négligence. A force de fermeté, j'ai réussi à faire valoir mon opinion, et la grande-duchesse, vexée, durant toute une semaine ne s'est plus adressée à moi qu'en me voussoyant. J'en souffrais énormément, j'avais les traits creusés, je ne pouvais plus fermer l'œil de la nuit. Ensuite, bien sûr, nous nous sommes expliqués. Ekatérina Ioannovna, avec la générosité qui lui est propre, a reconnu ses torts, je me suis à mon tour repenti des miens, et j'ai été autorisé à baiser sa main, tandis qu'elle effleurait mon front de ses lèvres.

Mais je m'écarte de mon sujet.

Les joueurs étaient servis par un jeune laquais nommé Lipps, un nouveau que j'avais spécialement emmené avec moi pour étudier ce qu'il valait. Il avait travaillé auparavant dans un domaine que le comte Bekendorf possédait dans le nord de l'Estonie, et il m'avait été recommandé par le majordome de Sa Très Haute Excellence, une connaissance de longue date. Il paraissait être un garçon débrouillard et peu loquace ; mais un bon serviteur, à la différence d'un mauvais, ne se reconnaît pas tout de suite. N'importe qui, arrivant dans une nouvelle place, s'applique à donner le meilleur de lui-même ; il convient là d'attendre six mois à un an, sinon deux. Je restai un instant à observer Lipps servir le cognac, remplacer prestement une serviette salie, puis se camper debout, immobile – chose très, très importante. Or il se tenait fort correctement, sans danser d'un pied sur l'autre, ni tourner la tête en tous sens. Peut-être pourrait-on même le laisser servir les hôtes lors des petites réceptions, décidai-je.

Cependant, la partie allait son train. D'abord ce fut Endlung qui perdit, et Pavel Guéorguiévitch s'en fut se promener dans le couloir à califourchon sur son dos. Puis la fortune se détourna de Son Altesse, et le lieutenant exigea que le grand-duc courût complètement nu jusqu'au cabinet de toilette pour en rapporter un verre d'eau.

Tandis que Pavel Guéorguiévitch se dévêtait en riant aux éclats, je m'éclipsai discrètement derrière la porte, appelai le valet de chambre et lui donnai l'ordre de faire en sorte qu'aucun domestique ne s'aventurât dans la voiture du grand-duc. Quant à moi, j'allai prendre une pèlerine dans le compartiment réservé au service. Lorsque Son Altesse, l'œil aux aguets et les mains pour seule protection, bondit dans le couloir, je voulus jeter ce long vêtement sur ses épaules, mais Pavel Guéorguiévitch refusa avec indignation, déclarant qu'une parole donnée était une parole donnée, et courut jusqu'au cabinet de toilette pour en revenir aussitôt, toujours riant à gorge déployée.

Encore heureux que Mlle Declicq ne fût pas sortie de son compartiment au bruit de cette hilarité. Par chance, Son Altesse Mikhaïl Guéorguiévitch, en dépit de l'heure tardive, n'était point encore couchée, ayant eu la fantaisie d'imiter la course du cavalier en sautillant sur son siège, puis de longuement se balancer, pendue au rideau de porte. D'ordinaire, à huit heures et demie le plus jeune des grands-ducs dort déjà, mais cette fois-ci Mademoiselle avait jugé possible de faire une exception, au motif que Son Altesse était trop excitée par le voyage et de toute manière ne parviendrait pas à trouver le sommeil.

Chez nous, dans la maison verte, les enfants ne sont point élevés avec beaucoup de sévérité, contrairement à ce qui prévaut dans la maison bleue, chez les Kirillovitch, où l'on s'en tient aux traditions familiales héritées de l'empereur Nikolaï Pavlovitch : les garçons y sont éduqués à la mode militaire, dès l'âge de sept ans ils apprennent à marcher au pas, s'endurcissent à grand renfort de douches froides et dorment sur des lits de camp. Guéorgui Alexandrovitch, quant à lui, passe dans la famille impériale pour un libéral. Il élève ses fils de manière bien peu autoritaire, à la française, et de l'avis de ses parents a complètement pourri son unique fille, sa préférée.

Celle-ci, Dieu merci, ne sortit point, elle non plus, de son compartiment, et ne vit donc rien des frasques de son frère. Sitôt après le départ de Saint-Pétersbourg, elle s'était enfermée dans son coin avec un livre, et je sais même précisément lequel : *La Sonate à Kreutzer*, une œuvre du comte Tolstoï. Je l'ai lue à tout hasard, au cas où une conversation entre majordomes tomberait sur le sujet, de manière à ne pas me couvrir de ridicule. A mon avis, il s'agit d'une lecture très ennuyeuse, et surtout totalement inconvenante pour une jeune fille de dix-neuf ans, qui plus est grande-duchesse. A Saint-Pétersbourg, Ekatérina Ioannovna n'eût pour rien au monde autorisé sa fille à lire pareille saleté. Elle a dû glisser le livre dans ses bagages en cachette. Sans doute est-ce la dame d'honneur de la baronne Stroganov qui le lui a procuré, je ne vois personne d'autre.

Les marins ne s'assagirent qu'au point du jour, heure à laquelle je me permis, moi aussi, de sommeiller un peu, car, pour parler en toute franchise, les mille préparatifs de départ m'avaient joliment fatigué, et je prévoyais bien que notre première journée à Moscou se révélerait ardue.

Les difficultés que nous eûmes à surmonter dépassèrent toutes mes craintes.

Le destin avait voulu qu'en quarante-six ans d'existence je n'eusse jamais visité auparavant la Ville blanche, bien que j'eusse pas mal roulé ma bosse en ce monde. Le fait est que, dans notre famille, nous ne prisons guère les choses de l'Asie, le seul endroit que nous jugions un tant soit peu décent, dans toute la Russie, est Saint-Pétersbourg, et nous sommes en outre en froid avec le gouverneur général de Moscou, Siméon Alexandrovitch, de sorte que nous n'avons aucune raison de nous rendre dans l'ex-capitale. Même pour aller en Crimée, dans notre domaine de Miskhor, nous faisons habituellement un détour par Minsk, du fait que Guéorgui Alexandrovitch aime en chemin à tirer le bison dans la forêt de Beloveja. Et lors du dernier couronnement, il y a treize ans, je ne me suis pas non plus déplacé à Moscou, car j'occupais alors la charge de majordome adjoint et avais été laissé au palais pour y remplacer mon supérieur de l'époque, Zakhar Trofimovitch, aujourd'hui défunt.

Nous eûmes bientôt quitté la gare et, pendant que notre voiture traversait Moscou de bout en bout, j'eus tout le loisir de me forger une première impression. La ville se révéla à mes yeux encore moins civilisée que je ne m'y attendais. Aucune comparaison avec Saint-Pétersbourg. Des rues étroites, invraisemblablement tortueuses, des maisons misérables, des passants à la mise négligée et provinciale. Et cela alors même qu'à la veille de l'auguste événement tant attendu la cité a déployé tous ses efforts pour s'embellir : les façades sont ravalées, les toits repeints de frais, la rue de Tver (c'est l'artère principale de Moscou, pâle imitation de la perspective Nevski) est partout ornée du chiffre impérial et de l'aigle bicéphale. Je ne saurais même pas à quoi comparer cette ville. Une sorte d'immense village, comme Salonique, où notre *Mstislav* a fait escale l'an passé. En chemin nous ne croisâmes ni une fontaine, ni un seul bâtiment qui comptât plus de trois étages, ni une statue équestre. Juste un Pouchkine aux épaules voûtées, et encore celui-ci, à en juger par la couleur du bronze, n'avait-il été érigé que très récemment.

Arrivé à la place Rouge, qui me causa également une vive déception, le cortège se divisa. Leurs Altesses, comme il convient aux membres de la famille impériale, s'en furent saluer l'icône de Notre-Dame d'Ibérie et les reliques conservées au Kremlin, tandis qu'en compagnie des domestiques j'allai préparer notre temporaire résidence moscovite.

Du fait que la cour s'était vue contrainte de se scinder en deux moitiés, l'on avait dû se contenter d'un nombre très modeste de serviteurs. Je n'avais pu emmener avec moi que six membres de la domesticité de Saint-

Pétersbourg : le valet de chambre de Son Altesse, la femme de chambre de Xénia Guéorguievna, un jeune laquais (le susmentionné Lipps) pour Pavel Guéorguiévitch et Endlung, un chef cuisinier et deux cochers pour équipages anglais et russe. Il était entendu que je servirais moi-même le thé et le café : c'est une sorte de tradition. Au risque de paraître prétentieux, je dirais que parmi tout le personnel du palais il n'est personne qui s'acquitte mieux que moi de ce genre de tâche, laquelle réclame non seulement un immense entraînement, mais aussi du talent. Ce n'est pas un hasard si j'ai rempli durant cinq ans l'office de *Kaffeeschenk* auprès de Leurs Majestés feu l'empereur et l'impératrice aujourd'hui veuve.

Bien entendu, je ne comptais pas me tirer d'affaire avec seulement six serviteurs, aussi avais-je demandé par télégramme exprès au département moscovite de la Direction du palais de me désigner un adjoint compétent parmi les gens du cru et de mettre à ma disposition deux postillons, un cuisinier ordinaire pour les domestiques, un valet pour seconder les serviteurs haut gradés, deux laquais subalternes pour les tâches purement ménagères, une femme de chambre pour Mlle Declicq et deux suisses. J'avais renoncé à réclamer davantage, comprenant fort bien combien les domestiques expérimentés devaient se faire rares à Moscou compte tenu de l'arrivée d'un tel nombre de hauts personnages. Je ne nourrissais bien sûr aucune illusion sur le compte des serviteurs moscovites. Moscou est la ville des palais déserts et des villas décrépites, or il n'est rien de pire que de garder son personnel domestique sans aucune occupation. Les gens en deviennent idiots et perdent leurs qualités. Nous-mêmes possédons trois grandes maisons dans lesquelles nous vivons tour à tour (à l'exception du printemps, que nous passons à l'étranger, car Ekatérina

Ioannovna trouve la période du grand carême insupportablement ennuyeuse en Russie) : en hiver, la famille réside dans son palais pétersbourgeois, l'été dans sa villa de Tsarskoïé, l'automne dans son domaine de Miskhor. Chacune des résidences dispose de son propre personnel, auquel je ne laisse aucune occasion de se tourner les pouces. A l'heure de chaque départ, je dépose une longue liste d'instructions et trouve immanquablement le moyen de faire un saut de temps à autre pour effectuer des contrôles, toujours à l'improviste. Les domestiques sont comme les soldats. Ils ont besoin d'être constamment occupés, autrement ils se mettent à boire, à jouer aux cartes et à se conduire en voyous.

Mon adjoint moscovite nous avait accueillis à la gare et, durant le trajet en voiture, il eut le temps de me fournir un bref aperçu des difficultés qui m'attendaient. J'appris en premier lieu que la Direction du palais n'avait pas satisfait entièrement à ma requête, pourtant fort raisonnable et modérée : il ne m'était alloué qu'un seul laquais subalterne, on m'avait refusé un cuisinier pour les domestiques et accordé seulement une cuisinière, mais le pire était que la gouvernante se trouvait privée de femme de chambre. J'en étais particulièrement chagriné, car la position d'une gouvernante est par nature ambiguë, se trouvant à la frontière entre employée de maison et personnage de cour. Il est besoin de redoubler de tact pour éviter d'offenser ou d'humilier une personne qui redoute si constamment de voir porter atteinte à sa dignité.

— Ce n'est encore pas le plus affligeant, monsieur Zioukine, me dit mon adjoint moscovite avec son accent si caractéristique. Le plus triste est que, au lieu du petit palais Nicolas qui avait été promis, on vous donne pour résidence l'Ermitage situé dans le Jardin des Divertissements.

L'adjoint en question se nommait Korneï Sélifanovitch Somov, et au premier coup d'œil sa tête ne m'était pas revenue : oreilles trop grandes et disgracieuses, visage trop émacié, pomme d'Adam trop saillante... On voyait tout de suite que l'homme avait atteint le sommet de sa carrière et, ne pouvant progresser davantage, allait continuer de croupir ainsi jusqu'à la retraite dans son trou de province moscovite.

— Qu'est-ce que cet Ermitage ? demandai-je en fronçant les sourcils.

— Une belle maison, avec une vue splendide sur la ville et sur le fleuve. Elle se trouve au milieu d'un parc et est proche du palais Alexandre où viendra s'installer le couple impérial avant le couronnement, mais...

Somov eut un geste d'impuissance.

— ... elle est à la fois décrépite, exiguë et hantée par un fantôme.

Il émit un bref ricanement mais, voyant à mon visage que je n'étais guère disposé aux plaisanteries, il entreprit de s'expliquer.

— Le bâtiment a été construit au milieu du siècle dernier. Il appartenait autrefois à la comtesse Tchesmenskaïa, la fameuse riche originale. Vous avez sûrement entendu parler d'elle, monsieur Zioukine. Certains prétendent que c'est elle qui a servi de modèle à Pouchkine pour sa *Dame de pique*, et pas du tout la vieille comtesse Golitsyne.

Je n'aime guère qu'un serviteur fasse étalage de son érudition, aussi me contentai-je de hocher la tête sans un mot.

A l'évidence, Somov ne comprit pas la raison de mon mécontentement, car il poursuivit d'un ton encore plus affecté :

— D'après la légende, sous le règne d'Alexandre Ier, quand toute la société jouait au loto, le nouveau jeu à la mode, la comtesse risqua une partie avec le diable en personne, avec pour enjeu son âme. Les domestiques racontent que, par les nuits sans lune, il arrive qu'une silhouette blanche coiffée d'un bonnet traverse le couloir en entrechoquant des cailloux dans un sac.

Somov ricana de nouveau, comme pour faire entendre qu'étant pour sa part un esprit éclairé il n'ajoutait aucune foi à pareilles calembredaines. Cependant je pris, quant à moi, la nouvelle très au sérieux, car tout serviteur, en particulier s'il appartient, comme moi, à une antique dynastie de majordomes, sait que fantômes et apparitions existent bel et bien et que plaisanter avec eux, ou même seulement à leur sujet, est une occupation aussi sotte qu'irresponsable. Je demandai si le fantôme de la vieille comtesse commettait rien de répréhensible à part entrechoquer ses osselets. Somov répondit que non, qu'en l'espace de près d'un siècle le fantôme n'avait jamais été pris à jouer d'autre mauvais tour, et je me trouvai rassuré. Fort bien, qu'il se promène donc à son gré, ce n'est pas bien méchant. Notre palais de Fontanka, par exemple, est hanté par le fantôme d'un *Kammerjunker* nommé Jikharev, magnifique apollon qui fût devenu le favori de la Grande Catherine s'il n'avait été empoisonné par le prince Zoubov. Eh bien, croyez que c'est autre chose qu'une malheureuse comtesse en bonnet de nuit ! Cet esprit (ou serait-il plus juste de dire ce *mauvais* esprit ?) se conduit de la plus indécente manière : il profite de l'obscurité pour pincer les dames et les soubrettes, et se déchaîne tout particulièrement la veille de la Saint-Jean. Certes, il n'a pas l'audace de s'en prendre aux personnes de la famille impériale : il reste un *Kammerjunker* malgré tout. Ou bien prenez à Anitchkovo le fantôme de cette jeune pensionnaire de l'institut Smolninski, dont on prétend qu'elle se suicida après que le tsar Nicolas Ier eut abusé d'elle. La nuit, elle se faufile à travers les murs et laisse tomber des larmes glacées sur le visage des dormeurs. Vous parlez s'il est plaisant d'être réveillé par la brûlure d'une goutte de glace et de voir au-dessus de soi pareille horreur.

Bref, Somov ne m'effraya guère avec son fantôme. Le pire fut que la demeure se révéla effectivement très exiguë et démunie de nombre de commodités nécessaires. Rien d'étonnant à cela : depuis que la propriété avait été achetée aux comtes Tchesmenski par la Direction du palais, un demi-siècle plus tôt, aucun travail de rénovation n'y avait été entrepris.

Je visitai les étages pour me faire une idée des premières mesures à prendre. Force me fut de reconnaître que Somov s'était plutôt bien acquitté des préparatifs essentiels : le mobilier avait été déhoussé, tout resplendissait de propreté, les chambres étaient ornées de fleurs fraîches, le piano à queue du grand salon était parfaitement accordé.

L'éclairage me navra : il n'était pas même au gaz, mais proprement antédiluvien, uniquement composé de lampes à huile. Ah ! Eussé-je disposé ne fût-ce que d'une petite semaine, j'eusse installé dans la cave un groupe électrogène, tiré des fils, et le palais eût pris un tout autre aspect. Autrement, inutile de penser veiller tard le soir. C'était ainsi chez nous, au palais de la Fontanka, il y a une trentaine d'années. Il ressortait, par conséquent, qu'on aurait besoin d'un lanternier pour remplir les lampes – des articles de facture britannique, munis d'un mécanisme d'horlogerie prévu pour fonctionner vingt-quatre heures.

A propos des horloges, au fait. J'en dénombrai dans la maison dix-neuf, murales et comtoises confondues, qui toutes sonnaient à des instants différents. Je décidai de les régler moi-même, cette tâche réclamant du soin et de la précision. Une bonne maison tenue dans un ordre parfait se reconnaît toujours au fait que toutes les horloges donnent la même heure dans toutes les pièces. N'importe quel majordome un peu expérimenté vous le dira.

Je ne découvris qu'un seul appareil téléphonique, dans l'entrée, et donnai l'ordre qu'on installât deux autres lignes : une dans le bureau de Guéorgui Alexandrovitch, et une autre dans ma chambre, étant donné que j'aurais certainement à parlementer sans fin avec le palais Alexandre, la résidence du gouverneur général, et la Direction du palais.

Mais il convenait aussi de déterminer au préalable quels appartements attribuer à chacun, et ce problème se révéla un véritable casse-tête.

Les deux étages du bâtiment comptaient en tout et pour tout dix-huit pièces. Je n'imagine tout bonnement pas comment tout le monde eût trouvé à s'y loger si la grande-duchesse nous avait accompagnés, avec ses autres enfants et la cour. Somov me raconta qu'on avait attribué à la famille du grand-duc Nikolaï Konstantinovitch, soit huit membres de la famille impériale et quatorze personnes composant sa suite, sans compter les serviteurs, un minuscule hôtel particulier de quinze pièces, en sorte que les courtisans avaient dû se contenter d'une chambre pour trois, sinon pour quatre, et les domestiques d'une loge au-dessus des écuries ! Une horreur, même si Nikolaï Konstantinovitch se situe, par l'âge, deux rangs au-dessous de Guéorgui Alexandrovitch.

Il venait fort mal à propos que Son Altesse eût invité au couronnement son ami lord Banville, censé arriver plus tard dans la soirée par le train en provenance de Berlin. L'Anglais, Dieu merci, était célibataire, mais force était néanmoins de lui réserver deux chambres : une pour lui-même, une autre pour son majordome. Et là, pas question de commettre un impair. Je connais bien ces *butlers* britanniques, ils sont plus aristocrates encore que leurs maîtres. Et particulièrement Mr Smiley, au service de Sa Très Haute Excellence. Guindé, hautain... J'avais eu tout le loisir de l'étudier le mois précédent, à Nice.

Toujours est-il que je décidai d'attribuer tout le premier étage à la très auguste famille. Deux pièces dont les fenêtres donnaient sur le parc et le palais impérial seraient la chambre à coucher et le bureau de Guéorgui Alexandrovitch. Il faudrait placer sur le balcon un fauteuil, un guéridon et une boîte de cigares, et à la fenêtre ouvrant sur le palais Alexandre installer une lunette d'approche pour que Son Altesse puisse observer plus commodément son neveu couronné. Xénia Guéorguievna aurait droit à une chambre très lumineuse avec vue sur la rivière, ce qui lui plairait beaucoup. Sa femme de chambre, Liza, emménagerait dans la chambre contiguë. Je réservai la mezzanine à Pavel Guéorguiévitch, qui préférait se tenir à l'écart des autres membres de la famille. Qui plus est, l'endroit était desservi par un escalier particulier, ce qui facilitait les retours tardifs. Endlung serait son voisin, logé dans un ancien débarras. L'oiseau n'était pas bien gros. Quand on aurait monté là un lit, pendu un tapis au mur et jeté une peau d'ours sur le plancher, on ne verrait plus qu'il s'agissait d'un réduit. Le petit Mikhaïl Guéorguiévitch dormirait dans une vaste pièce orientée à l'est, idéale pour une nursery. Il y avait justement à côté une très jolie petite chambre que je destinais à Mlle Declicq. Je donnai l'ordre d'y faire porter un bouquet de campanules, sa fleur préférée. La dernière pièce du premier étage ferait office de petit salon, où l'on pourrait passer paisiblement le temps en famille, à condition, bien sûr, que les jours de folie qui allaient suivre nous laissassent au moins une soirée de liberté.

En bas, les deux plus grandes pièces se trouvèrent très naturellement converties en grand salon et en salle à manger. Je fis préparer les deux chambres les plus convenables pour l'Anglais, et en réservai une pour moi (de modestes dimensions, mais située en un point stratégique, juste sous l'escalier), tandis que le reste du personnel se voyait contraint de se partager ce qui subsistait de place libre. A la guerre comme à la guerre, comme disent les Français, ou, pour parler russe, à l'étroit mais sous un toit.

Dans l'ensemble, la situation se trouva meilleure que ce qu'on eût pu craindre.

Vinrent ensuite les tracas liés au déballage des affaires : robes, uniformes et costumes, argenterie et mille menus objets, insignifiants à première vue mais de première nécessité, grâce auxquels n'importe quelle grange peut se voir métamorphosée en un abri décent, sinon confortable.

Tandis que les serviteurs moscovites portaient malles et caisses, j'étudiais soigneusement chacun afin d'établir qui valait quoi et à quel poste il pourrait être utilisé avec le maximum de profit. Le principal talent d'un bon meneur d'hommes consiste justement en cela : savoir déterminer les qualités et les faiblesses de chacun de ses subordonnés, de manière à exploiter les premières et à ne point se heurter aux secondes. Une longue expérience de gestion d'un effectif important d'employés m'a enseigné qu'il est au monde fort peu de gens totalement incompétents et incapables. A tout homme on peut trouver emploi. Quand quelqu'un de notre club se plaint de la nullité d'un laquais, d'un serveur ou d'une femme de chambre, je pense à part moi : eh, mon cher, tu fais un bien mauvais majordome. Chez moi tous les domestiques, avec le temps, deviennent bons. Il faut que chacun aime son travail, c'est là tout le secret. Le cuisinier doit aimer la tambouille, la femme de chambre le rangement et l'ordre, le garçon d'écurie les chevaux, le jardinier les plantes.

Un vrai majordome est au sommet de son art dès lors qu'il montre une parfaite connaissance des hommes et peut deviner ce que chacun aime, car, si étrange que cela puisse paraître, la plupart des gens n'ont pas la moindre idée de leurs propres talents et inclinations. Il arrive cependant qu'on doive se livrer à plusieurs essais avant de mettre le doigt dessus.

Mais le travail, voyez-vous, ne représente pas tout, même s'il s'agit, bien sûr, d'un point important. Quand quelqu'un est occupé à son activité favorite, il est certes heureux et content, mais quand tous les serviteurs d'une maison sont également sereins, joyeux et affables, il s'en dégage une ambiance ou, comme on dit aujourd'hui, une atmosphère toute singulière.

Il convient absolument d'encourager et de récompenser ses subordonnés, mais avec mesure, non pas simplement pour avoir exécuté sa tâche avec soin, mais pour y avoir déployé un zèle particulier. Il n'est pas moins nécessaire de punir, mais à condition de se montrer juste. Il convient alors d'expliquer en termes clairs pourquoi on inflige une punition, laquelle, bien entendu, ne doit en aucun cas être humiliante. Je le répète : si un subordonné échoue à s'acquitter de sa tâche, c'est son chef, et lui seul, qui en est responsable. J'ai sous mes ordres au palais de la Fontanka quarante-deux personnes, à Tsarskoïé quatorze, et encore vingt-trois en Crimée. Et tous sont à leur place, vous pouvez m'en croire. Pantéleïmon Kouzmitch, majordome de Son Altesse le grand-duc Mikhaïl Mikhaïlovitch l'aîné, me l'a dit lui-même plus d'une fois : « Afanassi Stépanovitch, vous êtes un véritable psychologue. » Et il n'a jamais dédaigné de me demander conseil dans les cas particulièrement difficiles. Il y a deux ans, par exemple, son personnel du palais de Gattchina s'était vu augmenté d'un jeune laquais d'une balourdise à n'y pas croire. Ce pauvre Pantéleïmon Kouzmitch se donna toutes les peines du monde avec lui, puis à bout de ressources me pria d'étudier le phénomène : « Je n'ai jamais vu une bûche pareille, disait-il, mais je n'ai pas le cœur de le chasser. » Je pris le garçon chez nous, bien décidé à faire la démonstration de mes talents. Il se révéla incapable de servir à la salle à manger, inapte également au vestiaire et, à plus forte raison, aux cuisines. En un mot, comme on dit dans le peuple, une vraie noix. Et puis un jour, par hasard, je l'aperçois assis au milieu de la cour, qui regarde le soleil à travers un morceau de verre. La curiosité me prend. Je m'arrête, j'observe. Et lui continue à jouer ainsi avec ce tesson comme s'il lui était tombé entre les mains quelque diamant inestimable. Tantôt il souffle dessus, tantôt il le frotte avec sa manche. J'eus là comme une illumination. Je le chargeai incontinent de nettoyer toutes les vitres de la maison. Et que croyez-vous ? Mes fenêtres, de ce jour, brillèrent comme du cristal de roche. Et plus besoin de bousculer le garçon : du matin au soir, il frottait ses vitres, l'une après l'autre. Aujourd'hui, il est le meilleur laveur de carreaux de tout Saint-Pétersbourg, et les majordomes de la ville s'inscrivent à tour de rôle auprès de Pantéleïmon Kouzmitch pour bénéficier de ses services. Voilà bien ce qui s'appelle avoir trouvé sa vocation !

J'avais à peine terminé de régler les horloges de la maison, les serviteurs venaient tout juste de sortir de la dernière calèche le dernier carton à chapeaux, quand nos invités anglais se présentèrent, et là m'attendait une très désagréable surprise.

Il se trouva que lord Banville amenait avec lui un ami, un certain Mr Carr.

Je me souvenais fort bien du lord, rencontré à Nice. Il n'avait aucunement changé : raie impeccable au milieu du crâne, monocle, canne, cigare entre les dents, bague à gros diamant passée à l'index. Vêtu comme toujours avec un goût irréprochable, véritable modèle de gentleman britannique. Smoking noir idéalement repassé (ceci à la descente du train !), gilet de satin noir et faux col fortement empesé, d'une blancheur éclatante. A peine eut-il sauté du marchepied, il renversa la tête en arrière et poussa un hennissement sonore qui causa une vive frayeur à la femme de chambre, Liza, que je voyais s'affairer non loin, mais qui, moi, ne me surprit nullement. Je savais que Sa Très Haute Excellence était un amateur passionné de chevaux, qui passait la moitié de sa vie dans les stalles et entendait parfaitement le langage des équidés s'il n'était pas capable de s'exprimer en celui-ci. C'est en tout cas ce que prétendait Guéorgui Alexandrovitch, qui avait fait la connaissance de lord Banville à Nice, sur le champ de courses.

Ayant henni tout son soûl, Sa Très Haute Excellence tendit la main et aida à s'extraire de la voiture un autre gentleman, qu'il présenta comme son cher ami Mr Carr.

C'était un individu d'un tout autre genre, dont je doute qu'il se rencontre beaucoup de spécimens dans nos contrées.

Des cheveux d'une surprenante couleur jaune paille, lisses et raides à leur racine, mais bombés à leur extrémité, chose, semble-t-il, fort peu courante dans la nature. Le visage très pâle et glabre, la joue marquée d'un grain de beauté rond et régulier, qu'on eût pris pour une mouche de taffetas. La chemise de l'ami de Sa Très Haute Excellence était non point blanche mais bleu ciel. Je n'en avais encore jamais vu de semblable. Redingote bleu cendré, gilet azur moucheté d'or, boutonnière ornée d'un œillet d'un bleu profond. Mais ce qui me sauta aux yeux, ce furent ses bottines extraordinairement étroites et ses guêtres jaune citron à boutons de nacre. Le singulier personnage posa prudemment le pied sur le pavé et s'étira avec grâce, tandis que naissait sur son délicat petit visage de poupée une expression capricieuse et maniérée. Puis soudain le regard de Mr Carr tomba sur notre suisse, Trofimov, en faction sur le perron. Trofimov, comme j'avais déjà eu le loisir de m'en convaincre, était un indécrottable nigaud, inapte à tout autre emploi que celui de portier, mais il affichait une belle prestance : une toise de haut, large d'épaules, l'œil rond et la barbe noire et drue. L'Anglais s'approcha de notre homme, qui, comme il se doit, se tenait plus raide et immobile qu'une statue, le considéra de bas en haut, lui tira, je ne sais pourquoi, la barbe, et lança quelques mots en anglais d'une voix aiguë et mélodieuse.

Les penchants de lord Banville s'étaient déjà dévoilés à Nice, de sorte qu'Ekatérina Ioannovna, très à cheval sur les principes, n'avait pas souhaité le fréquenter, mais Guéorgui Alexandrovitch, étant homme sans préjugés (et qui plus est, notons-le en passant, trop familier dans les milieux mondains de ce genre de messieurs), avait trouvé amusante cette passion du lord pour les grooms efféminés et les laquais aux joues roses. « Un merveilleux causeur, un parfait *sportsman* et un authentique gentleman », m'avait-il déclaré à son sujet pour m'expliquer pourquoi il avait jugé possible d'inviter Banville à Moscou (il était alors déjà certain qu'Ekatérina Ioannovna n'irait pas au couronnement).

La surprise désagréable n'était pas pour moi que Sa Très Haute Excellence eût amené avec lui sa dernière conquête – finalement, Mr Carr paraissait homme du monde –, mon désarroi s'expliquait bien plus simplement : où allais-je caser cet hôte supplémentaire ? Même s'ils devaient passer la nuit dans la même chambre, le respect des convenances réclamait malgré tout d'attribuer à l'Anglais un appartement séparé. Je réfléchis un peu et trouvai tout de suite la solution : transférer toute la domesticité moscovite, à l'exception de Somov, dans le grenier situé au-dessus des écuries. A ce compte-là, deux pièces se trouveraient libérées, j'en donnerais une à l'Anglais, et l'autre au cuisinier du grand-duc, maître Duval, qui autrement se sentirait mortellement offensé.

— Où est M. Smiley ? demandai-je à lord Banville en français, désireux de m'entretenir avec son majordome auquel je devais fournir les explications nécessaires.

Comme la plupart des protégés de l'administration du palais, je pratique depuis l'enfance le français et l'allemand, mais non point l'anglais. Ce n'est que ces dernières années que la cour s'est sensiblement anglicisée, et j'ai de plus en plus souvent l'occasion de regretter ce défaut de mon éducation ; mais il est vrai qu'autrefois la langue anglaise était tenue pour inélégante et donc facultative pour l'emploi auquel nous étions appelés.

— Il a donné son congé, répondit milord également en français, en esquissant un vague geste de la main. Mais mon nouveau majordome Freyby est là-bas, dans la voiture. Il lit un livre.

Je m'approchai de l'attelage. Les domestiques déchargeaient les bagages avec célérité, tandis que sur le siège tapissé de velours était assis, jambes croisées, un monsieur à la face mafflue d'allure très imposante. Il était chauve, le sourcil fourni, la barbe courte et soigneusement taillée, bref, il n'avait rien d'un majordome anglais, ni même d'un majordome tout court. J'observai par la portière ouverte que ce Mr Freyby tenait entre ses mains un épais volume sur la couverture duquel s'étalait en lettres d'or le mot « Trollope ». Ce que signifiait ce terme anglais, je l'ignorais.

— Soyez le bienvenu, lui dis-je en français en m'inclinant avec courtoisie.

Il posa sur moi, à travers ses lunettes dorées, un regard d'un bleu placide, et ne répondit rien. Il devenait clair que Mr Freyby ne savait pas le français.

— *Herzlich willkommen !* tentai-je alors en allemand.

Mais le regard de l'Anglais conserva la même indifférence polie.

— *You must be the butler Zyukin ?* prononça-t-il enfin d'une agréable voix de baryton qui ne le rendait pas pour autant plus intelligible.

J'écartai les bras en signe d'impuissance.

Alors Mr Freyby, avec un air de pitié manifeste, rangea son livre dans une vaste poche de sa redingote, pour en tirer un autre beaucoup plus petit que le premier. Il le feuilleta un instant et tout à coup articula l'un après l'autre des mots que je n'eus aucun mal à comprendre :

— Tou, vou... dwa... hètre... mèdjordom Zyoukine ?

Mais oui, il possède un dictionnaire anglais-russe ! devinai-je, et j'applaudis sur-le-champ à pareille prévoyance. Si j'avais su que Mr Smiley, capable de s'exprimer peu ou prou en français, ne servait plus chez milord et avait été remplacé par un nouveau *butler*, je me fusse moi aussi équipé d'un lexique. Cet Anglais et moi allions avoir, n'est-ce pas, à résoudre ensemble nombre de problèmes délicats et compliqués.

Comme s'il avait lu dans mes pensées, Mr Freyby tira d'une autre poche un second petit volume qui à première vue ne se distinguait en rien du premier, et me le tendit.

Je le pris et lus sur la couverture « Dictionnaire russe-anglais, avec prononciation des termes anglais ».

L'Anglais feuilleta son exemplaire, trouva le mot qu'il cherchait et expliqua :

— *A present*... Kèdo...

J'ouvris le livre qu'on m'offrait et le trouvai fort habilement et intelligemment fait : tous les mots anglais étaient transcrits en caractères russes, qui plus est avec l'accent tonique. Je mis aussitôt le lexique à l'épreuve. Je voulais demander : « Où sont les bagages de chacun ? » Cela donna :

— *Ouaiha... houz... lagguedge ?*

Et il me comprit parfaitement !

D'un geste négligent, il héla un laquais occupé à trimballer une lourde malle sur ses épaules et pointa le doigt sur une étiquette jaune apposée dessus. Il y était inscrit « Banville ». En y regardant mieux, je constatai que tous les bagages portaient de semblables étiquettes – jaunes au nom du milord, bleues marquées « Carr », et rouges marquées « Freyby ». Très astucieux. Je devrais à l'avenir songer au procédé.

Jugeant visiblement le problème résolu, Mr Freyby tira à nouveau le lourd in-folio de sa poche et cessa de me prêter attention, cependant que je me prenais à penser que les *butlers* anglais étaient sans doute bons en tout et connaissaient leur affaire, mais qu'ils pourraient bien malgré tout apprendre deux ou trois choses de nous, serviteurs russes. Et en premier lieu la cordialité. Ils se contentent de servir leurs maîtres, alors que nous, en plus d'accomplir nos devoirs, nous les aimons. Comment peut-on servir quelqu'un pour qui on ne ressent pas d'affection ? Cela devient alors une tâche mécanique, comme si nous n'étions pas des êtres vivants mais des machines. Certes, on dit que les majordomes anglais ne servent pas un maître mais une maison, de même que les chats s'attachent moins à une personne qu'aux murs qui l'entourent. S'il en était bien ainsi, cette sorte d'attachement, en tout cas, ne s'accordait nullement à mon caractère. Et les manières de ce Mr Freyby me semblaient beaucoup trop bizarres. Même si, à la réflexion, il était assez normal qu'un tel maître eût de drôles de serviteurs. Et puis il n'était pas plus mal que mon *collègue anglais* fût si peu causant, comme on dit dans le peuple : au moins ne l'aurais-je pas constamment dans les jambes.

Le temps manquait pour projeter un vrai déjeuner, c'est pourquoi j'avais donné pour instruction, avant l'arrivée de Leurs Altesses, de dresser la table sommairement, « façon pique-nique », avec la petite argenterie et le simple service de Meissen, et renoncé à servir aucun plat chaud. Je commandai par téléphone un repas chez le traiteur Snaider's : pâté de bécasse, beignets d'asperges aux truffes, petits-fours salés, aspics, poissons, poulardes fumées, et fruits en guise de dessert. Ce n'était pas bien grave, il était permis d'espérer que le soir même maître Duval aurait pris possession des cuisines et saurait nous proposer un dîner plus décent. Je savais, il est vrai, que Guéorgui Alexandrovitch et Pavel Guéorguiévitch retrouveraient dans la soirée Sa Majesté Impériale, qui était attendue à cinq heures et demie de l'après-midi et devait se rendre directement de la gare au palais Pétrov, résidence secondaire des tsars. On avait à dessein organisé la venue de la maison impériale le 6 mai, jour de l'anniversaire du souverain. Depuis midi déjà on entendait carillonner les cloches des églises, dont il est à Moscou un nombre infini : elles accompagnaient les prières d'action de grâce adressées au Seigneur pour qu'il accordât santé et longue vie à Sa Majesté Impériale et à toute la très auguste famille. Une fois de plus je me promis de penser à faire tendre au-dessus du perron principal une marquise ornée d'un « N » pour monogramme. S'il prenait fantaisie au souverain de nous rendre visite, pareil signe d'attention familiale viendrait fort à propos.

A cinq heures, Guéorgui Alexandrovitch et Pavel Guéorguiévitch, en grand uniforme, partirent pour la gare, Xénia Guéorguievna entreprit de trier les livres anciens dans la petite salle à manger qui, au temps des Tchesmenski, semblait avoir servi de bibliothèque, lord Banville et Mr Carr s'enfermèrent dans la chambre de Sa Très Haute Excellence, en donnant l'ordre de ne plus les déranger jusqu'au lendemain, tandis que Mr Freyby et moi-même, laissés désœuvrés, prenions place à table devant une collation.

Le service était assuré par un jeune laquais répondant au curieux nom de Zemlianoï[1] et appartenant au personnel moscovite. Mal dégrossi, plutôt gauche, mais très appliqué. Il ne cessait de braquer sur moi de grands yeux : sans doute connaissait-il Afanassi Zioukine de réputation. J'avoue que c'était flatteur.

Peu après, ayant couché son petit protégé pour la sieste de l'après-midi, la gouvernante, Mlle Declicq, vint se joindre à nous. Elle avait déjà déjeuné en compagnie de Leurs Altesses, cependant on ne pouvait guère parler de vrai repas quand on était assis à côté du jeune Mikhaïl Guéorguiévitch, Son Altesse étant d'un naturel fort agité et passant son temps à polissonner : quand elle ne lançait pas des boulettes de pain, elle disparaissait sous la table d'où il fallait ensuite la tirer de force. En un mot, Mademoiselle but très volontiers avec nous une tasse de thé et fit honneur aux excellents biscuits de chez Filippov.

Sa présence se révéla fort opportune, car sachant bien l'anglais elle s'acquitta à merveille du rôle d'interprète.

Je demandai à l'Anglais, à seule fin d'engager la conversation :

— Y a-t-il longtemps que vous travaillez comme majordome ?

Il me répondit d'un unique mot fort bref que Mademoiselle traduisit :

— Assez.

— Vous pouvez être tranquilles, vos affaires sont déballées et aucune difficulté n'est survenue, repris-je non sans une pointe de reproche, puisque Mr Freyby n'avait aucunement pris part à la tâche et était resté assis dans la

1. Littéralement : « de terre ».

voiture avec son bouquin jusqu'à la fin de cette opération, pourtant importante.

— Je sais, obtins-je pour seule réponse.

Ma curiosité fut piquée : les manières flegmatiques de l'Anglais trahissaient soit une formidable paresse dépassant toutes les bornes imaginables, soit une compétence dans le métier de *butler* poussée à son plus haut degré. Car enfin, sans qu'il eût eu besoin de lever le petit doigt, toutes ses affaires avaient été déchargées, déballées, pendues et rangées chacune à sa place !

— Avez-vous eu le temps de visiter les appartements de milord et de Mr Carr ? demandai-je tout en sachant fort bien que, depuis le moment de son arrivée, Mr Freyby n'était pas sorti de sa propre chambre.

— *No need*, répondit-il.

Mademoiselle traduisit en un français non moins laconique :

— Pas besoin.

Depuis que Mademoiselle vivait dans notre maison, j'avais eu le temps de l'étudier assez bien et je voyais à l'éclat de ses yeux gris en amande que l'Anglais l'intriguait. Bien entendu, elle savait se dominer, comme il sied à une gouvernante de première classe, habituée à travailler dans les meilleures maisons d'Europe (avant nous, elle s'était occupée par exemple de l'éducation du fils du roi de Portugal, et avait rapporté de Lisbonne les plus flatteuses recommandations), mais sa nature de Gauloise reprenait parfois ses droits et, quand Mlle Declicq était absorbée, amusée ou courroucée par quelque chose, ses yeux s'allumaient de ces sortes d'étincelles. Jamais je n'eusse embauché dans le personnel domestique un individu affligé d'une particularité si dangereuse, car cet éclat du regard était justement le signe assuré que le feu couvait sous la cendre. Toutefois les gouvernantes, les bonnes d'enfants et les précepteurs ne sont pas de mon ressort, mais de celui de l'intendant de la cour, le prince Metlitski, aussi pouvais-je bien me permettre de contempler les susdites étincelles sans aucune inquiétude.

Cette fois-là, Mademoiselle, incapable de se contenter d'un modeste rôle d'interprète, ne put s'empêcher de demander (d'abord en anglais, puis, à mon intention, en français) :

— Comment pouvez-vous donc être sûr que tout est en ordre quant à vos bagages ?

Et là, Mr Freyby donna pour la première fois une réponse un peu développée :

— Je vois bien que M. Zioukine connaît son métier. Or à Berlin, où nos affaires ont été mises en malles, l'homme qui veillait à l'opération ne s'y entendait pas moins.

Comme pour se récompenser d'un effort aussi épuisant que celui de proférer une sentence si singulière, le *butler* tira sa pipe et l'alluma, non sans en avoir au préalable demandé d'un geste la permission à la seule dame présente.

Et je compris alors que je devais avoir affaire à un majordome des plus exceptionnels, comme il ne m'avait jamais été donné d'en rencontrer au cours de mes trente années de carrière.

A sept heures, Xénia Guéorguievna déclara qu'elle était fatiguée de rester enfermée entre quatre murs, et nous partîmes, Son Altesse Mikhaïl Guéorguiévitch, Mlle Declicq et moi, en promenade. Je donnai l'ordre de faire atteler une voiture couverte, car le temps ce jour-là était maussade et venteux, sans compter qu'il tombait depuis le début de l'après-midi une petite pluie fine fort détestable.

Nous poussâmes par une large chaussée jusqu'à une éminence baptisée colline aux Moineaux, dans l'espoir de contempler Moscou d'en haut, mais, à cause du voile grisâtre que la pluie étendait sur la ville, le spectacle se révéla très limité : un vaste hémicycle de collines sur lequel des nuages flottaient très bas, telle une pesante vapeur – on eût dit une soupière emplie de bouillon fumant.

Comme nous étions sur le chemin du retour, le ciel, pour la première fois de la journée, voulut bien s'éclaircir un peu. C'est pourquoi nous laissâmes la voiture continuer seule, et poursuivîmes à pied par le parc, depuis la barrière de Kalouga.

Leurs Altesses marchaient devant, Xénia Guéorguievna tenant toutefois Mikhaïl Guéorguiévitch par la main afin qu'il ne quittât pas le sentier pour aller courir dans les buissons mouillés. Mademoiselle et moi nous tenions quelques pas en arrière.

Trois mois plus tôt, Son Altesse avait cessé d'être sujette aux petits accidents alors même qu'elle atteignait ses quatre ans, or c'était l'âge auquel on retirait les jeunes Guéorguiévitch à leur *nanny* anglaise pour les confier aux soins des gouvernantes françaises, l'âge encore où l'on renonçait à les vêtir en fille et où ils passaient de la culotte en dentelle à la solide culotte courte. Son Altesse avait fort apprécié son changement d'accoutrement et s'était tout de suite entendue à merveille avec la Française. J'avoue qu'au début je trouvais les manières de Mlle Declicq beaucoup trop désinvoltes, comme par exemple de récompenser l'enfant par des baisers et de le punir par des tapes, ou encore de se livrer avec lui à un bruyant tapage dans la nursery. Mais avec le temps j'avais compris qu'il y avait là une certaine méthode pédagogique. En tout cas Son Altesse, après seulement un mois, babillait déjà en français, aimait à chanter des comptines en cette langue, et dans l'ensemble était devenue beaucoup plus joyeuse et dégourdie.

J'avais moi-même noté, depuis un certain temps, que je m'aventurais dans la nursery beaucoup plus souvent qu'auparavant, et peut-être même plus souvent que nécessaire. Cette découverte m'avait conduit à solidement réfléchir et, comme mon principe est d'être toujours et en toute chose honnête avec moi-même, j'en avais assez vite déduit la raison : la compagnie de Mlle Declicq me procurait du plaisir.

J'ai pour habitude de traiter tout ce qui procure du plaisir avec une extrême prudence, car les plaisirs vont main dans la main avec l'aveulissement, et de l'aveulissement il n'est qu'un pas jusqu'à l'incurie et de graves, sinon irréparables, négligences dans le service. C'est pourquoi j'avais décidé de totalement m'abstenir, durant quelque temps, d'entrer dans la nursery (hormis bien sûr dans les occasions où les devoirs de ma charge le réclamaient), et de ne plus m'adresser à Mlle Declicq qu'avec la plus grande sécheresse. Mais cela n'avait pas duré bien longtemps. Elle m'avait elle-même abordé pour me demander, avec une extrême déférence, de l'aider à maîtriser la langue russe – rien de particulier, en fait, sinon de parler de temps à autre avec elle de divers sujets en russe, en corrigeant ses fautes les plus grossières. Je le répète, sa requête était exposée de manière si courtoise qu'un refus de ma part eût eu l'air d'une rebuffade injustifiée.

De ce moment était née la tradition de nos conversations quotidiennes, autour de thèmes parfaitement neutres et, il s'entend, toujours décents. Mademoiselle avait appris étonnamment vite à s'exprimer en russe et possédait déjà un bon vocabulaire. Certes elle commettait nombre d'entorses à la grammaire, mais ce défaut avait aussi son charme – un charme auquel il m'était parfois difficile de résister.

Ainsi ce jour-là bavardions-nous en russe tout en remontant l'allée du Jardin des Divertissements. Seulement cette fois-ci notre conversation prit rapidement un tour caustique et ne se prolongea guère. Le fait est que Mademoiselle avait tardé à sortir pour la promenade et que nous avions dû l'attendre dans la voiture trente bonnes secondes (j'avais gardé un œil sur mon chronomètre suisse). En présence de Leurs Altesses, je m'étais contenu, mais, à présent que nous nous trouvions en tête à tête, je jugeai nécessaire de la sermonner un peu. Il m'était très déplaisant d'adresser une réprimande à Mademoiselle, mais mon devoir le réclamait. Personne ne peut se permettre de faire attendre un membre de la famille impériale, ne serait-ce qu'une demi-minute.

— C'est très facile d'être toujours à l'heure en tout lieu, déclarai-je en prononçant lentement chaque mot afin qu'elle me comprît bien. Il suffit tout bonnement de vivre avec quinze minutes d'avance. Supposons que vous ayez rendez-vous avec quelqu'un à trois heures, vous arriverez à moins le quart. Ou bien imaginons que vous ayez besoin, pour être à temps dans certain endroit, de quitter la maison à deux heures, vous sortirez de chez vous un quart d'heure plus tôt. Pour commencer, je vous conseillerais de simplement avancer votre montre de quinze minutes, tant que vous n'aurez pas acquis cette habitude, ensuite la ponctualité sera pour vous une seconde nature.

Ce n'étaient là que propos sages et sensés, mais Mlle Declicq y répondit par une impertinence :

— Monsieur Zioukine, me permettrez-vous de n'avancer ma montre que de trente secondes ?

Elle rencontrait d'énormes difficultés pour rouler les « r », qu'elle prononçait finalement comme des « ch » allemands.

— Je n'ai de toute façon jamais été en retard de beaucoup plus, ajouta-t-elle.

Après cela, je fronçai les sourcils et décidai d'observer une pause, en sorte que nous continuâmes à marcher en silence tandis que Mademoiselle, de surcroît, détournait la tête.

Son Altesse était en train de conter à son frère l'histoire du Petit Chaperon rouge, il me semble, en tout cas me parvinrent à un moment donné les mots : « Et elle s'en fut à travers la forêt pour voir sa grand-maman. » Mikhaïl Guéorguiévitch, très fier de son nouveau petit costume de matelot, s'efforçait de se tenir comme un adulte et restait presque sage, se contentant de sautiller par instants à cloche-pied et une fois de jeter par terre son bonnet bleu à pompon rouge.

En dépit du temps maussade, on apercevait de loin en loin des promeneurs dans les sentiers du parc. Il se trouve, ainsi que me l'expliqua mon adjoint moscovite, qu'en temps normal le Jardin des Divertissements est inaccessible au public, et que ses portes ne s'étaient ouvertes qu'à l'occasion des fêtes à venir, et encore pour quelques jours seulement, jusqu'au 9 mai, date à laquelle le couple impérial quitterait le palais Pétrov pour venir s'installer là. Il n'était guère étonnant que quelques Moscovites eussent résolu de mettre à profit cette rare possibilité de vaguer entre les bosquets interdits, quitte à braver le mauvais temps.

A peu près à mi-chemin de l'Ermitage, nous croisâmes un élégant monsieur d'une quarantaine d'années environ. Il souleva poliment son haut-de-forme, laissant entrevoir des cheveux noirs et lisses fortement blanchis aux tempes ; il posa un regard intrigué, sans toutefois enfreindre les convenances, sur Xénia Guéorguievna et poursuivit son chemin. Je n'aurais prêté aucune attention à cet homme si Son Altesse ne se fût soudain retournée pour le suivre des yeux, imitée aussitôt par Mlle Declicq. Alors seulement je m'autorisai à tourner la tête moi aussi.

L'élégant monsieur s'éloignait d'un pas tranquille en balançant sa canne, et je ne relevai dans sa silhouette rien qui méritât qu'une grande-duchesse ou même une gouvernante se retournassent sur son passage. En revanche, il y avait derrière nous un individu, marchant dans la même direction que nous, dont l'allure était bien propre, en effet, à intriguer, avec son torse court, ses épaules puissantes, sa barbe noire et embroussaillée. Il m'incendia d'un regard féroce et aussi noir que du charbon et se prit à siffloter quelque chansonnette dont j'ignorais le titre.

Ce personnage me sembla aussitôt suspect, et je me promis de faire en sorte que nous ne revinssions plus dans ce parc jusqu'à ce qu'il fût à nouveau fermé au public. Dieu sait quelles sortes de malfrats, pardonnez-moi le mot, pouvaient avoir l'idée d'organiser ici leurs promenades !

Comme pour confirmer mes craintes, surgissant d'un tournant, un colporteur chinois, la taille courte et la jambe torse, déboula à notre rencontre, avec son éventaire de marchandises douteuses. Le pauvre imaginait sans doute trouver plus de promeneurs dans le parc, mais n'avait pas compté avec le mauvais temps.

Son Altesse, à la vue du pittoresque Chinois, libéra vivement sa main et s'élança à toutes jambes vers le nabot aux yeux bridés.

— J'en veux ! cria Mikhaïl Guéorguiévitch. Regardez, je veux ça !

Et il montra du doigt une sucette en forme de pagode d'un rose vénéneux.

— Ne montrez pas du doigt ! s'écria aussitôt Mademoiselle en français.

Mais Xénia Guéorguievna avait déjà rattrapé son frère et, lui reprenant la main, lui demandait :

— A quoi bon vouloir ce truc ?

— Je le veux, c'est tout ! coupa Son Altesse avec un haussement de menton, démontrant ainsi une obstination fort remarquable pour son âge.

Or l'obstination forme une excellente base pour le développement du caractère.

— Ah, Afanassi, achète-le-lui, dit Xénia Guéorguievna en se tournant vers moi. Il ne va plus nous laisser en paix à présent. Quand il y aura goûté, il le jettera.

La grande-duchesse ne possédait pas d'argent en propre, et d'ailleurs je ne crois pas qu'elle sût même ce que c'était, ni quel était le prix des choses. A quoi cela lui eût-il servi ?

J'adressai un coup d'œil à Mademoiselle, car c'était à elle de décider. Elle fronça le nez et haussa les épaules.

Le Chinois, il faut lui rendre cette justice, ne cherchait aucunement à nous imposer son effroyable marchandise et se contentait de fixer Son Altesse de ses petits yeux étroits, d'un air parfaitement ahuri. Il arrive qu'on rencontre parmi les Chinois de véritables apollons – visage fin, peau blanche, gestes raffinés –, mais celui-ci était vraiment laid à faire peur, avec sa face aplatie, plus ronde qu'une crêpe, et ses cheveux courts taillés en brosse.

— Eh, dis-moi, vagabond, combien coûte ceci ?

Je désignai la pagode tout en tirant mon porte-monnaie.

— Un louble, répondit l'effronté, ayant sans doute compris à ma mine que je n'irais pas marchander avec lui.

J'abandonnai un « jaunet » à l'escroc, bien que le bonbon valût tout au plus cinq kopecks, et nous reprîmes notre chemin. La modeste friandise sembla se révéler au goût de Son Altesse, en tout cas elle ne fut pas jetée.

A l'autre bout d'une allée latérale se dessinait la clôture de l'Ermitage, et nous prîmes dans cette direction. Il ne nous restait guère plus d'une centaine de toises à parcourir.

Perchée sur une branche, une corneille poussa un croassement sinistre et je levai la tête. Je ne vis pas l'oiseau, juste un lambeau de ciel gris au milieu du feuillage sombre.

Je crois que je n'eusse rien eu à regretter si j'avais pu arrêter seulement cet instant, car il était dit qu'il partagerait désormais mon existence en deux moitiés : la part raisonnable, prévisible, ordonnée est restée dans mon ancienne vie, tandis que la nouvelle s'est trouvée tout entière constituée de folie, de cauchemar et de chaos.

Derrière nous retentit un bruit de pas qui se rapprochaient rapidement. Je me retournai, surpris, juste avant que s'abattît sur mon crâne un coup d'une formidable puissance. J'eus le temps d'entrevoir le visage du barbu de tantôt, un visage effrayant, contracté de rage, puis je m'effondrai à terre où je perdis connaissance durant une seconde. Je dis « une seconde », car, lorsque je décollai du sol ma tête devenue atrocement pesante, comme chapeautée de plomb, le barbu n'était toujours qu'à quelques pas. Il écarta brutalement Mikhaïl Guéorguiévitch, empoigna Son Altesse par le bras et l'entraîna en arrière, autrement dit vers moi. Mademoiselle, désemparée, restait figée sur place ; j'étais moi-même comme paralysé. Je portai une main à mon front, le sentis humide, regardai mes doigts : du sang. J'ignore avec quoi l'homme m'avait frappé, coup-de-poing ou bien matraque, mais les arbres et les buissons dansaient autour de moi comme les vagues de la mer battue par la tempête.

Le barbu siffla à la manière des brigands et, du même tournant que nous venions de prendre, surgit une voiture noire attelée d'une paire de chevaux moreaux. Le cocher, enveloppé d'un ample imperméable noir, tira sur les rênes en poussant un grand « ho ! » et, alors que l'attelage n'était point encore arrêté, deux hommes en bondirent, eux aussi vêtus de noir, et coururent dans notre direction.

« C'est un enlèvement, voilà ce que c'est », prononça à l'intérieur de ma tête une voix très douce et calme, et les arbres cessèrent tout à coup de vaciller. Je me redressai pour me mettre à quatre pattes, criai en français à Mademoiselle : « Emportez le grand-duc ! » et m'agrippai aux genoux du barbu qui juste à cet instant passait à ma portée.

Il ne lâcha pas la main de Son Altesse, de sorte que nous roulâmes tous trois à terre. La nature ne m'a pas ménagé la vigueur, nous sommes tous dans la famille de robuste constitution, et qui plus est, dans ma jeunesse, j'ai longtemps servi comme trottin au palais, emploi qui contribue à affermir passablement la musculature, c'est pourquoi je n'eus aucune peine à desserrer les doigts du malfaiteur qui d'une main retenait Xénia Guéorguievna par un bord de sa robe. Cependant je n'en tirai guère de bénéfice. De son poing ainsi libéré, il me frappa à la mâchoire. Quant à Son Altesse, elle n'avait pas eu le temps de se remettre debout que les deux hommes en noir, hélas, étaient déjà à côté d'elle. Ils empoignèrent la grande-duchesse chacun par un bras et, la soulevant de terre, l'entraînèrent au pas de course vers la voiture. Le seul avantage fut que Mademoiselle eut le temps de soustraire Mikhaïl Guéorguiévitch au danger : je la vis du coin de l'œil prendre le garçonnet dans ses bras et plonger dans les buissons.

Mon adversaire se révéla adroit et vigoureux. Il me frappa encore une fois et, comme je tentais de le saisir à la gorge, glissa la main dans l'entrebâillement de sa chemise et en tira un couteau à cran d'arrêt à la lame ébréchée. Je vis ces ébréchures aussi distinctement que si on eût placé l'arme juste sous mes yeux.

— Je vas te crever comme chien ! siffla le terrible personnage dans un russe assez approximatif.

Et, roulant des yeux injectés de sang, il leva la main.

Le couteau monta très haut, presque à toucher le ciel, mais ne redescendit pas. De manière miraculeuse, la main qui étreignait l'arme se trouva saisie au vol par cinq doigts gantés de gris.

Le visage du barbu, déjà passablement grimaçant, se tordit encore davantage ; j'entendis comme un bruit de succion brutale, et mon malchanceux assassin s'affala mollement sur le côté, tandis qu'à sa place venait se camper au-dessus de moi l'élégant monsieur à haut-de-forme croisé peu auparavant, tenant cette fois-ci à la main non plus une canne mais une longue et fine épée maculée de rouge.

— Tout va bien ? me demanda mon sauveur en russe.

Mais se retournant tout aussitôt il cria quelques mots dans une langue qui m'était inconnue.

Je me redressai et vis le colporteur chinois qui courait à toute allure sur le sentier, tapant furieusement des pieds et baissant la tête comme un taureau. S'il ne portait plus son éventaire, il brandissait en revanche un étrange instrument, sorte de sphère métallique accrochée au bout d'une corde, qu'il faisait tournoyer au-dessus de sa tête.

— Yyyaa ! brailla l'Asiate d'une voix atroce.

Et la sphère vola dans les airs, passant en sifflant à quelques pouces de mon crâne.

Je me contorsionnai pour regarder où ce projectile filait à pareille vitesse. Il apparut qu'il se dirigeait pile sur la nuque d'un des ravisseurs. On entendit un mauvais craquement, et l'homme, touché en pleine course, s'écroula face contre terre. Son acolyte lâcha la grande-duchesse, fit promptement volte-face et sortit un revolver de sa poche. L'occasion s'offrait à présent de mieux l'observer, mais je fus empêché de voir son visage, dissimulé par un masque d'étoffe noire.

Le cocher assis à l'avant se débarrassa de son imperméable et se révéla vêtu du même accoutrement sinistre que les deux autres, à cette différence près qu'il n'était point masqué. Il sauta à terre et courut dans notre direction, tout en tirant lui aussi un objet de sa poche.

Je me retournai pour regarder mon sauveur (je dois d'ailleurs avouer à ma grande honte qu'au cours de ces instants dramatiques je me sentais totalement désarçonné et ne faisais que tourner la tête dans un sens et dans l'autre, à peine capable de suivre les événements). L'élégant monsieur eut un geste bref et lança son arme, mais je ne vis pas s'il avait touché sa cible, car juste à ce moment se découvrait à ma vue un spectacle encore plus incroyable : Mlle Declicq venait de bondir hors des buissons, un pesant gourdin à la main et, ayant relevé de l'autre sa jupe – assez haut pour dévoiler deux mollets bien tournés –, elle accourut vers nous ! Dans sa course, elle perdit son chapeau, ses cheveux flottaient sur ses tempes, mais jamais encore elle ne m'avait paru si séduisante.

— J'arrive ! criait-elle. J'arrive !

Ce n'est qu'alors que je pris conscience de toute l'ignominie de ma conduite. Je me remis debout et courus moi aussi prêter main-forte à l'élégant inconnu et au Chinois.

Hélas, ils n'avaient déjà plus besoin de mon aide.

La lame, lancée à toute volée, avait fait mouche : l'homme masqué gisait sur le dos et agitait mollement les jambes, la poitrine transpercée par le long ruban d'acier que surmontait un pommeau d'argent. Je compris alors d'où le beau monsieur avait sorti son épée : elle était dissimulée dans sa canne.

Quant au cocher, l'habile Chinois lui avait réglé son compte de superbe manière. Avant que le bandit eût eu le temps de tirer son arme de sa poche, l'Asiate, au prix d'un bond fantastique, avait frappé de plein fouet son adversaire d'un coup de pied au menton. Sous la formidable violence du choc, la tête de l'homme avait basculé en arrière, plus brutalement que ce qu'aucune vertèbre cervicale, si robuste fût-elle, n'est en mesure d'encaisser. Le malfaiteur s'était abattu de tout son long sur le dos, les bras en croix.

Au moment où Mademoiselle nous rejoignit tous les trois, armée de son gros bâton, tout était déjà fini.

J'aidai en premier Son Altesse à se relever. Dieu merci, elle était absolument saine et sauve, mais se trouvait dans état de stupeur bien compréhensible.

Puis je me tournai vers l'inconnu.

— Qui êtes-vous monsieur ? demandai-je, bien que, évidemment, j'eusse plutôt dû le remercier d'abord de nous avoir tirés d'affaire, au lieu de me soucier de son état civil. Et qui sont ces gens qui nous ont attaqués ?

Xénia Guéorguievna se chargea de réparer mon incorrection. Voilà bien ce que c'est que d'être de sang impérial. Même en pareille circonstance, encore mal remise de ses émotions, elle se conduisit comme il convenait : elle se montra courtoise et fit connaître son rang.

— Je vous remercie, dit-elle en dévisageant avec attention le brunet aux tempes blanchies. Vous nous avez tous sauvés. Je suis la grande-duchesse Xénia Guéorguievna. Le petit garçon qui était avec moi est mon frère, Mika, le grand-duc Mikhaïl Guéorguiévitch. Et voici mes amis, Mlle Declicq et M. Zioukine.

L'inconnu salua Son Altesse avec respect, ôta le haut-de-forme qui, en dépit de tous les événements, s'était maintenu par miracle sur sa tête, et après une légère hésitation (due probablement à l'embarras fort compréhensible qu'il devait éprouver face à un membre de la très auguste famille) se présenta :

— Eraste P-pétrovitch Fandorine.

Et ce fut tout, en sorte qu'on pouvait légitimement conclure que M. Fandorine n'était au service de personne et se présentait comme un simple particulier.

— Et voici mon v-valet de chambre, ou peut-être p-plutôt mon m-majordome, j'ignore ce qu'il est le plus juste de dire. Il s'appelle Massa, il est japonais, ajouta Fandorine en montrant le colporteur si prompt à la bagarre, qui à son tour salua très bas, jusqu'à terre, pour demeurer ainsi, presque plié en deux.

Ainsi apparut-il que l'élégant monsieur n'était nullement troublé, mais juste un peu bègue ; que le Chinois n'était aucunement chinois ; et enfin que l'Asiate et moi étions en quelque sorte confrères.

— Mais qui sont ces gens, Eraste Pétrovitch ? demanda Son Altesse en désignant d'une main craintive les ravisseurs malchanceux, gisant à terre sans plus aucun mouvement. Sont-ils évanouis ?

Avant que de répondre, notre interlocuteur s'approcha tour à tour de chacun d'eux pour lui palper l'artère carotide, et par quatre fois hocha la tête. Le dernier qu'il examina de cette manière était l'effrayant barbu qui avait manqué me tuer. Fandorine le retourna sur le dos, et même moi qui suis totalement profane en la matière, je compris aussitôt que l'homme était mort, tant ses prunelles immobiles brillaient d'un pauvre éclat. Mais Fandorine se pencha davantage sur le cadavre, saisit sa barbe entre deux doigts et la tira soudain d'un coup sec.

C'était si inattendu que Son Altesse poussa un cri, et moi-même je fus scandalisé d'une pareille familiarité envers un mort. Cependant la longue barbe noire se détacha facilement du visage et resta dans la main de Fandorine.

Je découvris que la face pourpre de mon agresseur était ravagée de petite vérole, et qu'une cicatrice en forme de fourche barrait sa joue d'une double ligne blanchâtre.

— C'est un célèbre bandit varsovien, un certain Lech Penderecki, surnommé Blizna, ce qui signifie « le Marqué » ou « le Balafré », déclara Fandorine d'un ton tranquille comme s'il nous présentait une proche connaissance.

Puis il ajouta comme pour lui-même :

— Ainsi voilà de quoi il retournait...

— Est-ce que vraiment tous ces hommes sont morts ? demandai-je.

Et tout à coup je tressaillis à l'idée de l'effroyable situation dans laquelle cette histoire risquait de plonger l'ensemble de la famille.

Si jamais un promeneur venait à jeter un coup d'œil par ici, le scandale éclaterait dans le monde entier. Imaginez seulement ! Une tentative d'enlèvement sur la personne de la propre cousine du tsar de Russie ! Et par-dessus le marché, un bandit varsovien ! Toute la solennité de la sainte cérémonie du couronnement s'en trouverait réduite à néant !

— Il faut les dissimuler tout de suite dans la voiture ! m'exclamai-je avec une fougue qui m'est assez étrangère en temps normal. Votre majordome accepterait-il de m'aider ?

Tandis que le Japonais et moi entassions les cadavres à l'intérieur du véhicule, l'idée que quelqu'un pût nous surprendre occupés à cette basse besogne me rendait terriblement nerveux. En outre on ne pouvait dire que l'exercice en soi me fût très coutumier ; non content de sentir dégouliner sur mon visage les humeurs ruisselant d'un crâne brisé ou d'une lèvre fendue, il fallut encore que je maculasse de sang étranger mon veston de promenade tout neuf.

C'est pourquoi je n'entendis pas ce dont s'entretinrent pendant ce temps Son Altesse et Fandorine. A en juger par la roseur qui lui colorait les joues, elle dut s'employer de nouveau à remercier ce mystérieux monsieur de nous avoir secourus.

— Où est Son Altesse Mikhaïl Guéorguiévitch ? demandai-je à Mademoiselle sitôt que j'eus repris mon souffle. On peut le ramener ici à présent.

— Je l'ai laissé dans...

Elle claqua des doigts, cherchant à se rappeler le mot qui lui échappait.

— En français, *la gloriette*. La fûtelle ? La barrielle ?...

— La tonnelle, lui soufflai-je. Je vous accompagne. Son Altesse doit être terrorisée.

Derrière les buissons s'ouvrait une assez vaste clairière au milieu de laquelle se dressait un petit pavillon de bois qu'on eût dit de dentelle blanche.

N'y trouvant point le grand-duc, nous l'appelâmes, pensant qu'il avait pu lui prendre la fantaisie de jouer avec nous à cache-cache.

Fandorine arriva, alerté par nos cris. Il inspecta les alentours puis soudain s'accroupit pour examiner quelque chose dans l'herbe.

Il s'agissait d'un bonbon chinois de sucre rose, qu'un pesant talon de chaussure avait dû écraser.

— M..., m..., m... ! s'écria Fandorine en se flanquant un coup de poing sur la cuisse. J'aurais dû le prévoir !

Et il s'élança tout droit à travers les buissons.

7 mai

Je ne chercherai pas à décrire les événements de la soirée et de la nuit qui suivirent la disparition de Son Altesse, car d'événement à proprement parler, il n'en survint aucun. Le principal souci des personnes informées de ce qui était arrivé était de tout garder secret, aussi semblait-il en apparence que rien ne se fût passé, et on eût bien pu en vérité le croire si les téléphones n'eussent pas sonné à chaque instant et si les estafettes à cheval reliant l'Ermitage, le palais Pétrov et la résidence du gouverneur général eussent galopé à une allure plus raisonnable.

Toute cette activité soigneusement dissimulée mais néanmoins fébrile (pour ne pas dire confuse) ne donna strictement aucun résultat, du fait qu'on ignorait l'essentiel, à savoir qui avait enlevé le petit cousin de Sa Majesté et dans quel but.

L'énigme ne se trouva résolue que le lendemain matin, quand on apporta à l'Ermitage, en même temps que le courrier ordinaire arrivé en ville, une lettre vierge de tout cachet – le facteur lui-même ne put expliquer comment elle avait atterri dans son sac.

A cause de cette même lettre, le souverain, qui avait eu

le temps depuis son lever de recevoir les témoignages de reconnaissance de ses sujets asiatiques, Sa Splendeur l'émir de Boukhara et Sa Sublimité le khan de Khiva, annula au dernier moment la parade qui devait avoir lieu au champ Khodynski, sous prétexte que le temps était trop froid et pluvieux, et à bord d'une voiture couverte ordinaire conduite par son valet de chambre personnel Dormidont Séleznev et escortée du seul chef de la police du palais, se rendit incognito chez nous, à l'Ermitage. C'est ici que se révélèrent les deux principales qualités de ce palais perdu au fond d'un parc, qualités déjà mises en lumière par son nom : l'éloignement et la solitude.

De manière tout aussi clandestine arrivèrent bientôt les oncles de Sa Majesté, les grands-ducs Kirill Alexandrovitch et Siméon Alexandrovitch : le premier seul (avec pour cocher son majordome Louka Emélianovitch), le second accompagné de son aide de camp, le prince Glinski (ses chevaux conduits par le plus respecté de tous les majordomes vivant aujourd'hui, le doyen des doyens, si l'on peut dire, de notre profession, Foma Anikeïévitch).

En dehors de la famille, seuls étaient au courant du drame Mlle Declicq et moi, les deux Anglais (auxquels il eût été de toute façon impossible de taire l'événement) et le lieutenant Endlung (pour la même raison, et aussi parce que Pavel Guéorguiévitch n'avait pas de secret pour son compagnon de débauche). Aux domestiques logeant au palais, je m'étais abstenu de rien expliquer, me bornant à leur interdire de franchir les limites de l'Ermitage sous quelque prétexte que ce fût. En bons serviteurs zélés de la cour, ils n'avaient posé aucune question. Aux Moscovites, qui avaient pris leurs quartiers au-dessus de l'écurie, il fut annoncé que Son Altesse était partie séjourner quelques jours à

Ilinskoïé, dans la résidence de campagne de son oncle le gouverneur général.

Il s'entend qu'on n'avait point cherché à informer Ekatérina Ioannovna de la disparition de son fils. A quoi bon alarmer en vain Son Altesse ? Et puis, jusqu'à l'arrivée de la lettre funeste, nous nourrissions encore tous l'espoir que se fût produit quelque malentendu et que Mikhaïl Guéorguiévitch serait de retour, sain et sauf, à l'Ermitage dans le plus bref délai.

Est-il nécessaire de dire que je passai cette nuit-là sans presque fermer l'œil ? J'étais poursuivi par des images toutes plus effrayantes les unes que les autres. Il m'apparaissait que Son Altesse avait pu s'abîmer dans une crevasse rendue invisible par les hautes herbes, et à minuit passé j'envoyais pour la énième fois des domestiques munis de flambeaux inspecter le parc, en inventant pour prétexte que Xénia Guéorguievna au cours d'une promenade y avait perdu une boucle d'oreille en diamant. Puis, enfin rentré chez moi, j'imaginais soudain Mikhaïl Guéorguiévitch victime de quelque monstre lubrique amateur de petits garçons, et j'en étais si horrifié que je claquais des dents au point de me voir contraint d'avaler quelques gouttes de valériane. Mais, bien entendu, l'hypothèse la plus probable semblait être que le grand-duc avait été enlevé par des complices du faux barbu surnommé le Balafré. Pendant que nous affrontions une partie des bandits pour délivrer Xénia Guéorguievna, d'autres s'étaient emparés de l'enfant resté sans défense. Cette version était d'autant plus vraisemblable qu'on avait découvert non loin de la clairière fatale des traces de roues appartenant à une autre voiture, et apparemment toutes fraîches.

Mais cette idée ne m'était pas moins odieuse, même si,

pour atroce qu'elle fût, elle pouvait sembler moins monstrueuse que les précédentes. Quoi, à cette heure même, Son Altesse se trouvait aux mains d'inconnus animés de mauvaises intentions ? Lui, le petit Mika, l'enfant choyé, qui avait grandi dans la conviction que tous, autour de lui, l'aimaient, que tous étaient ses amis ? Il ne savait même pas ce qu'était la peur, n'ayant jamais connu d'épreuve beaucoup plus terrible qu'une légère tape sur le bas du dos. Son Altesse était si franche, si confiante !

Je n'osais pas approcher Mademoiselle. Elle était restée durant toute la soirée comme pétrifiée, sans même chercher à se disculper, ne faisant que se tordre les mains et se mordre les lèvres, une fois jusqu'au sang – je m'en aperçus et fus d'ailleurs tenté de lui donner mon mouchoir, car elle ne s'était pas aperçue de cette goutte écarlate qui perlait à sa bouche, mais je ne m'y résolus pas, de crainte de la placer dans une situation embarrassante. Elle non plus ne dormait pas cette nuit-là : je voyais de la lumière filtrer par-dessous sa porte et entendais chez elle des bruits de pas. Depuis le moment où le grand maître de la police de Moscou, Lassovski, avait fini de l'interroger, Mlle Declicq s'était tenue enfermée dans sa chambre. Par deux fois, sinon trois, je montai à l'étage pour mieux prêter l'oreille. La gouvernante ne cessait de marcher de long en large, tel un automate. Je brûlais de frapper à sa porte sous un prétexte quelconque et de lui déclarer que personne ne la jugeait coupable de ce qui s'était passé, que j'étais même, quant à moi, infiniment admiratif devant son courage. Mais il était absolument impensable de frapper à la porte d'une dame au beau milieu de la nuit. Et de toute manière, je n'aurais pas su comment lui parler.

Le conseil secret en présence de l'empereur se tint en haut, dans le petit salon, pièce la plus éloignée des appartements des Anglais, lesquels, cela dit, avec tout le tact propre aux représentants de cette nation, étaient sortis aussitôt après l'arrivée de Sa Majesté, pour s'aller promener au jardin bien qu'il tombât alors une pluie battante et que le temps ne se prêtât nullement aux flâneries au grand air.

J'assurai moi-même le service. Il était évidemment impossible de laisser aucun des laquais assister au conseil secret. En outre je me suis toujours fait un devoir et un honneur de servir personnellement une si brillante société.

Il est difficile à un profane de se représenter toute la complexité de l'art requis par cette noble fonction. Il y faut déployer une attention sans faille, une promptitude et une adresse extrêmes et, par-dessus tout, une infinie discrétion. Vous devez vous changer en fantôme, en personnage quasi invisible, de sorte qu'on cesse très rapidement de remarquer votre présence. Il convient de ne distraire en aucun cas les participants de l'importante réunion par un mouvement brusque, un bruit soudain, ou même la projection involontaire d'une ombre sur la table. En pareils moments, j'aime à m'imaginer en maître désincarné d'un château enchanté, comme celui de *La Fleur écarlate*[1], régalant des hôtes chers à son cœur : les boissons se versent toutes seules dans les verres et les tasses, les allumettes s'enflamment spontanément et s'approchent des cigares sans le secours de personne, les

1. Conte populaire russe, version originale de *La Belle et la Bête.*

cendres accumulées dans les cendriers disparaissent comme par miracle à intervalles réguliers. Ainsi, quand Siméon Alexandrovitch laissa tomber par terre son crayon (Son Altesse a l'habitude de griffonner sans cesse, sur une feuille de papier, diablotins et angelots), je ne fus pas pris au dépourvu : je n'allai pas ramper dessous la table, ce qui eût attiré sur moi l'attention, mais aussitôt tendis au gouverneur général, par-dessus son épaule, un autre crayon en tous points identique au premier.

Je dois dire avec fierté qu'aucun des participants à ce conseil des plus sensibles et, d'une certaine manière, crucial pour l'avenir de la dynastie ne se sentit une seule fois le besoin de baisser la voix – ce qui est, à mon sens, le plus haut degré de récompense dont puisse s'honorer un serviteur. Certes, la conversation passait constamment du russe au français, mais je n'en étais point du tout la cause, c'est simplement qu'il est au fond parfaitement égal à Sa Majesté et à Leurs Altesses de converser en l'une ou en l'autre langue. Eût-on voulu me dissimuler la teneur de telle ou telle partie du débat, on se fût exprimé en anglais, car, ainsi que je l'ai déjà dit, les serviteurs de la cour de l'ancienne génération sont fort peu nombreux à maîtriser cet idiome, alors que presque tous parlent le français. Ou plus exactement ne le parlent pas, mais le comprennent, du fait qu'il paraîtrait des plus étrange que moi, Afanassi Zioukine, je m'adressasse tout à coup à un membre de la très auguste famille ou à quelque haut personnage de la cour dans la langue de Molière. Il faut savoir tenir sa place et ne pas s'imaginer ce qu'on n'est pas : telle est la règle d'or à laquelle je conseillerais à chacun de se conformer, quelles que soient sa naissance et la position qu'il occupe.

Le souverain, connu pour son patriotisme, fut le seul parmi les présents à n'user que du russe durant tout l'entretien. Il se trouva que Sa Majesté se souvenait de moi, du temps que je servais à la table du défunt souverain son père, en qualité de *tafeldecker*[1]. Avant de monter à l'étage, comme il venait de franchir le seuil, l'empereur daigna m'adresser ces mots :

— Bonjour, Afanassi Stépanovitch. Est-ce vous qui avez donné l'ordre de tendre cette marquise à mon chiffre ? C'est très joli, je vous remercie.

L'exquise courtoisie de Sa Majesté et sa stupéfiante aptitude à retenir les noms et les visages sont bien connues de tous. A dire vrai, tous les grands-ducs sont entraînés depuis l'enfance à développer leur mémoire ; il existe pour cela une méthode particulière, mais les dons de Sa Majesté en ce domaine sont en vérité extraordinaires. Pour avoir vu une fois une personne, l'empereur garde à jamais son souvenir, ce qui produit sur beaucoup une forte impression. Quant à la courtoisie, dans la très auguste famille, seuls le tsar et la tsarine voussoient leurs serviteurs. Peut-être est-ce d'ailleurs pourquoi nous qui les servons, si nous éprouvons pour Leurs Majestés le sentiment de vénération qui leur est dû, en même temps nous ne sommes pas très… Mais silence. On ne parle pas de ça. On s'abstient même d'y penser.

Le souverain présidait la table. Il était maussade et taciturne. A côté de ses oncles, tous de belle prestance, Sa Majesté paraissait chétive et effacée, à peine sortie de l'adolescence. De notre Guéorgui Alexandrovitch, il n'est rien besoin de dire : une véritable montagne, bel homme au respectable embonpoint, à la moustache fiè-

1. Officier ayant la charge de dresser le couvert.

rement frisée, arborant qui plus est une éblouissante tenue d'amiral en comparaison de laquelle le modeste uniforme de colonel que portait l'empereur semblait presque misérable. Siméon Alexandrovitch, le plus grand et le plus svelte des frères du défunt souverain, avec son visage régulier, comme taillé dans la glace, ressemblait à un grand d'Espagne du Moyen Age. Quant à Kirill Alexandrovitch, commandant de la garde impériale, il n'avait certes pas la prestance de ses frères, mais il émanait en revanche de lui une véritable impression de puissance et de majesté, car il avait hérité de son grand-père couronné son fameux œil de basilic. Il arrivait que des officiers ayant commis une faute de service perdissent connaissance sous le feu de ce regard.

Aux côtés des aînés de la maison impériale, le jeune Pavel Guéorguiévitch se tenait coi et n'osait même allumer une cigarette. Etait également présent le chef de la police du palais, le colonel Karnovitch, personnage fort peu loquace, aussi riche de ressources qu'avare de sentiments. Celui-ci, du reste, ne siégeait pas à la table, mais avait pris place à l'écart, dans un coin.

Notre sauveur de la veille, M. Fandorine, attendait dans le couloir, assis sur une chaise. J'avais reçu l'ordre de l'héberger sous notre toit et, faute d'autre pièce libre, l'avais installé dans la nursery, considérant non sans justesse que ce monsieur ne séjournerait sans doute à l'Ermitage que jusqu'au jour où Mikhaïl Guéorguiévitch y reviendrait. J'avais voulu envoyer le Japonais loger aux écuries, mais il avait exprimé le souhait de ne pas quitter son maître. Il avait donc passé la nuit étendu sur le plancher, un ours en peluche en guise d'oreiller, et, à en juger à sa face resplendissante, avait fort bien dormi. Fandorine, pour sa part, ne s'était pas couché du tout et avait sillonné le parc jusqu'au petit matin, armé d'une lanterne électrique. Avait-il découvert quelque chose de nouveau ? Je n'en savais rien. Il n'avait fourni aucune explication ni au grand maître de la police, ni par conséquent à ma modeste personne, déclarant juste qu'il exposerait personnellement tout ce qu'il savait à Sa Majesté l'empereur.

L'énigmatique personnage devait justement faire les frais de la conversation, presque aussitôt après l'ouverture du conseil.

Lequel conseil, à dire vrai, ne débuta pas sur le mode de l'entretien, mais sur celui de la lecture : chacune des personnes assises à la table lut (ou bien relut) à tour de rôle la lettre qu'on venait de recevoir, et dont j'ignorais encore le contenu.

Puis tous se tournèrent vers le souverain. Je retins mon souffle, désireux de bien entendre par quelles paroles Sa Majesté ouvrirait cette réunion extraordinaire.

Le souverain toussota d'un air embarrassé, parcourut d'un regard oblique les visages des personnes présentes et prononça d'une voix posée :

— C'est effrayant. Simplement effrayant. Oncle Kir, qu'allons-nous faire à présent ?

L'empereur avait parlé, les exigences de l'étiquette étaient satisfaites, et la présidence du conseil se voyait ainsi presque naturellement confiée à Kirill Alexandrovitch, tenu pour avoir été l'éminence grise du tsar sous le règne précédent, et qui avait su consolider encore sa position auprès du nouveau souverain.

Son Altesse déclara d'une voix lente, d'un ton d'autorité :

— Avant tout, Nicky, du sang-froid. De la manière dont tu sauras te tenir dépend tout l'avenir de la dynastie.

Au cours des prochains jours, des milliers de regards seront braqués sur toi, parmi lesquels ceux de personnes extrêmement perspicaces. Pas le moindre trouble, pas l'ombre d'une préoccupation, tu m'as compris ?

Le souverain hocha la tête, d'un air mal assuré.

— Nous devons tous faire mine que rien ne s'est passé. Je comprends, Georgie, ajouta Son Altesse à l'adresse de Guéorgui Alexandrovitch, combien tout cela t'est pénible. Tu es le père. Mais et toi, et Polly, et Xénia devrez vous montrer toujours gais et sereins. Si le bruit vient à se répandre que des aventuriers ont réussi à enlever en plein jour le propre cousin du tsar de Russie, le prestige des Romanov, déjà passablement terni par l'odieux assassinat de père, se trouvera totalement ruiné. Or Moscou reçoit ces jours-ci la visite de huit princes héritiers étrangers, de quatorze chefs d'Etat, d'une trentaine d'ambassades extraordinaires...

Siméon Alexandrovitch, jetant son crayon sur la table, interrompit son frère :

— C'est du pur délire ! Un docteur ! Qu'est-ce que ça veut dire ? Qui est-ce ? Il est tout bonnement fou à lier ! Lui remettre l'Orlov ! Quelle impudence !

Je ne compris rien aux paroles du gouverneur général de Moscou. Un docteur ? Orlov ? Lequel ? Le grand chambellan, ou bien le vice-ministre des Affaires intérieures ?

— Oui, c'est bien vrai, acquiesça Sa Majesté en approuvant son oncle d'un hochement de tête. Sait-on quelque chose de ce docteur Lind ?

Kirill Alexandrovitch se tourna vers le chef de la police du palais, censé, de par sa fonction, être informé de tout ce qui pouvait représenter une menace, fût-elle la plus infime, pour la très auguste famille, et par conséquent, de manière plus générale, de tout ce qui se passait sur terre.

— Qu'en dites-vous, Karnovitch ?

Le colonel se leva, rajusta ses lunettes à verres bleus, et murmura à voix très basse mais de manière étonnamment distincte :

— Il n'y a jamais eu jusqu'à présent aucun criminel de ce nom sur le territoire de l'Empire russe.

Puis il se rassit.

Un grand silence tomba, et je sentis que l'heure était venue où je devais sortir de mon rôle d'ombre immatérielle.

Je toussotai prudemment et, comme il régnait dans le salon un silence absolu, le bruit produit par ma gorge se fit assez clairement entendre. Kirill Alexandrovitch et Siméon Alexandrovitch se retournèrent, stupéfaits, comme s'ils venaient seulement de remarquer ma présence (je n'exclus d'ailleurs pas que ce fût en effet le cas), tandis que Guéorgui Alexandrovitch, sachant bien que j'eusse préféré étouffer plutôt qu'oser attirer l'attention sur ma personne sans vraie nécessité, me demandait :

— Tu veux nous dire quelque chose, Afanassi ?

Tous les autres hauts personnages dirigèrent alors leurs regards sur moi, ce à quoi je n'étais nullement accoutumé, en sorte que je ne pus maîtriser certain tremblement de ma voix.

— C'est à propos de M. Fandorine, celui-là même qui hier... s'est trouvé témoin du forfait...

Je surmontai un peu mon émotion et poursuivis d'une voix plus égale :

— Ce matin, alors que s'observait dans la maison une certaine agitation due aux événements de ce que vous savez, M. Fandorine était assis sur la terrasse, occupé à fumer très tranquillement un cigare...

Siméon Alexandrovitch me coupa d'un ton irrité :

— Crois-tu vraiment que Sa Majesté l'empereur et nous-mêmes ayons tant besoin de savoir comment M. Fandorine a passé sa matinée ?

Je m'interrompis sur-le-champ et saluai Son Altesse sans oser poursuivre.

— Tais-toi un peu, Sam, ordonna sans ménagement Guéorgui Alexandrovitch à son frère cadet.

Siméon Alexandrovitch est affligé d'une malheureuse infirmité : celle de n'être aimé de personne. Ni de ses parents, ni de ses familiers, ni des Moscovites, ni même de sa propre épouse. Pareil homme, il est vrai, inspire difficilement l'affection. On prétend que le défunt souverain l'avait justement nommé gouverneur général de Moscou pour l'avoir moins souvent sous les yeux. Et aussi pour éloigner de la cour l'entourage de Son Altesse, tous ses jolis petits aides de camp et autres secrétaires aux joues fardées. Hélas, les mœurs de Siméon Alexandrovitch ne sont un secret pour personne : toute la société en fait des gorges chaudes. Ainsi, ce jour même, à peine franchie la porte du vestibule (alors qu'il arrivait le dernier, bien après le souverain), Son Altesse m'avait demandé d'un ton enthousiaste : « Mais quel est ce charmant garçon que je viens de croiser sur la pelouse ? Très mince, avec des cheveux jaunes ? » J'avais respectueusement expliqué au grand-duc qu'il devait s'agir sans doute de notre Anglais, Mr Carr, mais en mon for intérieur je m'étais senti quelque peu choqué : comment, connaissant la raison pour laquelle était convoqué ce conseil extraordinaire, pouvait-on encore donner carrière à ses inclinations ? Au reste, ce n'étaient même pas tant ses inclinations qui nuisaient à la réputation de Son Altesse que son caractère exécrable.

— Continue, Afanassi, m'ordonna Guéorgui Alexandrovitch. Nous t'écoutons avec attention.

Je ne pouvais qu'admirer le sang-froid et le courage de mon maître. Un homme ordinaire, père d'un enfant qu'on eût enlevé, se fût démené en tous sens, eût poussé des cris, se fût arraché les cheveux, mais Son Altesse, elle, n'avait pas perdu un instant son empire sur elle-même, et seul le fait qu'elle fumât cigarette sur cigarette trahissait son inquiétude. C'est en pareilles circonstances que l'on prend le plus vivement conscience du grand honneur et de l'ineffable responsabilité qu'il y a à servir des personnes de sang impérial. Ce sont des gens à part, supérieurs à tous les autres.

— J'ose l'avouer, repris-je donc, une telle placidité de la part d'un individu n'ignorant rien du malheur qui avait frappé m'a paru étrange. Je me suis approché de M. Fandorine et lui ai demandé s'il avait réussi à découvrir d'autres indices dans le parc. Il m'a répondu : « La seconde voiture, qui stationnait à proximité de la clairière, est repartie en direction de la grande avenue de Kalouga. Un gardien posté aux portes du parc a vu passer à vive allure un équipage aux fenêtres entièrement obturées par des stores. — Mais alors pourquoi n'en dites-vous rien ? me suis-je exclamé. Il faut immédiatement en informer la police ! » Mais lui, d'un ton assuré : « A quoi bon ? Pour l'instant il n'y a rien à faire. » Sur quoi il a ajouté ceci...

Je marquai à dessein une courte pause, puis répétai les paroles de Fandorine telles qu'elles m'étaient restées en mémoire :

— « Il faut attendre la lettre de Lind. » Oui, exactement ces mots : « Il faut attendre la lettre de Lind. » Je reconnais n'avoir pas compris de quelle lettre il parlait, et quant au dernier mot, il m'avait totalement échappé. Mais à présent je me rappelle fort bien qu'il avait dit « Lind ». Puis j'ai été appelé au téléphone, et la conversation en est restée là. Cependant il ressort que M. Fandorine connaissait alors déjà l'existence de la lettre et de Lind. Je me permets également d'attirer l'attention de Votre Majesté et de Vos Altesses Impériales sur le fait que l'apparition de M. Fandorine, hier, sur le lieu de l'enlèvement, n'avait clairement rien de fortuit. Pour un promeneur occasionnel, il agissait de manière bien résolue et tenait des propos bien singuliers, sans compter qu'il a identifié le chef des bandits, dont il a affirmé que le nom était Penderecki.

Le colonel Karnovitch fit entendre sa voix depuis le coin où il se tenait assis :

— Ah, en ce qui concerne ce Lech Penderecki, dit le Balafré, j'ai obtenu deux ou trois renseignements. C'est un des caïds de la pègre du royaume de Pologne. Cambrioleur, extorqueur, assassin, mais prudent et adroit : il a été impossible jusqu'à présent de le prendre sur le fait. D'après la rumeur, le Balafré entretient des relations avec les sociétés criminelles de nombreux pays d'Europe. Son cadavre a été expédié par wagon frigorifique à Varsovie, pour identification, mais, à en juger par son signalement et les données du bertillonnage, il s'agit bel et bien de lui.

— Comment Fandorine connaissait-il donc cet individu ? murmura Kirill Alexandrovitch, pensif.

Siméon Alexandrovitch eut un ricanement mauvais :

— Eh ! C'est facile à tirer au clair. Il suffit d'arrêter Fandorine et de l'interroger comme il convient. Il videra tout son sac. Mon Lassovski s'y entend, pour délier les langues. Quand il pousse un coup de gueule, moi-même je ne me sens pas bien.

Et Son Altesse éclata de rire, très satisfaite de sa plaisanterie, bien qu'aucune des personnes présentes ne partageât sa bonne humeur.

— Oncle Kir, oncle Sam, dit Sa Majesté avec douceur, vous prononcez le nom de ce Fandorine comme s'il était de vos connaissances. Qui est-il donc ?

Le chef de la police du palais répondit pour les grands-ducs. Il tira un feuillet de sa poche et lut :

— Fandorine, Eraste Pétrovitch. Quarante ans. Confession orthodoxe. Noblesse héréditaire. Chevalier... de nombreux ordres, impossible de les énumérer tous. Conseiller d'Etat à la retraite. A servi presque dix ans comme fonctionnaire en charge des missions spéciales auprès de l'ancien gouverneur général de Moscou, le prince Dolgorouky.

— Mouais, encore ce Fandorine, fit Kirill Alexandrovitch d'une voix songeuse en regardant par la fenêtre comme s'il cherchait à se rappeler quelque lointaine histoire. Je serais curieux de savoir où il était passé durant toutes ces années.

De ces paroles, je tirai la conclusion que Son Altesse connaissait bel et bien ledit conseiller d'Etat à la retraite.

Il se révéla alors que Siméon Alexandrovitch connaissait ce monsieur encore mieux, mais pas sous un jour des plus flatteurs.

— Fandorine n'a pas montré son nez à Moscou depuis cinq ans, déclara le gouverneur général avec une moue. Il sait, le gredin, qu'il n'a rien à faire dans ma ville. Il s'agit, Nicky, d'un aventurier de la pire espèce. Perfide, rusé, visqueux, prêt à tout pour parvenir à ses fins. Ainsi qu'on me l'a rapporté, après avoir déguerpi de Russie il a formidablement prospéré dans toutes sortes d'affaires louches. Pour tout avouer, je me tiens régulièrement au courant des déplacements de ce monsieur, car j'ai toujours un compte à régler avec lui… Ainsi, je tiens de source sûre que Fandorine est tombé plus bas que tout : il se charge d'effectuer des enquêtes à la demande de particuliers et ne dédaigne pas d'accepter en échange des honoraires, semble-t-il, considérables. Le fait est que parmi ses « clients » (Siméon Alexandrovitch prononça ce mot avec un dégoût manifeste) figurent aussi de grosses légumes très fortunées, et même, hélas, des souverains étrangers. En l'espace de cinq ans, Fandorine s'est attiré une certaine notoriété grâce à ses sordides occupations. Je ne doute pas qu'il soit au fait de nombre de secrets nauséabonds, mais dans cette affaire de famille nous saurons bien nous passer de ses douteux services. Ma police fonctionne à merveille, et mon Lassovski aura tôt fait de capturer ce fameux docteur en deux temps, trois mouvements.

— Je demande pardon à Votre Altesse, intervint Karnovitch, la mine toujours impassible, mais la protection de la famille impériale relève de la compétence de mes services et, j'ose vous l'assurer, nous saurons fort bien venir à bout de cette mission sans le concours de la police moscovite, et sans l'aide de détectives amateurs.

Le colonel esquissa un léger sourire, puis, tout bas, comme pour lui-même, ajouta :

— Il ne nous manquait plus qu'un Sherlock Holmes…

— Oh, colonel, Fandorine est loin d'être un amateur ! objecta Kirill Alexandrovitch. C'est au contraire un homme d'une extraordinaire habileté. Si quelqu'un peut nous aider dans cette affaire délicate et complexe, c'est bien lui, et personne d'autre. En outre, il semble déjà posséder des informations sur cette canaille de Lind. Autre point qui n'est pas non plus à négliger : agissant à titre de simple particulier, Fandorine n'est nullement contraint dans le choix des méthodes. Non, Nicky, nous ne pouvons nous passer de cet homme. Je suis même enclin à penser que c'est Dieu Lui-même qui nous l'a envoyé.

— Absurde ! Totalement absurde !

Siméon Alexandrovitch balança son crayon dans un coin et j'en tirai aussitôt un autre de ma poche.

— Je proteste avec vigueur ! ajouta-t-il.

Kirill Alexandrovitch, peu accoutumé à ce qu'on s'adressât à lui de la sorte, et nourrissant d'ailleurs déjà pour son frère cadet un mépris non dissimulé, pencha sa grosse tête de lion et fixa sur le gouverneur général son fameux regard capable de vous réduire en cendres. Siméon Alexandrovitch à son tour haussa le menton d'un air obstiné, si bien que sa maigre barbiche paraissait soudain plantée sur cette proue comme un mât de beaupré, et adopta un masque des plus inflexibles.

Un pesant silence s'installa.

— Que décidons-nous donc pour ce Fandorine ? demanda l'empereur d'un ton implorant. Faut-il le convoquer ici ou non ? Lui réclamer son aide ou bien le faire arrêter ?

Ni l'un ni l'autre de ses oncles ne répondirent à Sa Majesté, ils ne lui accordèrent pas même un regard. On voyait là se manifester une longue inimitié, vieille de bien des années, remontant à une époque où l'actuel souverain n'était pas encore au monde. Seulement, devant Kirill Alexandrovitch, son frère Siméon, comme on dit dans le peuple, ne faisait guère le poids. Jamais il n'était arrivé qu'il prît le dessus sur lui.

Guéorgui Alexandrovitch est peut-être, en raison de sa complexion, beaucoup plus calme et débonnaire que ses deux frères, mais si d'aventure la colère le prend, alors gare ! Ainsi, au moment dont je parle, je vis son visage virer au cramoisi, tandis que tout son corps paraissait s'enfler, au point que je redoutai un instant que les agrafes de son col ne vinssent à rompre. Je n'eus aucun doute : la tempête allait éclater.

Sa Majesté n'avait pas remarqué le terrible changement qui s'opérait dans la physionomie de son oncle, car son regard était tourné vers Kirill Alexandrovitch et Siméon Alexandrovitch. S'il l'avait noté, il eût très certainement préféré garder le silence, mais déjà il commençait d'une voix qui se voulait conciliante :

— Oncle Sam, oncle Kir, écoutez mon opinion…

C'est là que la foudre tomba. Guéorgui Alexandrovitch abattit son poing sur la table avec une telle violence que deux verres furent renversés, une tasse à café fendue, un cendrier retourné, et que Siméon Alexandrovitch, sous la surprise, fit un bond sur sa chaise.

— Tais-toi, Nicky ! rugit le chef de la maison verte. Et vous deux aussi, taisez-vous ! C'est mon fils qui a été enlevé, c'est à moi de décider. Et n'oubliez pas que c'est uniquement grâce à ce… bon Dieu, comment s'appelle-t-il déjà ?… à ce type au nom en « F » que ma fille a été sauvée ! Qu'il vienne donc nous déballer tout ce qu'il sait !

Et la question se trouva résolue.

Je me glissai sans bruit hors du salon pour appeler Fandorine. Derrière la porte, un rideau de peluche dérobait à la vue le couloir où le « détective amateur », comme l'avait baptisé Karnovitch, avait été prié d'attendre.

— Vos moustaches sont tout à fait adorables. Et vous n'employez pas de pinces ? Ni de fixateur ?

Ces étranges propos me firent dresser l'oreille, et à tout hasard je jetai discrètement un coup d'œil par l'entrebâillement de la portière afin de voir qui s'exprimait de la sorte.

Eraste Pétrovitch était toujours assis là où je l'avais laissé, jambes croisées, et égrenait entre ses doigts un chapelet de jade. Ce n'était point à lui qu'appartenait la voix entendue, mais à l'aide de camp du gouverneur général, le prince Glinski, un élégant jeune homme dont le joli minois possédait une finesse toute féminine. De ce genre de garçon, on dit dans le peuple : « Dommage que ce ne soit pas une fille, autrement on l'épouserait. » Le prince se tenait debout devant Fandorine et, penché en avant, examinait avec attention les fines moustaches soignées du fonctionnaire à la retraite. Glinski, quant à lui – je le voyais à présent distinctement –, avait la moustache pommadée, et même les lèvres fardées, me sembla-t-il. Mais à dire vrai, pourquoi s'en étonner ?

— Non, cher monsieur, je n'use pas de f-fixateur, répondit Fandorine avec courtoisie tout en détaillant le jeune homme des pieds à la tête, sans esquisser le moindre mouvement de recul.

— Mon Dieu, et quels cils vous avez ! soupira l'aide de camp. Je crois que je serais prêt à tout sacrifier pour en avoir de si longs, si noirs, si recourbés au bout. C'est leur couleur naturelle, n'est-ce pas ?

— Tout à fait naturelle, lui assura Eraste Pétrovitch avec la même bienveillance.

J'interrompis ici cette insolite conversation pour inviter l'ex-conseiller d'Etat à me suivre.

Chose singulière, face à une telle assemblée de très hauts personnages, Eraste Pétrovitch Fandorine ne manifesta pas le moindre signe de désarroi. Le salut léger, et cependant parfaitement respectueux, qu'il adressa à l'ensemble des personnes présentes, tout en paraissant s'incliner surtout devant Sa Majesté, eût fait honneur à l'ambassadeur extraordinaire et plénipotentiaire de n'importe quelle grande puissance.

Kirill Alexandrovitch, qui venait pourtant d'exalter les mérites de Fandorine, passa outre aux civilités et commanda d'un ton brusque et même, dirais-je, hostile :

— Racontez-nous ce que vous savez du docteur Lind et, plus généralement, de toute cette histoire !

Le nouvel arrivant hocha la tête, comme pour faire entendre qu'il avait bien compris la question, mais fournit une tout autre réponse que celle qu'on attendait de lui. Son regard bleu et froid glissa sur les visages des personnes assises et s'arrêta sur la feuille de papier posée au milieu de la table.

— Je vois que la l-lettre est arrivée. Puis-je prendre connaissance de son contenu ?

— Je vous avais avertis, c'est un insolent comme il y en a peu ! s'exclama Siméon Alexandrovitch d'une voix indignée.

Mais Fandorine ne lui accorda même pas un coup d'œil.

Kirill Alexandrovitch ne prêta pas davantage attention aux paroles de son frère.

— Oui, Georgie, relis-nous la lettre à haute voix. Chaque mot ici a son importance.

— Oui, oui, renchérit Sa Majesté. Je l'entendrai moi aussi volontiers encore une fois.

Guéorgui Alexandrovitch saisit la feuille d'une main dégoûtée et entreprit la lecture du message rédigé en français :

Messieurs Romanov,

Je vous propose un marché avantageux : un petit prince Romanov d'un poids de 15 kilogrammes contre un petit « comte Orlov » de 190 carats. L'échange aura lieu demain, et ne cherchez pas à me fourguer un faux : j'ai mon propre joaillier. Si vous êtes d'accord, donnez-moi votre réponse à midi pile depuis le sémaphore du palais Alexandre. Autrement, le prince vous sera rendu sur-le-champ. En morceaux.

Sincèrement vôtre,
Docteur Lind.

P.-S. : Ci-joint un chiffre pour les signaux optiques.

Moi qui m'apprêtais à servir le café à Sa Majesté, je demeurai ainsi figé, la cafetière dans les mains, et sous le coup de l'émotion je laissai même couler quelques gouttes sur le sol, ce qui ne m'était jamais arrivé de ma vie. Le caractère monstrueux de la lettre dépassait mes craintes les plus folles. Son Altesse, en morceaux ? Mon Dieu, mon Dieu…

— Qu'est-ce que ce sémaphore ?

Voilà tout ce qui suscitait l'intérêt de Fandorine dans cette horrible missive.

Il est inadmissible de poser des questions en présence de Sa Majesté, cependant le souverain non seulement témoigna de l'indulgence pour une si criante entorse à l'étiquette, mais répondit lui-même avec son amabilité coutumière :

— Un ancien appareil, à signaux lumineux. Installé sur le toit du palais à l'époque de mon arrière-grand-père, et équipé sous le règne de mon grand-père de feux électriques pour fonctionner la nuit et par temps couvert. Ce sémaphore peut expédier des signaux optiques visibles de presque n'importe quel point de la ville.

Au lieu de remercier, en très fidèle sujet, Sa Majesté de sa bienveillante explication, Fandorine se contenta d'un hochement de tête pensif et enchaîna sur une autre question :

— « L'Orlov », c'est, je suppose, ce d-diamant qui orne le sceptre impérial ?

— Oui, confirma le souverain d'un ton bref. Celui-là même que le comte Orlov acheta à Amsterdam en 1773, à la demande de Catherine II.

— Impossible, c'est absolument impensable ! coupa Siméon Alexandrovitch. Il ne peut être question d'aucun échange. Il s'agit d'une relique !

— Impossible en effet, acquiesça Kirill Alexandrovitch. Dans cinq jours, c'est la levée solennelle des insignes de la monarchie et, deux jours après, le couronnement. Sans le sceptre, la cérémonie n'aura pas lieu. N'importe quelle somme d'argent, mais l'Orlov, en aucun cas.

Tous, comme s'ils s'étaient donné le mot, se tournèrent vers Guéorgui Alexandrovitch, dont l'opinion, l'opinion de père, prenait ici une importance particulière.

Le grand-duc se révéla digne de sa position et de son titre. Des larmes montèrent à ses yeux, sa main, sans qu'il s'en rendît compte, desserra son col trop raide, mais la voix de Son Altesse était ferme :

— Impossible. La vie d'un grand-duc, quand bien même il s'agirait de... mon fils...

Ici la voix de Guéorgui Alexandrovitch trembla malgré tout.

— ... ne peut passer au-dessus des intérêts de la monarchie et de l'Etat.

Voilà ce que j'appelle la grandeur impériale : c'est un sommet que ne sont capables d'atteindre que les personnes distinguées et élues par Dieu. Socialistes et libéraux écrivent dans leurs gazettes et autres feuilles de chou que la maison impériale baigne dans le luxe. Mais ce n'est pas du luxe, c'est la scintillante auréole de la monarchie russe, et chacun des membres de la famille impériale, au nom de la Russie, est prêt à sacrifier sa propre vie et celle de ceux qu'il aime.

La pièce se mit à vaciller devant mes yeux, dans un chatoiement irisé, et je clignai des paupières pour faire tomber les larmes accrochées à mes cils.

— Et si l'on remplaçait le diamant par un strass ? fit la voix du colonel Karnovitch toujours assis dans son coin. Il est possible de fabriquer une copie si parfaite qu'on ne saurait la distinguer de l'original.

— Le délai est trop court pour p-permettre de réaliser un faux d'une telle qualité, lui répondit Fandorine. En outre, Lind écrit qu'il dispose d'un joaillier à sa solde.

Kirill Alexandrovitch haussa les épaules :

— Ce que je ne comprends pas, c'est pourquoi il lui faut absolument l'Orlov. Cette pierre est inestimable, et par conséquent n'a aucune valeur marchande. Elle est connue dans le monde entier, on ne pourrait même pas la vendre.

— Détrompez-vous, Votre Altesse, objecta le colonel. Il serait toujours envisageable de la scier en trois ou quatre gros diamants, et plusieurs dizaines de petits et moyens.

— Et pour quelle somme pourrait-on vendre tout cela ?

Karnovitch secoua la tête, ne sachant que répondre.

— J'ai quelques notions en ce domaine, déclara Fandorine. Trois gros diamants d'une cinquantaine de carats peuvent valoir chacun un demi-million de roubles or. Les petits… m-mettons encore un demi-million.

— Deux millions en tout ? s'exclama l'empereur, dont le visage s'était éclairé. Mais nous sacrifierons volontiers cette somme pour notre cher Mika !

Fandorine poussa un soupir :

— Votre Majesté, il n'est pas du tout question ici de deux millions. Je connais la manière de Lind. C'est un chantage, et à b-beaucoup plus grande échelle qu'il ne semble à première vue. Ce qui est en jeu, ce n'est pas simplement la vie d'un des onze cousins de Votre Majesté. C'est au couronnement que Lind veut porter atteinte, car il comprend parfaitement que, sans l'Orlov, la cérémonie ne peut avoir lieu. La vie de l'enfant n'est pour lui qu'un moyen de p-pression. La véritable menace n'est pas que le grand-duc soit exécuté, mais que Lind sabote le couronnement et déshonore la Russie et la dynastie des Romanov aux yeux du monde entier, en déposant des morceaux du corps de l'enfant dans les lieux les plus fréquentés.

Toutes les personnes présentes, moi y compris, laissèrent échapper un gémissement d'horreur, tandis que Fandorine poursuivait, impitoyable :

— Vous disiez, Votre Altesse, qu'on ne trouverait dans le monde entier pas un s-seul acheteur pour l'Orlov. Mais l'acheteur est déjà tout trouvé, un acheteur même qui ne peut se permettre de refuser la transaction. Cet acheteur, c'est la maison des Romanov. En somme, vous allez devoir racheter à Lind non pas le grand-duc, mais le diamant, et au prix qu'imposera le ravisseur, car avec la pierre se jouent le couronnement et le prestige de la monarchie. Je crains que cela ne vous coûte pas deux millions, mais beaucoup, beaucoup plus cher. Et ce n'est pas encore le pire.

Fandorine baissa la tête d'un air sombre, et je le vis serrer les poings.

— Vous allez payer pour conserver la pierre et récupérer le grand-duc, mais Lind ne rendra pas l'enfant vivant. Ce n'est pas dans les habitudes du docteur...

Un silence lugubre s'ensuivit, qui ne dura cependant que quelques instants, car Pavel Guéorguiévitch, qui jusqu'à présent s'était tenu muet à l'autre bout de la table, se couvrit soudain le visage de ses mains et éclata en sanglots.

— Polly, allons, reprends-toi ! lui ordonna Kirill Alexandrovitch d'un ton rude. Quant à vous, Fandorine, cessez de nous effrayer. Parlez-nous plutôt de ce Lind.

— C'est le plus dangereux criminel de la terre.

Tels furent les mots par lesquels Fandorine entama son récit.

— J'ignore p-pourquoi on l'appelle « docteur ». Peut-être à cause de l'étendue des connaissances dont il fait preuve dans les domaines les plus inattendus. Par exemple, il maîtrise une multitude de langues. Peut-être même le russe, je n'en serais pas étonné. On dispose de très peu de renseignements fiables sur Lind. Il semble être relativement jeune, car, il y a encore dix ans, personne n'avait entendu parler de lui. D'où est-il originaire ? Mystère. Très probablement d'Amérique, cependant, car c'est aux Etats-Unis que Lind a commis ses toutes premières actions d'éclat, lesquelles lui ont tout de suite valu une réputation de malfaiteur audacieux et impitoyable. Il a commencé par le pillage de banques et de trains postaux, puis est vite passé maître dans le chantage, l'extorsion de fonds et le rapt.

Fandorine parlait les yeux fixés sur la table, comme s'il avait vu sur sa surface polie le reflet de quelque tableau du passé accessible à son seul regard.

— Ainsi, que sais-je malgré tout de cet individu ? Qu'il est un misogyne convaincu. Il ne s'entoure jamais de femmes : ni maîtresses, ni petites amies. La bande de Lind est un milieu exclusivement masculin. Une sorte de confrérie, au sens propre, si vous voulez. Le docteur semble dénué des faiblesses ordinaires au genre humain, ce qui explique que personne encore n'ait réussi à le dépister. Les complices de Lind lui sont dévoués comme des chiens, fait extrêmement rare dans les associations criminelles. Il m'est par deux fois arrivé de capturer vivants des hommes du docteur, et par deux fois je n'ai rien réussi à en tirer. L'un a été condamné au bagne à perpétuité, l'autre s'est suicidé, mais aucun n'a livré son chef... Les relations qu'entretient Lind avec les sphères du crime international sont en vérité illimitées, son autorité est immense. Quand il a besoin de spécialistes de quelque profil que ce soit – perceur de coffres, tueur à gages, graveur, hypnotiseur, cambrioleur... –, les plus grands « maîtres » ès sciences crapuleuses tiennent pour un honneur de lui rendre service. Je suppose que le docteur est f-fabuleusement riche. Au cours de la seule période écoulée depuis que je m'occupe de lui – soit un peu plus d'une année et demie –, et uniquement grâce aux affaires dont je suis informé, il a empoché pas moins de dix millions.

— De roubles ? s'enquit Guéorgui Alexandrovitch d'un air intéressé.

— Non, je parle de dollars. Ce qui représente environ vingt millions de roubles.

Son Altesse manqua s'étrangler.

— Vingt millions ! Et moi qui me vois attribuer par le Trésor une pauvre rente de deux cent mille roubles ! Autant dire cent fois moins ! Et ce salopard ose encore me réclamer de l'argent !

— Pas à vous, fit sèchement observer le souverain. A moi. L'Orlov est propriété de la couronne.

— Nicky, Georgie ! lança Kirill Alexandrovitch pour rappeler les deux hommes à l'ordre. Continuez, Fandorine.

— J'ai rencontré deux fois le docteur Lind... dit Fandorine avant d'hésiter à poursuivre.

Un grand silence se fit dans la pièce. On entendit juste grincer la chaise du colonel Karnovitch, dont tout le corps se tendait en avant.

— A dire vrai, j'ignore si l'on peut parler réellement de rencontre, car nous n'avons ni l'un ni l'autre entrevu nos visages. J'étais grimé, Lind portait un masque... Nous sommes entrés en contact il y a un an et demi, à New York. Peut-être la presse russe a-t-elle parlé de l'enlèvement du fils du millionnaire Berwood, un jeune garçon de douze ans ? En Amérique, cette histoire a f-fait la une des journaux pendant un mois entier... Mr Berwood m'avait demandé de tenir le rôle d'intermédiaire lors de la remise de la rançon. J'avais exigé des ravisseurs qu'ils me montrent auparavant le prisonnier. Lind m'a conduit lui-même jusqu'à une chambre secrète. Le docteur portait un masque noir qui dissimulait presque tout son visage, un long manteau et un chapeau. C'est pourquoi tout ce que j'ai pu noter, c'est qu'il était de taille moyenne et arborait des moustaches, au reste peut-être fausses. Il n'a pas prononcé devant moi un seul mot, de sorte que je n'ai pas entendu non plus sa v-voix.

Fandorine serra les lèvres comme s'il luttait contre l'émotion.

— Le garçon était assis dans la pièce, bien vivant, un bâillon sur la bouche. Lind m'a permis de m'approcher de lui, puis m'a entraîné à nouveau dans le couloir, a verrouillé la porte équipée de trois serrures et m'en a confié les clefs. Conformément à ce qui avait été convenu, je lui ai alors remis la rançon, une bague ayant appartenu à Cléopâtre, d'une valeur d'un million et demi de dollars, et je me suis tenu prêt à me battre, étant donné qu'ils étaient sept, et moi tout seul. Mais Lind a examiné attentivement la bague à la loupe, a hoché la tête puis s'est éloigné en compagnie de ses hommes. J'ai mis beaucoup de temps à venir à bout des trois serrures, qui se révélaient bien plus difficiles à ouvrir qu'à fermer, et quand enfin j'ai pénétré dans la pièce, Berwood junior était mort.

Eraste Pétrovitch serra à nouveau les lèvres, si fort qu'elles en pâlirent, et demeura un long moment silencieux. Tous attendirent patiemment qu'il se reprît : les hauts représentants de la famille impériale sont indulgents pour les simples mortels, qui ne possèdent pas leur extraordinaire self-control.

— Je n'ai pas tout de suite compris pourquoi l'enfant était si immobile et penchait la tête si bas. Ce n'est qu'en le considérant de plus près que j'ai découvert un mince stylet planté exactement dans son cœur ! Je n'en c-croyais pas mes yeux. La veille, pourtant, flairant un coup fourré, j'avais inspecté les lieux avec le plus grand soin, à la recherche d'une trappe dérobée ou d'une porte secrète, et n'avais rien relevé de suspect. Plus tard seulement, je me suis rappelé que Lind, au moment où il s'écartait pour me laisser sortir, s'était tenu près de la chaise. Une seconde, pas davantage. Mais cette seconde lui avait suffi. Quelle précision de frappe, quel sang-froid dans l'exécution du plan !

La voix de Fandorine, me sembla-t-il, trahissait non seulement de l'amertume mêlée d'une folle fureur que le temps n'avait point étouffée, mais aussi comme une involontaire admiration devant l'habileté de ce docteur démoniaque.

— Depuis lors, j'ai abandonné toutes mes autres enquêtes et ne les reprendrai pas avant d'avoir réglé mes comptes avec le docteur. Je ne cache pas que cette décision a été motivée pour une part essentielle par la blessure infligée à mon amour-propre et par la tache que toute cette histoire a laissée sur ma réputation. Mais ce n'est pas seulement une question d'amour-propre, reprit-il tandis que son haut front se plissait de rides. Il faut arrêter cet homme, parce qu'il est un véritable génie du mal, doué d'une imagination prodigieuse et d'une ambition sans limites. J'ai parfois le sentiment qu'il s'est fixé pour but de décrocher le titre glorieux de plus grand criminel de toute l'histoire de l'humanité, or les c-concurrents, Dieu merci, ne lui manquent pas dans cette entreprise. Je sentais bien que tôt ou tard il provoquerait quelque catastrophe nationale, sinon d'ampleur internationale. C'est précisément ce qui se p-passe aujourd'hui…

Il se tut à nouveau.

— Asseyez-vous, Eraste Pétrovitch, lui dit Kirill Alexandrovitch.

Je compris alors que le discours de Fandorine avait produit sur Son Altesse une impression favorable : on n'interrogeait plus l'ex-conseiller d'Etat, on s'entretenait avec lui.

— Racontez-nous comment vous avez donné la chasse au docteur Lind.

— Tout d'abord j'ai retourné tout New York, sans autre résultat que de forcer le docteur à transférer son quartier général du Nouveau Monde dans l'Ancien. Je ne vais pas fatiguer Votre Majesté et Leurs Altesses par le récit détaillé de mes recherches, mais toujours est-il que six mois plus tard je parvenais à découvrir le repaire de Lind à Londres. Et c'est alors que je vis le docteur pour la seconde fois, ou plutôt que je vis son ombre échapper à ses poursuivants par un tunnel du métropolitain, tout en ripostant aux tirs avec une stupéfiante précision. Deux coups de pistolet lui suffirent pour étendre raides deux constables de Scotland Yard, tandis qu'une troisième balle manquait m'expédier dans l'autre monde.

Fandorine releva la mèche de cheveux noirs qui lui couvrait le front et dévoila une fine cicatrice blanche dont le trait s'étirait jusqu'à sa tempe.

— Une broutille, le projectile a glissé sur une trajectoire tangente, mais j'ai perdu un instant connaissance et Lind a mis ce temps à profit pour s'enfuir... Je l'ai suivi à la trace de pays en pays, le talonnant de près mais arrivant chaque fois trop tard. Enfin, à Rome, il y a de cela environ six mois, le docteur s'est comme volatilisé. Ce n'est qu'il y a deux semaines que j'ai appris d'une source sûre que le célèbre bandit varsovien Penderecki, alias le Balafré, se vantait dans l'intimité d'être invité à Moscou par le docteur Lind en personne pour travailler sur une très grosse affaire. Ressortissant russe, Penderecki connaissait bien le monde de la pègre moscovite, celui du quartier de la Khitrovka comme celui de la place Soukharev. C'est d'ailleurs sans doute à ce titre que Lind, qui n'avait jamais encore exercé ses talents en Russie, a eu b-besoin de lui. Je n'ai cessé depuis lors de me creuser la tête pour deviner ce qui pouvait bien attirer le docteur dans la cité patriarcale. A présent je le sais...

— C'est exclu, totalement exclu ! s'exclama Siméon Alexandrovitch d'un ton courroucé en s'adressant non à Fandorine mais à Sa Majesté. Jamais mes truands de la Khitrovka et de Soukharev n'auraient pris part à un aussi lâche attentat contre la famille impériale ! Voler, assassiner, tant qu'on veut... Mais ces apaches ont la fidélité au trône dans le sang. Mon Lassovski a plus d'une fois utilisé avec succès des criminels de droit commun pour faire la chasse aux terroristes. Il a conclu, par exemple, pour toute la durée des fêtes du couronnement, une sorte d'accord entre gentlemen avec le chef de tous les voleurs de la Khitrovka, un certain Dabe, accord selon lequel la police s'abstiendrait d'arrêter les pickpockets, mais qu'en échange ceux-ci devraient lui rendre compte sur-le-champ des armes et autres objets suspects repérés dans les poches du public. Le Dabe a accepté de bon gré cette condition, déclarant que lui-même, d'une certaine façon, gouvernait un royaume et qu'entre monarques on devait s'entraider. Je ne garantis pas que ce furent là exactement ses paroles, mais le sens y était.

Cette information détendit un peu l'humeur lugubre des participants à la réunion et, encouragé par les sourires, Siméon Alexandrovitch ajouta encore d'un air malicieux :

— Sa Majesté Khitrovienne a scellé sa promesse de la formule : « Parole de grinche ». Lassovski prétend qu'il s'agit chez les bandits de la forme de serment la plus convaincante.

— Comment, comment ? fit le souverain, très intéressé. « Parole de grinche » ? Grincher, c'est-à-dire grogner, n'est-ce pas ? Je raconterai ça à Alice, ça lui plaira.

— Nicky, Sam ! coupa Kirill Alexandrovitch d'un ton sec. Finissons plutôt d'écouter M. Fandorine.

— Le Dabe n'est pas l'unique chef de la pègre moscovite, et il ne règne en tout cas nullement sans partage.

Eraste Pétrovitch répondait aux propos du gouverneur général, mais affectait d'ignorer sa présence et s'adressait lui aussi à l'empereur.

— On dit même que ses jours sont comptés et que dans un avenir proche il pourrait bien se faire « effacer », autrement dit éliminer, par ce qu'on appelle un outsider : un de ces jeunes voyous passablement culottés qui commencent à donner le ton dans le quartier de la Khitrovka et autour du marché Soukharev. Il y a la bande de la Rainette, qui s'est lancé dans une nouvelle industrie, le trafic d'opium ; il y a un certain Gravelle qui s'est fait une spécialité de l'« escoffiage » et du rançonnement ; et l'on a vu encore apparaître un certain Moignon, dans la bande duquel règnent une discipline et un sens du secret plus stricts encore que dans la Camorra napolitaine.

— Le Moignon ? s'étonna l'empereur. Quel surnom bizarre !

— Oui. Un p-personnage p-pittoresque. Il est amputé de la main droite, et son moignon est recouvert d'une plaque où, selon ses besoins, il visse tantôt une cuiller, tantôt un crochet, tantôt un couteau, ou encore une chaîne reliée à une sphère de métal. On dit qu'il s'agit d'une arme redoutable, dont il se sert pour tuer. Les outsiders, Votre Majesté, en règle générale n'ont pas peur du sang, et ne reconnaissent ni les lois de la pègre, ni l'autorité du Dabe. Je suppose que Penderecki est lié à l'un d'entre eux. J'ai suivi le Balafré et ses hommes depuis Varsovie, mais en prenant mille précautions pour ne pas lui donner l'éveil. Par deux fois il s'est rendu au Zerentouï, un cabaret de la Khitrovka connu pour ne pas payer l'impôt au Dabe. J'espérais que le Balafré finirait par me conduire au docteur, en vain. Durant les dix jours que les truands varsoviens ont passés à Moscou, Penderecki s'est rendu quotidiennement à l'hôtel des postes, au guichet de la poste restante, et a beaucoup tourné autour du palais Alexandre et du Jardin des Divertissements. Par quatre fois au moins, il en a escaladé la grille pour ensuite errer dans le parc aux abords de l'Ermitage. Ainsi que je le comprends aujourd'hui, il était à la recherche d'un endroit propice pour tendre une embuscade. Hier, depuis midi, ses gaillards et lui faisaient le pied de grue près de la sortie du jardin qui donne sur la grande avenue de Kalouga. A sept heures, un attelage aux armes du grand-duc en a franchi les portes, et les Varsoviens se sont engagés derrière eux. J'ai compris que l'affaire touchait à son dénouement. Mon collaborateur et moi les suivions séparément de loin, chacun à bord d'un fiacre. Puis de la voiture du grand-duc sont descendus deux dames, un garçonnet et un homme en veston vert.

Ici, Fandorine jeta un coup d'œil dans ma direction.

— Penderecki, qui avait eu le temps de se coller une fausse barbe, de sorte que je ne l'ai pas reconnu aussitôt, leur a emboîté le pas. La voiture où étaient restés les autres bandits continuait de rouler à quelque distance, au pas. Alors mon c-collaborateur et moi avons pris par un autre côté, et j'ai marché à la rencontre du groupe comme si j'étais un simple promeneur. Je ne cessais pourtant de guetter une éventuelle apparition de Lind...

Eraste Pétrovitch poussa un soupir accablé.

— Comment ai-je pu commettre une telle erreur ! Il ne m'est pas venu à l'esprit qu'il pouvait y avoir non pas une, mais deux voitures. Or, bien sûr, Lind en avait préparé deux, car il comptait enlever et la jeune fille et l'enfant, puis les conduire chacun à une cache différente. C'est bien pourquoi le Balafré ne s'en est pris qu'à la seule grande-duchesse. Une autre voiture était prévue pour le grand-duc. Et à coup sûr Lind était auprès de celle-là, ce qui me fait particulièrement rager. La gouvernante a, sans le vouloir, simplifié la tâche aux ravisseurs en éloignant l'enfant vers l'endroit où justement le second groupe se tenait embusqué. Leur plan n'a réussi qu'à moitié, mais ça ne change rien. Lind, de toute manière, tient à présent la Russie à la gorge...

A ces mots, Sa Majesté se prit à tourner la tête en tous sens avec un air d'extrême inquiétude, scrutant bizarrement chaque angle de la pièce. J'esquissai un petit pas en avant, dans l'espoir de deviner ce que désirait l'empereur, mais je manquai cette fois-ci de perspicacité.

— Dites-moi, oncle Georgie, où avez-vous placé l'icône ? demanda le monarque.

Guéorgui Alexandrovitch posa sur son neveu un regard perplexe, puis haussa les épaules.

— Ah, Nicky, pour l'amour de Dieu ! s'exclama Kirill Alexandrovitch en fronçant les sourcils. Epargne-nous le côté « oint du Seigneur ». D'ailleurs, tu n'as pas encore reçu l'onction. Et si la cérémonie du couronnement est ajournée, tu ne la recevras pas.

Sa Majesté répondit à cette apostrophe sur un ton de profonde conviction :

— Je ne vois pas ce qui peut nous aider, hormis la prière. Tout est entre les mains du Tout-Puissant. S'Il a décidé de m'infliger, à moi, faible et indigne, une telle épreuve, c'est qu'il doit y avoir dans tout cela quelque sens supérieur. Il faut s'abandonner à Sa volonté, et Il nous accordera la délivrance.

Je me souvins d'avoir vu dans le bureau de Son Altesse une image pieuse noircie de fumée ainsi qu'une antique veilleuse au verre obscurci par le temps. Marchant sur la pointe des pieds, je m'éclipsai un instant et rapportai au souverain l'icône, que j'avais pris soin, toutefois, d'essuyer au préalable avec une serviette.

Les grands-ducs attendirent patiemment que l'empereur, la voix vibrante de sincérité et les yeux embués de larmes, eût prononcé les paroles de la prière ; seul Siméon Alexandrovitch étouffait de petits bâillements, tout en polissant avec un morceau de velours ses ongles pourtant déjà impeccables.

— Pouvons-nous continuer, Nicky ? demanda Kirill Alexandrovitch, la mine impassible, quand le souverain, s'étant signé une dernière fois, m'eut rendu l'icône. Par conséquent, dressons le triste bilan. Mika a été enlevé par un cruel et rusé criminel qui menace non seulement de l'assassiner, mais aussi de saboter toute la cérémonie du couronnement. Que peut-on faire à présent à part espérer dans le secours du Très-Haut ?

Karnovitch se souleva de sa chaise et murmura :

— Retrouver Son Altesse et la délivrer.

— Merveilleux ! lui rétorqua Kirill Alexandrovitch en se tournant vers lui avec un hochement de tête ironique. Eh bien, cherchez, colonel. M. Lind nous a donné jusqu'à midi. Vous avez une bonne heure et demie devant vous.

Le chef de la police du palais se laissa retomber sur son siège.

Et là, pour la première fois depuis le début de la réunion, Pavel Guéorguiévitch prit la parole. Le visage défait et encore mouillé par les larmes, il articula d'une voix tremblante :

— Peut-être pourrions-nous céder la pierre. Mika, après tout, est un être vivant, alors que l'Orlov, finalement, n'est qu'un caillou...

Les éternels adversaires, Kirill Alexandrovitch et Siméon Alexandrovitch, s'écrièrent en chœur :

— Non !

— Pour rien au monde !

Le souverain posa sur son cousin un regard plein de compassion et lui dit avec douceur :

— Et ensuite, Polly, M. Fandorine nous a expliqué de manière très convaincante que remettre le diamant ne sauverait pas, de toute façon, notre Mika...

Pavel Guéorguiévitch renifla et, d'un geste inélégant, s'essuya la joue avec sa manche.

— Sors, Polly, lui ordonna son père d'un ton sévère. Va attendre dans ta chambre. J'ai honte pour toi.

Pauvre Pavel Guéorguiévitch, le fardeau du devoir monarchique lui était bien lourd à porter. L'éducation des grands-ducs et des grandes-duchesses donne la priorité à l'apprentissage du sang-froid et du contrôle de soi, à la faculté de se maîtriser en n'importe quelle circonstance. Dès leur plus jeune âge, on apprend à Leurs Altesses à endurer de longs et fastidieux repas officiels, lors desquels on les place tout exprès à côté des convives les plus ineptes et les plus insupportables. Ils doivent écouter avec attention ce que disent les adultes, ne pas laisser paraître que leur compagnie leur est ennuyeuse ou désagréable, et rire à leurs plaisanteries, sachant que plus inepte est le trait d'esprit, plus franc doit être le rire. On leur apprend aussi ce qu'est l'épreuve du baiser pascal échangé avec officiers et simples soldats des régiments placés sous leur parrainage. Il y faut parfois donner plus de mille embrassades en l'espace de deux heures ! Et Dieu les garde de trahir le moindre signe de fatigue ou de dégoût. Mais Pavel Guéorguiévitch avait toujours été un garçon très vif et spontané, subissant comme un calvaire les leçons de maintien, et même s'il avait atteint aujourd'hui l'âge de la majorité, Son Altesse avait encore beaucoup à apprendre.

Après que le jeune grand-duc eut claqué la porte, un long silence morose s'installa. Tous sursautèrent quand la pendule sonna onze heures moins le quart.

— Et cependant, si l'on refuse de donner l'Orlov, reprit Sa Majesté, ce Lind tuera notre Mika et demain abandonnera son corps sur la place Rouge ou devant l'église du Saint-Sauveur, m'exposant, moi, le tsar de Russie, à l'opprobre, aux yeux de tout le monde civilisé.

— Et avec toi, toute la maison des Romanov, observa Siméon Alexandrovitch.

Sur quoi Kirill Alexandrovitch ajouta d'un ton maussade :

— Et la Russie tout entière.

— Dieu m'est témoin, soupira tristement l'empereur, que je n'ai jamais désiré la couronne, mais telle est, visiblement, ma croix. Ce n'est pas pour rien si je suis venu au monde le jour de Job l'Affligé. Seigneur, enseigne-nous, fais-nous entendre ce que nous devons faire !

La réponse ne vint pas du Seigneur mais de Fandorine, qui prononça distinctement un seul et unique mot :

— L-location.

— Quoi ? fit Sa Majesté avec un haussement de sourcils étonné.

Je crus moi aussi avoir mal entendu.

— Il faut prendre l'Orlov en location jusqu'à l'issue du c-couronnement.

Siméon Alexandrovitch secoua la tête :

— Il délire !

L'aîné des grands-ducs, quant à lui, cligna les paupières d'un air concentré, comme s'il s'efforçait de pénétrer le sens de l'absurde proposition. N'y étant point parvenu, sans doute, il demanda :

— Comment ça, en location ?

Fandorine expliqua sans se démonter :

— Il faut informer Lind qu'on accepte son marché, mais que, pour des raisons très compréhensibles, il ne saurait être conclu avant le couronnement. Qu'en conséquence, pour chaque journée de retard, il se verra verser une certaine somme, assez considérable, pour prix, en quelque sorte, de la location du diamant. Il nous reste bien une semaine avant la cérémonie, n'est-ce pas ?

— Mais qu'est-ce que ça nous apportera ? s'enquit Guéorgui Alexandrovitch en portant la main à son opulente moustache.

— Comment, Georgie ! Mais du temps, voyons ! s'exclama Kirill Alexandrovitch. Une semaine entière de répit !

— Et une chance de sauver l'enfant, ajouta Fandorine. Notre c-condition, à nous, sera la suivante : nos versements seront échelonnés à raison d'un par jour, mais à chaque paiement nous devrons recevoir la preuve certaine que le garçon est encore en vie. Cela représente sept jours supplémentaires de sursis pour Son Altesse. Et aussi sept chances de relever un indice susceptible de nous conduire jusqu'au docteur. Si rusé que soit Lind, il peut toujours commettre une erreur. Je me tiendrai à l'affût.

Guéorgui Alexandrovitch bondit sur ses pieds pour se redresser de toute sa taille, qui ne laissait pas d'impressionner.

— Oui, à présent je vois que l'idée est excellente !

L'idée en effet paraissait des plus heureuses : même Siméon Alexandrovitch ne trouva rien à y objecter.

— Pour ma part, je désignerai pour servir d'intermédiaire le plus habile de mes agents, proposa Karnovitch.

— Je dispose de vrais cracks à la section de sécurité, intervint aussitôt le gouverneur général de Moscou. Eux connaissent parfaitement la ville, à la différence de vos traîne-savates de Tsarskoïé Sélo.

— Je p-pense qu'il vaudrait mieux que le rôle d'intermédiaire me revînt, dit Eraste Pétrovitch d'une voix posée. Sous un déguisement, bien entendu. Je connais bien et Moscou et les manières de Lind.

Kirill Alexandrovitch mit fin à la discussion en déclarant d'un ton ferme :

— Nous déciderons de cela plus tard. L'important est que nous ayons au moins arrêté un plan d'action. Nicky, tu l'approuves toi aussi ?

La question n'était à l'évidence posée que pour la forme, car il n'était encore jamais arrivé que Sa Majesté s'élevât contre un projet soutenu par l'aîné de ses oncles.

— Oui, oui, oncle Kir, je l'approuve entièrement et sans aucune réserve.

— Parfait. Colonel, rasseyez-vous, prenez le chiffre, et rédigez...

Son Altesse, les mains dans le dos, arpentait déjà le salon de long en large.

— « Sommes d'accord. Avons besoin d'un délai de sept jours. Pour chaque journée, sommes prêts à avancer jusqu'à cent... non, deux cent mille roubles. Paiement par versements quotidiens, mais à la condition expresse que le prisonnier nous soit chaque fois présenté. » Eh bien, qu'en pensez-vous ? demanda-t-il, s'adressant non pas à ses très augustes parents, mais à Fandorine.

— P-pas mal, répondit celui-ci avec une outrecuidance sans pareille, comme s'il eût oublié qu'il parlait au chef de la garde impériale. Mais quant à moi j'ajouterais : « Autrement la transaction ne se fera pas. » Lind doit comprendre que si nous reconnaissons qu'il détient une carte maîtresse et sommes prêts à payer le prix fort, nous ne nous laisserons pas pour autant manipuler à son gré.

Les nobles invités renoncèrent à prendre congé même après que la difficile décision fut prise, car Fandorine exprima la ferme conviction que Lind ferait connaître sa réponse dans un très bref délai, soit par d'autres signaux lumineux, soit par un télégramme (le palais Alexandre était équipé d'un appareil), un appel téléphonique ou quelque autre moyen parfaitement inusuel. Eraste Pétrovitch raconta qu'un jour, en des circonstances très semblables, le message du docteur était arrivé par la fenêtre, par la voie des airs, en même temps qu'une flèche décochée à grande distance.

Imaginez seulement : le souverain absolu de toutes les Russies, le grand amiral de la Flotte, le chef de la garde impériale et le gouverneur général de Moscou attendant patiemment qu'une espèce d'aventurier daignât leur accorder une réponse ! Je suis bien certain que rien de tel ne s'était encore produit dans l'histoire russe depuis l'époque des pourparlers de Tilsit avec Bonaparte, mais au moins le Corse était-il empereur.

Pour occuper utilement leur temps, les grands-ducs entreprirent d'instruire leur auguste neveu dans l'art de recevoir les ambassadeurs étrangers et autres hauts personnages venus assister aux fêtes du couronnement, dont ces rencontres constituent justement le principal intérêt politique : il n'est pas rare en effet que sous couvert d'audiences protocolaires se trouvent résolus nombre de problèmes fort épineux de relations internationales, que d'importantissimes démarches diplomatiques soient faites et de nouvelles alliances conclues.

Sans conteste, Sa Majesté avait encore trop peu l'expérience de ces sortes de subtilités et avait grand besoin de quelques leçons. Sans compter que le feu souverain, ne nourrissant point une très haute opinion des capacités intellectuelles du tsarévitch, n'avait pas jugé utile de l'initier aux arcanes de la haute diplomatie. Ainsi, par exemple, le nouvel empereur avait-il dû attendre d'accéder au trône – et même d'être bien établi sur celui-ci – pour apprendre que la politique étrangère de la Russie avait pris en sous-main une orientation radicalement opposée à ce qu'elle était naguère. Bien qu'en apparence nous restions amis avec Sa Majesté le kaiser, nous avions secrètement conclu une alliance défensive avec le pire ennemi de l'Allemagne : la France. Et c'était loin d'être l'unique surprise qui attendait le jeune héritier de la couronne.

La séance d'instruction s'annonçant fort délicate, je m'assurai qu'il ne manquait rien sur la table, puis jugeai opportun de me retirer. Le côté épineux de la situation provenait moins du caractère confidentiel des informations se trouvant ici dévoilées que de la tournure résolument familière qu'avait prise la conversation. Le fait est que Sa Majesté Impériale tardait un peu à assimiler ce qu'on lui disait et que ses très augustes oncles commençaient de perdre patience, allant jusqu'à employer à l'adresse de leur neveu des expressions peut-être admissibles entre proches parents, mais totalement impensables en présence de serviteurs.

Et puis quoi ? J'avais à m'occuper de mes propres hôtes, certes moins titrés, mais incomparablement plus exigeants. Dès que j'eus fini d'installer M. Fandorine, le colonel Karnovitch et le prince Glinski dans le grand salon du rez-de-chaussée, où mon adjoint, Somov, leur servit le thé et des cigares, je gagnai la confortable petite pièce de service, attenante à la cuisine, pour y retrouver, occupés eux aussi à prendre le thé, Foma Anikeïévitch, majordome du gouverneur général, Louka Emélianov, majordome de l'aîné des grands-ducs, Dormidont Séleznev, valet de chambre de Sa Majesté, et Massa, le Japonais de Fandorine. J'avais demandé à Mlle Declicq de jeter de temps à autre un coup d'œil à mes invités, de manière qu'ils ne se sentissent point trop délaissés, et aussi dans le vœu de fournir un semblant d'occupation à la pauvre jeune femme effondrée par le malheur qui s'était abattu sur elle. Par expérience personnelle, je sais fort bien qu'aux heures de grandes souffrances morales il n'est guère de meilleur remède que de se livrer à des obligations mondaines. Cela vous aide à vous ressaisir.

En entrant dans la pièce, j'y découvris, outre la gouvernante, toujours livide mais en apparence très calme, Mr Freyby, assis légèrement à l'écart des autres, son éternel bouquin entre les mains. Cela dit, il n'y avait pas lieu d'en être surpris. Il pleuvait, les deux gentlemen anglais étaient partis en promenade, contraints et forcés, et Mr Freyby avait dû s'ennuyer à rester seul enfermé dans sa chambre. N'importe quel majordome sait bien que l'office n'est autre qu'une manière de salon ou de club, comme disent les Britanniques, pour les serviteurs de haut rang.

De prime abord, la présence de l'Anglais me chagrina, car j'avais l'intention de tenir avec mes hôtes notre propre conseil secret, mais il me souvint tout aussitôt que Mr Freyby n'entendait pas un mot de russe. Peu importait donc, il pouvait bien rester là et continuer de lire.

Nous étions servis par ce nouveau laquais, nommé Lipps, dont j'avais déjà eu l'occasion d'apprécier le savoir-faire et le style. Lui-même était parfaitement conscient de l'importance de l'examen qu'il était en train de passer, et s'acquittait de toutes ses tâches de manière irréprochable : j'eus beau l'observer d'un œil on ne peut plus critique, je ne relevai pas la moindre faute. J'avais demandé à Lipps de se tenir derrière la porte, car la conversation n'était pas destinée à ses oreilles, et quand il était besoin d'apporter quelque chose ou de débarrasser, j'agitais une clochette. L'Estonien exécutait les ordres rapidement mais sans précipitation – autrement dit exactement comme il convient –, puis disparaissait à nouveau derrière la porte.

On n'eût sans doute pas trouvé dans le monde entier de juges plus sévères ni plus compétents dans l'art de servir. C'était particulièrement vrai en ce qui concernait l'honorable Foma Anikeïévitch.

Il convient d'expliquer que nous avons, nous, serviteurs, notre propre échelle hiérarchique, laquelle ne dépend nullement du statut de notre maître, mais uniquement de l'expérience et des qualités de chacun. Or selon cette échelle, celui qui nous dépassait tous était, sans aucun doute possible, Foma Anikeïévitch, le majordome de Son Altesse Siméon Alexandrovitch, plus jeune oncle de l'empereur. Louka Emélianovitch et moi étions à peu près sur le même pied, quant à Dormidont, le valet de chambre de Sa Majesté, malgré tout l'éclat de la charge qu'il occupait, il n'était encore considéré, dans notre cercle, que comme un apprenti. Lui-même, du reste, savait où était sa place, il observait dans son maintien la plus grande modestie, se gardant bien de s'affaler contre le dossier de sa chaise, et s'efforçait de parler le moins possible et d'ouvrir grand ses oreilles. L'opinion commune à son sujet était la suivante : capable, observateur, sait apprendre et ira loin. Issu en outre d'une excellente famille de serviteurs du palais, ce que révélaient d'ailleurs tout de suite ses prénom et patronyme : Dormidont Kouzmitch. Tous les nôtres, je veux dire tous les serviteurs de naissance comme nous, reçoivent lors de leur baptême les prénoms les plus simples, les plus anciens, afin que perdure l'ordre du monde et que chaque être humain possède un nom conforme à la fonction à laquelle il est appelé. Autrement, que vaudrait un laquais qui se ferait donner du Vsévolod Apollonovitch ou de l'Evguéni Victorovitch ? Il n'y aurait là que ridicule et confusion.

Au cours des dix-huit mois écoulés depuis le début du nouveau règne, Dormidont avait considérablement grandi dans l'estime des connaisseurs de la cour. Il suffit de mentionner l'incident survenu à Livadia, juste après le décès du précédent souverain, le jour où le nouvel empereur, en proie au plus grand désordre de sentiments, manqua paraître devant les personnalités venues lui présenter leurs condoléances sans épaulettes ni ruban noir. Séleznev rattrapa Sa Majesté par le coude alors que les portes s'ouvraient déjà, et en cinq secondes lui changea ses simples pattes d'épaule contre de vraies épaulettes, et eut encore le temps d'agrafer l'insigne de deuil à sa fourragère. Imaginez autrement quel aurait été le scandale !

Mais il a encore, évidemment, bien du chemin à parcourir avant d'atteindre à l'envergure d'un aigle comme Foma Anikeïévitch ou du défunt Prokop Sviridovitch. Foma Anikeïévitch s'est vu remettre une lourde croix à porter en se retrouvant au service d'un personnage tel que Siméon Alexandrovitch. Pour tout dire, il n'est point du tout à envier. Combien de fois Foma Anikeïévitch a sauvé Son Altesse de la honte et du déshonneur ! Si le gouverneur général conserve encore quelque autorité à Moscou, c'est uniquement grâce à la grande-duchesse Elizavéta Féodorovna et à son majordome.

Quant à Prokop Sviridovitch, qui fut le valet de chambre d'Alexandre l'Emancipateur, on rapporte sur lui, dans notre cercle, quantité de légendes.

Un jour, au cours de la campagne des Balkans, très exactement lors de la troisième bataille de Plevna, une grenade turque égarée vint tomber aux pieds du souverain alors que celui-ci était occupé à prendre sa collation de quatre heures. Prokop Sviridovitch, comme il est d'usage, se tenait tout à côté de lui, le plateau dans les mains, plateau sur lequel étaient posés une tasse de bouillon, un petit pain et une serviette.

Or, tout à coup, c'est une boule de feu qui s'abat devant eux ! Elle roule dans un trou envahi d'herbe, et la voilà là-dedans qui siffle, tressaute, et crache de la fumée, prête à exploser d'un instant à l'autre. Toute la suite entourant le souverain reste paralysée, seul le valet de chambre garde tout son sang-froid : sans lâcher son plateau, il esquisse deux petits pas en direction du trou et verse le bouillon sur la grenade ! La mèche s'éteignit aussitôt. Mais le plus extraordinaire, c'est que Sa Majesté, absorbée par son premier plat, ne remarqua absolument rien du bref incident, et fut juste étonnée du peu de bouillon qu'on lui servait dans sa tasse. Pour avoir détourné le pistolet du régicide Karakozov, Komissarov se vit attribuer un titre de noblesse, alors que Prokop Sviridovitch ne remporta dans l'affaire que des nèfles, comme on dit dans le peuple, car aucun des témoins, généraux et aides de camp du souverain, ne jugea bon de rien expliquer au tsar, tant ils étaient honteux qu'un valet de chambre se fût révélé plus décidé et courageux qu'eux. Quant à Prokop Sviridovitch, il n'était pas homme à se vanter de ses mérites.

Mais c'est un acte de bravoure plus grand encore qu'accomplit ce serviteur exemplaire, sur un tout autre front cette fois : celui de l'intimité. On peut dire que grâce à lui se trouvèrent préservées la paix et la tranquillité de la très auguste famille. Un jour qu'on célébrait la fête de l'impératrice, Sa Majesté commit un impair : en sortant de sa poche le cadeau destiné à son épouse, une bague ornée d'un gros saphir en forme de cœur et gravée des initiales de la souveraine, il laissa choir par terre un autre anneau, en tout point identique mais aux initiales de la princesse de Tver.

« Qu'est-ce que c'est, Sandy ? » demanda la souveraine en clignant ses yeux myopes sur le petit objet qui venait de rouler sur le tapis. Et déjà elle tirait son face-à-main de son sac.

L'empereur s'était figé sur place, incapable de trouver quoi répondre. Mais Prokop Sviridovitch se pencha alors prestement, ramassa l'anneau et l'avala dans l'instant. Il attendit qu'il fût bien descendu, puis alors seulement expliqua avec beaucoup de déférence :

« Je vous demande pardon, Votre Majesté Impériale, c'est une pastille contre les maux de ventre qui vient de m'échapper des doigts. Mon estomac ne me laisse pas en paix. »

Voilà quelle sorte d'homme c'était. Le grand Pirogov en personne l'opéra ensuite pour récupérer la bague.

C'est l'exemple de Prokop Sviridovitch qui m'inspira l'an passé, quand je réussis, j'ose le croire, à tirer assez bien Guéorgui Alexandrovitch d'une situation presque aussi délicate. Dieu merci, une feuille de papier n'est pas un saphir, en sorte qu'il n'y eut pas besoin d'intervention chirurgicale.

Au moment où je rejoignis la respectable assemblée, la conversation roulait sur les festivités à venir. Dormidont, visiblement ému, ce qui se comprenait fort bien car il n'avait point souvent eu l'occasion de s'exprimer en pareille compagnie, rapportait d'intéressants détails concernant le tsar. Foma Anikeïévitch et Louka Emélianovitch l'écoutaient d'une oreille bienveillante. Le Japonais buvait son thé à la soucoupe, enflant les joues et ouvrant tout ronds ses yeux bridés. Mademoiselle hochait poliment la tête, mais on voyait à ses yeux que ses pensées étaient à mille lieues de là (je crois avoir déjà mentionné qu'en dépit de tout son self-control elle n'est pas très maîtresse de son regard). Mr Freyby fumait placidement sa pipe en feuilletant les pages de son livre.

— ... Il s'exerce à se tremper le caractère, disait Dormidont à l'instant où j'entrai dans l'office.

Quand il me vit, il se leva avec déférence pour me saluer, puis reprit :

— Lui-même est très superstitieux, mais il veut à tout prix vaincre le sort. Ainsi a-t-il fixé exprès son arrivée à Moscou un jour portant malheur, celui de Job l'Affligé, et son installation au Kremlin le 13 du mois, alors que c'était tout à fait possible plus tôt. A mon avis, c'est peine perdue, car à quoi sert de tenter le sort ? Prenez la journée d'hier, jour de Job, vous avez vu vous-mêmes comment ça a tourné...

Et sur ces mots, il lança un regard éloquent dans ma direction, jugeant sans doute déplacé de s'exprimer plus en détail sur le malheur qui avait frappé la maison verte.

— Qu'en dites-vous, Louka Emélianovitch ? demanda Foma Anikeïévitch.

Le majordome de Kirill Alexandrovitch, en homme prudent et avisé, réfléchit un instant avant de répondre :

— Eh quoi, affermir sa volonté, pour un monarque, n'est pas une mauvaise chose. Sa Majesté ne perdrait rien à acquérir une plus grande fermeté de caractère.

— C'est ce que vous pensez ? dit Foma Anikeïévitch en hochant la tête. Eh bien, moi, je ne trouve pas cela très bon. Il convient de gouverner comme il convient aussi de vivre, avec plaisir et facilité, la fortune aime les hommes doués de pareille nature. Qui appelle sur lui le malheur ne doit pas s'étonner de le voir s'abattre par nuées. Notre royaume n'est déjà pas très gai, s'il faut en plus que le souverain se mette à croasser avec les corbeaux... Encore une fois, Sa Majesté se voit affligée, elle aussi, d'un caractère austère et difficile. Voilà le tsar qui entre en âge et en puissance de gouverner lui-même, et il va se choisir pour ministres des personnages aussi lugubres et guignards que lui. Comme on dit : tel maître, tel valet.

Je fus moins surpris de la liberté dont usait Foma Anikeïévitch pour parler de Sa Majesté (dans notre petit cercle la chose est admise, dès lors qu'on est entre soi, et jugée profitable au métier) que du fait qu'il ne se souciait nullement d'être entendu par un étranger – je veux parler du Japonais. A l'évidence, durant mon absence, le serviteur de Fandorine avait su mériter tout spécialement la confiance de Foma Anikeïévitch. Celui-ci est doué d'une grande perspicacité, il lit dans les cœurs comme dans un livre, et sait parfaitement devant qui on peut ou non aborder un sujet.

La face lisse et impassible de l'Asiate ne permettait guère de deviner s'il entendait bien de quoi il était question ou si simplement il se gonflait les joues de thé.

— Et vous, quel est votre sentiment sur tout cela, Afanassi Stépanovitch ? me demanda Foma Anikeïévitch.

Mais à son regard interrogateur je compris que la question avait un autre sens : jugeais-je possible d'aborder l'essentiel, ou bien préférais-je borner la conversation à quelque sujet sans rapport avec les événements ?

— Qui vivra verra... répondis-je en m'asseyant.

J'agitai la clochette pour que Lipps vînt me servir à moi aussi du thé.

— Il est déjà arrivé dans l'histoire que des princes héritiers sans grand caractère se révèlent avec le temps sous un jour des plus méritoires. Il n'est qu'à prendre pour exemple Alexandre II, ou encore ce François-Joseph.

Je prononçai ces mots tout en réfléchissant au problème qui se posait réellement à moi : étais-je oui ou non en droit de parler de la décision qu'on venait de prendre en haut ?

D'une manière ou d'une autre le Japonais l'apprendrait

de son maître. Il était également impossible de tenir Mademoiselle dans l'ignorance : c'eût été trop cruel. Foma Anikeïévitch et Louka Emélianovitch pouvaient me fournir un avis judicieux. Seule la présence de Mr Freyby me causait de l'embarras.

Ayant senti le poids de mon regard, le Britannique détacha les yeux de son livre et grommela quelques paroles indistinctes : sa pipe oscilla deux ou trois fois de haut en bas.

— Je sais tout, traduisit Mademoiselle en russe en détachant chaque syllabe avec application. Milord m'a raconté.

Le *butler* replongea aussitôt le nez dans son bouquin, donnant ainsi à entendre qu'on pouvait ne point lui prêter attention.

Eh bien, que conclure sinon que même en Angleterre les maîtres n'ont pas de secret pour leurs majordomes ! Allons, tant mieux.

Je résumai brièvement à mes compagnons tout ce que je savais de la lettre, du sinistre docteur et de la décision confidentielle prise au cours de la réunion. On m'écouta sans souffler mot. Quand je déclarai, cependant, que le docteur ne rendait jamais ses prisonniers vivants, Mademoiselle, incapable de se contenir davantage, laissa échapper un cri et serra fermement les poings au-dessus de la table. Pour l'aider à se remettre de son émotion bien compréhensible, je me laissai aller à une petite digression et fis part de l'admirable maîtrise de soi dont avait fait preuve Guéorgui Alexandrovitch. Mais la réaction de Mademoiselle (comme c'était d'ailleurs souvent le cas) me surprit.

— Guéorgui Alexandrovitch a eu six fils de Son Altesse la grande-duchesse, et deux autres encore de la petite ballerine. Si le docteur Lind avait enlevé l'unique fille de Son Altesse, oh, il se conduirait de manière bien différente !

Je fus, je l'avoue, passablement épaté – autant par la réflexion en elle-même (peut-être non dénuée de justesse, car Xénia Guéorguievna était en effet la préférée de Guéorgui Alexandrovitch) que par l'indélicate allusion à Mme Snéjnevskaïa.

Foma Anikeïévitch détourna aussitôt la conversation, atténuant ainsi sa maladresse :

— Ne pourrions-nous pas, nous, serviteurs, faire quelque chose de notre côté ?

Voilà ce que c'est qu'un vrai majordome : en quelques paroles lapidaires, il venait de balayer les scories pour dégager l'essentiel. Décidément, nous n'étions tous, devant lui, que de pauvres nains.

— Pardonnez-moi, Afanassi Stépanovitch, de m'exprimer ainsi, poursuivit Foma Anikeïévitch avec sa courtoisie coutumière, cependant ce n'est pas seulement la vie de Mikhaïl Guéorguiévitch qui est en jeu, mais une chose d'une importance plus grande encore, à savoir l'avenir de la monarchie, sinon les fondements mêmes de l'Etat russe. Après tous les ébranlements intérieurs, les divergences et les hésitations que nous avons connus, et compte tenu de l'évidente faiblesse du souverain, faiblesse encore aggravée par son inexpérience, qu'un pareil coup s'abatte encore, qui plus est sous les yeux de la société et du monde entier, et l'on peut s'attendre à n'importe quelles conséquences. Nous, serviteurs de la maison des Romanov, ne devons pas le tolérer.

Le Japonais reposa bruyamment sa soucoupe et inclina son front vers la nappe dans un mouvement si impétueux que je craignis un instant qu'il ne fût frappé d'apoplexie.

Mais non, j'appris qu'il s'agissait là d'une sorte de salut. Sa tête ronde courbée à toucher la table, l'Asiate lança avec feu, à l'adresse de Foma Anikeïévitch :

— C'est paloles de varai samouraï. Foma-senseï, vous êtes homme de cœul.

Un « samouraï », c'est une manière de chevalier japonais, je l'avais lu quelque part. Ce que signifiait le mot *senseï*, en revanche, je l'ignorais. Sans doute quelque formule de politesse orientale, l'équivalent de *cher maître* en français.

Foma Anikeïévitch répondit par un salut courtois, et le Japonais se redressa.

— Il faut aidjer mon maîtle, déclara-t-il dans son russe un peu bizarre mais néanmoins très compréhensible. Mon maîtle seul peut sauver petit *odji* et honneul de l'empile.

— J'ai beaucoup entendu parler d'Eraste Pétrovitch, monsieur Massa, dit Foma Anikeïévitch. Il semble que, au temps où le prince Dolgoroukoï était gouverneur, il ait accompli ici, à Moscou, nombre d'actions d'éclat, n'est-ce pas ?

J'ignorais que Foma Anikeïévitch fût informé sur le compte de Fandorine, mais je n'en fus nullement surpris.

Le Japonais répliqua avec sérieux :

— Oui, tlès tlès beaucoup. Mais c'est sans impoltance. L'impoltant est que mon maîtle ne vivla pas si dokutor Lind vit.

Ce n'était pas dit en termes très corrects, mais le sens était là.

Mademoiselle demanda avec un tout autre accent, bien plus doux à l'oreille :

— Mais que peut-il faire, votre maître ?

— Tout, coupa Massa. Le maîtle peut tout faile. Dokutor Lind ne vivla pas.

Foma Anikeïévitch poussa un soupir, ce qui à l'évidence signifiait : « Puisse le ciel faire que vous disiez vrai. »

— Mademoiselle, messieurs, je propose la chose suivante...

Aussitôt le silence se fit, et même Mr Freyby se détacha de son livre pour observer avec intérêt Foma Anikeïévitch par-dessus ses lunettes.

— Nos maîtres, malheureusement, entretiennent entre eux de piètres relations. Cela risque de compliquer les choses. Convenons qu'au moins nous, leurs serviteurs, saurons faire cause commune. Nous nous tiendrons entre nous informés, et garderons Sa Majesté et Leurs Altesses de commettre des erreurs. Dans la mesure de nos forces.

Tel fut son discours : tout de simplicité et de sagesse.

A cet instant mon adjoint, Somov, passa la tête par l'embrasure de la porte et, la main sur la poitrine, s'excusa :

— Afanassi Stépanovitch, messieurs, je vous demande pardon, mais Mlle Declicq est appelée auprès de Sa Majesté.

Puis il s'éclipsa aussitôt, non sans avoir salué.

— Ah, au fait, monsieur Zioukine, demanda la gouvernante en se tournant vers moi, la pauvre Xénia ne sait encore rien, que puis-je lui dire ?

— Il ne convient pas de parler à *Son Altesse Impériale* de la menace de Lind, répondis-je d'un ton sévère, quelque peu choqué d'une pareille familiarité à l'égard de Xénia Guéorguievna. Dites simplement à *Son Altesse Impériale* que les ravisseurs réclament une rançon et que celle-ci sera versée.

Je crois qu'elle sortit de la pièce fort honteuse de cette leçon.

Une minute après le départ de Mademoiselle, je regrettais déjà son absence, car Mr Freyby venait soudain d'ouvrir la bouche pour prononcer une brève syllabe.

— Qu'avez-vous dit ? demanda Foma Anikeïévitch.

— Il a dit : « esipio », traduisit Massa qui se révélait entendre l'anglais.

— Espion ? Dans quel sens ? balbutiai-je, interloqué.

Le Britannique adressa un regard chargé d'espoir à Foma Anikeïévitch, et celui-ci se renfrogna brusquement d'un air soucieux.

— Mr Freyby a tout à fait raison. Il y a forcément un espion. Les ravisseurs étaient trop bien renseignés sur vos déplacements d'hier. Je ne veux pas vous faire de peine, Afanassi Stépanovitch, mais il est très probable que parmi le personnel que vous dirigez se dissimule une créature du docteur Lind. Pouvez-vous vous porter garant de tous vos domestiques ?

Je me sentis blêmir.

— Absolument pas. Je puis répondre, oui, des Pétersbourgeois. Tous, à l'exception de Lipps – le garçon que vous voyez nous servir –, sont de vieux serviteurs éprouvés. Mais j'ai ici également du personnel temporaire, huit personnes en tout, sans compter les femmes de ménage. Ces gens-là, je ne les connais pas du tout, c'est Somov qui en a la charge.

— Par conséquent, il est nécessaire de redoubler de prudence, conclut Louka Emélianovitch avec un ton d'autorité.

Foma Anikeïévitch, pour sa part, dit à l'Anglais :

— Je vous remercie, mister Freyby, de votre pertinente remarque.

L'autre haussa les épaules sans comprendre, et je me souvins alors d'avoir encore dans ma poche le lexique qu'il m'avait offert la veille.

« Remercier » en anglais se disait « tènk ». Quant à « vous », c'était encore plus simple : « iou ».

Je dis par conséquent :

— Tènk iou, mister Freyby.

Il me salua d'un signe de tête et se replongea dans son Trollope (j'avais regardé à la bibliothèque, c'était le nom d'un romancier anglais).

Nous débattîmes encore quelque temps des divers moyens par lesquels nous pourrions communiquer entre nous de manière confidentielle, puis notre réunion se trouva brutalement interrompue : Somov apparut à nouveau dans l'encadrement de la porte, et à l'expression de son visage je compris qu'un événement particulier venait de se produire.

M'étant excusé, je le rejoignis dans le couloir.

— Tenez, me dit-il en me tendant une enveloppe blanche. On vient de la trouver. C'est le suisse qui l'a ramassée. On ne sait pas d'où elle sort.

Je pris l'enveloppe et y lus ces quelques mots tracés en lettres capitales : AVEC LES COMPLIMENTS DE LIND.

Il me fallut un incroyable effort de volonté pour conserver un masque impassible.

— Où l'a-t-on découverte ?

— Sur le perron, juste devant la porte. Le suisse est sorti voir si la pluie s'était arrêtée, et elle traînait là, par terre.

Par conséquent, pensai-je, on pouvait aussi bien l'avoir apportée du dehors. Rien n'était plus simple : on avait escaladé la clôture et on l'avait déposée là subrepticement. Je m'en sentis un peu soulagé. Mais un peu seulement.

Je m'abstins évidemment d'ouvrir l'enveloppe, bien qu'elle ne fût pas cachetée : je m'empressai de l'aller porter à l'étage. Si Somov ne m'avait regardé m'éloigner, je fusse même parti en courant.

Je m'arrêtai devant la porte du petit salon et tendis l'oreille avant d'entrer. Je procède toujours ainsi, non point du tout dans le but de surprendre la conversation, mais pour ne pas risquer d'interrompre un entretien important ou intime.

J'entendis résonner à l'intérieur la voix de Kirill Alexandrovitch, vibrante de colère :

— Nicky, arrête donc un peu d'être aussi godiche ! Quand tu recevras Li Hun Xuan en audience, il ne faudra surtout pas parler de concession. En aucun cas. Tu flanquerais tout par terre !

Je secouai la tête malgré moi à l'idée que les choses ne sauraient durer ainsi bien longtemps. Le souverain n'était point du tout aussi faible de caractère qu'il le paraissait à Leurs Altesses. Et il était rancunier.

Je frappai bruyamment au vantail, remis la lettre et ressortis aussitôt dans le couloir.

Je n'eus pas à attendre plus de cinq minutes avant que Guéorgui Alexandrovitch entrouvrît la porte et me fît signe du doigt de venir. Je lui trouvai un regard un peu étrange.

Le souverain et les autres grands-ducs me dévisagèrent exactement de la même manière, comme s'ils me voyaient pour la première fois, ou comme s'ils remarquaient pour la première fois qu'existait sur terre un être humain répondant au nom d'Afanassi Stépanovitch Zioukine. Cela me déplut au plus haut point.

— Tu sais le français, n'est-ce pas ? demanda Kirill Alexandrovitch. Alors, tiens, lis.

Je dépliai la feuille, non sans trembler des mains, et lus ce qui suit :

Vos conditions sont acceptées, mais le prix à payer pour chaque jour de délai est d'un million. Demain, à trois heures de l'après-midi, votre intermédiaire, seul, en voiture découverte, devra prendre le boulevard des Jardins à partir de la place de Kalouga en direction de la rue aux Grains. La somme sera placée dans une valise, en billets de banque de vingt-cinq roubles. Au moindre signe de coup fourré de votre part, je me tiendrai pour libre de tout engagement et vous rendrai votre prince, comme je l'ai promis, en plusieurs morceaux.

Dernier point. L'intermédiaire devra être le serviteur qui se trouvait dans le jardin : celui qui a un poireau sur la joue et des rouflaquettes d'épagneul.

Sincèrement vôtre,
Docteur Lind.

Le premier sentiment que j'éprouvai fut une profonde mortification. Des rouflaquettes d'épagneul ! C'est ainsi qu'il parlait de mes favoris si soigneusement entretenus !

Ce n'est qu'ensuite que je saisis tout ce que cette lettre contenait d'effrayant.

8 mai

Après de multiples échanges de coups de téléphone entre le palais Pétrov, la résidence du gouverneur général et l'Ermitage, la conduite des opérations fut finalement confiée au colonel Karnovitch. Le grand maître de la police de Moscou reçut pour instruction de lui fournir toute l'aide possible, tandis que Fandorine se voyait attribuer le rôle assez incertain de conseiller, et encore seulement sur la demande instante de Guéorgui Alexandrovitch, qui, depuis le sauvetage de sa fille, nourrissait une foi aveugle dans les talents extraordinaires de l'ancien fonctionnaire en charge des missions spéciales.

De Karnovitch, je ne savais, comme tout le monde, que fort peu de choses, du fait que cet énigmatique personnage n'était apparu aux abords du trône que très récemment. Ni son âge, ni son rang, ni ses relations ne justifiaient qu'il occupât une charge d'une telle importance, et même, peut-on dire, un poste-clef, d'autant qu'avant de recevoir cette prestigieuse nomination il exerçait la modeste fonction de chef d'une simple direction provinciale de la gendarmerie. Cependant, après le retentissant démantèlement d'une organisation terroriste anarchiste, on avait commencé de parler du jeune colonel comme de l'étoile montante de la police politique et, peu de temps après, ce discret et même insignifiant personnage, au regard éternellement dissimulé derrière des lunettes bleues, était déjà à la tête du service de sécurité de Sa Majesté – ascension en vérité exceptionnelle, qui ne disposait guère les courtisans en sa faveur. Mais quel chef de la police du palais, par la nature même de sa charge toujours trop renseigné sur les faiblesses et les secrets des intimes du trône, a jamais joui des sympathies de la cour ? Ce sont les inconvénients du métier.

En revanche, Lassovski, le grand maître de la police, passait dans les deux capitales pour une figure célèbre, sinon légendaire. Les journaux pétersbourgeois (ceux de Moscou n'avaient pas cette audace) aimaient à décrire les lubies et les abus d'autorité de ce nouvel Arkharov[1] : ses expéditions par les rues de la ville dans la fameuse voiture de grand maître de la police, attelée des meilleurs chevaux de la ville, son intérêt passionné pour le corps de sapeurs-pompiers, son excessive sévérité à l'égard des concierges d'immeuble, et ses célèbres arrêtés publiés quotidiennement par le *Bulletin de la police municipale de Moscou*. J'avais d'ailleurs moi-même lu ce matin-là, en première page de ce captivant périodique, une ordonnance de la teneur suivante :

> *Au cours de notre inspection du 7 mai, il a été par nous noté que : sur la place de la Résurrection, en face du Grand Hôtel de Moscou, se percevait une puanteur provenant de*

1. Nikolaï Pétrovitch Arkharov (1742-1814) : grand maître de la police de Moscou sous le règne de Catherine II, il se rendit célèbre pour l'énergique activité qu'il déploya à son poste. Il devint par la suite gouverneur général de Saint-Pétersbourg.

harengs pourris que les concierges avaient négligé de balayer ; à 5 h 45 du matin, les deux gardiens de nuit en faction devant les portes Triomphales tenaient une conversation oiseuse ; à 1 h 20 de l'après-midi, à l'angle de la grand-rue Tverskaïa-Iamskaïa et de la place des Portes-Triomphales, le sergent de ville n'était pas à son poste ; à 10 h du soir, à l'angle de la rue de Tver et de la place de la Résurrection, le sergent de ville est monté sur le trottoir pour échanger des injures avec un cocher.

Nous ordonnons que tous les sergents de ville, gardiens et concierges coupables des faits susdits soient mis aux arrêts et à l'amende.

Colonel Lassovski, en charge des fonctions de grand maître de la police de Moscou.

Bien sûr, il ne sied guère au chef de la police d'une ville d'un million d'âmes d'entrer dans de pareils détails, néanmoins il est un certain nombre d'innovations moscovites qu'on ne ferait pas mal, à mon sens, d'adopter également chez nous, à Saint-Pétersbourg. Comme, par exemple, poster des sergents de ville aux carrefours afin qu'ils règlent la circulation des voitures, car en attendant la perspective Nevski et les quais se trouvent changés en un véritable capharnaüm où il est impossible de passer, ni à cheval, ni à pied. Il ne serait pas mauvais non plus d'imiter l'usage moscovite en interdisant aux cochers, sous peine d'amende, de jurer et de conduire des calèches trop mal entretenues.

Mais il était bien vrai cependant que le colonel Lassovski possédait un tempérament fort abrupt et fantasque. J'eus l'occasion de m'en convaincre au cours de la séance d'instructions qui précéda l'opération.

Bien que mon mentor officiel fût Karnovitch, le grand

maître de la police ne laissait pas de placer ses propres observations, et par toute son attitude s'appliquait à montrer qu'il était le seul vrai patron de l'ancienne capitale et que ce n'était pas lui, Lassovski, qui allait s'effacer devant un petit intrigant de passage. A chaque instant la querelle se rallumait entre les deux colonels pour savoir s'il convenait d'arrêter l'envoyé du docteur qui se présenterait au rendez-vous, le Moscovite soutenant mordicus qu'il fallait le capturer sur-le-champ et jurant qu'il saurait bien faire cracher ses tripes à ce fils de salopard, tandis que le Pétersbourgeois se prononçait non moins résolument pour la plus grande prudence, en rappelant la menace qui pesait sur la vie de Sa Jeune Altesse. Fandorine était présent dans la pièce mais s'abstenait de prendre part à la controverse.

Karnovitch avait arrêté une série de mesures qui me parurent très judicieuses. Ma calèche serait précédée de trois voitures camouflées transportant des agents en civil, tandis que cinq autres la suivraient de loin. Tous les agents de la Sécurité du palais étaient pareillement d'habiles limiers. Leur mission serait non pas de capturer l'envoyé de Lind, mais de le « prendre en filature » (ainsi que s'exprima le colonel) et de le « courser » jusqu'au repaire des ravisseurs. En outre, un groupe spécial de fonctionnaires du Trésor travaillait depuis la veille au soir à relever les numéros de toutes les coupures destinées à être remises à Lind. Ainsi, chacune d'elles par la suite pourrait se changer en l'amorce d'une piste.

Mon rôle, à première vue, était simple : rouler lentement sur le boulevard des Jardins et attendre que les malfaiteurs se manifestent, puis exiger de leur émissaire d'être conduit auprès de Son Altesse, et ne céder en aucun cas la valise avant d'avoir vu Mikhaïl Guéorguiévitch sain et sauf. Si le ou les bandits décidaient de recourir à la force, les agents grimés en bourgeois entreraient aussitôt en action.

— Ce qu'il faut, c'est empoigner le loustic au collet, et illico presto ! s'exclama pour la dixième fois peut-être le grand maître de la police, incapable d'en démordre. Et me le remettre. Je bavarderai si bien avec lui qu'il n'y aura pas besoin d'établir de filature, croyez-moi. Il nous racontera et montrera tout ce qu'on lui demandera, sans qu'il soit besoin d'insister. Alors que vous, monsieur le colonel, à vouloir tant finasser, vous allez tout flanquer par terre.

D'un geste nerveux, Karnovitch rajusta ses lunettes sur son nez, mais, au lieu de décharger son irritation sur le Moscovite, c'est à Fandorine qu'il s'en prit :

— Ecoutez, cher monsieur, de quelle utilité m'est un conseiller qui passe son temps à se taire ? Dites-nous donc ce que vous en pensez !

Fandorine haussa un sourcil d'un air sceptique – un fort beau sourcil qui paraissait comme dessiné :

— Lind est plein de ruse et d'imagination. Il d-devine à l'avance toutes les manœuvres auxquelles vous pourriez recourir. Quant à relever les numéros des b-billets, c'est tout bonnement risible. Quoi ! Vous allez distribuer à tous les magasins, boutiques et comptoirs de change des listes de quarante mille numéros à sept chiffres ?

Il se tourna vers moi.

— L'essentiel dépendra de vous, Zioukine. Un sens aigu de l'observation, de l'attention pour les plus menus détails, voilà ce dont il est b-besoin. Rappelez-vous que ce n'est aujourd'hui qu'une première rencontre, six autres encore, au moins, doivent suivre. Pour le moment il convient seulement de b-bien ouvrir l'œil.

Quant à la « filature », ajouta-t-il à l'adresse, cette fois-ci, de Karnovitch, on peut toujours la tenter, mais à condition de ne pas se montrer trop pesant, autrement nous récolterons un cadavre.

— Précieuse recommandation, merci, rétorqua d'une voix sardonique le chef de la police du palais en esquissant une courbette. Vous avez l'intention de verser encore à ce cher docteur six fois un million ? Vous ne toucheriez pas une commission du sieur Lind pour donner de pareils conseils ?

Fandorine se leva et sortit sans rien répondre.

— Voilà qui mériterait d'être placé sous surveillance, grommela Lassovski en regardant la porte se refermer. Individu des plus suspects...

— Si le besoin s'en fait sentir, nous nous en chargerons, promit Karnovitch. Ce type est en effet très déplaisant.

Je partageais de tout cœur ce jugement, car mon opinion sur ce M. Fandorine, qui au début avait pourtant produit sur moi la plus avantageuse impression, s'était depuis complètement modifiée. Et non sans raison.

La première moitié de la journée m'avait paru atrocement longue à passer. Pendant qu'on débattait dans les hautes sphères pour savoir quel service dirigerait l'opération, personne ne s'intéressait à moi, et je me morfondais, dévoré par l'angoisse et l'inaction. Compte tenu de l'importante mission qui m'attendait, j'avais été délivré de mes obligations ordinaires, lesquelles avaient été reportées sur Somov. Guéorgui Alexandrovitch avait déclaré que, dès lors que nous étions dans le secret, on ne réclamait de nous qu'une chose : faire comme si de rien n'était et afficher une sérénité radieuse. La lourde tâche de remonter le moral à Pavel Guéorguiévitch avait été confiée à Endlung. Pour la mener à bien, le lieutenant avait reçu une certaine somme et, emporté soudain par un entrain et une fièvre d'activité extraordinaires, avait fait grimper son pupille dans une voiture et, le jour commençant à peine, l'avait conduit à Tsaritsyno dans un restaurant tsigane pour, ainsi qu'il s'exprimait, « tirer une bordée ».

Son Altesse m'avait confié Xénia Guéorguievna, et la besogne s'annonçait plutôt ardue. La grande-duchesse s'était présentée au petit déjeuner les yeux rougis, le teint blême, la figure ravagée de chagrin, or elle avait dans la soirée à accomplir plusieurs visites, puis à se rendre au palais Pétrov pour un petit souper avec sérénade.

Guéorgui Alexandrovitch s'était entretenu avec moi sur la meilleure manière de procéder, et nous étions parvenus à la conclusion qu'il n'était rien de plus efficace pour chasser la mélancolie que l'exercice physique. « Qu'elle fasse donc une partie de tennis ! avait commandé Son Altesse. Dieu merci, le temps est toujours maussade, certes, mais il n'est point humide. » Sur quoi il avait passé sa tenue civile et s'en était allé à je ne sais quelles affaires, m'abandonnant le soin d'organiser le jeu.

— Afanassi, mais avec qui vais-je jouer ? me demanda Xénia Guéorguievna.

Et en effet, il se trouvait qu'il n'était aucun partenaire disponible pour Son Altesse. Dépêché par Siméon Alexandrovitch, le prince Glinski était passé chercher les Anglais pour une promenade en voiture à Sokolniki, promenade à laquelle devait succéder un déjeuner à la résidence du gouverneur général. Je me rappelai la manière dont Son Altesse s'était intéressée la veille à l'élégant Mr Carr et je frémis à nouveau d'inquiétude, mais point si vivement cependant car j'avais de plus graves sujets de préoccupation.

Après un instant de réflexion, Xénia Guéorgievna me dit :

— Va trouver Eraste Pétrovitch, invite-le à venir. Je ne vois personne d'autre...

Je me rendis chez Fandorine. Avant de frapper, je tendis l'oreille et discernai des bruits fort étranges : coups sourds, reniflements sonores et tintements de vitres. Alarmé, je frappai discrètement et entrouvris la porte.

Un surprenant tableau se présenta à mes yeux. M. Fandorine et M. Massa, seulement vêtus tous deux de caleçons blancs, se livraient à un rituel des plus singuliers : chacun à tour de rôle prenait son élan, bondissait à une hauteur prodigieuse et allait frapper du pied contre le mur, d'où venait que les fenêtres ébranlées produisaient ce tintement, en partie cause de ma frayeur. Eraste Pétrovitch accomplissait ce curieux exercice en restant parfaitement silencieux ; son serviteur, en revanche, soufflait et s'ébrouait, et une fois achevé son assaut contre la paroi, ne se contentait pas de rebondir en arrière, mais s'en allait rouler, telle une balle, sur le plancher.

— De quoi... s'agit-il ? demanda Fandorine d'une voix hachée, suspendant sa question au beau milieu pour frapper un nouveau coup.

Un bon majordome ne s'étonne jamais de rien. Et s'il est étonné, il n'en laisse rien paraître. C'est pourquoi je saluai très naturellement et transmis la requête de Xénia Guéorguievna.

— Remerciez Son Altesse pour l'honneur qu'elle me fait, répondit-il en s'épongeant le visage. Mais je ne sais pas jouer au tennis.

Je retournai auprès de la grande-duchesse, qui avait déjà eu le temps de troquer ses vêtements contre une ample robe de tennis et des chaussons blancs.

Le refus de Fandorine l'affecta grandement :

— Et que vais-je faire ? Me renvoyer les balles toute seule ? Peu importe, demande-lui encore. Dis que je lui apprendrai.

Et il y avait des larmes dans ses yeux.

Je courus à nouveau auprès de Fandorine et cette fois-ci reformulai ma demande comme il convient, sans omettre d'évoquer la mission que m'avait confiée Guéorgui Alexandrovitch.

Eraste Pétrovitch poussa un soupir et se résigna à accepter. En un clin d'œil je lui eus porté le costume de tennis de Pavel Guéorguiévitch, qui se révéla presque coupé pour lui, même s'il était peut-être un peu étriqué aux épaules.

La leçon commença. J'observais à travers le grillage, puisque je n'avais rien d'autre à faire. Je fus bientôt rejoint par Massa, et à peine quelques instants plus tard apparut également Mr Freyby, attiré par le bruit élastique de la balle, si enchanteur pour une oreille anglaise.

Fandorine se révéla un élève assez doué, et au bout d'un quart d'heure la balle volait déjà par-dessus le filet jusqu'à dix fois d'affilée. Xénia Guéorguievna avait recouvré un peu de gaieté, ses joues s'étaient colorées, des boucles blondes s'échappaient de sous son chapeau : elle offrait un spectacle bien agréable à regarder. Son partenaire n'était pas en reste sur ce chapitre. Il tenait mal sa raquette, frappait la balle trop fort, comme s'il donnait des coups de sabre, cependant il se déplaçait sur le court avec souplesse et rapidité, et force était de reconnaître que sa personne ne manquait pas non plus d'agrément.

— *They make a beautiful pair, don't they ?* dit Mr Freyby.

— Tlès beau couple, traduisit pour moi Massa.

Je fus scandalisé par cette remarque et préférai l'attribuer aux insuffisances de la traduction. Fandorine ne pouvait évidemment prétendre à former un couple avec Son Altesse, en quelque sens que ce fût. Toutefois les paroles de Mr Freyby m'incitèrent à poser sur Xénia Guéorguievna un œil plus attentif, et pour la première fois je sentis mon cœur, comme on dit dans le peuple, battre la chamade. Je n'avais jamais vu à Son Altesse de regard aussi radieux, même au jour de son premier bal « adulte ».

— Allons, ça suffit, Eraste Pétrovitch, assez perdu de temps ! criait-elle. Vous en savez déjà assez pour que nous jouions un jeu en comptant les points. Les règles sont très simples. C'est moi qui servirai, car de toute manière vous ne savez pas encore. D'abord je frapperai la balle dans ce carré-ci, puis dans celui-là, et ainsi alternativement jusqu'à la victoire de l'un ou de l'autre. Quant à vous, tâchez de renvoyer, mais sans sortir du terrain. Compris ? Le perdant devra passer sous le filet. Et je vais demander à l'Anglais de nous servir d'arbitre.

Elle s'adressa en anglais à Mr Freyby, qui aussitôt s'inclina d'un air solennel et s'avança vers le filet. Cependant, avant de donner le signal de début de jeu, il se retourna vers nous et nous lança quelques mots.

— Plopose pali, expliqua Massa en même temps qu'une lueur passionnée s'allumait au fond de ses yeux étrécis. Deux contle un poul la lédi.

— Pour quoi ? demandai-je sans comprendre.

— Poul la demoiselle, répondit le Japonais avec impatience avant de se mettre lui aussi à babiller en anglais en désignant tantôt son maître, tantôt Son Altesse.

— *All right*, acquiesça le Britannique. *Five to one*.

— Cinq contle un, traduisit Massa.

Il poussa un soupir accablé, tira mystérieusement de son sein un porte-monnaie de papier coloré, et montra à Mr Freyby une coupure de cinq roubles passablement froissée qu'il posa sur un banc.

L'Anglais sortit sur-le-champ de sa poche un excellent portefeuille de cuir encore craquant d'où il préleva un billet de vingt-cinq.

— *What about you, mister Zyukin ?* demanda-t-il.

Je n'eus pas besoin de traduction pour comprendre.

Organiser un pari n'était pas à mes yeux une entreprise très convenable, mais Guéorgui Alexandrovitch, au moment de partir, m'avait dûment chapitré : « De la gaieté et de la désinvolture, Afanassi ! Je compte sur toi. » Aussi décidai-je de me montrer désinvolte.

Qui plus est, le gain paraissait assuré. Xénia Guéorguievna se distinguait depuis l'enfance par une souplesse et une agilité sans pareilles, et au tennis ne se connaissait aucune rivale. Aucune rivale, et même fort peu de rivaux, car je l'avais vue plus d'une fois battre Pavel Guéorguiévitch et Endlung. Or c'était la première fois aujourd'hui que Fandorine tenait une raquette dans ses mains. Si Massa avait néanmoins misé sur son maître, ce n'était que par fidélité, sentiment qui, ainsi que je l'ai lu dans un livre, atteint chez les serviteurs japonais à un fanatisme passant toutes les limites imaginables. On raconte (j'ignore si c'est vrai) qu'un serviteur japonais préférerait s'ouvrir le ventre plutôt que de faillir à son maître. Une telle abnégation, tout à fait dans l'esprit de Vatel, le fameux maître d'hôtel qui se perça de son épée parce que la marée n'était pas arrivée à temps à la table du prince de Condé, ne peut qu'inspirer le respect, même si, bien sûr, il serait absolument inconcevable dans une maison bien tenue d'aller répandre ses intestins sur le parquet ciré.

Je fus curieux de voir jusqu'où pouvait aller l'esprit de sacrifice du valet de chambre nippon. J'avais justement dans ma bourse cinquante roubles que j'avais mis de côté pour les placer sur mon compte d'épargne à la banque. Je sortis le billet et le posai moi aussi sur le banc.

Le Japonais – il faut lui rendre cette justice – ne marqua pas le moindre trouble. Il tira dix autres roubles de son porte-monnaie, et alors Mr Freyby cria :

— *Go !*

Je connaissais bien les règles du jeu, de sorte que je pouvais me dispenser de prêter l'oreille aux interjections de l'Anglais.

Xénia Guéorguievna, se cambrant avec grâce, servit la première balle avec tant de force que Fandorine eut à peine le temps de lever sa raquette. La balle partit en biais, heurta le bord supérieur du filet et, après une brève hésitation, retomba du côté de Son Altesse.

Quinze-zéro en faveur d'Eraste Pétrovitch. Un coup de chance.

Son Altesse passa sur l'autre court de service, expédia une balle extrêmement difficile, animée d'un terrible effet, et courut vivement au filet, sachant d'avance où l'adversaire riposterait, si seulement il parvenait à riposter.

Fandorine réussit à rattraper la balle, mais la frappa avec tant de violence qu'elle eût à coup sûr volé hors des limites du terrain, si elle n'avait touché au passage Son Altesse en plein front.

Un certain ébahissement se peignit sur le visage de Xénia Guéorguievna, tandis que celui d'Eraste Pétrovitch s'allongeait de frayeur. Il se précipita vers le filet et appliqua son mouchoir sur le front de la grande-duchesse.

— Ce n'est rien, ce n'est rien, murmura-t-elle en retenant Fandorine par le poignet. Je n'ai absolument pas mal. Tout de même, vous êtes un vrai chançard. Trente-zéro. Mais je vais vous montrer à présent...

Le troisième service relevait de la catégorie des coups impossibles à parer. Je ne vis même pas partir la balle : il y eut juste la trace fugitive d'un éclair filant au-dessus du court. Fandorine réussit cependant par une espèce de miracle à l'intercepter avec sa raquette, mais de la manière la plus malencontreuse : la boule blanche s'éleva péniblement presque à la verticale, pour retomber droit vers le filet.

Poussant un cri de triomphe, Xénia Guéorguievna s'élança en avant, prête à rabattre le léger projectile sur la surface du terrain. Elle brandit sa raquette, qui percuta la balle avec un craquement, l'envoyant heurter de nouveau le haut du filet. Mais cette fois-ci encore, au lieu de passer du côté adverse, elle rebondit sur le bord et s'en fut rouler aux pieds de Son Altesse.

La grande-duchesse affichait une mine désemparée : le jeu se révélait quelque peu bizarre. Sans doute le désarroi de Son Altesse fut-il cause qu'elle rata par deux fois son dernier service, ce qui ne lui était jamais arrivé auparavant, et la partie se trouva proprement perdue ou, comme disent les *sportsmen*, se termina « en roue de vélo ».

Je ressentis mon premier accès d'inimitié à l'égard de Fandorine quand son valet de chambre rangea le plus tranquillement du monde la grosse somme qu'il venait ainsi de gagner dans son porte-monnaie bariolé. Il me restait encore à m'habituer à l'idée d'avoir perdu cinquante roubles d'aussi stupide manière.

Mais la scène qui se déroula alors sur le court acheva de me déplaire tout à fait.

Ainsi qu'il était imposé au joueur perdant, Son Altesse se mit à quatre pattes et passa sous le filet. Fandorine se pencha vivement pour l'aider à se relever, mais elle le regarda alors de bas en haut, et demeura soudain figée dans cette posture absurde. Eraste Pétrovitch, troublé, la prit par les mains et la tira vers lui, mais avec tant de force que la grande-duchesse se heurta à sa poitrine, son chapeau vola à terre et, avec lui, les épingles qui le tenaient en place, de sorte que son opulente chevelure bouclée se répandit sur ses épaules.

— Je vous demande pardon, bredouilla Fandorine. Merci pour la leçon. Je dois partir maintenant.

Et sur un salut quelque peu embarrassé, il s'en fut d'un pas vif en direction de la maison. Le Japonais le suivit aussitôt en trottinant.

— *Lucky devil,* déclara Mr Freyby.

Ce qu'il traduisit lui-même par :

— Chan-ceux... diable.

Sur quoi il se mit à recompter l'argent qu'il lui restait dans son portefeuille, avec un visible sentiment de regret.

Quant à moi, je ne pensais déjà plus à la somme que je venais de perdre. J'avais le cœur serré d'inquiétude tandis qu'un funeste pressentiment me tourmentait.

Ah, avec quels yeux Xénia Guéorgievna regardait Fandorine s'éloigner ! Et lui, le madré, qui poursuivait son chemin comme si de rien n'était, pour ne se retourner qu'au tout dernier moment, juste avant de passer l'angle du bâtiment ! Là, il lança un bref regard à Son Altesse, et aussitôt détourna la tête. Le vil, l'infâme procédé, qui devait immanquablement opérer son effet sur une tendre jeune fille sans expérience !

Sous l'éclair de ce regard, la grande-duchesse rougit jusqu'aux oreilles, et je compris alors qu'un événement scandaleux, monstrueux, venait de se produire, un de ces événements capables d'ébranler les fondements mêmes de la monarchie. Une personne de sang impérial venait de s'éprendre d'un individu qui ne lui convenait nullement. Il était impossible de s'y tromper, même si je ne puis prétendre être un grand expert dans le domaine des femmes et de leurs sentiments.

Afanassi Zioukine est un vieux célibataire et, vraisemblablement, le restera. Notre vénérable dynastie est condamnée à prendre fin avec moi, car si j'ai bien encore un frère, celui-ci a perdu le droit de perpétuer la race des Zioukine, serviteurs de la cour depuis des générations.

Mon père, Stépan Filimonovitch, et avant lui son père, Filimon Emélianovitch, se virent mariés à dix-sept ans à des jeunes filles elles-mêmes issues d'autres familles de majordomes, et un an plus tard avaient déjà mis au monde leur fils aîné. Tous deux vécurent avec leur épouse comme on aimerait que Dieu le permît à chacun, dans le respect et l'amour. Mais l'heureuse prospérité de notre nom a subi avec moi un coup d'arrêt, a trébuché, en quelque sorte, sur ma personne. Les Zioukine sont menacés d'extinction, à cause que la nature m'a doté d'un cœur indolent et inapte à l'amour.

Je n'ai jamais connu d'amour pour le sexe féminin. De l'adoration, oui, mais c'est une autre affaire ; j'ai éprouvé ce sentiment alors que je n'étais encore qu'un adolescent, et il fut si violent qu'après lui il ne m'est plus resté assez de force pour un amour ordinaire.

A quatorze ans, je servais comme groom aux écuries de la maison d'un grand-duc, maison trop connue pour que je précise laquelle exactement. Or l'une des jeunes grandes-duchesses, dont je tairai également le nom, était du même âge que moi, et il m'arrivait souvent d'avoir à l'accompagner lors de promenades à cheval. Au cours de toutes les années qui se sont écoulées depuis, jamais je n'ai rencontré de fille ou de femme qui pût se comparer, même de loin, à Son Altesse. Je ne parle pas, non, de beauté, bien que la grande-duchesse fût plus belle qu'on ne saurait décrire, mais d'une aura qui émanait de sa physionomie et de toute sa personne. Je ne saurais l'expliquer mieux, mais je percevais cette aura de manière tout à fait nette, comme d'autres voient les rayons de la lune ou la lumière d'une lampe.

Je ne me rappelle pas avoir jamais parlé avec Son Altesse, ne fût-ce même qu'une fois, ni lui avoir posé la moindre question. Je me contentais de m'empresser d'exécuter en silence les ordres qu'il lui plaisait de me donner. Ma vie, durant ces années-là, était faite de jours vrais et de jours fantômes. Si je la voyais, la journée était vraie ; si je ne la voyais pas, la journée semblait n'avoir pas eu lieu, il y avait à la place un trou noir.

Elle devait penser que j'étais muet et, soit qu'elle me plaignît, soit qu'elle s'y fût simplement habituée, elle me regardait parfois avec un sourire d'une telle douceur que je m'en trouvais paralysé. Cela se produisit un jour, lors d'une course en forêt. Son Altesse tourna la tête vers moi pour me sourire de la sorte, et un tel bonheur m'envahit que je lâchai les rênes. Quand je revins à moi, je gisais à terre, tout flottait alentour, mais sur moi se penchait son clair visage, et des larmes perlaient à ses yeux. Je crois que ce fut l'instant le plus heureux de toute mon existence.

Je servis comme groom dans ce palais durant deux ans, sept mois et quatre jours, puis la grande-duchesse fut fiancée à un prince allemand et elle partit. Cela n'eut pas lieu tout de suite, car dans une maison impériale les noces s'organisent lentement, et je n'avais alors qu'un seul rêve : être inclus dans le groupe de serviteurs qui devait suivre Son Altesse en Allemagne. Il y avait là une place vacante, un emploi de jeune laquais.

Je ne fus pas choisi. Mon père, le sage homme, ne le permit pas.

Et jamais plus je ne revis Son Altesse. A la Noël de cette année-là seulement, je reçus d'elle une lettre rédigée de sa main. Je l'ai toujours en ma possession, serrée avec les alliances de mes parents et mon livret de compte bancaire, mais je ne la ressors jamais : je la connais suffisamment par cœur. Ce n'est pas même vraiment une lettre, plutôt un court billet. Son Altesse en avait envoyé de semblables à tous ceux de ses anciens serviteurs qui ne l'avaient pas suivie.

Mon cher Afanassi (ainsi commençait-elle), *tout va bien pour moi, et un petit enfant verra bientôt le jour, un fils ou une fille. Je repense souvent à nos promenades. Te rappelles-tu le jour où tu avais fait cette mauvaise chute et où je t'avais cru mort ? J'ai rêvé de toi récemment, et tu n'étais nullement un serviteur mais un prince, et tu me disais quelque chose de très drôle et très gentil, mais je n'ai pas retenu quoi. Sois heureux, Afanassi, et souviens-toi de moi de temps en temps.*

Voilà quelle lettre je reçus d'elle. Il n'y en eut pas d'autre, car Son Altesse mourut en ses premières couches, de sorte que depuis près de trente ans elle séjourne avec les anges, où, à n'en pas douter, elle est mieux à sa place que sur notre terre de péché.

Ainsi mon père se trouva-t-il avoir eu entièrement raison, même si pendant longtemps, en vérité jusqu'à sa mort, je ne pus lui pardonner de ne m'avoir laissé partir en Allemagne. Bientôt après le départ de Son Altesse, je fêtai mes dix-sept ans, et mes parents voulurent me marier à la fille du doyen des suisses du palais Anitchkov. La demoiselle était jolie, mais je n'en voulais aucune. Si égal et accommodant que fût mon caractère, il m'arrivait de montrer de ces accès d'obstination. Mon père chercha longtemps à me faire plier, puis de guerre lasse y renonça. Il imaginait qu'avec le temps je changerais d'avis. D'avis, j'en ai changé certes depuis, mais le goût pour la vie de famille ne m'est toujours pas venu.

Pour un vrai majordome, cela ne vaut que mieux : rien ne vient ainsi le distraire de son service. Foma Anikeïévitch, tenez, par exemple, lui non plus n'est pas marié. Quant au légendaire Prokop Sviridovitch, même s'il avait femme et enfants, il tenait sa famille reléguée à la campagne et ne lui rendait jamais visite que deux fois l'an, à Noël et à Pâques.

Un vrai majordome sait que servir n'est point une charge mais une manière de vivre. Il n'arrive jamais qu'on soit majordome du matin au soir, et qu'ensuite on rentre chez soi pour redevenir simplement Afanassi Ziou-kine. Un majordome, c'est comme un gentilhomme, au reste les deux mots riment ensemble, à cette seule différence que nous sommes plus sévères envers nous-même que ne l'est la noblesse. En retour, nous avons aussi un plus grand prix.

Nombreux sont ceux qui rêvent de débaucher un vrai majordome ayant servi l'empereur ou quelque grand-duc, et souvent même font miroiter d'énormes sommes. Tout homme fortuné se sent flatté qu'en sa somptueuse bicoque règne la même ordonnance que dans les palais impériaux. Mon frère Frol n'a pas su résister, il s'est laissé séduire par le gain. Il travaille à présent comme majordome – non, on dit chez eux *maître d'hôtel* – chez un millionnaire moscovite, le banquier Litvinov, un juif converti. Frol a touché cinq mille roubles pour son installation et perçoit trois mille roubles de gages par an, et tout cela nourri, blanchi, sans compter le logement et les gratifications. Il était majordome, il ne l'est plus.

J'ai rompu toute relation avec mon frère. Et il se garde bien, lui aussi, de montrer son nez, tant il a conscience de sa faute. Se vendre à un millionnaire ! Quand j'ai même refusé, moi, mes services à Sa Très Haute Excellence le prince Borontsov, alors qu'il me promettait monts et merveilles. On ne peut servir qu'une personne avec laquelle on n'ira jamais se comparer. Il faut de la distance. Parce que d'un côté est l'humain, de l'autre le divin. De la distance : elle vous aidera toujours à conserver le respect. Même quand vous surprendrez Guéorgui Alexandrovitch dans la chambre de Manéfa, l'aide-cuisinière, ou quand un fiacre vous ramènera en pleine nuit un Pavel Guéorguiévitch ivre mort, couvert de ses vomissures. Qui est Sa Très Haute Excellence le prince Borontsov ? Un simple noble, rien de plus ! Nous aussi, les Zioukine, avons appartenu à la noblesse, même si ce ne fut guère longtemps.

Il s'agit d'une histoire singulière, qui concerne le fondateur de notre famille, mon arrière-grand-père Emélian Zioukine. Peut-être n'est-il pas inutile de la raconter : elle est terriblement édifiante, car elle confirme une fois de plus que le monde ne tient que sur l'ordre établi, et

Dieu fasse que cet ordre ne soit jamais bouleversé, il n'en sortirait de toute manière rien de bon.

Les Zioukine sont issus d'une famille de serfs du district de Zvénigorod, dans le gouvernement de Moscou. Mon bisaïeul Emélian Silantiévitch – qu'on appelait alors simplement Emelka – fut pris tout enfant pour servir chez les maîtres. Il se fit apprécier par son intelligence et sa débrouillardise, si bien qu'avec le temps il eut droit à un régime de faveur : on l'habillait proprement, on le dispensait de tout travail de force, on lui enseigna à lire et à écrire. Il servait un peu de camarade de jeu au jeune barine. Il se gava de bouquins, acquit peu ou prou les belles manières, apprit même quelques rudiments de français, mais le pire fut qu'il en vint à se sentir gêné de sa condition. Probablement est-ce la raison pour laquelle il se prit à couver des yeux la demoiselle, la fille de son maître, non point cependant comme moi je regardais la grande-duchesse, avec un pieux sentiment d'adoration, mais animé des intentions les plus hardies qui se puissent imaginer : épouser coûte que coûte l'objet de ses pensées. Franchement, avait-on jamais vu qu'un gamin issu du servage prît pour femme une fille de la noblesse ? Un autre en eût peut-être rêvé un moment puis eût vite renoncé, mais Emélian était d'un tempérament obstiné et réfléchi, il échafaudait des projets d'avenir à très longue échéance et, comme on dirait aujourd'hui, croyait en son étoile.

Il se garda bien de parler de son rêve (on peut même dire : de son plan) à quiconque, et surtout à la demoiselle, mais lorsque vint l'heure de la conscription – on était alors en guerre contre la France –, il demanda un beau jour à partir comme soldat à la place du fils du meunier, sur qui le sort était tombé. Emélian n'avait pas encore atteint l'âge réglementaire, mais c'était un garçon déjà robuste et bien charpenté, aussi n'eut-il aucune peine à se faire passer pour plus vieux d'un ou deux ans. On ne fit point de difficultés à accéder à son vœu, car il se montrait à cette époque si insolent et rebelle que les maîtres ne savaient plus guère à quelle tâche l'employer.

Ainsi, mon aïeul s'en fut servir sous les drapeaux, et à titre de compensation toucha de la part du meunier, personnage le plus riche du village, sept cents roubles assignats, somme qu'il se garda cependant de remettre à son père et déposa à la banque à son propre nom. Cela faisait partie de son plan.

Engagé dans la campagne d'Autriche, Emélian connut tout de suite le feu et continua à faire la guerre durant sept ou huit ans, presque sans trêve, successivement contre les Français, les Persans, les Suédois, les Turcs, puis à nouveau les Français. Il se risquait dans les zones de combat les plus intenses, se portait volontaire pour toutes les missions hasardeuses. Il fut plusieurs fois blessé et décoré, gagna ses galons de sous-officier, mais ce n'était pas encore assez pour le satisfaire. Enfin lors de la campagne de 1812, pour son comportement à la bataille de Smolensk, au cours de laquelle presque tous les officiers de sa compagnie avaient été tués, Emélian se vit attribuer la récompense tant espérée : le général d'infanterie en personne, le prince Bagration, lui donna l'accolade et le proposa pour le grade de lieutenant, promotion qui, en ces temps-là, n'était que très exceptionnellement accordée.

Après quoi, Emélian Zioukine servit encore deux ans, alla avec l'armée jusqu'à Paris, et dès que la paix fut signée demanda un congé de longue durée, bien qu'il fût extrêmement bien noté par ses chefs et pût compter obtenir encore de l'avancement. Mais mon arrière-grand-père avait besoin d'autre chose : son plan, d'une audace touchant à la folie, était enfin en voie de s'accomplir.

Emélian revint dans sa patrie doté non seulement d'un titre de noblesse et d'un grade de lieutenant des grenadiers, mais aussi d'un petit capital personnel, du fait qu'il n'avait rien dépensé de sa solde au fil de toutes ces années, qu'il avait touché en outre plusieurs primes à son départ de l'armée, pour prix de sa bravoure et de ses blessures, et qu'enfin la somme de sept cents roubles initialement déposée à la banque avait, grâce aux intérêts, presque doublé.

Or, dans son village natal, les choses avaient pris la meilleure tournure qui se puisse imaginer. Les Français avaient incendié le domaine, de sorte que les maîtres, totalement ruinés, logeaient à présent dans la maison du pope, une simple isba en rondins. Le jeune barine, l'ancien camarade de jeu d'Emélian, était mort à Borodino, et la jeune fille pour laquelle mon bisaïeul avait entamé un jeu si téméraire avec le destin n'avait plus guère d'espoir de se marier, son promis ayant été tué à Leipzig. Bref, Emélian se présenta devant l'objet de ses rêves à peu près dans le rôle de l'ange libérateur.

Il alla la trouver dans la fruste demeure du pope, en grand uniforme, paré de toutes ses médailles. La demoiselle parut vêtue d'une vieille robe rapiécée. Les épreuves qu'elle avait subies l'avaient tant enlaidie qu'il ne la reconnut pas aussitôt. Mais cela lui importait peu, car ce n'était pas la demoiselle qu'il aimait, mais son propre rêve impossible.

Seulement, il en fut pour ses frais. La jeune femme l'accueillit d'abord avec amitié, ravie qu'elle était de revoir une ancienne connaissance, mais quand elle l'entendit lui offrir sa main et son cœur, elle afficha un étonnement outragé et répondit qu'elle préférait encore aller vivre en parasite chez n'importe quelles gens de sa famille plutôt que de devenir une « madame Zioukina ».

A ces paroles, Emélian sentit sa raison vaciller. Jamais auparavant il n'avait absorbé une goutte d'alcool, or au sortir de cette entrevue il se lança dans une telle beuverie qu'il finit par se perdre : ivre mort, il arracha en public ses épaulettes et ses médailles et les piétina en hurlant des propos incohérents. Pour avoir ainsi déshonoré son rang, il fut traduit en justice, dégradé et privé de son titre de noblesse. Il eût sombré définitivement dans l'ivrognerie si par un heureux hasard il ne fût un jour tombé sous les yeux de son ancien commandant de régiment, le prince Droubetskoï. Celui-ci prit en pitié l'homme flambé qu'il était devenu et, en mémoire de ses anciens mérites, lui procura un emploi de valet à Tsarskoïé Sélo.

Ainsi s'amorça le destin de notre famille.

Qu'un individu de basse extraction nourrisse des rêves interdits à l'endroit d'une personne de haut rang, le fait est regrettable et même, peut-être, révoltant, mais point si dangereux cependant, car, comme on dit, on peut bien vouloir mordre, encore faut-il avoir des dents. En revanche toute inclination dirigée dans l'autre sens, non pas du bas vers le haut, mais du haut vers le bas, porte en germe de sérieuses complications. Tout le monde, bien sûr, a encore en mémoire l'exemple récent du grand-duc Dmitri Nikolaïévitch qui épousa contre la volonté du tsar une dame divorcée et se trouva pour cela banni du territoire de l'Empire. Mais nous, serviteurs de la cour, savons bien également que l'actuel souverain, quand il n'était encore que dauphin, suppliait avec force larmes son très auguste père de le délivrer du devoir de lui succéder sur le trône et de lui permettre de conclure une union morganatique avec la ballerine Snéjnevskaïa. Pour le coup, tout le monde tremblait, mais la catastrophe fut évitée grâce au Seigneur et au rude tempérament du défunt tsar.

Aussi l'inquiétude qui s'empara de moi après la susdite partie de tennis était-elle tout à fait compréhensible, d'autant plus que Xénia Guéorguievna avait déjà un fiancé, en la personne d'un prince scandinave dont les chances d'accéder à la couronne royale étaient quasi certaines (il n'était un secret pour personne que son frère aîné, héritier du trône, était poitrinaire).

J'éprouvais l'urgent besoin de prendre conseil auprès de quelqu'un qui s'y entendît en matière de sentiments chez les jeunes filles, car je ne pouvais, ainsi qu'il ressort de tout ce qui précède, me considérer moi-même comme expert en un tel domaine.

Après de longues hésitations, je résolus de me confier à Mlle Declicq et lui fis part de mes craintes dans les termes les plus généraux et les plus délicats. Mademoiselle me comprit néanmoins parfaitement et, à ma grande stupeur, ne se montra nullement étonnée. Bien mieux : elle réagit à mes paroles avec une légèreté déconcertante.

— Oui, oui, opina-t-elle d'un ton distrait. Je l'avais moi aussi remarqué. Il est bel homme, et elle est à l'âge où ces choses arrivent. Ce n'est rien. Qu'elle connaisse donc un peu l'amour avant qu'on l'enferme sous une cloche de verre.

— Comment pouvez-vous parler de la sorte ! m'écriai-je avec indignation. Mais Son Altesse est déjà engagée !

— Ah, monsieur Zioukine, j'ai vu à Vienne son fiancé, le prince Olav...

Mademoiselle fronça le nez.

— Quelle expression populaire m'avez-vous apprise, déjà ?... « Le royaume des cieux lui est ouvert », c'est bien ça ?

— Peut-être, mais en cas de décès de son frère aîné – et tout le monde sait qu'il est rongé par la phtisie – le prince Olav se trouvera en première place sur la liste des prétendants au trône. Autrement dit, Xénia Guéorguievna pourrait bien devenir reine !

Il convenait bien sûr d'attribuer la remarque de la gouvernante, remarque qui m'avait tant scandalisé, à son état dépressif. J'avais noté que, depuis son lever, elle paraissait comme absente et je croyais deviner pourquoi. Sans aucun doute, vu son caractère actif et énergique, elle n'avait pu se résigner à attendre les bras croisés et avait tenté d'entreprendre ses propres recherches. Mais que pouvait-elle, seule, dans une ville inconnue d'un pays étranger, quand même la police se sentait impuissante ?

Mademoiselle était rentrée si lasse et malheureuse qu'elle faisait mal à voir. C'est du reste aussi en partie pour cette raison, dans le but de la distraire de ses pensées concernant le sort du jeune grand-duc, que j'avais engagé la conversation avec elle sur le sujet qui me tourmentait.

Pour la rassurer un peu, je lui racontai quelle tournure avait prise l'affaire, et mentionnai (bien entendu, sans chercher aucunement à me mettre en avant) l'importante mission qui m'était échue.

Je m'attendais que Mademoiselle se réjouirait d'apprendre qu'il existait une lueur d'espoir, mais quand j'eus fini de parler, elle se contenta de me regarder avec une expression de frayeur bizarre et déclara tout à trac :

— Mais c'est très dangereux, vous savez.

Puis, détournant les yeux, elle ajouta :

— Je sais que vous êtes courageux... Mais ne le soyez pas trop, vous voulez bien ?

Je perdis quelque peu contenance et un silence gêné s'instaura.

— Ah, quelle guigne ! trouvai-je enfin à dire après avoir jeté un coup d'œil à la fenêtre. Il pleut à nouveau. Et dire qu'il est prévu ce soir qu'une chorale chante une sérénade pour Sa Majesté Impériale. La pluie risque de tout gâcher.

— Pensez plutôt à vous. Vous devrez rouler dans une voiture découverte, observa Mademoiselle avec douceur dans un russe presque parfait.

Elle conclut par cette phrase qui, elle, sonnait avec l'accent le plus pur :

— Vous ne mettriez pas longtemps à prendre froid.

Quand je franchis le portail, dans mon cabriolet à la capote baissée, il pleuvait déjà sérieusement, et je me trouvai trempé jusqu'aux os avant même d'avoir atteint la place de Kalouga. Ce n'eût été encore qu'un demi-malheur si, au milieu de tout le flot de voitures circulant sur le boulevard aux Vaches, je n'eusse été le seul à jouer ainsi les intrépides, ce qui, à plus d'un, devait paraître pour le moins singulier. Quel spectacle, en effet, que cet homme d'allure posée, arborant moustaches et favoris fournis, qui bizarrement se refusait à relever la couverture de cuir de son véhicule ! L'eau ruisselait à torrents du bord de mon chapeau melon, mon visage en était tout inondé, mon excellent costume de tweed pendait sur mes épaules tel un sac mouillé... Cependant, comment les hommes du docteur Lind m'eussent-ils reconnu autrement ?

A mes pieds reposait une lourde valise bourrée à craquer de billets de vingt-cinq roubles. Placés devant et derrière moi, les agents du colonel Karnovitch m'escortaient à prudente distance. Je me trouvais dans un étrange état de tranquillité, n'éprouvant ni peur ni aucune autre émotion. Sans doute mes nerfs étaient-ils devenus insensibles à force d'attente, et d'humidité.

Je n'osais regarder en arrière, car les instructions que j'avais reçues me le défendaient expressément, mais je jetais de temps à autre un coup d'œil à droite ou à gauche pour observer les rares piétons. Une demi-heure avant mon départ, Foma Anikeïévitch m'avait téléphoné :

« Le sieur Lassovski a décidé de prendre ses propres mesures : je l'ai entendu en informer Son Altesse. Il a posté des hommes en civil à une cinquantaine de pas les uns des autres, depuis la place de Kalouga jusqu'à la Moscova. Il leur a donné l'ordre de bien ouvrir l'œil et de s'emparer de quiconque tenterait d'approcher votre voiture. Je crains que ça n'entraîne un danger pour Mikhaïl Guéorguiévitch.

Je repérai sans aucune peine les agents en question. Qui d'autre fût allé se promener sous une telle averse avec une mine aussi pétrie d'ennui ? Seulement, hormis la présence de ces messieurs tous armés d'identiques parapluies noirs, les trottoirs étaient quasi déserts. Seules des voitures circulaient dans les deux sens, si serrées qu'elles allaient presque roue contre roue. Passé le boulevard Zatsepski (j'en lus le nom sur une pancarte), un prêtre vint se placer à côté de moi, tenant les rênes d'une vieille guimbarde bâchée de toile cirée. Pressé d'arriver on ne sait où, il ne cessait de crier d'une voix furieuse au cocher qui le précédait : « Mais plus vite, plus vite donc, esclave du Seigneur ! » Mais comment presser l'allure quand la rue devant nous n'était qu'un encombrement de berlines, calèches, chars à bancs et omnibus ?

On passa une rivière, à moins que ce ne fût un canal, puis un autre cours d'eau plus large, la chaîne d'agents en civil s'était depuis longtemps interrompue, et personne ne m'avait encore apostrophé. Je ne doutais déjà plus que Lind, ayant décelé la présence de la police, eût décidé de renoncer à la rencontre. A l'approche d'un vaste carrefour, le flot de voitures s'immobilisa : un sergent de ville, engoncé dans un long imperméable, lançait des coups de sifflet forcenés pour ouvrir un passage aux véhicules venant de la rue perpendiculaire. Profitant de ce temps d'arrêt, de petits vendeurs de journaux se glissaient entre les attelages en braillant : « *Le Journal à un kopeck !* », « *Les Nouvelles de Moscou !* », « *La Parole russe !* »

L'un d'eux, grosse mèche de cheveux filasse collée au front, chemise de velours presque noire d'humidité tombant sur ses cuisses, agrippa soudain d'une main l'un des brancards de mon cabriolet et bondit prestement sur le siège, à côté de moi. Il était si malingre et si agile qu'il y avait peu de chance qu'on l'eût aperçu à travers le rideau de pluie, depuis les voitures qui me suivaient.

— Prends à droite, mec ! me dit le gamin en me flanquant un coup de coude dans les côtes. Et tourne pas la tête, c'est défendu.

J'avais très envie pourtant de regarder derrière moi pour m'assurer que les agents avaient bien noté l'irruption de ce messager si inattendu, mais je n'osai pas. Ils verraient bien par eux-mêmes que je changeais de direction.

Je tirai les rênes à droite, fis claquer mon fouet, et le cheval s'engagea dans une rue en biais d'aspect fort convenable, bordée de belles maisons de pierre.

— Allez, mec, au galop, au galop ! cria le gosse en jetant un coup d'œil derrière lui. Passe-moi ça.

Il m'arracha le fouet des mains, poussa un sifflement comme font les brigands, et le cheval s'élança à fond de train sur le pavé dans un grand fracas de sabots.

— Prends par ici !

Mon guide tendait le doigt à gauche.

Nous nous engouffrâmes dans une ruelle moins large et moins cossue, traversâmes le pâté de maisons à toute allure et tournâmes de nouveau. Puis encore et encore.

— Entre là, sous le porche ! commanda le petit vendeur de journaux.

Je tirai sur les rênes et arrêtai le cabriolet sous une voûte étroite et sombre.

Il ne s'était pas écoulé trente secondes que deux calèches remplies d'agents en civil passaient à côté de nous dans un vacarme assourdissant ponctué de cliquetis de métal. Puis le silence retomba. Seule la pluie, toujours plus drue, tambourinait sur la chaussée, soulevant une nuée d'éclaboussures.

— Et maintenant ? demandai-je en observant mon guide avec circonspection.

— Tu attends, laissa-t-il tomber d'un ton important tandis qu'il soufflait sur ses mains bleuies de froid.

Force était de me rendre à l'évidence : je ne devais plus compter sur la police du palais, et je me voyais dès lors abandonné à moi-même. Cependant je n'éprouvais aucune crainte, car je pensais bien être en mesure de venir à bout tout seul d'un si médiocre adversaire. Ce gamin, c'était déjà une source possible de renseignements.

L'empoigner par ses deux frêles épaules, le secouer comme il convenait, et il finirait bien par avouer qui l'avait envoyé. Ce serait là un début de piste.

J'examinai le gosse avec plus d'attention, remarquai ses lèvres un peu boursouflées, qui n'avaient rien d'enfantin justement, ses paupières mi-closes. Un loup, un jeune loup, mais un loup tout de même. Ce n'était pas à lui qu'on ferait cracher la vérité.

Soudain se fit entendre à nouveau le bruit d'une voiture qui approchait. Je tendis le cou, et le mioche en profita aussitôt. Je perçus comme un frôlement d'étoffe et, quand je me retournai, il n'y avait plus personne à côté de moi, plus rien qu'une trace graisseuse sur le siège mouillé.

Le grondement se faisait de plus en plus proche. Je sautai à terre et, quittant le porche, courus jusqu'au trottoir pour voir surgir quatre solides chevaux moreaux tirant une berline dont tous les stores étaient baissés. Le cocher, capuche rabattue sur les yeux, faisait claquer son long fouet au-dessus du dos luisant des bêtes. Quand l'attelage parvint à mon niveau, les stores s'ouvrirent brutalement en grand, et j'aperçus, juste devant moi, le pâle petit visage de Son Altesse, ses boucles dorées et le béret de matelot à pompon rouge que je connaissais si bien.

Mikhaïl Guéorguiévitch me vit également et se mit à crier à tue-tête :

— Afon ! Afon !

C'est ainsi qu'il m'appelait toujours.

Je voulus moi aussi crier, j'ouvris la bouche, mais il n'en sortit qu'un sanglot.

Seigneur, que faire ?

Extraire le cabriolet de sous le porche à reculons, c'était tout un problème, j'y eusse perdu trop de temps.

Hors de moi, sans comprendre ce que je faisais, je m'élançai à toutes jambes après la voiture. Je ne sentis même pas que mon melon trempé de pluie avait roulé à terre.

— Arrêtez ! hurlai-je. Arrêtez !

Par-dessus le toit de la berline, je distinguais le chapeau rond du cocher et son fouet qui s'élevait en l'air.

Jamais de ma vie je n'avais couru de la sorte, même au temps où c'était mon emploi au palais.

Bien sûr il m'eût été impossible de rattraper cet attelage de quatre chevaux si la ruelle n'eût soudain présenté un brusque tournant. La berline ralentit un peu son allure et vacilla légèrement sur le côté. En quelques bonds de géant, je franchis alors la distance qui m'en séparait, sautai et m'agrippai des deux mains au porte-bagages. Je tirai sur mes bras et étais près de me hisser pour de bon sur l'arrière du véhicule, quand le cocher, sans même se retourner, me décocha un coup de fouet par-dessus le toit. Je ressentis une douleur fulgurante au sommet du crâne et lâchai prise, pour choir le nez dans une large flaque où j'achevai de rouler, soulevant un véritable geyser d'eau sale. Je redressai presque aussitôt le buste, mais la voiture avait déjà passé le coin.

Et quand, boitant et essuyant de ma manche mon visage sali de boue, je revins au cabriolet, la valise contenant l'argent n'y était plus.

9 mai

Le cortège officiel franchissait déjà les portes Triomphales quand, haletant et inondé de sueur, je bondis hors du fiacre que je venais de louer et, jouant des coudes sans façon, entrepris de me frayer un passage à travers la foule massée des deux côtés de la grande avenue Tverskaïa-Iamskaïa.

Des soldats formaient une haie tout au long de la chaussée, aussi fis-je de mon mieux pour me glisser auprès d'un officier tout en tâchant de tirer de ma poche le carton à en-tête me donnant droit à participer à la procession, exercice qui se révéla des plus compliqués, la presse étant si grande qu'il n'était pas moyen de déplier un bras. Je compris qu'il me faudrait attendre que le souverain fût passé pour ensuite me glisser en queue de colonne.

Un soleil radieux, un soleil de fête brillait dans le ciel, pour la première fois après tant de journées de grisaille. L'air s'emplissait de tintements de cloche et de hourras.

L'empereur effectuait son entrée cérémonielle dans la vieille capitale, quittant le palais Pétrov, situé hors les murs de la ville, pour s'installer au Kremlin.

En tête, juchés sur d'énormes chevaux de guerre, venaient douze gendarmes montés. Une voix ironique lança derrière moi, assez fort pour être entendue à la ronde :

— C'est symbolique, non ? On voit tout de suite qui compte le plus chez nous, en Russie.

Je me retournai et repérai deux binoclards, à la physionomie d'étudiants, qui regardaient défiler le cortège, la mine dédaigneuse.

Derrière les gendarmes, les cosaques de l'escorte impériale se balançaient sur leur selle, la *tcherkeska* cramoisie brodée d'argent chatoyant au soleil.

— Et on n'a pas oublié sa cravache ! fit observer la même voix.

Puis, formés peu ou prou en carré, suivaient les cosaques du Don, et derrière eux, sans aucun ordre cette fois-ci, la députation des sujets asiatiques de l'Empire – vêtements multicolores et coursiers à la jambe fine, parés de tapis somptueux. Je reconnus l'émir de Boukhara et le khan de Khiva, tous deux arborant étoiles et épaulettes dorées de général, lesquelles produisaient un curieux effet sur leurs robes orientales.

J'avais encore un long moment à patienter. Vint la longue cohorte des représentants de la noblesse, tous en grand uniforme, puis parut le fourrier de la chambre, Boulkine, conduisant une escouade de serviteurs de la cour : nègres à turban, coureurs et cosaques du palais.

Mais voici qu'une rumeur parcourut les balcons décorés de drapeaux et de guirlandes, mains et mouchoirs s'agitèrent, les spectateurs amorcèrent un mouvement en avant, pesant sur les cordes qui les retenaient, et je devinai alors que le cœur de la colonne n'était plus loin.

Sa Majesté chevauchait seule, très élégante dans son uniforme du régiment Sémionovski. Effarouchée par les clameurs, Norma, sa gracieuse jument à la blancheur immaculée, chauvait des oreilles et lorgnait la foule de part et d'autre d'un œil noir et humide, mais sans jamais perdre le pas qui lui était imposé. Le visage du tsar était impassible, figé dans un sourire. Sa main droite gantée de blanc était rivée à sa tempe en un salut martial, la gauche tirait légèrement de temps à autre sur le bridon doré.

J'attendis que fussent passés les grands-ducs et les landaus ouverts transportant Leurs Majestés l'impératrice régnante et la veuve du feu souverain, puis, ayant présenté mon laissez-passer à l'officier responsable du cordon de soldats, je traversai en toute hâte l'espace à découvert.

Je me retrouvai dans la file des sénateurs, qui cheminaient à pied, me faufilai jusqu'en son milieu et, bredouillant des excuses, entrepris de remonter le cortège en zigzaguant. Les importants personnages, dont je connaissais un grand nombre de vue, jetaient des regards outrés à ce malotru arborant la livrée verte de la maison des Guéorguiévitch, mais je n'avais pas la tête à me soucier des convenances. La lettre du docteur Lind me brûlait la poitrine.

J'aperçus du coin de l'œil, juché à l'arrière du landau de l'impératrice mère, le colonel Karnovitch, travesti en laquais de la chambre – justaucorps, perruque poudrée –, mais le nez toujours chaussé de ses éternelles lunettes bleues. Cependant le chef du service de protection du tsar ne pouvait m'être à présent d'aucune aide.

Il me fallait m'entretenir de toute urgence avec Guéorgui Alexandrovitch, bien qu'il ne fût pas, lui non plus, à même de résoudre le problème qui se présentait.

Il était besoin ici du souverain en personne. Pis : de la souveraine.

Après le fiasco de la veille, le colonel Karnovitch avait essuyé une vive et bruyante réprimande de la part de Guéorgui Alexandrovitch pour la mauvaise préparation de ses agents. J'en reçus mon lot, par deux fois puisque tous deux s'y employèrent, pour n'avoir rien observé de précis et n'avoir pas même été capable de retenir le gamin vendeur de journaux.

Fandorine n'avait pas assisté à cette scène pour moi si douloureuse. Ainsi que me l'apprit plus tard Somov, l'ex-conseiller d'Etat et son Japonais étaient déjà partis avant que je prisse le chemin du rendez-vous avec les hommes du docteur Lind.

Leur absence me taraudait. A plusieurs reprises au cours de la soirée, et une fois encore passé minuit, je sortis de la maison pour jeter un coup d'œil à leur fenêtre. La lumière était éteinte.

Je fus réveillé au matin par des coups secs et nerveux frappés à la porte. Pensant qu'il s'agissait de Somov, j'allai ouvrir en bonnet de nuit et robe de chambre. Quelle ne fut pas ma confusion quand je vis devant moi Son Altesse !

Xénia Guéorguievna était livide et, à en juger par les cernes qui creusaient ses yeux, elle n'avait pas dû dormir un instant.

— Il n'est pas là, me dit-elle avec un débit précipité. Afanassi, il n'est pas rentré de la nuit !

— Qui, Votre Altesse ? demandai-je, effrayé, en ôtant vivement mon bonnet, les genoux légèrement fléchis de manière que les pans de ma robe de chambre touchassent le plancher et couvrissent mes mollets nus.

— Comment : qui ? Mais Eraste Pétrovitch, voyons ! Peut-être sais-tu où il se trouve ?

— Absolument pas, répondis-je en même temps que mon cœur se serrait d'une atroce anxiété, car l'expression qui se lisait sur le visage de Son Altesse me déplaisait au plus haut point.

Fandorine et son serviteur réapparurent après le petit déjeuner, alors que les grands-ducs étaient déjà partis pour le palais Pétrov afin d'y préparer l'entrée solennelle du tsar dans Moscou. La maison était remplie d'agents de la police, du fait qu'on attendait le prochain message des ravisseurs. Je me tenais à côté du téléphone et à tout instant dépêchais Somov à la porte d'entrée pour vérifier qu'on n'y avait pas déposé un nouveau billet. Cela dit, c'était parfaitement superflu, car les hommes du colonel Lassovski montaient la garde dans les buissons tout au long de l'allée conduisant au perron. Cette fois-ci, personne n'eût réussi à escalader la clôture et à s'approcher de l'Ermitage sans se faire remarquer.

— Vous avez vu l'enfant ? me demanda Fandorine en guise de bonjour. Il est en vie ?

Je lui narrai sèchement les événements de la veille, prêt à subir une nouvelle dose de reproches pour avoir laissé filer le petit vendeur de journaux.

Pour prévenir la réprimande, je déclarai moi-même :

— Je sais que j'ai commis une faute. Au lieu de courir après la voiture, j'aurais dû retenir ce gredin par le collet.

— L'essentiel est que vous ayez b-bien vu le petit garçon et qu'il soit sain et sauf, objecta Fandorine.

J'aurais supporté des reproches, car ils étaient pleinement mérités, mais cette condescendance me révolta.

— Mais nous avons perdu ainsi l'unique piste qui se présentait ! répliquai-je avec humeur, donnant par là même à entendre que je n'avais nulle besoin de sa fausse mansuétude.

— De quelle piste parlez-vous ? fit-il avec un léger haussement d'épaules. L'habituel p-petit voyou hirsute, âgé d'environ onze ans et demi. Votre Senka Kovaltchouk ne sait rien et ne pouvait rien savoir. Pour qui prenez-vous le docteur Lind ?

— Se... Senka ? Kovaltchouk ? répétai-je, bégayant tout à coup moi aussi. Quoi ? Vous l'avez retrouvé ? Mais comment ?

— De la manière la plus simple. Je l'ai bien observé quand il s'est glissé dans votre c-cabriolet.

— Observé ? répétai-je encore, furieux contre moi-même de jouer ainsi les perroquets. Comment avez-vous pu observer quoi que ce soit, alors que vous n'y étiez pas ?

— Et qu'est-ce qui vous fait dire que je n'y étais pas ? prononça Fandorine d'un ton plein de dignité.

Il fronça les sourcils, pour tonner soudain d'une voix de basse qui me parut étrangement familière :

— Plus vite, plus vite, esclave du Seigneur !... Vous ne m'avez pas reconnu ? Et pourtant, Zioukine, je suis resté tout le temps à côté de vous.

Le pope ! Le pope du chariot bâché de toile cirée !

Me reprenant, j'affichai un masque de bienséante froideur.

— Peut-être vous trouviez-vous à côté, en effet, mais en tout cas vous ne nous avez pas suivis.

— Et pour quoi faire ?

Ses yeux bleus étaient si placides que je le soupçonnai de se moquer de moi.

— J'en avais vu assez, reprit-il. Le gosse trimballait dans sa sacoche des exemplaires du *Pèlerin de Moscou*. Et d'un. Ses doigts étaient fortement imprégnés d'encre d'imprimerie, il s'agissait donc bel et bien d'un vendeur de journaux, par les mains duquel passaient chaque jour des centaines de numéros. Et de deux...

— Mais il n'y a pas qu'un seul gamin dans cette ville à vendre le *Pèlerin !* m'exclamai-je, incapable de me contenir. J'ai entendu dire qu'il se distribuait chaque jour à Moscou près de cent mille exemplaires de cette feuille de chou !

— Le garçon avait également six doigts à la main gauche, vous ne l'avez pas remarqué ? Et de trois, conclut Fandorine, imperturbable. Hier soir, Massa et moi avons visité les dix points d'approvisionnement où les vendeurs du *Pèlerin de Moscou* reçoivent leur marchandise, et nous n'avons guère eu de peine à établir l'identité de l'individu qui nous intéresse. Certes, nous avons dû ensuite le chercher un peu, et quand nous l'avons trouvé, il nous a fallu encore jouer des jambes, mais il est assez difficile de nous battre à la course, Massa et moi, surtout quand on est une si jeune créature.

Seigneur, comme c'est simple ! Telle fut la première pensée qui me vint à l'esprit. Effectivement, il suffisait d'observer un peu mieux l'envoyé des ravisseurs.

— Que vous a-t-il raconté ? demandai-je avec impatience.

— Rien d'intéressant, répondit Fandorine en étouffant un bâillement. Un gamin comme il en existe des milliers. Il vend des journaux pour gagner son pain, et accessoirement la vodka de son ivrogne de mère. Il n'est aucunement lié au monde de la pègre. Hier un « type » l'a embauché en lui promettant un b-billet de trois roubles. Il lui a expliqué quoi faire. Il l'a m-menacé de l'étriper s'il s'y prenait de travers. Senka a dit que le type était sérieux, tout à fait du genre à vous « suriner » pour de bon.

— Et qu'a-t-il dit encore sur ce « type » ? demandai-je avec un pincement au cœur. A quoi ressemblait-il ? Comment était-il habillé ?

— « Normal », soupira Fandorine d'un ton morose. Voyez-vous, Zioukine, notre jeune ami commun possède un lexique très limité. A toutes les questions, il ne sait répondre que « normal » et « pour c'que j'en sais ». L'unique signe particulier qu'il ait été possible d'établir est que le commanditaire avait une « grosse gueule ». Je crains que cela ne nous soit que d'un piètre secours... Bon, je vais aller me reposer un peu. Réveillez-moi quand on aura reçu des nouvelles de Lind.

Et il s'en fut regagner ses appartements, le déplaisant personnage.

Or moi, je n'osais toujours pas m'éloigner de l'appareil téléphonique installé dans l'entrée. J'y faisais les cent pas en m'efforçant de conserver un air sévère et pensif, mais les domestiques commençaient à jeter dans ma direction des regards perplexes. Alors j'allai me camper devant la fenêtre et fis mine d'observer lord Banville et Mr Carr, tous deux en pantalon blanc et casquette à carreaux, jouer au croquet.

A dire vrai, ils ne jouaient pas mais arpentaient plutôt le terrain de jeu, le visage maussade, milord parlant sans arrêt et, semblait-il, s'emportant de plus en plus. Enfin il s'arrêta, se tourna vers son compagnon et entra dans une véritable fureur : il se mit à agiter les bras et à hurler si fort que je l'entendais même à travers la vitre. Jamais je n'avais vu auparavant un lord anglais se conduire de pareille manière. Mr Carr l'écoutait d'un air pétri d'ennui, tout en respirant le parfum de son œillet à la couleur si artificielle. Freyby se tenait un peu à l'écart et fumait sa pipe sans regarder ses maîtres. Le *butler* serrait sous son bras deux maillets à long manche.

Tout à coup lord Banville aboya quelques mots d'une voix particulièrement forte avant de gratifier Mr Carr d'une gifle sonore. Je me figeai, dans la crainte que les deux Britanniques n'entament à présent, juste ici, sur le boulingrin, un de leurs barbares combats de boxe, mais Mr Carr se contenta de jeter sa fleur aux pieds de milord et s'éloigna.

Sa Très Haute Excellence resta immobile quelques brefs instants, puis s'élança à la poursuite de son ami de cœur. Il le rattrapa, le saisit par le bras, mais Mr Carr se libéra aussitôt d'un geste brusque. Alors milord tomba à genoux et dans cette posture si peu avantageuse entreprit de suivre malgré tout l'outragé. Freyby leur emboîta le pas en bâillant, ses deux maillets toujours sous le bras.

Ce qui venait de se passer là entre eux m'échappait totalement, et pour parler honnêtement j'avais assez de soucis en tête pour me préoccuper encore des états d'âme des Anglais. Qui plus est, une excellente idée venait de me traverser l'esprit, qui me délivrait des chaînes me retenant au téléphone. J'envoyai quérir le chef des agents et le priai de me remplacer dans l'entrée, en lui recommandant de m'envoyer chercher à l'orangerie si les ravisseurs venaient à appeler.

Je crois avoir oublié de mentionner, en décrivant l'Ermitage, la pièce la plus agréable de ce vieux palais :

un jardin d'hiver entièrement vitré dont les hautes fenêtres donnaient sur la Moscova.

C'est justement cet endroit isolé, si propice à une conversation intime, que j'avais élu pour exécuter le projet qui me travaillait depuis déjà quatre jours. Je devais surmonter ma maudite timidité et dire enfin à la pauvre Mlle Declicq, consumée de remords, qu'elle n'avait aucune raison de se tourmenter comme elle le faisait. Voyons, comment aurait-elle pu savoir qu'une autre voiture était dissimulée derrière les buissons ? Même le rusé Fandorine en personne, qui connaissait si bien le docteur Lind, ne l'avait pas imaginé.

Je demandai à Lipps de dresser une petite table dans l'orangerie pour deux couverts et envoyai demander à Mademoiselle s'il lui plairait de prendre le thé avec moi. (A Saint-Pétersbourg, il nous arrivait assez souvent de nous attabler ainsi tous deux pour boire une ou deux tasses d'excellent Oolong de Kiakhta.)

J'avais choisi un coin idéal, totalement coupé du reste de l'orangerie par de splendides bouquets de magnolias. Tandis que j'attendais la gouvernante, très ému, je m'appliquai à trouver les bons mots – des mots qui fussent sans ambiguïté, mais point trop pesants non plus à entendre.

Cependant, quand Mademoiselle arriva – toute triste, vêtue d'une robe anthracite à la coupe sévère, un châle jeté sur les épaules –, je n'osai pas aborder d'emblée le délicat sujet.

— C'est drôle, dis-je après m'être éclairci la gorge. Il y a ici un jardin, et il y en a un autre là.

Je voulais exprimer que nous étions dans le jardin d'hiver, mais que de l'autre côté de la vitre s'étendait également un jardin, naturel celui-là.

— Oui, répondit-elle, tête basse, en remuant sa petite cuiller dans sa tasse de thé.

— Vous avez tort de… laissai-je échapper.

Mais elle releva alors la tête pour fixer sur moi des yeux brillants, et je n'achevai pas ma phrase comme j'en avais eu l'intention :

— … de vous habiller si chaudement, il fait aujourd'hui un vrai temps d'été, on étouffe presque.

Son regard s'éteignit.

— Je n'ai pas trop chaud, murmura Mademoiselle.

Et nous fîmes tous deux silence.

C'est à cause de ce silence que tout arriva.

Des pas résonnèrent dans l'orangerie, puis la voix de Xénia Guéorguievna parvint jusqu'à nous :

— Oui, oui, Eraste Pétrovitch, ici, c'est très bien. Personne ne viendra nous déranger.

Je voulus reculer ma chaise et me lever, mais Mademoiselle me serra soudain le poignet entre ses doigts, et sous la surprise je demeurai paralysé, car c'était la première fois depuis que nous nous connaissions qu'elle se risquait avec moi à pareil contact physique. Quand je repris mes esprits, il n'était plus temps de me manifester : la conversation entre Son Altesse et Fandorine s'était déjà engagée trop loin.

— Que vouliez-vous me dire ? demanda-t-il à voix assez basse et, me sembla-t-il, avec une certaine circonspection.

— Juste une chose… chuchota Xénia Guéorguievna en guise de réponse.

Mais elle n'ajouta rien de plus précis : je n'entendis ensuite qu'un froissement d'étoffe accompagné d'un très léger crissement.

Alarmé, j'écartai le luxuriant feuillage et me figeai : Son Altesse, dressée sur la pointe des pieds (voilà !

c'étaient ses escarpins qui avaient grincé), étreignait Fandorine, les deux bras autour de son cou, ses lèvres collées aux siennes. L'auxiliaire de la police tenait sa main écartée en un geste d'impuissance ; ses doigts se serrèrent, puis se déplièrent, et brusquement, comme s'ils se décidaient enfin, s'élevèrent jusqu'à la nuque délicate de Xénia Guéorguievna, où frisaient quelques mèches de cheveux blonds qu'ils se prirent à caresser.

Je perçus tout contre mon oreille le bruit d'une respiration précipitée : c'était Mademoiselle qui, ayant elle aussi écarté le feuillage, regardait le couple s'embrasser. Je fus frappé par l'étrange expression de son visage : sourcils légèrement haussés comme sous l'effet d'un étonnement joyeux, sourire à demi esquissé tremblant sur ses lèvres. Devant le caractère doublement scandaleux de la situation – doublement, dis-je, car si la scène à laquelle j'assistais était révoltante, ma propre attitude de voyeur, même si elle était involontaire, ne l'était pas moins –, je sentis une sueur froide m'inonder l'échine. Ma complice, quant à elle, ne semblait éprouver aucun embarras.

Le baiser dura longtemps, très longtemps. Je ne croyais même pas qu'il fût possible de s'embrasser si longuement sans reprendre son souffle. Cela dit, je ne regardais pas ma montre, et il est fort possible que l'attente m'ait paru à ce point interminable uniquement parce que les instants que je vivais relevaient du pur cauchemar.

Enfin le couple desserra son étreinte, et j'eus le temps d'apercevoir les yeux rayonnants de Son Altesse ainsi que la physionomie désemparée de son séducteur, très différente de celle qu'il affichait d'ordinaire. Puis Xénia Guéorguievna prit Fandorine par la main avec la mine la plus résolue qui se puisse imaginer, et l'entraîna hors de la pièce.

— Où pensez-vous qu'elle l'emmène ? demandai-je dans un murmure en évitant de regarder Mademoiselle.

Un bruit singulier retentit, pareil à un ricanement. Je levai un œil surpris sur la gouvernante, mais celle-ci paraissait tout à fait sérieuse.

— Je vous remercie pour le thé, Afanassi Stépanovitch, me dit-elle.

Et, m'ayant salué avec cérémonie, elle me laissa seul.

Je tentai de rassembler mes idées. Que faire ? L'honneur de la maison impériale se trouvait menacé : Dieu sait jusqu'où pouvait aller cette toquade si l'on n'intervenait pas à temps. Informer Guéorgui Alexandrovitch ? Mais il me semblait impossible de l'accabler encore de ce nouveau fardeau. Il fallait que je me débrouille tout seul.

Des pensées totalement étrangères m'empêchaient de me concentrer sur l'essentiel.

Pourquoi Mademoiselle m'avait-elle pris la main ? Je sentais encore sur mon poignet la sèche chaleur de ses doigts.

Et quel sens avait ce ricanement, à condition, bien sûr, que je ne l'eusse pas rêvé ?

Les vitres tremblèrent sous l'impact d'un choc puissant, bientôt suivi d'un grand roulement de tonnerre. On tirait le canon depuis les tours du Kremlin pour annoncer que le défilé commençait. Par conséquent il était déjà midi.

Et presque au même moment, on m'appela dans l'entrée. Le facteur venait de livrer la correspondance du jour et, parmi les enveloppes habituelles contenant toutes sortes d'invitations, d'annonces et d'appels à la philanthropie, on en avait découvert une qui ne portait point de cachet.

C'est autour de ce rectangle de papier, si blanc au milieu de la glace du guéridon, que nous nous retrouvâmes rassemblés, moi, deux agents et Fandorine, les joues singulièrement empourprées et le faux col sensiblement de travers.

Pendant qu'il achevait d'interroger le facteur – quel itinéraire avait-il emprunté, avait-il abandonné un instant sa sacoche quelque part… –, je décachetai l'enveloppe, les doigts tremblants, et en tirai, en même temps qu'une feuille pliée en quatre, une boucle de fins cheveux dorés.

— Oh, Seigneur ! m'exclamai-je malgré moi, car il ne faisait aucun doute que ces cheveux appartenaient à Mikhaïl Guéorguiévitch.

Fandorine se détourna du postier terrorisé et vint se joindre à moi. Nous lûmes la lettre ensemble.

Messieurs,

Vous n'avez pas respecté les termes de la transaction. Votre intermédiaire a tenté de reprendre la marchandise de force, sans avoir payé le prix convenu. En guise de premier avertissement, je vous envoie une mèche de cheveux du prince. Au prochain manquement à votre parole, vous recevrez un de ses doigts.

Le monsieur aux rouflaquettes d'épagneul ne m'inspire plus confiance. Je refuse d'avoir encore affaire à lui. Aujourd'hui, c'est la gouvernante du prince, que j'ai vue l'autre jour dans le parc, qui devra aller au rendez-vous. Pour ne pas contraindre une dame à trimballer une lourde valise, veuillez bien cette fois-ci me remettre à titre de nouveau versement le carcan de saphir, œuvre du joaillier attitré de la tsarine Elisabeth. Cette babiole, de l'avis de mon propre expert, vaut justement un million, ou peut-être un peu plus, mais nous n'allons pas pinailler, n'est-ce pas ?

A partir de six heures du soir, la gouvernante devra se promener, absolument seule, dans la rue Arbat et les ruelles avoisinantes, selon l'itinéraire qui lui plaira, à la seule condition de choisir les lieux les moins fréquentés. On l'abordera.

Sincèrement vôtre,
Docteur Lind.

— Je crains que ce ne soit impossible.

Telles furent les premières paroles que je prononçai.

— P-pourquoi cela ? demanda Fandorine.

— D'après l'inventaire des joyaux de la couronne, le carcan en question est rangé dans la cassette de l'impératrice régnante.

— Et alors ?

Je me contentai de pousser un soupir. Comment pouvait-il savoir qu'aux yeux de Sa Majesté, attachée à défendre jalousement la dignité de son statut quelque peu illusoire, les joyaux de la couronne revêtaient une importance particulière, sinon douloureuse ?

Selon le cérémonial établi, l'impératrice veuve était tenue de remettre ladite cassette à son successeur immédiatement après l'accession de la nouvelle tsarine au trône, cependant Maria Féodorovna, étant grande amatrice d'objets d'art, et également douée d'un caractère capricieux (et, disons-le franchement, ne nourrissant guère d'amitié pour sa bru), n'avait pas souhaité se séparer des bijoux et avait même interdit à son fils couronné de l'assommer de discours sur ce sujet.

Une situation pénible était née du fait que Sa Majesté, qui était tout à la fois un fils respectueux et un époux aimant, s'était ainsi trouvé, comme on dit, pris entre deux feux, ne sachant quel parti prendre. L'affrontement avait duré plusieurs mois et n'avait pris fin que tout récemment, à la suite d'une démarche inattendue mais énergique de la jeune impératrice. Quand, après de nombreuses allusions de sa part, et même de réclamations fort directes, Maria Féodorovna eut condescendu à lui céder une petite partie de la cassette (une petite seulement : principalement des émeraudes, qu'elle n'aimait guère), Alexandra Féodorovna déclara à son mari qu'elle considérait le port de bijoux du dernier mauvais goût, et qu'à l'avenir elle n'afficherait plus à aucune cérémonie ni diamants, ni saphirs, ni perles, ni or, ni aucun autre vain ornement. Et de citer les Saintes Ecritures, où il est dit : « Noble nom vaut mieux que grande richesse, et bonne renommée vaut mieux qu'or et argent. » Devant pareille menace, force fut à l'impératrice mère de se séparer malgré tout de ses joyaux, et, pour autant que je fusse informé, Alexandra Féodorovna avait cette fois-ci apporté à Moscou tout le contenu de la cassette dans le vœu d'éblouir sujets de l'Empire et ambassadeurs étrangers lors des innombrables bals, réceptions et cérémonies qui l'attendaient.

Il fallait de toute urgence en référer à Guéorgui Alexandrovitch.

Avant de pouvoir courir du landau de Maria Féodorovna au groupe de cavaliers formé par les grands-ducs, je dus patienter un moment, car la procession venait à l'instant d'entrer sur la place Triomphale, et ma manœuvre n'eût eu aucune chance de passer inaperçue. Ma montre indiquait déjà une heure et demie. Il restait de moins en moins de temps.

L'occasion favorable se présenta quand, du haut du toit du grand bâtiment sis à l'angle de la rue de Tver, des fusées s'élancèrent vers le ciel, déroulant derrière elles de longues traînes de fumées multicolores. Tous les spectateurs, comme un seul homme, levèrent la tête dans un même cri d'enthousiasme, et j'en profitai pour franchir rapidement l'espace découvert et me dissimuler entre les croupes des chevaux. Conformément au cérémonial, chacune des bêtes que montaient Leurs Altesses était menée par la bride par un officier de la cour. J'aperçus Pavel Guéorguiévitch, l'œil noyé d'anxiété, le teint gris verdâtre ; à ses côtés marchait Endlung, la joue rose et la mine gaillarde.

— Afanassi ! me lança Son Altesse d'une voix plaintive. Je n'en peux plus. Trouve-moi de quoi me débarrasser de cette gueule de bois. Bon Dieu, encore un peu et je vais vomir...

— Tenez bon, Votre Altesse, répondis-je. Nous sommes bientôt au Kremlin.

Et je repris ma pénible progression, sous le regard interloqué de je ne sais quel important personnage à la mine compassée, un de ces *Jägermeister*[1] – à en juger par ses manchettes passepoilées de rouge et ses boutons ornés de cors de chasse – dont le nombre s'est tant multiplié sous le nouveau règne qu'il est impossible de retenir les noms de tous.

Les trois oncles de Sa Majesté formaient le premier rang du cortège grand-ducal. Je me faufilai jusqu'au turkmène alezan de Guéorgui Alexandrovitch, le pris par la bride (en sorte que nous nous trouvâmes ainsi deux à le mener, moi et le *Stallmeister*[2], le comte Anton Apollono-

1. Grand veneur — charge purement honorifique.
2. Ecuyer, maître des écuries.

vitch Opraskine), et sans un mot glissai dans la main de Son Altesse la lettre de Lind.

En découvrant la boucle de cheveux, Guéorgui Alexandrovitch changea de visage. Il parcourut rapidement des yeux les quelques lignes, éperonna les flancs nerveux de son cheval et entreprit aussitôt de rejoindre la silhouette solitaire du souverain. Le comte, effaré, lâcha la bride. Moi aussi.

Il était permis d'être assuré qu'une véritable tempête allait à présent éclater dans le monde politique international. Pour le coup, on allait voir s'envoler les dépêches chiffrées adressées à tous les gouvernements étrangers et à toutes les cours : « Le grand amiral Guéorgui Alexandrovitch affiche sa position particulière auprès du tsar et peut probablement être considéré désormais comme le personnage le plus influent de l'empire de Russie. » Tant pis. Il n'était pas l'heure de s'en préoccuper.

Une main fièrement posée sur la hanche, bombant le torse exactement comme son neveu, Son Altesse se rapprocha sans hâte du souverain pour chevaucher à ses côtés, tout au plus en retrait d'une encolure. La corpulente silhouette du grand amiral paraissait autrement plus majestueuse que celle, étriquée, de l'empereur. A un léger tremblement de ses généreuses moustaches, je devinai que Son Altesse, tout en gardant les yeux fixés droit devant elle, était en train d'informer le tsar du contenu de la lettre. Ce dernier esquissa un bref mais perceptible mouvement de tête. De la même manière, je vis remuer ses lèvres, certes moins pourvues de poil que celles de Guéorgui Alexandrovitch, puis le grand-duc se laisser peu à peu distancer jusqu'à retrouver sa place entre ses frères.

Comme j'étais tout près, j'entendis Kirill Alexandrovitch murmurer en français, d'un ton furieux :

— Tu es fou, Georgie, ou quoi ?

J'ignore si les Moscovites se rendirent compte que, après que le cortège se fut engagé dans la rue de Tver, le mouvement de la colonne s'accéléra de manière substantielle. Toujours est-il qu'à peine vingt minutes plus tard le souverain franchissait les portes du Sauveur, et qu'un quart d'heure encore ne s'était pas écoulé qu'une théorie de voitures fermées s'éloignait du perron du Grand Palais.

Les personnes mises dans le secret se hâtaient vers l'Ermitage pour y tenir une réunion extraordinaire.

Cette fois-ci le petit salon accueillait également la souveraine, du bon vouloir de laquelle dépendait toute l'issue de l'affaire.

Du fait que j'eus à servir en toute hâte collation légère, café, eau de Seltz et orangeade pour Sa Majesté l'impératrice (rien n'éveille tant la soif et l'appétit que les longues processions solennelles), je manquai le début des débats et n'en reconstituai le déroulement qu'a posteriori, d'après les répliques échangées par les différents interlocuteurs en présence.

Ainsi, par exemple, n'assistai-je pas à la délicate explication qui eut lieu avec la tsarine au sujet du carcan de saphir. Je trouvai Sa Majesté certes fâchée, mais déjà résignée à l'inéluctable.

— Cependant Sa Majesté l'empereur m'a promis que cet objet me serait restitué sans faute en parfait état, disait la souveraine d'une voix sévère au grand maître de la police Lassovski, juste au moment où j'entrais avec le plateau.

De ces paroles, et aussi du fait que le colonel Karnovitch arborait une mine des plus maussades, je conclus qu'après l'échec de la veille la conduite des opérations avait été confiée à la police de Moscou. Fandorine était là également, sans doute en sa qualité de conseiller.

Sa Majesté, faute d'avoir eu le temps de se changer, portait encore sa robe de cérémonie de brocart blanc, entièrement brodée de pierres précieuses, et son lourd collier de diamants ; les grands-ducs avaient quant à eux négligé d'ôter médailles de Saint-André, rubans de moire et chaînes, et tout cela chatoyait et scintillait si bien qu'un instant la pièce exiguë où nous étions évoqua pour moi quelque débarras où l'on eût remisé les décorations de Noël.

— J'en réponds sur ma tête, Votre Majesté, confirma bravement Lassovski. Et non seulement les saphirs ne seront pas escamotés, mais Mikhaïl Guéorguiévitch sera libéré et toute la bande, épinglée.

Il se frotta vigoureusement les mains, et la vulgarité de ce geste fit froncer le nez à Alexandra Féodorovna.

— Tout se passera le mieux du monde, car cette fois-ci cette canaille de Lind s'est lui-même tendu un piège. Avec votre permission, je vais tout vous expliquer : j'ai déjà conçu un plan.

Il écarta d'un revers de main toutes les tasses et tous les verres que j'avais soigneusement disposés sur la table, saisit une serviette amidonnée et l'étala au beau milieu.

— Ça, c'est la rue Arbat et ses environs, deuxième secteur du quartier Pretchistenski. La gouvernante descendra de voiture en ce point, au coin du passage Saint-Afanassi, puis, comme si elle hésitait, traînera un peu avant de tourner ici, dans la grand-rue Saint-Afanassi, pour déboucher rue Sivtsev-Vrajek, et de là...

Il continua d'énoncer de la sorte une assez longue liste de tours et de détours, qu'il avait consignée pour mémoire sur une feuille de papier. Tout le monde l'écoutait avec attention, même si Sa Majesté l'impératrice, à en juger par le pli dégoûté qu'affectait sa bouche, semblait davantage préoccupée par la violente odeur de sueur qui émanait du grand maître de la police, inondé de transpiration.

— Au total, j'ai calculé qu'elle traverserait en chemin dix-neuf îlots d'habitations, comptant en tout deux cent trente maisons.

Lassovski tourna vers le souverain un visage triomphant, puis reprit en martelant chaque syllabe :

— *Or dans chacune de ces maisons se trouvera un de mes hommes*. Dans chacune ! C'est précisément à cette tâche que s'occupent actuellement mes collaborateurs. Autrement dit, en dépit du caractère apparemment aléatoire de son itinéraire, la gouvernante restera constamment dans notre champ de vision, et cependant les malfaiteurs n'en sauront rien puisque agents, limiers et sergents de ville travestis en bourgeois se trouveront postés dans les maisons et appartements riverains. Si elle achève son parcours sans que personne soit encore venu l'aborder, elle entamera un deuxième tour, puis un troisième, et ainsi de suite, autant de fois qu'il sera besoin.

— Astucieux, n'est-ce pas ? observa Siméon Alexandrovitch d'un ton satisfait, très fier de son chef de la police.

— P-permettez, colonel, intervint soudain Fandorine. Etes-vous bien sûr que Mlle Declicq, dont c'est le premier séjour à Moscou, ne va pas s'embrouiller dans les subtilités de votre itinéraire ?

Lassovski fronça les sourcils.

— Je compte m'enfermer personnellement avec elle dans une pièce et lui faire apprendre par cœur tous les coins de rue où elle devra tourner. Il nous reste pour cela une heure entière.

Fandorine parut satisfait de la réponse et ne posa plus aucune question.

— Il faut envoyer chercher le carcan, déclara le souverain en poussant un soupir. Et puisse le Seigneur nous venir en aide.

A quatre heures et demie, alors que Mademoiselle, toute pâle et se mordant la lèvre d'un air résolu, s'apprêtait à gagner la voiture où l'attendaient deux officiers de gendarmerie en civil, Fandorine l'aborda dans le couloir. J'étais tout à côté et entendis chaque parole échangée.

— On ne réclame de vous, mademoiselle, qu'une seule chose, lui dit-il d'un ton très sérieux. Ne pas mettre la vie de l'enfant en danger. Soyez observatrice, c'est votre seule arme. J'ignore ce qu'a imaginé le d-docteur Lind cette fois-ci, mais gouvernez-vous sur votre propre jugement, ne prêtez l'oreille ni ne vous fiez à personne. La police se soucie moins de protéger la vie de votre élève que d'éviter que l'affaire ne s'ébruite. Et aussi...

Il la regarda droit dans les yeux et prononça les mots que j'avais justement tenté en vain de lui dire quelques heures plus tôt :

— ... ne vous tenez pas pour coupable de ce qui est arrivé. Même si vous n'aviez pas laissé le garçon tout seul, votre présence n'eût de toute manière rien changé. Vous n'eussiez fait qu'ajouter une victime, car le docteur Lind ne laisse jamais de témoin.

Mademoiselle battit vivement des cils, et je crus voir une minuscule larme s'en envoler.

— Merci, monsieur, merci. J'avais besoin de l'entendre.

Elle posa sa main sur le poignet de Fandorine, exactement comme elle avait fait tantôt avec moi, et le serra. Quant à lui, après lui avoir très familièrement pincé le coude, il la salua d'un signe de tête et s'en fut rapidement en direction de ses appartements, comme s'il était pressé de partir.

Toutes ces étreintes me plongèrent dans un complet abattement.

Anticipant sur les événements – on comprendra plus tard pourquoi – je raconterai ici comment se termina l'opération montée par la police de Moscou.

Le plan du colonel Lassovski n'était pas mauvais du tout, et eût été certainement couronné de succès si Lind avait respecté les conditions qu'il avait lui-même imposées pour la rencontre. Mais c'est précisément, hélas, ce que le perfide docteur ne fit pas.

Ainsi, la gouvernante se rendit en calèche rue Arbat. Elle tenait dans ses mains un réticule de velours renfermant l'inestimable joyau. Près d'elle se trouvaient deux gendarmes : l'un en face d'elle, l'autre sur le siège du cocher.

Juste après le pont de Crimée, comme la voiture venait de tourner dans une rue (la rue Ostojenka, si je ne me trompe), Mademoiselle se redressa brusquement de toute sa taille, se retourna sur une berline qui passait dans l'autre sens et se mit à crier d'une voix perçante :

— Mika, Mika !

Les officiers tournèrent la tête eux aussi et eurent le temps d'apercevoir par la lucarne arrière, entre deux flottements de rideau, un petit béret bleu de matelot.

Tout comme moi la veille, ils n'avaient plus le temps d'opérer un demi-tour avec la calèche, mais par bonheur un fiacre venait à leur rencontre.

Les gendarmes ordonnèrent à Mademoiselle de rester dans la voiture, tandis qu'eux-mêmes forçaient le cocher à leur céder sa place et s'élançaient à la poursuite de la berline qui emportait Mikhaïl Guéorguiévitch.

Ils ne purent la rattraper, car la pauvre rosse qui les tirait n'était guère de force à se mesurer à un attelage de quatre bons chevaux, et pendant ce temps Mlle Declicq, qui, désemparée, s'agitait sur son siège, vit s'approcher d'elle un monsieur arborant moustaches et barbiche qui ôta poliment sa casquette de fonctionnaire des Mines pour lui dire dans un français irréprochable :

— La condition est remplie : vous avez vu le prince. Maintenant veuillez me donner la rançon, je vous prie.

Que pouvait faire Mademoiselle ? D'autant que non loin de là deux autres hommes arpentaient le trottoir, d'aspect autrement moins galant, selon ses dires, que ce courtois personnage.

Elle lui remit le réticule et, se rappelant les instructions de Fandorine, s'efforça de graver dans sa mémoire le portrait des trois individus.

A dire vrai, elle y parvint fort bien, et par la suite sut les décrire dans le plus menu détail. Mais quel profit pouvait-on en tirer ? Selon toute apparence, le docteur Lind ne manquait pas d'hommes de main.

Je n'appris que plus tard l'échec de l'opération conçue par le grand maître de la police, car ce soir-là je n'étais pas à l'Ermitage. Quand Mademoiselle revint, sans être allée finalement jusqu'à la rue Arbat où était tendue l'ingénieuse souricière, j'avais déjà quitté le territoire du Jardin des Divertissements.

Après que la gouvernante m'eut fait ses adieux, contrainte par ma faute à participer à une périlleuse entreprise, parce que je m'étais conduit sottement et n'avais su m'acquitter de ma mission, il me parut particulièrement pénible d'être réduit à l'inaction. Arpentant ma chambre de long en large, je réfléchis au monstre qu'était Fandorine. Ce monsieur à l'élastique conscience n'aurait point dû être autorisé à s'approcher des jeunes filles ni des honnêtes femmes. Comme il avait tourné la tête à Son Altesse sans manifester le moindre scrupule ! Avec quelle habileté il avait su gagner la faveur de Mlle Declicq ! Et surtout, dans quel but ? Quel intérêt ce gandin séducteur, à la carrière bien remplie, pouvait-il éprouver pour une modeste gouvernante, ni franche beauté ni grande dame ? Pourquoi avait-il eu besoin de s'adresser à elle avec cette voix de velours, et par-dessus le marché de lui pincer le coude avec un tel air de tendresse ? Oh non, cet individu ne faisait jamais rien gratuitement.

C'est ici que ma pensée prit un tournant tout à fait inattendu. Je me rappelai que Siméon Alexandrovitch, qui avait pratiqué Fandorine par le passé, avait qualifié celui-ci d'« aventurier de la pire espèce », dont on pouvait attendre n'importe quoi. C'était bien l'impression qui s'était formée également en moi.

Les soupçons vinrent se bousculer l'un après l'autre dans mon esprit, et pour m'y retrouver je tentai de les ranger par ordre d'importance, à la manière du même Fandorine.

Premier point. L'histoire du petit vendeur de journaux qu'il prétendait avoir retrouvé paraissait à la réflexion quelque peu suspecte. En admettant même que Fandorine eût réellement fait preuve d'une adresse hors du commun et réussi à dénicher le jeune vaurien, quel besoin avait-il eu de le relâcher ? Et si celui-ci avait dissimulé ou bien menti carrément, pour ensuite courir faire son rapport à Lind ?

Deuxième point. Pourquoi Fandorine avait-il cherché à dissuader Mademoiselle de suivre les instructions de la police et lui avait-il recommandé d'agir selon son propre jugement ? Lassovski s'était trouvé là un bon conseiller, il n'y avait pas à dire !

Troisième point. Si le plan du grand maître de la police lui convenait si peu, pourquoi ne l'avait-il pas dit tout haut lors de la réunion ?

Quatrième point. Où était-il si pressé de se rendre après avoir pris congé de Mademoiselle ? Quelle affaire urgente l'attendait, alors que l'opération devait se dérouler sans son concours ? Avait-il en tête quelque rusé tour de passe-passe comme celui d'hier ?

Enfin, cinquième point, le plus important. Avait-il bien dit la vérité concernant ses rapports avec Lind ? Je n'en avais, là non plus, aucune certitude.

Cette dernière réflexion, ajoutée au sentiment de culpabilité que j'éprouvais à l'idée du risque auquel s'exposait Mademoiselle à cause de moi, me poussa à un acte que jamais de ma vie je ne m'étais abaissé à commettre. Jamais je n'avais même envisagé d'en être un jour capable.

J'allai jusqu'à la porte de la chambre de Fandorine, inspectai rapidement les environs, puis collai mon œil au trou de la serrure. Je découvris à cette occasion que c'était là un moyen très malcommode d'espionner : très vite je sentis une raideur m'engourdir le dos, tandis qu'une douleur lancinante vrillait mes genoux à demi pliés. Mais ce qui se passait dans la pièce rendit aussitôt très secondaires ces menus désagréments.

Ils étaient là tous les deux : le maître et le serviteur. Fandorine était assis, torse nu, devant un miroir et procédait à je ne sais quelles étranges manipulations sur son visage. J'eus l'impression qu'il se fardait, comme le faisait chaque matin Mr Carr, la porte ouverte et sans se soucier aucunement des domestiques. Massa n'entrait pas dans mon champ de vision, mais je l'entendais renifler bruyamment quelque part à proximité de la porte.

Puis, sans se lever, Fandorine tendit le bras et enfila par la tête une chemise russe de soie cramoisie. Je cessai alors de le voir, mais entendis en revanche une sorte de grincement suivi d'un léger martèlement de pieds, comme si quelqu'un chaussait des bottes bien cirées.

Que signifiait cette mascarade ? Que se tramait-il ici ?

J'étais si absorbé que je relâchai toute vigilance et manquai me cogner la tête contre la porte en entendant toussoter derrière moi.

Somov ! Ah, le fâcheux contretemps !

Mon adjoint me regardait avec une stupéfaction indescriptible. La situation se révélait doublement délicate, car je venais de lui infliger le matin même une verte réprimande pour son indiscrétion : passant dans le couloir avant le petit déjeuner, je l'avais surpris qui sortait de la chambre de Mlle Declicq, où il n'avait strictement rien à faire. Comme je l'interrogeais avec sévérité, Somov, rouge de confusion, m'avait avoué étudier le français en autodidacte. Il y consacrait, disait-il, un peu de temps chaque matin, et était venu demander à la gouvernante d'éclaircir pour lui un point délicat de grammaire. Je lui avais répliqué que même si j'encourageais vivement l'apprentissage des langues étrangères par le personnel,

Mlle Declicq avait été, quant à elle, embauchée pour instruire Son Altesse et non les domestiques. Somov n'avait pas osé protester, bien entendu, mais j'avais bien vu qu'il était furieux. Qu'on imagine à présent ma confusion...

— Les poignées de porte et les trous de serrure n'ont pas été astiqués de la meilleure manière, déclarai-je, dissimulant mon embarras. Tenez, regardez vous-même.

Je m'accroupis, soufflai sur la poignée de cuivre et, Dieu merci, des traces de doigt apparurent sur sa surface embuée.

— Mais il suffit que l'occupant de la chambre actionne une fois cette poignée pour qu'il y reste une empreinte. Afanassi Stépanovitch, personne de toute façon n'ira prêter attention à pareilles vétilles !

— Dans notre métier, Korneï Sélifanovitch, il n'y a pas de vétilles. Voilà ce qu'il conviendrait que vous vous missiez bien dans la tête, avant de vouloir maîtriser le français, objectai-je avec une rudesse quelque peu excessive mais justifiée par les circonstances. Veuillez donc passer en revue toutes les portes et vérifier. Commencez par les étages supérieurs.

Quand il se fut éloigné, je collai à nouveau mon œil à la serrure, mais la pièce à présent était vide et silencieuse, seul le vantail de la fenêtre entrouverte oscillait encore sur ses gonds.

Je tirai de ma poche le passe-partout qui ouvrait toutes les portes de la maison, me glissai à l'intérieur de la chambre et courus à la fenêtre, juste à temps pour voir deux silhouettes plonger entre les buissons. L'une était grande, portant casquette et veston noirs, l'autre courtaude, arborant robe bleue à l'orientale et longue natte, et néanmoins coiffée d'un melon. C'était exactement le costume dont s'était affublé Massa pour jouer le rôle de colporteur chinois, le jour de notre première rencontre. Le nombre de ces « ambulants » s'était multiplié ces dernières années de manière incroyable à Saint-Pétersbourg, et apparemment aussi à Moscou.

Il n'était plus temps de réfléchir.

J'enjambai résolument le rebord de la fenêtre, sautai à terre et, plié en deux, m'élançai sur leurs traces.

La direction dans laquelle se déplaçaient les deux travestis était facile à repérer au balancement des branches. Je m'appliquai à ne pas me laisser distancer, mais évitai aussi de trop me rapprocher, de crainte de trahir ma présence.

Fandorine et Massa escaladèrent la clôture avec une agilité qui m'impressionna et sautèrent de l'autre côté. J'eus quant à moi moins de facilité à franchir cet obstacle d'une toise et demie de hauteur. Par deux fois je lâchai prise et dégringolai à terre, et quand enfin je parvins malgré tout au sommet de la grille, je n'osai pas sauter, de peur de me briser ou me démettre une jambe. Je me laissai glisser prudemment le long des épais barreaux et, ce faisant, accrochai une basque de ma livrée dont tout un pan se déchira, et souillai entièrement ma culotte et mes bas blancs. (Ainsi que je l'établis par la suite, si nous étions passés non par le jardin mais par l'allée principale, nous fussions tombés sur Mlle Declicq qui rentrait déjà de son expédition inopinément écourtée.)

Fandorine et Massa, par bonheur, ne s'étaient pas éloignés de beaucoup : campés à quelques pas de là, ils parlementaient avec un cocher qui ne semblait guère désireux de laisser monter dans son fiacre un couple aussi suspect. Finalement, l'homme se laissa fléchir, et la voiture s'ébranla.

Je regardai à droite puis à gauche. Pas d'autre attelage en vue. La grande avenue de Kalouga, pour dire la vérité, n'est pas même une rue à proprement parler, mais plutôt une sorte de large chaussée traversant la banlieue ; les fiacres y font figure de rareté.

Aussi mis-je encore une fois à profit ma vieille expérience de trottin. Je m'élançai au pas de course, à allure régulière, en longeant au plus près la grille du parc. Par bonheur le fiacre ne roulait pas trop vite. Ce n'est qu'aux abords de l'hôpital Golitsyne, alors que je commençais déjà à m'essouffler, que je rencontrai une voiture. Hors d'haleine, je me laissai tomber sur le siège et demandai au cocher de suivre son collègue, lui promettant de le payer le double du tarif ordinaire.

Le phaéton considéra avec respect ma livrée verte passementée, mes épaulettes dorées et ma fourragère (pour me glisser plus facilement dans le cortège officiel, j'avais revêtu mon grand uniforme, puis je n'avais pas trouvé le temps de me changer – heureusement, mon tricorne à plumet était resté à la maison), et me donna du « Votre Excellence ».

Place de Kalouga, on prit à gauche pour déboucher sur le quai juste en face d'un pont, après quoi on continua tout droit pendant un long moment. Pas une seule fois les passagers de la calèche de devant ne se retournèrent, et Dieu merci, car on peut supposer que mon costume vert et or se repérait de loin.

La rivière bifurqua. Nous poursuivîmes notre route le long du bras le plus étroit. On vit se dessiner à gauche, entre les maisons, les tours du Kremlin avec leurs aigles, mais nous roulions toujours, de sorte que je cessai bientôt de chercher à comprendre dans quelle partie de Moscou nous nous aventurions.

Enfin on tourna à nouveau. Nos roues grondèrent brièvement sur un pont pavé de pierre, puis plus longuement sur un autre, en bois celui-ci, suivi encore d'un troisième (au-dessus duquel était placardé : « Petit pont de la Iaouza »).

Les bâtiments devenaient plus laids, les rues plus sales. Et plus nous avancions dans cette mauvaise voie creusée d'ornières, plus les maisons se faisaient lépreuses, à tel point que ma langue eût refusé de les désigner autrement que par le terme de « taudis ».

Le cocher arrêta soudain son cheval.

— Vous faites ce que vous voulez, barine, mais moi, le quartier Khitrov, j'y entre pas. C'est un coup à se faire dépouiller, à se faire tirer son cheval et à prendre des coups par-dessus le marché, dans le meilleur des cas. L'endroit est connu, et la nuit va tomber.

En effet, le jour commençait déjà à décliner, je ne m'en étais même pas rendu compte.

Comprenant qu'il était inutile d'insister, je descendis prestement de la voiture et glissai trois roubles dans la main du cocher.

— Eh non ! fit-il en me retenant par la manche. Voyez jusqu'où on est rendus, et vous, Votre Excellence, vous m'aviez promis le double !

Le fiacre de Fandorine venait de disparaître au tournant. De peur de me laisser distancer, je jetai deux autres roubles à l'insolent et partis à toutes jambes à la poursuite du véhicule.

Les passants que je croisais n'avaient point une allure très reluisante. Pour m'exprimer de manière plus directe, c'étaient des gueux. Comme chez nous, dans le quartier de la Ligovka, mais peut-être même en pire. Ce qui était surtout déplaisant, c'est que tous, sans exception, avaient les yeux braqués sur moi.

Quelqu'un cria derrière moi d'une voix désinvolte :

— Eh, le pingouin, t'as perdu quelque chose ici ?

Je fis mine de ne pas entendre.

Parvenu au coin de la rue, je ne vis rien – rien qu'une ruelle déserte toute bossuée, des réverbères tordus aux vitres brisées, des bicoques menaçant ruine.

Je me précipitai au coin de rue suivant, pour aussitôt me rejeter en arrière, car tout près, à une quinzaine de pas, ceux que je cherchais étaient justement en train de descendre de voiture.

Je risquai prudemment un coup d'œil. Je vis une abominable troupe de va-nu-pieds entourer les arrivants et dévisager le cocher avec curiosité, d'où il était permis de conclure que l'apparition d'un fiacre dans le quartier Khitrov constituait un événement sensationnel.

— Et mes cent cinquante kopecks ? articula l'automédon d'un ton plaintif en s'adressant à Fandorine.

Celui-ci, parfaitement grimé, se balança un instant sur ses talons, les mains enfoncées dans les poches, esquissa un odieux rictus, qui laissa entrevoir l'éclat d'une rangée de dents en or surgies on ne sait d'où, et cracha avec précision sur une des bottes du cocher. Puis, comme si ça ne suffisait pas, il s'enquit d'une voix railleuse :

— Et mes couilles, tu pars avec ?

Les badauds éclatèrent d'un rire mauvais.

Ah, il était beau, le conseiller d'Etat...

Rentrant la tête dans les épaules, l'homme fouetta son cheval et s'éloigna, sous les sifflements, les huées et les exclamations obscènes.

Fandorine et son Japonais, sans même s'être consultés du regard, partirent dans des directions différentes.

Massa s'engouffra sous un porche et parut se dissoudre dans la pénombre, tandis qu'Eraste Pétrovitch s'avançait jusqu'au milieu de la rue. Après un instant d'hésitation, je me décidai à suivre le second.

Je fus frappé de constater combien sa démarche avait changé. Il marchait d'un pas chaloupé, comme sur d'invisibles ressorts, les mains dans les poches, les épaules voûtées. A deux ou trois reprises, il cracha par terre, chaque fois un énorme glaviot, flanqua un coup de botte dans une vieille boîte de conserve. A sa rencontre, tortillant des hanches, venait une fille toute peinturlurée, enveloppée d'un châle multicolore. Fandorine sortit promptement la main de sa poche et lui pinça les fesses. Si étrange que cela puisse paraître, la dame trouva à son goût cette singulière manière de fleureter : elle poussa un glapissement, partit d'un grand rire exubérant et lança au galant qui déjà s'éloignait une apostrophe si énergique que je manquai trébucher. Si Xénia Guéorguievna avait vu le peu de prix que ce monsieur accordait à ses tendres sentiments !

Il tourna dans une ruelle étroite et sombre – simple fente entre deux murs. J'allai m'y engager derrière lui, mais n'avais pas fait dix pas que je me trouvai empoigné des deux côtés par les épaules. Je sentis souffler sur mon visage une haleine aigre et fétide, tandis qu'une voix jeune et nasillarde prononçait d'un ton traînant :

— Dou-oucement, mec, dou-oucement.

Deux silhouettes se dessinaient confusément dans l'ombre, à ma droite et à ma gauche. Sous mes yeux jaillit la lueur glacée d'une lame de métal, et je sentis soudain mes genoux s'amollir de manière bizarre, au point que je craignis un instant qu'ils ne finissent par plier dans le mauvais sens, au mépris de toutes les lois de l'anatomie.

— Vise un peu, siffla une autre voix, plus âgée et plus rauque.

La poche dans laquelle se trouvait mon porte-monnaie devint d'une légèreté suspecte, mais je compris qu'il valait mieux ne pas protester. Qui plus est, s'il entendait du bruit, Fandorine risquait de revenir sur ses pas, et ma filature serait éventée.

— Dépêchez-vous de prendre ce que vous voulez et laissez-moi en paix, articulai-je d'une voix assez ferme.

Mais je dus ravaler aussitôt mes paroles, car au même instant un poing surgit de l'obscurité et me frappa par en bas à la base du nez. J'en fus sur-le-champ aveuglé, tandis qu'un liquide brûlant dégoulinait sur mon menton.

— Regarde-moi ça, il est pressé ! entendis-je comme à travers une vitre. Mais ses grolles aussi sont rien bath. Avec leurs fioritures en jonc. Et mate sa pelure, on peut dire qu'elle est chiée.

Des doigts agrippèrent brutalement ma chemise et la tirèrent hors de ma ceinture.

— T'es pas bien, la Flambe, de lui bourrer le pif. Sa limace, c'est de la vraie batiste, et maintenant, mouchaille-moi ça : tout le devant est pavoisé. Heureusement, son culbutant est de première.

Ce n'est qu'à ce moment que je compris avec horreur que ces malfaiteurs avaient pour intention de me laisser nu.

— C'est du bénard de gonzesse, mais le drap est bon.

Je me sentis tiré par un bord de la culotte.

— Ça pourra servir de dessous à un girond. Allez, mec, enlève-moi ça.

Mes yeux s'étaient accoutumés à l'obscurité, et je pouvais à présent mieux distinguer mes détrousseurs.

Mieux eût valu pour moi qu'il n'en fût rien : ils avaient des têtes de cauchemar. L'un avait la moitié de la figure enflée par un hématome d'une taille monstrueuse, l'autre soufflait bruyamment par les deux trous morveux qui, faute de nez, lui tenaient lieu de narines.

— Prenez ma livrée, mais je ne vous donnerai ni ma culotte ni mes souliers, dis-je.

Car l'idée même de me retrouver, moi le majordome de la maison verte, à me promener tout nu dans Moscou m'était absolument inconcevable.

— Si tu les enlèves pas, on les prendra sur ton cadavre, rétorqua le type enroué d'un ton menaçant.

Il tira un rasoir de derrière son dos – un rasoir très ordinaire, identique à celui dont je me sers moi-même pour me raser, mais passablement rouillé et ébréché.

Les doigts tremblants, j'entrepris de déboutonner ma chemise en maudissant intérieurement ma propre inconséquence. Comment avais-je pu venir me fourrer dans un tel bourbier ! J'avais laissé filer Fandorine, et ce n'était encore qu'un demi-malheur : comment allais-je me sortir de là vivant ?

Une troisième silhouette se dessina derrière mes apaches, tandis que s'élevait une voix, paresseuse et modulée :

— Eh bien, qu'est-ce que c'est que ce cirque ? Allez, les tocards, caltez d'ici.

Eraste Pétrovitch ! Mais d'où sortait-il ? Je l'avais pourtant vu s'éloigner !

— Qu'est-ce que t'as, qu'est-ce que tu veux ? lança le plus jeune d'un ton agressif et, me sembla-t-il, nerveux. C'est notre gras, à moi et au Chourineur. Occupe-toi de tes affaires, le caïd, et fous la paix aux honnêtes grinches. Personne a le droit d'ôter son gras à l'ouvrier.

— Je vais t'en donner, des droits, grommela Fandorine en glissant une main dans l'entrebâillement de sa veste.

Dans le même instant, les deux malfaiteurs me repoussèrent brutalement et prirent leurs jambes à leur cou, en emportant néanmoins ma livrée et mon porte-monnaie (qui contenait quarante-cinq roubles et quelques kopecks).

Je ne savais s'il m'était permis de me croire sauvé ou si, au contraire, je n'avais échappé aux chiens, comme on dit, que pour tomber dans la gueule du loup. Le rictus carnassier qui déformait la physionomie ordinairement avenante de Fandorine n'annonçait rien qui vaille, et c'est avec effroi que je vis sa main glisser dans la poche intérieure de sa veste pour en tirer quelque mystérieux objet.

— Prenez ça.

Ce n'était ni un couteau ni un pistolet, mais tout bonnement un mouchoir.

— Que vais-je donc f-faire de vous, Zioukine ? me demanda Eraste Pétrovitch en reprenant sa voix normale, tandis que son atroce grimace se changeait en un faux sourire narquois, à mon sens tout aussi odieux. Je vous ai repéré, bien entendu, avant même d'avoir quitté le Jardin des Divertissements, néanmoins je ne pensais pas que vous vous attarderiez beaucoup dans ce quartier, j'étais sûr que vous ne seriez pas long à prendre peur et à décamper. Je vois cependant que vous n'êtes pas homme à vous laisser intimider.

Je me tins coi, ne sachant que répondre à cela.

— Je devrais vous abandonner ici pour que vous sachiez ce que c'est que de se promener tout nu. Ça vous servirait de leçon. Allons, Zioukine, expliquez-moi pourquoi vous avez éprouvé le besoin de nous suivre ?

Du fait que sa voix n'était plus celle d'un bandit, mais celle, ordinaire, de l'homme du monde, je me sentis plus tranquille.

— Ce que vous m'avez dit du garçon ne m'a pas convaincu, répondis-je.

Je sortis mon propre mouchoir, renversai la tête en arrière et pressai mon nez amoché, avant d'ajouter :

— J'ai décidé de vérifier.

Fandorine se fendit d'un large sourire.

— Bravo, Zioukine, b-bravo. Je n'attendais pas de vous pareille perspicacité. Vous avez entièrement raison, Senka Kovaltchouk m'a livré tout ce qu'il savait, or c'est un gosse observateur – sa profession l'exige. Et il est intelligent : il a compris qu'autrement je ne le relâcherais pas.

— Alors il vous a indiqué comment retrouver l'homme à la « grosse gueule » qui l'avait recruté ?

— Pas tout à fait, car notre jeune ami commun l'ignorait, bien sûr, mais il m'a fourni une description physique des plus complètes de l'individu. Jugez vous-même : mâchoire carrée, yeux plissés, joue glabre, casquette de général à visière vernie, court cafetan noir à col montant et taille cintrée, chemise de soie rouge, bottes terriblement grinçantes chaussées dans des claques également vernies…

Considérant avec plus d'attention l'accoutrement de Fandorine, je m'exclamai :

— La belle affaire ! Vous-même êtes vêtu exactement de la même façon. Des gaillards répondant à ce signalement, les rues de Moscou en sont pleines !

— Pas du tout, répondit-il en secouant la tête. Dans Moscou vous n'en croiserez que fort peu ; dans ce quartier-ci vous pouvez certes en rencontrer d-davantage, mais point en aussi grand nombre que vous l'imaginez. Il ne s'agit pas d'une tenue ordinaire, on reconnaît là le plus grand chic khitrovien : soie rouge, claques vernies. Seuls les caïds, c'est-à-dire les bandits les plus haut placés dans la hiérarchie, se permettent de porter un tel costume. Pour que vous compreniez mieux, Zioukine, c'est pour eux un peu comme un uniforme de chambellan. Vous avez vu comme ces deux p-pégriots se sont débinés ?

Des « pégriots », « débinés », qu'était-ce que cette manière de parler ? On voyait tout de suite qu'il ne restait plus grand-chose du conseiller d'Etat chez Fandorine. L'homme me faisait un peu penser à de la vaisselle dorée de piètre qualité dont le placage se serait écaillé et laisserait honteusement transparaître le vulgaire laiton.

— De quels « pégriots » parlez-vous ? demandai-je, donnant ainsi à entendre que je n'admettais pas de converser dans le jargon des criminels.

— Les pégriots, Zioukine, ce sont les petits voleurs et autres voyous sans envergure. Pour eux, les « c-caïds » comme moi représentent la haute autorité. Mais vous m'avez interrompu et je n'ai pas eu le temps de vous dire le principal signe particulier de Mâchoire carrée.

Il se tut un instant avant de prononcer d'un air grave, comme s'il me révélait un détail d'une extrême importance :

— Tout le temps qu'a duré sa conversation avec Senka – et ils ont discuté au moins une demi-heure –, l'individu n'a pas sorti une seule fois la main droite de sa poche, où il n'a pas cessé de faire sonner de la menue monnaie.

— Vous pensez qu'on peut le retrouver grâce à ce tic ?

— Non, soupira Fandorine. Je pense t-tout autre chose. D'ailleurs, on saura bientôt si mon hypothèse est juste. C'est Massa qui est chargé de l'établir. Si j'ai raison, nous avons l'intention de dénicher le sieur Mâchoire carrée pendant que le docteur Lind joue au chat et à la souris avec la police.

— Mais où est monsieur Massa ?

Eraste Pétrovitch esquissa un vague geste de la main :

— Pas très loin d'ici, dans une cave abritant une fumerie d'opium clandestine tenue par des Chinois. Après la grande rafle de l'an passé, elle a déménagé de la place Soukharev pour s'installer au quartier Khitrov. Ces gens sont au courant de beaucoup de choses.

— Eh quoi, monsieur Massa sait donc parler chinois ?

— Un peu. Dans sa ville natale de Yokohama, les Chinois sont fort nombreux.

A ce moment-là, de quelque coin de rue tout proche partit un long sifflement aux modulations compliquées, qui me fit rentrer la tête dans les épaules.

— Tenez, d'ailleurs, le voilà, dit Fandorine avec un hochement de tête satisfait.

Il plia ses doigts d'une manière particulière et lança à son tour un sifflement semblable, mais plus perçant encore, au point que j'en eus les tympans tout meurtris.

Nous nous engageâmes dans la ruelle et très vite rencontrâmes le Japonais. Celui-ci ne se montra nullement étonné de me voir et se contenta de me saluer avec cérémonie. Je répondis par un signe de tête, me sentant fort sot ainsi dépouillé de ma livrée et avec une chemise éclaboussée de sang.

Ils se mirent à babiller entre eux dans un idiome qui m'était inconnu – je n'eusse su dire si c'était du chinois ou du japonais –, où je ne distinguai que le mot plusieurs fois répété de « moano », ce qui du reste ne m'avançait en rien.

— J'avais raison, consentit enfin à expliquer Fandorine. C'est bel et bien le Moignon. L'homme est manchot, d'où son habitude de dissimuler l'extrémité de son bras amputé dans sa poche. Il s'agit d'un malfrat de haut vol, chef d'une des nouvelles bandes du quartier parmi les plus dangereuses. Les Chinois disent qu'ils ont leur « planque » rue Podkopaevka, dans un ancien entrepôt de vins. Il n'est pas si simple de s'y introduire : une sentinelle est postée au-dehors, comme à la caserne, et ils ont même institué l'usage du « boniment », autrement dit du mot de passe... Tout cela est très bien, mais que vais-je faire de vous, Zioukine ? Vous voilà pendu à mes basques à présent. Je ne peux pas vous laisser repartir seul dans le quartier, vous vous feriez égorger.

Je me sentis profondément blessé par ces paroles et m'apprêtais même à rétorquer que je saurais parfaitement me passer de chaperon (bien qu'à la vérité l'idée de me balader seul en pleine nuit dans ces parages ne me sourît qu'à moitié), quand il me demanda soudain :

— Dites-moi, Zioukine, vous êtes un homme physiquement solide, n'est-ce pas ?

Je redressai les épaules et répondis avec dignité :

— J'ai eu l'occasion de servir comme trottin à la cour, et comme postillon, aussi bien que d'accompagner les sorties à cheval. Par ailleurs, je pratique chaque matin la gymnastique française.

— Bien, nous v-verrons cela, déclara Fandorine dont la voix trahissait une note dubitative tout à fait insultante. Vous viendrez avec nous. Mais à une condition : aucune initiative personnelle, et ob-béissance absolue aux ordres que nous vous donnerons, Massa et moi. Vous me donnez votre parole ?

Quel autre choix avais-je ? M'en retourner, comme on dit, Gros-Jean comme devant ? Etais-je seulement bien sûr de parvenir à me tirer tout seul de cet endroit maudit ? Qui plus est, il ne paraissait point du tout inutile de débusquer ce fameux Moignon. Et si Fandorine avait raison et que l'opération de police, rue Arbat, ne donnât rien ?

J'acquiesçai d'un signe de tête.

— Seulement, Ioukine, votre mise ne convient guère au quartier où nous sommes. Vous risquez de nous compromettre, Massa et moi. Pour qui pourrions-nous vous faire passer ? Je ne vois qu'une solution : pour un laquais de bonne maison qui aurait sombré dans l'ivrognerie.

Sur ces mots, Fandorine se pencha et ramassa une poignée de poussière dont il me saupoudra le crâne avant d'essuyer sa main sale sur ma chemise déjà suffisamment maculée de rouge.

— Voilà ! fit-il d'un ton satisfait. C'est déjà mieux.

Il s'accroupit et arracha les boucles dorées de mes chaussures, puis agrippa fermement ma culotte et tira si fort que la couture de derrière craqua et s'ouvrit entièrement.

— Que faites-vous ? m'écriai-je, affolé, en reculant d'un bond.

— Eh bien, qu'en penses-tu, Massa ? demanda le conseiller d'Etat devenu à moitié fou à son Japonais.

Celui-ci inclina la tête, me considéra d'un œil critique, et observa :

— Bas balancs.

— C'est vrai. Il vous f-faudra ôter vos bas. Et puis vous êtes rasé de beaucoup trop près, en ces lieux ce n'est pas du tout *comme il faut*, comme on dit en français. Voyons un peu ça…

Il marcha jusqu'à moi et, avant que j'aie eu le temps d'élever une protestation, il étala la poussière qui me couvrait la tête sur toute ma figure.

Ça m'était égal désormais. J'ôtai mes bas de soie blancs et les fourrai dans ma poche.

— Bon, dans l'obscurité ça passera, me fit la grâce de dire Fandorine.

Son valet de chambre alla jusqu'à me gratifier d'un compliment :

— Tlès bien. Tlès zoli.

— Et maintenant, où allons-nous ? Retrouver ce Moignon ? demandai-je, brûlant de m'atteler au plus tôt à la tâche.

— P-pas si vite, Zioukine. Il ne fait pas encore assez nuit. En attendant, je vais vous raconter ce que je sais de notre homme. Dans le monde de la pègre moscovite, il passe pour un individu énigmatique et prometteur. Un peu comme Bonaparte durant la période du Directoire. Le Dabe lui-même le craint, même s'il n'y a pas de guerre ouverte entre le Moignon et lui. La bande du manchot a des effectifs réduits mais triés sur le volet : on n'y compte aucun « demi-sel ». Uniquement des caïds, des malfaiteurs confirmés. Un de mes informateurs, membre de la police judiciaire et professionnel d'une grande compétence, présume que l'avenir du monde criminel russe appartient précisément à des chefs de bande comme le Moignon. Il ne tolère ni les b-beuveries ni les bagarres. Ses hommes et lui ne s'attaquent qu'à des affaires d'envergure. Cambriolages et agressions sont aussi minutieusement préparés que proprement exécutés. La police ne dispose d'aucun informateur parmi les hommes du Moignon. Quant au repaire de la bande, ainsi que j'ai déjà eu l'honneur de vous l'apprendre, il est gardé avec la plus extrême rigueur, à la manière militaire.

Tout cela semblait à mes yeux fort peu consolateur.

— Mais comment parviendrons-nous jusqu'à lui s'il se montre si prudent ?

— Par les combles, répondit Fandorine tout en m'invitant de la main à le suivre.

Nous marchâmes durant un certain temps par des cours lugubres et malodorantes. Enfin Eraste Pétrovitch s'arrêta devant un mur aveugle qui ne se distinguait en rien de ses voisins, tous rigoureusement identiques. Il empoigna un tuyau de descente, le secoua avec force et écouta la vibration que rendait le zinc.

— Ça tiendra, murmura-t-il comme pour lui-même.

Puis rapidement, sans le moindre effort, il entreprit d'escalader la branlante installation.

Massa enfonça son melon sur son crâne et suivit le même chemin, pareil à un de ces oursons de foire dressés à escalader un mât pour y chercher un pain de sucre.

Comme on dit dans le peuple, quand le vin est tiré, il faut le boire. Je crachai dans mes mains, comme le fait notre valet de cuisine, Siavkine, quand il doit fendre du bois, me signai et agrippai un des étriers de métal. Un pied sur le rebord, l'autre... hop ! tendre le bras jusqu'au collier suivant, et maintenant s'accrocher de l'autre main à ce ressaut...

Pour chasser la peur, je décidai de calculer combien j'avais perdu d'argent au cours des deux dernières journées. La veille j'avais laissé cinquante roubles à Massa à l'issue d'un pari malheureux, j'avais payé ce matin deux roubles et demi pour le fiacre et cinq autres ce soir, soit au total sept roubles et demi, et les deux « grinches » de tantôt m'avaient soustrait mon porte-monnaie contenant quarante-cinq roubles. A quoi venait s'ajouter mon uniforme de parade à présent complètement fichu. Certes, je ne l'avais pas payé de ma poche, mais c'était tout de même dommage.

A ce moment je jetai par hasard un coup d'œil en bas et sur-le-champ oubliai l'ampleur de mon déficit, car la terre se révélait beaucoup plus éloignée que je ne le supposais. D'en bas, le mur ne m'avait pas paru si élevé, l'équivalent de deux ou trois étages, mais à regarder ainsi d'en haut, j'éprouvai un pincement au cœur.

Fandorine et Massa étaient depuis longtemps sur le toit quand j'en étais encore à grimper au tuyau de descente, en m'appliquant à ne plus baisser les yeux vers le sol.

Quand enfin j'atteignis la gouttière, je me rendis compte tout à coup que je ne parviendrais jamais à la franchir : j'avais usé toutes mes forces à monter jusque-là. Je restai ainsi cramponné à mon tuyau durant cinq ou six minutes, puis sur le ciel mauve se dessina une tête ronde coiffée d'un chapeau melon. Massa m'empoigna d'une main par le col et me hissa sur le toit en deux temps, trois mouvements.

— Je vous remercie, dis-je alors que je peinais à retrouver mon souffle.

— Ça ne vaut pas de lemeliciement, répondit Massa en me saluant à quatre pattes.

Nous rampâmes jusqu'au côté opposé du toit où nous attendait Fandorine, couché à plat ventre.

Je m'installai à côté de lui, impatient de comprendre ce qu'il était en train d'observer.

Ce que je vis en premier lieu, ce fut le ruban pourpre du couchant piqueté de clochers comme autant de noires aiguilles. Toutefois ce n'était pas le ciel que Fandorine regardait, mais un antique bâtiment menaçant ruine, aux fenêtres condamnées, situé de l'autre côté de la rue. On voyait qu'autrefois, il y a bien longtemps, la maison avait dû être solide et belle, mais faute d'entretien elle s'était délabrée et affaissée sur elle-même, au point qu'il eût été plus simple à présent de l'abattre que de la restaurer.

— C'était là que se trouvaient au début du siècle les comptoirs des frères Möbius, négociants en vins et spiritueux, m'expliqua Eraste Pétrovitch dans un chuchotement.

Je notai alors que, lorsqu'il murmurait de la sorte, son bégaiement s'estompait complètement.

— Le sous-sol, poursuivait-il, abrite des caves à vin creusées à grande profondeur. On dit qu'elles pouvaient accueillir jusqu'à mille fûts. Ce que les Français n'ont pas bu en 1812, ils l'ont déversé dans la rue. Il paraît qu'un véritable torrent de vin a coulé ce jour-là jusqu'à la Iaouza. L'intérieur du bâtiment a entièrement brûlé, la toiture s'est effondrée, mais les caves n'ont pas été touchées. C'est ici que le Moignon a établi sa résidence. Vous voyez ce gaillard ?

Regardant mieux, je remarquai que la rue bifurquait à un endroit sur une rampe d'accès menant à un portail situé beaucoup plus bas que le niveau de la chaussée. Un type coiffé d'une casquette identique à celle que portait Fandorine se tenait campé là, dos tourné aux vantaux, occupé à grignoter des graines de tournesol.

— La sentinelle ? devinai-je.

— Oui. Patientons.

J'ignore combien de temps nous restâmes ainsi en faction, car mon chronomètre était resté dans ma livrée (voilà qui était à ajouter encore à la liste de mes pertes : une Breguet en argent, reçue à titre de récompense, c'était pour elle que j'avais le plus de peine), bien plus d'une heure en tout cas, et sans doute plus de deux, car je finis par m'assoupir.

Soudain je sentis à côté de moi, plus que je n'entendis, Fandorine se redresser légèrement, et le sommeil m'abandonna sur-le-champ.

Un bruit de voix étouffées nous parvint d'en bas.

— Tire-point, dit l'une.

— Cosse de pois, répliqua l'autre. Ça va, tu peux passer. T'as le faffe ?

Je n'entendis pas bien la réponse qui fut donnée à cette énigmatique question. Une petite porte découpée dans le vantail s'entrouvrit pour se refermer aussitôt, et le silence retomba. La sentinelle alluma une cigarette, la visière vernie de sa casquette brilla faiblement dans le clair de lune.

— C'est bon, j'y vais, murmura Fandorine. Attendez ici. Si je vous fais signe, descendez.

Une dizaine de minutes plus tard, une mince silhouette s'approchait du portail d'un drôle de pas nonchalant.

— Salut, Moscou ! Tu gardes le mur ?

C'était, bien entendu, Fandorine, mais bizarrement son parler trahissait un net accent polonais.

— Barre-toi de là, répondit l'autre d'un ton hostile tout en plongeant la main dans sa poche. Ou bien faut-y te chatouiller le bide au cure-dents ?

— Pourquoi cure-dents ? s'exclama Fandorine dans un rire. Pour ça, tire-point est bien meilleur ! Tire-point, tu piges ?

— Fallait le dire tout de suite, grommela le factionnaire en ressortant la main de sa poche. Cosse de pois. Pour qui que tu bosses, le Polack ? Tu serais pas de ceux-là, par hasard, des mecs de Varsovie ?

— Exact. Je dois voir le Moignon.

— Il est pas là. Et c'est pas maintenant qu'il viendra. Demain, qu'il a dit, à la noille.

Le bandit baissa la voix (mais, au milieu du silence alentour, je continuai de l'entendre fort bien) et demanda avec curiosité :

— On bonit que les vaches ont buté votre boss ?

— C'est vrai, soupira Fandorine. Blizna, et puis trois autres gars. Mais écoute-moi, où qu'il est, le Moignon ? J'ai affaire à parler avec lui.

— Il me fait pas de rapports. Tu sais bien, le Polack, comment qu'ils sont, maintenant, les grands manitous. Il décarre au petit mat' on sait pas où, et puis il montre plus son nase. Mais demain il sera là, sûr de sûr. Il a filé consigne à tous les potes de radiner ici... De chez vous, les de Varsovie, il en reste lerche ?

— Que trois, répondit Fandorine avec un geste fataliste. Vacek le Borgne a pris place de chef. Et chez vous ?

— Avec le Moignon, ça fait sept. C'est quoi l'affaire de demain, t'es rencardé ?

— *Niè*. A nous, on dit jamais rien, on nous prend pour des caves... C'est quoi, ton blaze, Moscou ?

— Koda. Et tézigue ?

— Stryï. On s'en serre cinq ?

Ils se serrèrent la main, puis Fandorine, après avoir jeté un coup d'œil autour de lui, demanda :

— Vacek a jaspiné un truc, rapport à toubib. Ça te dit quelque chose ?

— Non, y a pas eu de tuyau sur un toubib. Le Moignon vannait sur un grand mec. Quel mec, que je lui bonis ? Mais que dalle, c'est pas le nière à se faire tirer les vers du nase. En tout cas, il a pas causé d'un toubib. C'est qui que ce sonde ?

— J'en sais nib. Vacek non plus est pas du genre jacassier. Mais bon, c'est sûr, le Moignon est pas là ?

— Je t'ai dit : demain à la sorgue. Mais encarre un moment, tu verras les potes. Seulement chez nozigues, Stryï, c'est pas comme dans les autres placardes : pas question de pitancher.

— Et les brêmes ?

— A l'arnache, tout pareil. S'y te prend à taper le carton, le Moignon est cap de te balancer sa verdouze en pleine tronche. Tu vois l'engin, t'en as déjà entendu causer ?

— Eh, qui en a pas entendu causer ?... *Nié*, j'encarre pas. On a pas trop l'air de se marrer icigo. Je rabroulerai demain. A la sorgue, tu dis ?

A ce moment, l'horloge de l'église luthérienne, dont l'ombre se dessinait vaguement au loin, se mit à sonner. Je comptai douze coups.

10 mai

— Tiens, t'auras qu'à te fier à c'te breloque pour rappliquer, dit Koda en indiquant l'église d'un bref mouvement de tête. Le Moignon a filé rendève à tout le monde pile à nègre. Allez, le Polack, à la revoyure.

Fandorine s'éloigna du même pas chaloupé, tandis que le Japonais me flanquait un coup dans les côtes, me faisant signe de la main qu'il était temps de descendre du toit.

Je ne raconterai pas comment je repris le chemin de la gouttière au milieu de l'obscurité déjà profonde. Mieux vaut ne pas se remémorer ce genre de prouesse. Je m'y écorchai les mains, achevai de déchirer tout à fait ma culotte qui avait pourtant déjà bien souffert, pour finir par sauter en plein dans une flaque d'eau. L'essentiel, toutefois, fut de ne point me rompre un bras ou une jambe au cours de l'aventure, et pour cela grâce Te soit rendue, Seigneur.

Nous mîmes longtemps, même après être sortis du quartier Khitrov, à pouvoir arrêter un fiacre. Sitôt qu'ils nous avaient un peu mieux observés, les rares cochers de rencontre, sans dire mot, fouettaient leurs chevaux et disparaissaient dans la nuit. Je conçus en outre le sentiment que ce n'étaient pas Fandorine ni Massa qui leur inspiraient le plus de méfiance, mais bel et bien ma propre personne, tant j'étais sale et déguenillé.

Enfin, presque arrivés au mur de Kitaï Gorod, nous en trouvâmes un qui nous laissa monter. Durant tout le trajet, je frémis à l'idée qu'Eraste Pétrovitch refusât encore une fois de payer, alors que je n'avais moi-même plus un sou en poche.

Mais non, cette fois-ci il s'acquitta du prix de la course, et même plus généreusement que nécessaire, comme s'il avait voulu se rattraper.

Il me paraissait incongru de franchir le portail dans la tenue lamentable où j'étais, aussi proposai-je, un peu embarrassé, de passer à nouveau par-dessus la clôture, même si Dieu m'était témoin que j'avais eu plus que mon content de toitures et de palissades à escalader au cours de la journée passée.

Cependant Fandorine, à la vue des fenêtres illuminées de l'Ermitage, dont la lumière filtrait à travers les arbres, secoua négativement la tête :

— Non, Zioukine, entrons plutôt par la grande porte. Autrement nous risquons de nous faire t-tirer dessus.

Ce n'est qu'alors que je pris conscience du caractère étrange et inquiétant de ces fenêtres éclairées à une heure si tardive. Devant l'entrée, outre le portier habituel, se tenaient deux autres individus en civil. En y regardant mieux, je vis également se profiler plusieurs silhouettes dans le jardin, de l'autre côté de la grille. Ces messieurs de la police du palais, sans aucun doute possible. Cela ne pouvait signifier qu'une seule chose : pour une raison ou une autre, l'Ermitage venait de recevoir en pleine nuit la visite du souverain.

Après de longues explications à l'entrée, qui s'achevèrent par la convocation de Somov et l'humiliation de devoir faire constater mon identité (il fallait voir la tête de mon adjoint moscovite quand il me découvrit en pareil état), on nous laissa passer, et tandis que nous remontions l'allée menant au palais, nous croisâmes un certain nombre de voitures stationnant là. A l'évidence il se produisait un événement au plus haut point exceptionnel.

Une nouvelle épreuve m'attendait dans le vestibule : j'y tombai nez à nez avec la gouvernante.

— *Mon Dieu !* s'exclama-t-elle, les yeux écarquillés, oubliant sous le coup de la surprise que nous étions convenus de ne nous adresser l'un à l'autre qu'en russe. *Monsieur Zioukine, que s'est-il passé ? Et qui sont ces hommes ? C'est le domestique japonais ?*

— C'est moi, mademoiselle, répondit Fandorine en la saluant. Afanassi Stépanovitch et moi-même venons d'effectuer un petit *voyage* t-touristique dans Moscou. Mais c'est sans importance. Racontez-nous plutôt comment s'est déroulé votre rendez-vous. Avez-vous vu l'enfant ?

C'est à ce moment que je fus informé des circonstances dans lesquelles Sa Majesté s'était vue privée de son carcan de saphir.

— Quel malheur que les gendarmes se soient lancés à sa poursuite, déclara Eraste Pétrovitch d'un ton soucieux. Il ne le fallait en aucun cas. Décrivez-moi la v-voiture.

Mademoiselle, sourcils froncés, s'exécuta, en russe cette fois-ci :

— Noire, poussiéreuse, fenêtre avec rideau... Roues à huit ray... rayures ?

— Rayons, lui soufflai-je.

— Oui, c'est ça, huit rayons. La porte... non, la portière avait une poignée de cuivre.

— Exact ! m'écriai-je. La portière de la voiture que j'ai vue avait elle aussi une poignée de cuivre en forme d'anneau !

Fandorine hocha la tête.

— Eh bien, apparemment ils ont utilisé deux fois de suite le même attelage. Lind se montre trop sûr de lui et semble nourrir une trop piètre opinion de la police russe. Ce n'est pas mauvais. Décrivez l'homme qui vous a pris le réticule.

— Grand. Les yeux marron. Le nez un peu de travers. Les moustaches et la barbe rousses, mais à mon avis fausses, postiches. Outre cela...

Mademoiselle réfléchit un instant.

— Ah oui ! Un grain de beauté sur la joue gauche, juste là.

Et du doigt elle toucha ma joue, ce qui me fit tressaillir.

— Très bien, c'est déjà quelque chose, approuva Eraste Pétrovitch. Mais que se passe-t-il ici ? Je viens de voir d-devant la maison la voiture du tsar et celles des grands-ducs.

— Je l'ignore, murmura Mademoiselle d'un ton plaintif, optant cette fois-ci définitivement pour le français. On ne me dit rien. Tout le monde me regarde comme si j'étais coupable de tout.

Elle serra les bras contre elle, déglutit, puis ajouta d'une voix déjà mieux maîtrisée :

— Il semble qu'une chose affreuse se soit produite. Il y a une heure une enveloppe, de petite taille, a été déposée ici, et depuis ce moment ce n'est plus que cavalcades en tous sens et sonneries de téléphone. Sa Majesté est arrivée il y a une demi-heure, suivie il y a peu des princes Cyrille et Simon...

A cet instant précis, le colonel Karnovitch apparut dans le vestibule, sourcils froncés, lèvres fortement serrées.

— Fandorine, c'est vous ? demanda-t-il. On vient de m'annoncer votre arrivée. Que signifie cette stupide mascarade ? Vous continuez à jouer les gentlemen détectives ? On vous attend. Veuillez vous remettre dans une tenue décente et rendez-vous immédiatement dans le grand salon. Vous aussi, mademoiselle.

Eraste Pétrovitch et Mademoiselle s'étant éloignés, Karnovitch me détailla de la tête aux pieds, puis secoua la tête avec dédain :

— Eh bien, dans quel état êtes-vous, Zioukine ? Où étiez-vous passé ? Que fabriquait Fandorine ? Cela tombe très bien qu'il vous ait pris pour confident. Mais racontez-moi donc, nous sommes, vous et moi, de la même maison après tout !

— Je n'ai pas grand-chose à vous dire, Votre Haute Noblesse, mentis-je sans trop savoir pourquoi. Nous n'avons fait que perdre notre temps. Qui sert en ce moment Sa Majesté et Leurs Altesses ?

— Le valet de chambre du souverain et le majordome de Siméon Alexandrovitch.

Ah, quelle honte !

Jamais encore je ne m'étais lavé ni changé si rapidement. A peine dix minutes plus tard, rectifiant ma tenue, j'entrais discrètement dans le salon et d'une inclinaison de la tête remerciais Foma Anikeïévitch et Dormidont.

Il n'y avait sur la table ni boissons ni collation, seulement quelques cendriers ainsi qu'une enveloppe de papier brun décachetée, de taille fort modeste. A tout hasard je saisis un plateau sur la desserte et entrepris d'y disposer des verres, cependant que j'observais à la dérobée les visages des personnes présentes, dans l'espoir de deviner ce qui s'était passé.

Le souverain tirait nerveusement sur une cigarette. Kirill Alexandrovitch se frottait les paupières d'un geste las. Le gouverneur général tambourinait des doigts sur la table. Guéorgui Alexandrovitch fixait obstinément l'enveloppe. Pavel Guéorguiévitch semblait souffrant : ses lèvres tremblaient, ses yeux étaient embués de larmes. Mais c'est Mlle Declicq qui m'inspira la plus vive frayeur : elle se tenait assise, le visage dans les mains, ses épaules tressautaient, tandis qu'à travers ses doigts serrés s'échappaient des sanglots convulsifs. Jamais encore je ne l'avais vue pleurer de la sorte, ni n'aurais même pu imaginer que ce fût possible.

Le grand maître de la police se trouvait placé un peu à l'écart des autres, à côté d'un Karnovitch impassible, et ne cessait de s'éponger le front et les tempes avec son mouchoir. Soudain il laissa échapper un hoquet.

— Je vous demande pardon, bredouilla-t-il, le visage cramoisi.

Sur quoi il hoqueta derechef. Dans le silence absolu qui régnait, le bruit inconvenant s'entendit très distinctement.

Je commençai d'être très effrayé. Si effrayé même que je sentis mes jambes prêtes à se dérober. Seigneur, était-il possible que... ?

— Puis-je jeter un coup d'œil ? demanda Fandorine, rompant le silence.

Eraste Pétrovitch n'était manifestement entré dans le salon qu'une ou deux minutes avant moi. Il s'était changé, optant pour une stricte redingote anglaise, et avait même eu le temps de nouer une cravate.

A quoi avait-il l'intention de jeter un coup d'œil ? A une nouvelle lettre expédiée par Lind ?

— Faites, acquiesça d'un ton maussade Kirill Alexandrovitch, qui semblait bien s'être chargé, comme d'habitude, du rôle de président de séance. Admirez à votre aise.

Fandorine tira de l'enveloppe un minuscule paquet, de la dimension d'un bonbon. Il l'ouvrit, et j'aperçus à l'intérieur un petit objet rose pâle. Eraste Pétrovitch sortit vivement une loupe de sa poche intérieure et se pencha sur la table. L'expression de son visage devint celle d'un homme qui eût mordu dans un citron.

— Il s'agit b-bien là d'un doigt de Son Altesse ?

Le plateau d'argent me tomba des mains, et les verres volèrent en mille morceaux. Tous sursautèrent et se tournèrent vers moi, mais je ne m'excusai même pas : c'est à peine si je parvins à m'agripper au bord du guéridon pour ne pas m'effondrer.

— Quelle question idiote ! gronda Siméon Alexandrovitch, furieux. Evidemment, c'est le petit doigt de Mickie ! De qui d'autre voulez-vous qu'il soit ?

Marchant sur la pointe des pieds, Foma Anikeïévitch s'était déjà approché de moi et me soutenait par le coude. Je lui adressai un signe de tête reconnaissant pour lui signifier que mon malaise allait passer.

— Ecoutez ce que dit la lettre, dit Kirill Alexandrovitch.

Ce n'est qu'à ce moment que je vis la feuille de papier posée devant lui.

Le grand-duc chaussa son pince-nez et lut le billet, rédigé comme les précédents en français :

Messieurs,

Vous semblez ne pas avoir encore compris que je ne plaisantais nullement.

J'espère que ce petit colis vous convaincra du sérieux de mes intentions. Ce doigt coupé vous vient en punition pour avoir de nouveau permis à vos hommes de violer nos accords. La prochaine fois que vous chercherez à tricher de la sorte, c'est une oreille qu'on coupera à l'enfant.

Revenons maintenant à notre affaire. A titre de versement suivant, j'attends de vous le petit bouquet de diamants rehaussé d'un spinelle appartenant à la collection de l'impératrice. La gouvernante devra assister à la messe à l'église du Saint-Sauveur, à partir de trois heures de l'après-midi. Seule, bien entendu.

Si elle est filée, tant pis pour vous.

Sincèrement vôtre,
Docteur Lind.

Ce qui me troubla surtout fut de constater à quel point le malfaiteur était bien informé du contenu de la cassette de Sa Majesté. Le petit bouquet de diamants à spinelle était un véritable fleuron du trésor impérial ; il était échu à la couronne en même temps que la dot de la fiancée de Pavel Pétrovitch, appelé à devenir le tsar Paul Ier. Ce chef-d'œuvre de la grande joaillerie du XVIIIe siècle était moins estimé pour la grosseur et la pureté des pierres qui le constituaient que pour sa beauté et son élégance. A mon goût, il n'était pas de joyau dans toute la salle des Diamants qui fût plus beau que celui-ci.

— Seigneur, pauvre Alice, prononça l'empereur d'un ton chagrin. Elle souffre déjà tant de la perte de son carcan...

Il eût convenu de compatir un peu au malheur du souverain, surtout si l'on tenait compte du caractère de la tsarine, mais à cet instant je n'étais pas en état d'éprouver de pitié pour quiconque hormis pour le pauvre petit Mikhaïl Guéorguiévitch.

— Nous nous sommes tous déjà exprimés, Fandorine, coupa Kirill Alexandrovitch sans beaucoup de cérémonie. Qu'en pensez-vous ? Il est évident à présent que vous aviez raison. Ce Lind est un véritable monstre, il ne s'arrêtera devant rien. Que devons-nous faire ?

— Ah, pauvre Mika ! fit le tsar avant de baisser la tête, accablé.

— Mika est à plaindre, bien sûr, s'exclama Siméon Alexandrovitch en frappant du poing sur la table, mais tu ferais mieux, Nicky, de te soucier d'abord de toi. Si le monde vient à apprendre qu'on ne sait quel aventurier, au jour du couronnement du tsar de Russie, a enlevé le propre cousin de celui-ci pour le découper en morceaux comme un vulgaire saucisson...

— Sam, reprends tes esprits ! gronda Guéorgui Alexandrovitch d'une voix de tonnerre. C'est du sort de mon fils que tu parles !

— Je parle du sort de notre dynastie ! lui rétorqua le gouverneur général sur le même ton.

— Oncle Sam, oncle Georgie ! intervint Sa Majesté en levant les bras d'un geste conciliant. Ecoutons, voulez-vous, M. Fandorine.

Eraste Pétrovitch prit l'enveloppe sur la table, la tourna dans un sens puis dans l'autre.

— C-comment est-elle arrivée ?

— Comme les précédentes, dit Kirill Alexandrovitch. Par la poste ordinaire.

— Et encore une fois, pas de cachet, releva Fandorine d'un air pensif. A-t-on interrogé le facteur ?

Ce fut le colonel Karnovitch qui répondit :

— Non seulement il a été interrogé, mais les trois employés qui, à tour de rôle, portent la correspondance ordinaire à l'Ermitage font l'objet d'une filature depuis hier. On n'a rien relevé de suspect contre eux. Mieux encore, les sacoches de courrier susceptibles d'être expédiées de la poste centrale au bureau de ce quartier se trouvaient constamment sous la surveillance d'agents en civil. Aucune personne étrangère au service ne s'en est approchée, ni sur la portion de trajet allant de la rue Miasnitskaïa à l'avenue de Kalouga, ni plus tard, quand le facteur a entamé sa tournée. D'où sortent les lettres de Lind ? C'est incompréhensible. Une véritable énigme.

— Eh bien, en attendant que nous l'ayons résolue, dit Eraste Pétrovitch, la mine sombre, il faut agir ainsi : livrer le joyau. Et d'un. Ne chercher en aucun cas à filer les hommes de Lind. Et de deux. Tous nos espoirs reposent sur le talent d'observation de Mlle Declicq, lequel par bonheur n'est pas mince. Et de trois. Je ne p-puis rien vous recommander de plus. A présent, la moindre imprudence de la part de la police, et ce n'est pas une oreille que vous recevrez, mais un c-cadavre accompagné d'un scandale à l'échelle internationale. Lind est furieux, c'est évident.

Comme s'ils s'étaient donné le mot, tous portèrent leur regard sur la gouvernante. Celle-ci ne pleurait plus, ni ne dissimulait son visage dans ses mains. Ses traits me parurent figés, comme sculptés dans du marbre blanc.

— Je ferai tout mon possible, dit-elle en français d'une voix sourde.

— Oui, oui, insista le souverain. Faites vraiment tout ce qui est en votre pouvoir. Alice et moi, pendant ce temps, prierons le Tout-Puissant. Nous allons entamer un jeûne dès à présent. C'est d'ailleurs la règle avant un couronnement, dans l'antique tradition...

— Voilà qui est parfait, ainsi chacun apportera-t-il sa contribution dans la mesure de ses moyens, ironisa Kirill Alexandrovitch d'un ton maussade. Je propose quant à moi de retirer au colonel Lassovski la direction de l'enquête.

A ces mots, le grand maître de la police laissa échapper un nouveau hoquet, plus bruyant encore que le précédent, mais ne chercha pas à s'excuser. Kirill Alexandrovitch poursuivit :

— Toute la responsabilité reposera à nouveau sur vous, Karnovitch, mais cette fois-ci plus d'initiatives inconsidérées ! Qu'il en soit fait comme l'a suggéré Fandorine. Vous allez, Karnovitch, immédiatement prendre vos quartiers à l'Ermitage, d'où vous mènerez toutes les opérations. Le palais Alexandre reçoit beaucoup trop de visiteurs. Ziou-kine, trouve une chambre pour le colonel et fais-y installer le téléphone. Et c'est tout, la réunion est terminée. Demain une dure journée nous attend, tous autant que nous sommes, et toi, Nicky, tu es censé recevoir les ambassadeurs. Tu devras te comporter de manière irréprochable.

Après le départ de nos visiteurs de haut rang, je restai encore un long moment à abreuver de thé Leurs Altesses, service au cours duquel bien des larmes furent versées – principalement par Pavel Guéorguiévitch, mais aussi par Guéorgui Alexandrovitch, que je vis à plusieurs reprises essuyer ses joues charnues d'un revers de manche. En ce qui me concerne, j'étais totalement défait, et fus par deux fois contraint de quitter précipitamment le salon pour ne pas affliger davantage les grands-ducs par le spectacle de ma physionomie grimaçante, déformée de douleur.

A quatre heures du matin, alors que, quasi mort de fatigue et d'émotions, je me traînais dans le couloir en direction de ma chambre, je trouvai M. Massa devant la porte de Fandorine, dans une posture des plus singulières. Assis sur le plancher, genoux repliés contre la poitrine, il piquait du nez, à deux doigts de s'assoupir.

Je m'arrêtai, surpris, et entendis soudain des sanglots étouffés s'échapper de la chambre.

— Pourquoi êtes-vous ici et pas à l'intérieur ? demandai-je. Qui se trouve chez M. Fandorine ?

Un atroce soupçon vint me faire oublier tous les autres événements du jour, si terribles fussent-ils.

— Permettez, j'ai besoin de dire un mot à M. Fandorine, annonçai-je d'un ton résolu.

Mais à peine avais-je posé la main sur la poignée de la porte que le Japonais se relevait avec agilité pour me barrer le passage.

— Pas possibe, déclara-t-il en me fixant de ses petits yeux noirs. Maîtle pleule beaucoup. Tlès peiné à cause petit dawa coupé. Pas possibe legader. Honte.

Il mentait, je compris aussitôt qu'il mentait !

Sans rien ajouter, j'escaladai quatre à quatre l'escalier menant à l'étage et frappai à la porte de Xénia Guéorguievna. Aucune réponse. J'ouvris avec précaution la serrure au moyen de mon passe-partout. La chambre était vide. Et le lit intact.

Tout se mit brutalement à danser devant mes yeux. Elle était bien là-bas, seule à seul avec ce séducteur !

Seigneur, enseigne-moi et éclaire-moi ! Pourquoi déverser toutes ces épreuves sur la maison des Romanov !

Je me hâtai de gagner la loge du concierge, où je venais une heure plus tôt d'installer le colonel Karnovitch, après qu'on y eut transféré la ligne téléphonique depuis l'entrée.

Le chef de la police du palais m'ouvrit sa porte, en bras de chemise et dépourvu de ses éternelles lunettes bleues. Ses yeux, je le découvris, étaient petits, perçants, et ses paupières rouges.

— Eh bien, Zioukine, fit-il en plissant les paupières. Vous voilà décidé tout de même à raconter ce que mijote votre ami ?

— Son Altesse passe la nuit dans la chambre de M. Fandorine, exposai-je dans un chuchotement. Je l'ai entendue pleurer. Et j'ai peur… qu'elle ne soit venue là toute seule…

Karnovitch bâilla d'un air déçu :

— C'est, bien sûr, une affaire fort délicate, et en tant que chef de la police du palais, je suis tenu de savoir avec qui passent leur nuit les jeunes représentantes de la famille impériale ; cependant vous auriez aussi bien pu attendre le matin pour m'en informer. Je venais, voyez-vous, Zioukine, de me coucher pour dormir un peu.

— Mais Son Altesse a déjà un fiancé, le prince Olav ! Et ensuite… c'est une jeune fille ! Monsieur le colonel, peut-être n'est-il pas encore trop tard pour empêcher ça !

— Décidément non, répondit-il en bâillant de nouveau. Il est trop risqué de se mêler des affaires de cœur des grandes-duchesses. Aux gens comme nous, on ne pardonne pas pareille indélicatesse. Quant au fait qu'elle soit jeune fille, eh bien, elle était jeune fille sans doute, mais je suppose qu'elle ne l'est plus...

Karnovitch grimaça un sourire et ajouta :

— Des pleurs à la consolation, comme chacun sait, il n'y a qu'un pas, et votre ami Fandorine a la réputation d'être un sacré bourreau des cœurs. Ça n'a pas d'importance, son prince ne lui fera pas de misères. Ce n'est pas une vierge, n'est-ce pas, qu'il tient à épouser, mais la maison des Romanov. L'innocence, ce n'est qu'une foutaise ! Ce qui n'est pas une foutaise, en revanche, ce sont les tours de passe-passe de Fandorine ! Et je redoute fort, voyez-vous, les initiatives de notre Pinkerton. Si vous voulez m'aider, et avec moi aider le souverain, racontez-moi tout ce que vous savez.

Et c'est alors ce que j'ai fait. J'ai tout dit : le quartier Khitrov, le Moignon, l'assemblée des bandits prévue le lendemain.

— Absurde ! résuma Karnovitch quand j'en eus terminé. Complètement absurde. C'est bien, d'ailleurs, ce que je supposais.

Il était inutile de songer à dormir. Je passai une partie du reste de la nuit à arpenter le couloir du premier étage en me tordant les doigts. D'un côté je craignais sans doute que mon piétinement ne réveillât Guéorgui Alexandrovitch, mais au fond de moi je le désirais. Il m'eût alors demandé ce que je faisais là à une heure pareille et pourquoi j'affichais une mine si bouleversée, et j'eusse rapporté tous les faits à Son Altesse, sans rien dissimuler.

Mais c'était là un bien médiocre et indigne espoir. Après tout ce qu'avait souffert ce jour-là le grand-duc, je ne pouvais l'accabler encore de ce nouveau malheur. C'est pourquoi je cessai bientôt de faire les cent pas et m'assis sur le palier.

A l'aube, à l'heure où le soleil naissant tendait de timides fils de lumière de la fenêtre jusqu'au parquet ciré, un bruit de pas légers retentit dans l'escalier, et je vis apparaître Xénia Guéorguievna, la tête couverte d'un mince châle de dentelle.

— Afanassi, c'est toi ? me demanda-t-elle sans marquer de surprise, comme si elle n'accordait aucune importance particulière au fait de me rencontrer à une heure si saugrenue.

Le visage de Son Altesse était des plus étranges, comme jamais je ne l'avais vu auparavant : on eût dit un visage tout neuf.

— Comme tout est incroyable ! dit Xénia Guéorguievna. La vie est si bizarre. L'horrible et le merveilleux s'y côtoient. Je ne me suis jamais sentie si malheureuse et si heureuse à la fois. Je suis un monstre, n'est-ce pas ?

Son Altesse avait les yeux et les lèvres gonflés. Les yeux, admettons, c'était dû aux larmes. Mais les lèvres ?

Je me contentai de la saluer et m'abstins de répondre, bien que j'eusse fort bien compris le sens de ses paroles. Si j'en avais eu l'audace, je lui eusse rétorqué : « Non, Votre Altesse, le monstre, ce n'est pas vous mais Eraste Pétrovitch Fandorine. Vous n'êtes, vous, qu'une toute jeune fille inexpérimentée. »

— Bonne nuit, Votre Altesse, murmurai-je finalement bien que la nuit fût déjà finie.

Et je pris le chemin de ma chambre.

Je m'assis dans un fauteuil sans prendre la peine de me déshabiller et demeurai quelque temps hébété, à écouter pépier des oiseaux matinaux dont j'ignorais le nom. Peut-être des rossignols ou bien des grives ? Jamais je n'avais été très calé dans ce genre de chose. J'écoutais, j'écoutais, et ne remarquai point le moment où je m'endormis.

Je rêvai que j'étais une lampe électrique et que je devais éclairer une salle dans laquelle tournoyaient des couples de danseurs. D'en haut, je voyais parfaitement le scintillement des épaulettes, l'éclat des diadèmes de diamant, les étincelles dorées s'allumant aux broderies des uniformes. Un orchestre jouait. Sous les hauts plafonds voûtés se propageait l'écho d'une multitude de voix fondues en une seule rumeur indistincte. Et soudain j'aperçus deux couples qui se heurtaient. Une fois, puis une autre, puis une autre encore. Quelqu'un tomba, quelqu'un encore fut retenu par les mains, mais l'orchestre jouait de plus en plus vite, et pas un instant le tournoiement des danseurs ne s'interrompait. Je compris brusquement ce qui n'allait pas : je m'acquittais mal de ma tâche, ma lumière était trop faible, de là venaient ces désordres. Saisi d'affolement, je m'appliquai de toutes mes forces à brûler d'une lueur plus vive, en vain. Au contraire, à chaque seconde qui passait, la salle devenait plus sombre. Deux couples splendides filaient en valsant droit l'un vers l'autre, sans voir que la collision était imminente. J'ignorais de qui il s'agissait, mais, à en juger par le respect avec lequel le reste du public s'écartait devant eux, ce n'étaient point des hôtes ordinaires, mais plus sûrement des membres de la famille impériale. Exerçant sur moi-même un suprême effort, au point que ma mince enveloppe de verre se mit à vibrer, je me concentrai de tout mon être, et le miracle s'accomplit : je m'emplis soudain d'une aveuglante lumière dont le monde qui m'entourait se trouva illuminé. Cet instant magique me procura un sentiment de félicité si intense que, palpitant d'enthousiasme, je poussai un cri… et me réveillai.

J'ouvris les yeux et aussitôt clignai les paupières sous le vif éclat du soleil qui venait juste à ce moment d'atteindre mon visage.

Les dernières vagues de bonheur chimérique firent sur-le-champ place à un pur effroi : à en juger par la hauteur du disque dans le ciel, la matinée était déjà bien avancée. En tout cas, l'heure du petit déjeuner était certainement passée.

Laissant échapper une exclamation, je bondis sur mes jambes pour me souvenir tout à coup que j'étais toujours libre de mes devoirs domestiques, Somov en ayant été temporairement chargé. Puis, prêtant l'oreille, je fus intrigué par le silence qui régnait dans la demeure.

Mais oui, ça allait de soi : tout le monde s'était couché si tard qu'apparemment personne n'était encore levé.

Après avoir fait un brin de toilette et rafraîchi mes vêtements, j'allai inspecter les communs et constatai que les serviteurs, en tout cas, ne dormaient pas et que la table était déjà dressée pour le petit déjeuner.

Je sortis dans la cour vérifier si les voitures étaient prêtes au départ, et en profitai pour pousser jusqu'au jardin, dans le but d'y cueillir quelques tulipes à l'intention de Xénia Guéorguievna et un bouquet de pensées pour Mlle Declicq.

Je croisai sur la pelouse M. Fandorine, ou plutôt, l'ayant vu le premier, je me dissimulai instinctivement derrière un arbre et le laissai passer.

Eraste Pétrovitch ôta sa chemise blanche, effectua avec les bras quelques mouvements compliqués puis soudain sauta en l'air pour se suspendre à la branche basse d'un érable à la ramure fort développée. Après quelques balancements, il se lança dans un tour de force parfaitement fantastique, lequel consistait à voler avec agilité de branche en branche en s'agrippant chaque fois d'une seule main. Il accomplit de cette manière un tour complet de l'arbre, puis répéta une seconde fois l'exercice.

Je ne pouvais détacher mes yeux de son corps hâlé et musculeux, en proie à un bouillonnant sentiment de fureur et d'impuissance qui ne m'était absolument pas naturel. Oh, si j'eusse été sorcier, j'eusse incontinent changé cet individu en singe : il eût bien pu alors cabrioler dans les arbres autant qu'il le désirait !

Au prix d'un effort, je me détournai enfin et remarquai qu'un store venait de se lever à une fenêtre du rez-de-chaussée. Il me sembla qu'il s'agissait de la chambre de Mr Carr, et en y regardant mieux j'aperçus effectivement l'Anglais. Il observait la gymnastique fandorinienne avec un extrême intérêt : il se mordait la lèvre, ses doigts caressaient la vitre d'un geste lascif, et son visage était des plus rêveurs.

La journée, commencée si tard, s'étira avec une lenteur éprouvante. Je tentai de m'occuper à divers soins ménagers et à la préparation des réceptions, raouts et cérémonies à venir, mais j'eus tôt fait de renoncer à toute activité de quelque importance, car il eût convenu de s'y employer sérieusement, avec une entière concentration d'esprit, or j'étais infiniment loin de me soucier de composer des menus, de frotter l'argenterie et d'aérer robes et uniformes de parade.

Je ne réussis pas non plus à échanger un mot avec Mademoiselle, du fait que Karnovitch se trouvait constamment avec elle, lui fournissant sans cesse de nouvelles instructions concernant le prochain rendez-vous avec les ravisseurs. Enfin, à deux heures de l'après-midi, on fit monter la gouvernante dans une voiture et on l'emmena : je ne la vis que de dos, descendant, tête haute, les marches du perron. Elle tenait à la main un sac qui renfermait sans doute le petit bouquet de diamants, magnifique chef-d'œuvre de Pfister, joaillier de l'empereur.

Au moment où Mademoiselle partit, j'étais assis sur un banc en compagnie de Mr Freyby. Peu avant que, dévoré d'angoisse, je sortisse arpenter les environs du palais, j'avais aperçu le *butler* installé au bord de la pelouse. Cette fois-ci il n'avait pas de livre. Il se tenait simplement assis, clignant des yeux au soleil, la mine béate. Mr Freyby affichait un air si serein et si paisible que je m'arrêtai, en proie à un soudain sentiment de jalousie. Voilà bien l'unique personne dans toute cette maison de fous qui respire encore la normalité et le bon sens, pensai-je. Et j'éprouvai tout à coup l'irrésistible envie de goûter simplement, avec le même appétit que lui, la douceur de cette belle journée, de rester sur ce banc à me chauffer au soleil, d'offrir mon visage à la légère brise de mai et de ne plus penser à rien, absolument à rien.

Sans doute le Britannique, de quelque mystérieuse manière, devina-t-il mon désir. Il ouvrit les yeux, souleva courtoisement son melon et esquissa un geste engageant par lequel il m'invitait à me joindre à lui. Et puis après, me dis-je, si c'est le moyen de me calmer un peu les nerfs…

Je le remerciai (« *Tènk you* »), et pris place à côté de lui. Je trouvai qu'on était en effet merveilleusement bien sur ce banc. Mr Freyby hochait régulièrement la tête vers moi, je faisais de même, et cette pantomime remplaçait avantageusement n'importe quelle conversation mondaine que, dans mon état d'extrême épuisement, j'eusse été sans doute bien en peine de soutenir.

Après que la calèche eut emporté Mlle Declicq vers la rue Volkhonka et l'église du Saint-Sauveur, l'inquiétude s'empara à nouveau de moi et je me pris à me trémousser sur mon banc, mais le *butler* tira alors de sa vaste poche une flasque gainée de cuir, en dévissa le bouchon d'argent, y versa une bonne rasade d'un liquide doré et me le tendit, cependant que lui-même s'apprêtait à boire directement au goulot.

— *Whisky*, expliqua-t-il devant mon hésitation.

J'avais beaucoup entendu parler de ce breuvage anglo-saxon, mais sans avoir jamais eu l'occasion d'y goûter. Il faut dire que, de manière générale, je ne suis guère consommateur de boissons fortement alcoolisées ; quant à celles qui le sont peu (un petit verre de malvoisie par exemple), je n'en bois que deux fois l'an, tout au plus, à Pâques et le jour de la Saint-Georges, pour la fête de Guéorgui Alexandrovitch.

Cependant Freyby venait d'avaler une lampée de son *whisky* avec un plaisir si évident que je m'y décidai moi aussi : je renversai la tête en arrière et vidai mon godet cul sec, comme le fait le lieutenant Endlung quand il s'agit de rhum.

Je crus qu'on m'écorchait la gorge d'un coup de lime, des larmes jaillirent de mes yeux, tandis que je restai le souffle coupé, incapable de reprendre ma respiration. Je tournai un regard horrifié vers le perfide Anglais, mais celui-ci m'adressa un clin d'œil approbateur, comme ravi de la farce cruelle qu'il m'avait jouée. Pourquoi les gens buvaient-ils pareille saleté ?

Mais je sentis alors une douce chaleur envahir mes entrailles, mon angoisse se dissipa pour céder la place à un tranquille et triste apitoiement non point sur moi-même, mais sur tous ces gens qui faisaient de leur vie un absurde désordre et qui eux-mêmes ensuite en souffraient mille tourments.

Freyby et moi observâmes un long silence quasi religieux. Voilà quelqu'un qui pourrait me dispenser un conseil concernant Xénia Guéorgievna, me dis-je tout à coup. On voyait tout de suite que l'homme était plein de bon sens et qu'il n'était guère de situation qui pût le désarçonner. Il avait beau être affligé d'un maître que personne n'eût souhaité avoir, avec quelle dignité il tenait son rôle ! Malheureusement il m'était absolument impossible d'aborder avec l'Anglais un sujet si délicat. Je poussai un profond soupir.

Alors Freyby tourna légèrement la tête vers moi, entrouvrit un œil et dit :

— *Live your own life.*

Il sortit son dictionnaire et traduisit :

— Vivre... ta... proper... vie.

Après quoi il se renversa contre le dossier du siège, la mine satisfaite, comme s'il jugeait le sujet épuisé, et referma les paupières.

Il avait prononcé ces étranges paroles sur le même ton qu'on donne de bons conseils. Je me pris à réfléchir à ce qu'elles pouvaient signifier. Vivre sa propre vie. Dans quel sens ?

Mais mon regard tomba alors sur un parterre de fleurs dessinant le cadran d'une horloge, je vis qu'il était déjà trois heures et je tressaillis.

Puisse le Très-Haut protéger Mlle Declicq.

Une heure passa, puis deux, puis trois. La gouvernante ne revenait toujours pas. Karnovitch montait scrupuleusement la garde auprès de l'appareil téléphonique, cependant aucun appel n'était celui qu'il attendait.

Par trois fois on téléphona du palais Alexandre de la part du souverain. Par deux fois de la part de Kirill Alexandrovitch.

A sept heures du soir arriva Siméon Alexandrovitch accompagné de son aide de camp. Il ne souhaita pas entrer à l'intérieur du bâtiment et donna l'ordre de servir sous la tonnelle un punch froid additionné de fruits frais. Le sous-lieutenant de cavalerie Glinski, qui escortait le gouverneur général, voulut suivre Son Altesse, mais le grand-duc lui signifia d'un ton plutôt sec qu'il désirait être un peu seul, et le jeune homme, prenant un air de chien battu, demeura à l'attendre de l'autre côté de la balustrade.

— Que deviennent vos Anglais ? demanda Siméon Alexandrovitch quand je vins lui servir le cocktail. Ils doivent se sentir complètement délaissés après...

Il esquissa un vague geste de la main.

— ... après tout cela ? Comment va Mr Carr ?

Je pris un peu de temps pour répondre à cette question. Passant tantôt dans le couloir, j'avais de nouveau entendu le bruit d'une assez violente dispute entre lord Banville et son ami.

— Je pense, Votre Altesse, que milord et Mr Carr sont très affectés par les événements.

— M-moui, nous manquons un peu à nos devoirs d'hospitalité.

Le grand-duc essuya une goutte de jus de cerise restée pendue à sa moustache cirée, puis tapota des doigts sur la table.

— Ecoute, mon ami, invite donc Mr Carr à me rejoindre ici. J'aimerais débattre avec lui de certaine question.

Je saluai et m'en fus exécuter l'ordre que je venais de recevoir. L'expression tragique qui se peignait sur le visage du prince Glinski me sauta aux yeux : sourcils circonflexes, lèvres exsangues, regard désespéré. Ah, monsieur, je me soucie bien de vos souffrances ! pensai-je.

Je trouvai Mr Carr dans sa chambre, assis devant le miroir. Ses cheveux d'un jaune surprenant étaient enserrés d'un filet à larges mailles. Une robe de chambre écarlate ornée d'un dragon bâillait largement sur sa poitrine blanche totalement dépourvue de poils. Quand je lui eus transmis en français l'invitation de Son Altesse, l'Anglais rosit et me pria de faire savoir qu'il venait tout de suite.

Son *tout de suite*, vérification faite, dura deux bons quarts d'heure, toutefois Siméon Alexandrovitch, connu d'ordinaire pour son caractère impatient et irritable, attendit sans broncher.

Quand Mr Carr entra sous la tonnelle, on eût dit une vraie gravure de mode : les rayons du soleil arrachaient des étincelles à sa coiffure impeccable, le col dur d'une chemise bleu ciel soutenait de manière idéale ses joues délicatement fardées, quant à son smoking, dont la blancheur de neige se rehaussait d'un myosotis vert passé à la boutonnière, il était tout bonnement éblouissant.

J'ignore de quoi s'entretinrent au juste en anglais Son Altesse et le beau gentleman, mais je fus passablement interloqué quand, en réponse à quelque remarque de Siméon Alexandrovitch, Mr Carr partit d'un long rire mélodieux et, avançant deux doigts, se permit de donner au grand-duc une légère tape sur le poignet.

J'entendis derrière moi un sanglot convulsif. Je me retournai et vis le prince Glinski s'enfuir précipitamment, tricotant de ses longues jambes moulées dans son pantalon de uhlan, à la manière d'une gamine montée en graine.

Mon Dieu, mon Dieu…

Mademoiselle fut de retour à six heures moins huit. Sitôt que Karnovitch, qui se morfondait avec moi devant l'entrée principale, aperçut au bout de l'allée la voiture tant attendue, il m'envoya chercher Fandorine, de sorte que j'eus à peine le temps de distinguer derrière la large silhouette du cocher le petit chapeau blanc que je connaissais si bien.

Je remontai le couloir au petit trot et m'apprêtais à frapper à la porte d'Eraste Pétrovitch quand un bruit s'échappa de l'intérieur, qui me laissa littéralement paralysé.

A nouveau on sanglotait là, comme la nuit passée !

Je n'en crus pas mes oreilles. Etait-il possible que Xénia Guéorguievna eût à ce point perdu toute raison pour qu'elle vînt se compromettre ici en plein jour ! Je me rappelai que je n'avais pas revu Son Altesse depuis la matinée : elle n'avait paru ni pour le petit déjeuner, ni pour le déjeuner. Mais que se passait-il donc ?

Je jetai un coup d'œil autour de moi et collai mon oreille au trou de la serrure dont je maîtrisais à présent fort bien l'usage.

— Allons, allons, ç-ça suffit, entendis-je, reconnaissant aussitôt le bégaiement si caractéristique de Fandorine. Vous allez regretter ensuite de vous être ainsi livré à la confidence avec moi.

Une voix flûtée répondit dans un débit saccadé :

— Non, on voit tout de suite à votre figure que vous êtes un homme de cœur. Ah, pourquoi me tourmente-t-il de la sorte ? Je tuerai ce sale petit m'as-tu-vu britannique, puis je me tirerai une balle dans la tête. Sous ses yeux !

Non, ce n'était pas Xénia Guéorguievna.

Rassuré, je frappai bruyamment à la porte.

Ce fut Fandorine qui m'ouvrit. L'aide de camp de Siméon Alexandrovitch se tenait à la fenêtre, le dos tourné.

— Vous êtes attendu au salon, dis-je d'une voix égale en fixant les yeux bleus parfaitement haïssables de Fandorine. Mlle Declicq est rentrée.

— J'ai attendu au moins quarante minutes dans cette grande église à moitié vide, sans que personne vienne à moi. Puis un servant m'a abordée et m'a tendu un billet en disant : « On m'a prié de vous remettre ceci. »

Mademoiselle avait prononcé cette dernière phrase en russe.

— Qui l'en avait prié ? Vous ne le lui avez pas demandé ? coupa vivement Karnovitch.

— Où est ce billet ? renchérit Siméon Alexandrovitch en tendant la main d'un geste autoritaire.

La gouvernante, déconcertée, regarda alternativement le colonel et le gouverneur général d'un air perdu. Elle semblait ne pas savoir auquel répondre en premier.

— Ne l'interrompez pas ! ordonna Guéorgui Alexandrovitch d'une voix terrible.

Etaient également présents dans la pièce Pavel Guéorguiévitch et Fandorine, mais ils n'avaient pas encore prononcé un mot.

— Si, je lui ai demandé de qui venait ce message. Il m'a répondu : « D'une certaine personne », et il s'est éloigné.

Je vis Karnovitch griffonner dans un minuscule carnet quelques lignes dont je devinai aussitôt la teneur : le servant serait retrouvé et interrogé.

— Quant au billet, il m'a été repris plus tard, mais j'en ai retenu chaque mot : *Sortez sur la place, allez jusqu'au boulevard et contournez la petite église.* Le texte était rédigé en français, non pas en lettres d'imprimerie mais en cursive. Une écriture fine, oblique, penchée à gauche.

Mademoiselle regarda Fandorine, qui lui adressa un signe de tête approbateur. Je sentis mon cœur se serrer.

— J'ai suivi ces instructions. J'ai attendu encore une dizaine de minutes à côté de l'église. Puis un homme de haute taille, large d'épaules, à la barbe noire et au chapeau rabattu sur les yeux m'a heurté de l'épaule en passant près de moi et, quand j'ai tourné la tête pour regarder derrière moi, m'a fait signe discrètement de le suivre. Je lui ai emboîté le pas. Nous avons remonté la ruelle. En haut de celle-ci stationnait une voiture, différente de celle d'hier même si elle était également noire et que ses stores étaient pareillement tirés. L'homme a ouvert la portière et m'a fait monter en même temps qu'il palpait ma robe, pour s'assurer sans doute que je ne dissimulais pas d'arme.

Elle eut un frisson de dégoût.

— Je lui ai dit : « Où est l'enfant ? Je n'irai nulle part tant que je ne l'aurai pas vu. » Mais il a fait comme s'il ne m'entendait pas. D'une bourrade dans le dos, il m'a poussée à l'intérieur du véhicule, puis a verrouillé la portière de l'extérieur. Après quoi – je l'ai compris à la manière dont la voiture penchait –, il a grimpé sur le siège du cocher, et nous sommes partis. J'ai découvert que les fenêtres n'étaient pas seulement obstruées par les stores, mais qu'elles étaient également condamnées de l'intérieur, de sorte qu'il ne subsistait pas le moindre interstice. Nous avons roulé longtemps. Dans le noir je ne pouvais consulter ma montre, mais je pense qu'il s'est écoulé plus d'une heure. Puis la voiture s'est arrêtée. Le cocher est monté auprès de moi en refermant la portière derrière lui, et m'a bandé les yeux avec un tissu épais. « C'est inutile, je n'ai pas l'intention d'espionner », lui ai-je dit, cette fois-ci en russe, mais il n'a de nouveau prêté aucune attention à mes paroles. Il m'a prise par la taille et m'a déposée sur le sol. On m'a alors guidée par la main, mais pour parcourir une très courte distance : huit pas tout au plus. J'ai entendu grincer des gonds rouillés, puis j'ai éprouvé une sensation de froid, comme si je venais d'entrer dans une maison aux gros murs de pierre.

— Donnez le plus de détails possible à présent, ordonna Karnovitch d'un ton sévère.

— Oui, oui… On m'a fait descendre un escalier assez raide, mais pas très haut. J'ai compté douze marches. Autour de moi se tenaient plusieurs individus, tous de sexe masculin : j'ai senti une odeur de tabac, de bottes et les effluves d'un parfum pour homme. Un parfum anglais. Je ne me rappelle pas comment il s'appelle, mais on peut le demander à lord Banville et Mr Carr, ils utilisent exactement le même.

— « Comte d'Essex », intervint Fandorine. Le parfum le plus en vogue de la saison.

— Mademoiselle, avez-vous vu Mika ? demanda Pavel Guéorguiévitch avec inquiétude.

— Non, Votre Altesse.

— C'est-à-dire, comment cela ? s'écria Guéorgui Alexandrovitch. On ne vous a pas montré mon fils et vous leur avez quand même donné le joyau ?

Ce reproche me parut d'une injustice criante. Comme si Mademoiselle était en mesure de tenir tête à toute une bande d'assassins ! Cela dit, on pouvait comprendre aussi les sentiments d'un père.

— Je n'ai pas vu Michel, mais je l'ai entendu, répondit Mademoiselle tout bas. J'ai entendu sa voix. Le petit se trouvait tout près. Il dormait et délirait dans son sommeil, il répétait sans cesse : « Laissez-moi, laissez-moi, je ne le ferai plus jamais, jamais... »

Elle sortit vivement un mouchoir et se moucha bruyamment, et il me sembla que cette simple opération lui prenait un temps infini. La pièce parut bientôt se décomposer sous mes yeux, et je ne compris pas tout de suite que c'était la faute des larmes qui me brouillaient la vue.

— Voilà, reprit Mademoiselle d'une voix sourde, presque enrhumée. Puisque c'était bien Michel que j'entendais, j'ai jugé que la condition était remplie et j'ai donné le sac. L'un des hommes m'a chuchoté de manière très distincte : « Il n'a pas eu mal. On lui a coupé le doigt après une injection d'opium. Si vous jouez la partie sans tricher, on n'aura plus besoin à l'avenir de recourir à de telles extrémités... Soyez demain au même endroit, à la même heure. Apportez l'agrafe en diamant de l'impératrice Anne. » C'est tout. Ensuite on m'a reconduite à la voiture, et après un long trajet on m'a déposée près d'un pont. J'ai pris un fiacre pour retourner à l'église du Saint-Sauveur, et là ma voiture m'attendait.

— Vous nous avez bien tout raconté ? demanda Guéorgui Alexandrovitch après un silence. Peut-être reste-t-il quelques détails a priori insignifiants ? Réfléchissez...

— ... Non, Votre Altesse. A moins que...

Mademoiselle fronça les sourcils.

— ... Jamais auparavant je n'avais entendu Michel parler dans son sommeil. Je les soupçonne d'avoir administré hier à l'enfant une très forte dose d'opium, qui fait qu'il n'a toujours pas repris connaissance.

Pavel Guéorguiévitch gémit et je serrai les poings malgré moi. Il fallait délivrer Mikhaïl Guéorguiévitch le plus vite possible, avant que ce démon de Lind n'ait définitivement ruiné sa santé.

— L'agrafe de l'impératrice Anne ! Cette canaille a des goûts raffinés. Mais que nous dit le perspicace monsieur Fandorine de tout cela ? s'enquit sur le mode sarcastique Siméon Alexandrovitch, qui pour la première fois, si ma mémoire est bonne, s'adressait directement à l'ancien fonctionnaire en charge des missions spéciales.

— Je serai p-prêt à exposer mes considérations sur le sujet après que Mlle Declicq sera rentrée de son rendez-vous de demain, répondit Eraste Pétrovitch en poussant l'audace jusqu'à ne pas même tourner la tête du côté de Son Altesse.

Puis à mi-voix, comme pour lui-même, il ajouta :

— Il a chuchoté ? C'est intéressant... Je demande à Vos Altesses la permission de me retirer.

Il referma d'un coup sec le couvercle de sa Breguet.

— Il est déjà neuf heures et j'ai encore ce soir à régler deux ou trois affaires pressantes.

Mais oui ! me rappelai-je. La réunion de la bande du manchot.

Faisant mine de vouloir emporter un cendrier trop rempli, je rattrapai Fandorine dans le couloir.

— Votre Haute Noblesse, lui dis-je en me forçant à sourire d'un air implorant, emmenez-moi avec vous. Je ne vous serai pas un fardeau, et peut-être même pourrai-je vous être utile.

Ce fat pouvait bien m'inspirer une profonde aversion, à présent pareil détail n'avait plus aucune importance. Je savais que je ne pourrais dormir de la nuit : j'aurais tout le temps dans les oreilles la voie plaintive de Mikhaïl Guéorguiévitch se débattant dans son délire. Il était fort possible que Karnovitch eût raison et que le plan de Fandorine fût d'une totale absurdité, mais cela valait encore mieux que de rester les bras croisés.

Eraste Pétrovitch me regarda dans les yeux d'un air inquisiteur.

— Très bien, Zioukine. J'ai constaté hier que vous n'étiez pas froussard. Si vous y tenez, venez avec nous. J'espère que vous avez bien conscience des dangers de l'affaire dans laquelle vous vous embarquez ?

Le Japonais et moi restâmes dissimulés au coin de la rue, tandis que Fandorine s'avançait seul.

Risquant un œil avec précaution, je regardai Eraste Pétrovitch, de nouveau costumé en « caïd », marcher de son pas élastique au milieu de la chaussée. La lune brillait dans le ciel, courbe et acérée comme un yatagan, et cette rue du quartier Khitrov était aussi vivement éclairée cette nuit-là que si on y eût allumé une rangée de réverbères.

Fandorine descendit jusqu'au portail en contrebas et je l'entendis demander :

— Koda, c'est toi ?

Je ne parvins pas à distinguer la réponse.

— C'est moi, Stryï, un des braves de Varsovie ! reprit Eraste Pétrovitch d'un ton joyeux en s'approchant de la sentinelle, invisible depuis l'endroit où j'étais. Koda et moi, on est des potes, pour ainsi dire comme cul et chemise. Les vôtres sont tous là ? Le Moignon aussi a radiné ?... Oui je connais le boniment, sûr que je le connais. Un instant...

Un bruit sec retentit, comme si quelqu'un avait fendu une bûche en frappant de toute sa force, et Massa me poussa du coude : le moment était venu.

Nous traversâmes d'un bond l'espace découvert et dévalâmes la pente. Fandorine, courbé en deux, examinait la petite porte pratiquée dans le vantail. Non loin, affalé contre le mur, un gars hirsute était assis par terre, les yeux exorbités, ouvrant une bouche démesurée, comme un poisson tiré hors de l'eau.

— La p-porte est munie d'un dispositif d'alarme, déclara Eraste Pétrovitch d'un air soucieux. Vous voyez ce fil ? C'est comme dans les magasins de luxe : quand vous entrez, une clochette tinte. Mais nous sommes des gens modestes, n'est-ce pas ? Un coup de canif, et voilà ce que nous en faisons, de ce fil. A quoi bon distraire les gens de leur conversation ? D'autant plus que le sieur le Moignon, à ce qu'il paraît, est déjà arrivé, ou « radiné », comme le beau monde a l'usage de dire ici.

Je ne parvenais guère à saisir ce qui mettait Fandorine de si bonne humeur. Sous l'émotion (j'espère qu'il s'agissait bien d'émotion et non de peur), je claquais des dents, alors que c'était tout juste si lui ne se frottait pas les mains, affichant dans l'ensemble la même attitude que si nous nous fussions lancés dans une joyeuse, bien que peu reluisante, entreprise. Il me souvient qu'Endlung se comportait toujours de semblable manière avant d'entraîner

Pavel Guéorguiévitch dans quelque nouveau lieu de perdition. J'ai entendu dire qu'il est des gens pour qui le danger est comme le vin pour les ivrognes ou la drogue pour les opiomanes. Visiblement, c'est à cette catégorie que se rattachait l'ex-conseiller d'Etat. En tout cas, c'eût expliqué bien des aspects de sa conduite et de ses actes.

Fandorine poussa délicatement la porte, qui s'ouvrit sans un grincement, preuve que les gonds en étaient bien huilés.

Au-delà le sol continuait de descendre, éclairé de la lueur pourpre qu'y jetaient, en contrebas, les flammes d'un feu de cheminée ou de plusieurs flambeaux.

Nous nous étions avancés d'une vingtaine de pas dans un couloir assez étroit quand Fandorine, qui marchait en tête, leva la main. On entendait à présent une rumeur de voix répercutée par des voûtes de pierre. Mes yeux s'étant un peu accoutumés à l'obscurité, je découvris que le couloir en question était formé de deux empilements d'antiques futailles de chêne, rongées par le temps et l'humidité.

Eraste Pétrovitch tout à coup se plia en deux et se glissa dans un espace libre ménagé entre les énormes tonneaux. Nous l'imitâmes.

Il se trouvait que ces foudres n'étaient point collés les uns aux autres, et que les interstices qui subsistaient entre eux composaient une manière de labyrinthe. Nous nous faufilâmes sans bruit par ce chemin sinueux, en nous orientant grâce aux lueurs reflétées au plafond et au bruit des voix, lesquelles s'entendaient de mieux en mieux, en sorte que je pouvais déjà discerner certains mots même si je n'en comprenais pas toujours le sens.

— … demain… çui qui moufte, je lui troue la cafetière… quand je vous sifflerai, là vous pourrez goualer…

Eraste Pétrovitch tourna dans un étroit passage et cessa d'avancer, soudain figé sur place. Je haussai la tête par-dessus son épaule et un tableau étrange autant que sinistre s'offrit à mes yeux.

Le centre d'un espace libre assez vaste, cerné de toutes parts de sombres rangées de tonneaux, était occupé par une table grossière. Autour d'elle étaient dressés trois trépieds de fer emmanchés de flambeaux, dont la flamme vacillait en crépitant tandis que des filets de fumée noire s'étiraient jusqu'au plafond.

Six hommes étaient attablés là : l'un présidant à un bout, les cinq autres occupant les trois côtés restants. Le chef était justement celui que je pouvais le mieux observer, puisqu'il était le seul à nous faire face. Je vis une physionomie fruste et énergique au front proéminent, la bouche encadrée de rides profondes, la mâchoire inférieure fortement développée, mais ce n'est pas tant son visage qui attira mon attention que sa main droite posée sur la table. En fait de main, son bras se terminait par une fourchette à trois dents !

Le Moignon, car il ne faisait aucun doute que ce fût lui, piqua de son improbable extrémité dans un plat posé devant lui, pour y embrocher un morceau de viande qu'il s'expédia dans la bouche.

— Personne va goualer, dit l'un des hommes qui nous tournaient le dos. Y a même pas à en causer. Tu nous prends pour des caves ? Dis aussi qu'on est du genre à coquer. Alors accouche : t'es sur quel coup ? Pourquoi qu'on reste icigo à se planquer ? A prendre du lard à rien foutre ? On va pas passer notre vie à s'user le bénard, le cul sur une planche. Pas le droit à la chenique, pas le droit aux brêmes. On finira par crever.

Les autres se mirent à remuer sur leur siège et à parler fort, exprimant leur adhésion à ce qui venait d'être dit.

Le Moignon continuait de mâcher sans hâte, observant ses compagnons de ses yeux profondément enfoncés dans leurs orbites, noyés qui plus est dans l'ombre des sourcils, mais où s'allumait par instants une brève étincelle. Il laissa ses compagnons s'agiter un moment, puis soudain flanqua un grand coup de sa fourchette dans le plat. Il y eut un craquement, et la solide jatte de terre cuite se fendit en deux morceaux. Tout le monde fit silence sur-le-champ.

— Je t'en donnerai, moi, de la chenique et des brêmes, prononça le chef de bande sans élever la voix, avant de cracher par terre le morceau de viande qu'il avait encore dans la bouche. Un coup pareil, ça se rencontre qu'une fois dans une vie, et encore pas dans toutes les vies. C'est un grand mec, çui avec qui on va goupiner. Et si jamais il se trouve un pourri pour essayer de m'arnacher, je lui sortirai les tripes du bide, tenez, avec cette bête à cornes, et je les lui ferai bouffer.

Il se tut, et à la manière dont les autres brigands se tenaient figés, je compris que la menace qui venait d'être proférée n'était nullement une figure de style, mais bel et bien une promesse à prendre strictement au pied de la lettre.

— Pas la peine de jouer les terreurs avec nous, le Moignon, répliqua le même homme, visiblement le plus téméraire de la bande. File-nous plutôt des détails. Pourquoi on nous traite comme des minables ? Bon, on a servi à faire le pet, une ou deux fois, et à filocher des chênes.

Mais c'est-y ce qui s'appelle bosser ? On est des hommes, pas des pégriots.

— C'est une affaire qui vous dépasse, coupa l'autre. Vous l'ouvrirez quand je le dirai.

Il se pencha en avant et ajouta :

— Faut que tu saches un truc, le Merlin, on est sur un coup qui va faire un tel bousin qu'en attendant il vaut mieux que vous sachiez que dalle, ça vous empêcherait de pioncer. Quant au taf pour lequel on nous a racolés, c'est pour bientôt. Et on montrera ce qu'on a dans le coffre. Maintenant écoutez bien, les potes. Sitôt qu'on aura notre fade, il faudra faire chibi.

— Tu veux dire : déhotter du coin ? fit une voix. Ou bien de la vergne ?

— De Russie, imbécile ! lâcha le Moignon d'un ton empreint de gravité. Après un coup pareil, les cognes voudront nous écorcher vifs.

— Comment ça, de Russie ? s'écria celui qu'il avait appelé le Merlin. Et où qu'on ira vivre alors ? En Turquie, peut-être ? Je conobre pas leur baragouin.

Le Moignon découvrit ses dents ébréchées :

— T'inquiète, mon petit Merlin, t'en auras tellement plein les profondes, que c'est les Turcomans qui voudront jaspiner comme tézigue. Faites-moi confiance, les potes. Le Moignon se met pas en peine pour des colombins. On va se faire un tel beurre que chacun en aura assez pour jusqu'au jour où il éteindra son gaz.

— Et ton grand mec, là, il risque pas de nous doubler ? s'enquit le même sceptique d'une voix dubitative.

— C'est pas le genre. C'est une lame, un blanc-bleu, l'arcan le plus régulier qu'on puisse dégoter sur terre. Notre Dabe, à côté, c'est rien qu'un morpion.

— A quoi il ressemble, ton gus ? Ça doit être un cador, non ?

Je vis Fandorine se raidir dans l'attente de la réponse.

La question plongea le chef de bande dans un embarras manifeste. Il se cura un moment une dent avec sa fourchette, comme s'il hésitait à parler, puis enfin il se décida :

— Je vais pas vous raconter des charres : j'en sais que dalle. C'est pas le genre de mec que tu abordes comme ça, simplement. Il est entouré par des hommes à lui – tiens, ceux-là, c'est des cadors, d'une autre trempe que vous... Le mec cause pas du tout dans notre langue. Je l'ai vu qu'une seule fois. Dans une cave, un peu comme la nôtre, mais plus petite, et presque pas éclairée. Je vous le dis, le type sérieux, qui remue pas l'air pour rien. Il est assis dans l'ombre, impossible de voir son portrait. Il murmure à l'oreille d'un truchement qui ensuite répète dans notre langue. Y a que notre Dabe pour gueuler sans arrêt. Là c'est l'Europe. Un murmure, et qui s'entend mieux qu'un cri...

Cette remarque, bien qu'émanant de la bouche d'un criminel accompli, me frappa par sa justesse psychologique. En effet, moins vous parlez fort, plus on est attentif à ce que vous dites, et mieux l'on vous écoute. Ainsi, notre défunt souverain n'élevait jamais la voix contre personne. Et le haut procureur du synode, le tout-puissant Konstantin Pétrovitch, lui aussi murmurait de la sorte. Mais il n'était que de prendre l'exemple de Fandorine : silencieux comme un chat, mais sitôt qu'il prenait la parole, les plus augustes personnes étaient suspendues à ses lèvres.

— Voyez-vous ça, tu parles d'un exploit. Mais tu l'as rencontré où exactement, ce mec ?

Fandorine se redressa légèrement, tandis que je retenais moi aussi mon souffle, inquiet de savoir si l'autre allait répondre.

A cet instant retentit un craquement assourdissant dont le sinistre écho se répercuta sous les voûtes de la cave, cependant qu'une pluie d'éclats de pierre se détachait du plafond et saupoudrait la table.

— Plus un geste, saloparrrrds ! brailla une voix fortement amplifiée par un gueulard. Je suis le colonel Karnovitch. Une arme est pointée sur chacun de vous. La prochaine balle est pour le premier qui bouge.

J'entendis Fandorine émettre un gémissement de souffrance.

L'irruption du colonel venait en effet très mal à propos, mais d'un autre côté l'arrestation de toute la bande, et en particulier de son chef, le Moignon, allait certainement permettre de remonter jusqu'au docteur Lind. Ah, ce Karnovitch, comme il avait habilement feint de n'être intéressé d'aucune manière par les renseignements que je lui avais fournis !

Les bandits s'étaient retournés en bloc, mais je n'eus guère le temps de bien observer leurs visages, car le Moignon lança aussitôt :

— Eteignez les torches !

Les brigands s'élancèrent en tous sens, renversant au passage les trois flambeaux.

La cave se trouva plongée dans l'obscurité, mais pour un laps de temps extrêmement bref. Une ou deux secondes après, de longues et funestes fulgurations déchirèrent les ténèbres de toutes parts, et le vacarme devint si intense que j'en eus les tympans meurtris.

Fandorine me tira brutalement par le bras et nous roulâmes tous deux par terre.

— Restez couché sans bouger, Zioukine ! me cria-t-il. Il n'y a plus rien d'autre à faire.

La fusillade me parut durer une éternité, entrecoupée de loin en loin par des hurlements de douleur et des ordres tonitruants de Karnovitch :

— Korneev, où es-tu ? Prends à droite avec tes hommes ! Miller, dix hommes à gauche ! Des lanternes, des lanternes ici !

Bientôt des faisceaux de lumière fouillèrent les profondeurs de la cave, glissant sur les futailles, la table renversée, deux corps immobiles étendus sur le sol. Les tirs cessèrent aussi soudainement qu'ils avaient commencé.

— Sortez de là les mains en l'air ! ordonna Karnovitch. De toute façon vous ne pourrez vous échapper. Nous cernons le bâtiment. Le Moignon en premier !

— Tiens, voilà ce qu'il te dit, le Moignon !

Une nouvelle langue de feu jaillit d'un recoin éloigné sur lequel les faisceaux des lampes se braquèrent aussitôt. Je distinguai une barrique renversée, et au-dessus d'elle le contour d'une tête et de deux épaules.

— Ils vont le tuer, les c-crétins, murmura Fandorine.

Plusieurs coups de feu éclatèrent en même temps, arrachant au tonneau une volée d'éclats de bois. Une deuxième salve partit, puis une troisième. Plus personne ne riposta.

— Nous nous rendons ! crièrent plusieurs voix émanant de l'ombre. Chef, ne tire plus !

L'un après l'autre, levant haut les mains au-dessus de leur tête, trois hommes s'avancèrent dans l'espace à découvert. Deux d'entre eux tenaient à peine sur leurs jambes. Le Moignon ne figurait pas dans leur groupe.

Eraste Pétrovitch se releva et sortit de sa cachette, aussitôt suivi de Massa et de moi-même.

A la vue de Fandorine, le colonel, qu'entourait toute une troupe de solides gaillards en civil, s'exclama d'un ton ironique :

— Bonsoir ! Quelle surprise de vous rencontrer là !

Sans même accorder un regard au chef de la police du palais, Eraste Pétrovitch marcha jusqu'au tonneau renversé, de derrière lequel dépassait, inerte, un bras bizarrement déjeté. Il s'accroupit et se redressa tout aussitôt.

Une foule de gens, tout à coup, avaient envahi les lieux. Les uns passaient les menottes aux brigands constitués prisonniers, d'autres allaient et venaient entre les futailles, d'autres encore inspectaient on ne sait trop pourquoi le sol. Partout glissaient des faisceaux de lumière électrique, au nombre de plusieurs dizaines. L'atmosphère était chargée d'une âcre odeur de fumée et de poudre. Je consultai machinalement ma montre. Il était sept heures moins vingt ; par conséquent, depuis le moment où nous avions pénétré dans la cave, il s'était écoulé à peine seize minutes.

— Vous venez de tout flanquer par terre, Karnovitch, déclara Fandorine en se campant devant le colonel. Voilà le Moignon à présent c-criblé de balles, or lui seul savait où trouver Lind. Mais où avez-vous pris l'idée de venir ici, sacré nom d'un chien ! Vous m'avez espionné ?

Karnovitch affichait une mine un peu confuse. Il glissa un coup d'œil de mon côté et ne répondit pas, mais Fandorine avait compris sans autre explication.

— Vous, Zioukine ? dit-il tout bas en me regardant avant de secouer la tête. Comme c'est idiot...

— *Karé da !* hurla d'une voix perçante M. Massa, qui n'était guère éloigné de moi. *Uragirimono !*

Comme en rêve, je le vis se détendre, sauter très haut en l'air et lancer son pied en avant.

Sans doute ma vue fonctionnait-elle beaucoup plus vite que ma pensée, car j'eus le temps de très bien observer la bottine du Japonais (petite pointure, jaune, en cuir de Russie, semelle usée) avant qu'elle percutât mon front.

Et là s'acheva pour moi cette journée du 10 mai.

11 mai

Il n'y eut point de samedi pour moi, car je passai la nuit, puis la journée, puis la nuit suivante encore dans un profond évanouissement.

12 mai

Je revins à moi d'un coup, sans avoir nullement flotté au préalable dans quelque état second comme lorsqu'on émerge d'un sommeil ordinaire. J'avais devant moi une cave éclairée de rampants faisceaux de lumière et l'image d'une bottine jaune se rapprochant de moi à toute allure, j'avais fermé les yeux pour une raison quelconque, et je les rouvrais dans un tout autre endroit. Lumière du jour, plafond blanc, et d'un côté, à la limite de mon champ de vision, deux personnages : Mlle Declicq et Fandorine. Je n'accordai dans un premier temps aucune importance à ce fait, je me contentai de le relever : ils étaient assis là, ils me regardaient, penchés sur moi, tandis que j'étais étendu dans un lit. Ensuite seulement je me découvris un étrange engourdissement par tout le corps, puis je perçus le bruit régulier de la pluie au-dehors, et je tressaillis : pourquoi leurs épaules se touchaient-elles ?

— Grâce à Dieu ! s'exclama Mademoiselle en français. Il a repris conscience. Vous aviez raison.

Je détournai mon regard de son visage pour le tourner vers Fandorine, auquel je me sentis en devoir de poser une question.

— Que veut dire *uragirimono ?* demandai-je, répétant le mot sonore qui m'était resté en mémoire et qui me semblait n'avoir été prononcé qu'un instant plus tôt.

— En japonais, cela signifie « t-traître », répondit Eraste Pétrovitch d'un ton tranquille.

Il s'inclina sur moi et, je ne sais pourquoi, abaissa d'un doigt chacune de mes paupières inférieures. Je demeurai tout bonnement sans voix devant pareille familiarité.

— Je suis heureux, Ziouk ine, que vous soyez en vie. Après un tel coup, vous eussiez aussi bien pu ne jamais vous réveiller. Vous êtes resté presque quarante heures sans connaissance. Essayez donc de vous asseoir.

Je me redressai sans aucun effort, mais brusquement me troublai en me voyant vêtu de ma seule chemise de corps, qui plus est largement déboutonnée sur ma poitrine. Mademoiselle remarqua ma gêne et détourna délicatement les yeux.

Fandorine me tendit un verre d'eau et de la même voix mesurée me communiqua un certain nombre de renseignements qui achevèrent de me ramener à la réalité :

— Vous avez, Ziouk ine, gravement compromis l'affaire en informant Karnovitch de notre plan. Le fil si prometteur est à présent rompu. Le Moignon est mort. Quatre hommes de sa bande, en comptant la sentinelle que j'avais assommée, ont été capturés vivants, mais il n'y a strictement rien à en tirer. L'un a été employé à s-surveiller l'Ermitage. Un autre était le c-cocher de la voiture que vous avez tenté de rattraper. C'est lui qui vous a gratifié d'un coup de fouet, vous vous rappelez ? Mais qui se trouvait à l'intérieur de la voiture, il l'ignore complètement, il n'a même pas entendu de cri d'enfant. Le Moignon lui avait donné l'ordre de prendre les rênes rue Nikolo-Iamskaïa, de suivre un itinéraire donné, puis d'abandonner l'attelage devant le monastère Saint-André. Là il a cédé sa place à un autre cocher, un étranger, à en juger par son allure. Voilà tout. Le Moignon, lui au moins, savait où se trouve la t-tanière de Lind. Nous nous retrouvons à présent les mains vides, de sorte que le coup de colère de Massa est très compréhensible. Maintenant qu'il est bien établi que vous êtes sauf et quasi indemne, mon collaborateur va être enfin libéré, car sans lui je suis comme manchot.

Je me palpai le front et le trouvai orné d'une énorme bosse. Bien fait pour moi.

— Eh quoi, on ne dispose vraiment d'aucun autre indice ?

Ma voix avait tremblé, car je venais de prendre conscience de toute la gravité de ma faute.

— Nos espoirs ne reposent plus d-désormais que sur Mlle Declicq. J'ai épuisé, hélas, les ressources de mon imagination. Mademoiselle, racontez à Afanassi Stépanovitch vos deux expéditions d'hier et d'aujourd'hui jusqu'au repaire de Lind.

— Comment ? Vous avez déjà eu le temps depuis la dernière fois de lui rendre deux visites ? m'étonnai-je.

Sur quoi je me tournai vers la fenêtre grise.

— Quelle heure est-il donc à présent ?

— Oui, aujourd'hui le rendez-vous a eu lieu de très bonne heure, répondit Mademoiselle. Me permettez-vous de continuer en français ? Ça ira plus vite…

Et en effet, en l'espace de cinq minutes, elle m'eut bientôt exposé tous les événements survenus durant mon absence forcée.

La veille, samedi, on lui avait à nouveau remis un billet l'invitant à sortir de l'église. Une voiture (différente de celle du jour précédent, mais néanmoins très semblable, aux fenêtres également obstruées) l'attendait dans une ruelle voisine. Le cocher était le même : barbu, silencieux, chapeau rabattu sur les sourcils. Cinquante-quatre minutes plus tard (Mademoiselle avait reçu de Fandorine une montre aux aiguilles phosphorescentes), on lui avait pareillement bandé les yeux avant de la mener dans le souterrain qu'elle connaissait déjà. On lui avait cette fois-ci ôté son bandeau pour quelques instants, afin qu'elle pût jeter un coup d'œil à Mikhaïl Guéorguiévitch. L'enfant reposait, immobile, les yeux clos, mais il était vivant. On avait interdit à la gouvernante de regarder autour d'elle, aussi n'avait-elle vu qu'un mur de pierre nu, faiblement éclairé par une chandelle, et une malle qui tenait lieu de lit à Son Altesse.

Le même scénario s'était reproduit dès le lendemain matin. Le docteur Lind s'était fait remettre une aigrette figurant une fontaine de brillants et de saphirs. Durant les quelques secondes où Mademoiselle s'était trouvée sans bandeau, elle avait eu le temps d'examiner un peu mieux le petit prisonnier. Toujours inconscient, il semblait très amaigri et sa main gauche était bandée. Mademoiselle avait effleuré son front et l'avait senti brûlant.

A cet endroit Mademoiselle suspendit son récit. Cependant elle se reprit presque aussitôt.

— Mieux vaudrait que tout cela prît fin rapidement, dit-elle avec une retenue qui me laissa admiratif. Michel ne supportera pas longtemps de telles conditions d'existence. C'est un enfant solide, robuste, mais il y a des limites à tout.

— Avez-vous vu Lind ? Ne fût-ce que du coin de l'œil ? demandai-je plein d'espoir.

— Non. On ne m'a ôté le bandeau qu'une dizaine de secondes, et j'avais reçu l'interdiction formelle de me retourner. J'ai juste senti derrière moi la présence de plusieurs individus.

Une sourde angoisse commençait de me nouer les entrailles.

— Par conséquent, l'enquête n'a pas avancé d'un pouce ?

Mademoiselle et Fandorine échangèrent un regard, avec la mine de deux conspirateurs, me sembla-t-il, et je ressentis une pointe de douleur presque physique : ils étaient tous les deux ensemble et je restais, moi, à l'écart, seul.

— Nous avons tout de même quelques éléments, déclara Fandorine d'un air énigmatique.

Puis, baissant la voix comme s'il voulait me communiquer quelque important secret, il ajouta :

— J'ai appris à Emilie à compter les grincements de roue.

De prime abord, je ne retins qu'une chose : il venait d'appeler Mlle Declicq par son prénom ! Etait-il possible que leur amitié fût allée si loin ? Après seulement, je m'efforçai de pénétrer le sens des mots prononcés. Sans succès.

— Les grincements de roue ?

— Mais oui. N'importe quel essieu, même le mieux graissé du monde, émet un grincement qui, si l'on y prête bien l'oreille, n'est jamais que la répétition périodique d'un seul et même ensemble de sons.

— Bien, et alors ?

— Une période, Zioukine, c'est un tour de roue. Il suffit de compter combien de fois la roue a tourné, et vous saurez quelle distance la voiture a parcourue. Les roues des voitures de type berline, auxquelles nos ravisseurs semblent d-donner la préférence, ont une taille standard : si l'on s'en tient au système métrique, un mètre quarante de diamètre. Ainsi la longueur de leur circonférence, conformément aux lois de la géométrie, est-elle égale à quatre mètres et quarante centimètres. Le reste est simple. Mademoiselle compte et mémorise le nombre de tours de roue de coin de rue en coin de rue. Les tournants effectués par l'attelage sont facilement perceptibles à l'inclinaison de la caisse, à gauche ou à droite. Nous ne faisons pas suivre la voiture afin de ne pas effaroucher les criminels, cependant nous voyons bien dans quelle direction ils emmènent Emilie au départ. Quant à la suite, elle ne d-dépend plus que de son attention et de sa mémoire. De cette manière, poursuivit Fandorine sur le ton du maître d'école énonçant un problème de mathématiques, si nous connaissons le nombre de tournants et leur sens, ainsi que la d-distance entre chacun, nous pouvons déterminer l'endroit où est caché l'enfant.

— Et alors, vous l'avez fait ? m'écriai-je dans un élan de joie.

— Pas si vite, Zioukine, p-pas si vite, répondit Fandorine avec un sourire. Notre cocher taciturne ne va pas en ligne droite, mais décrit exprès nombre de lacets, à l'évidence pour s'assurer qu'il n'est pas pris en filature. Si bien que la tâche d'Emilie est loin d'être simple. Hier comme aujourd'hui, nous avons, elle et moi, tenté de reconstituer à pied l'itinéraire suivi par la voiture, en confrontant ses observations avec la topographie des lieux.

— Et alors ? demandai-je, imaginant déjà Mademoiselle marchant dans la rue au bras de son élégant cavalier, tous les deux très sérieux, associés dans une même quête, pendant que je restais vautré dans mon lit telle une bûche inutile.

— Les deux fois, l'attelage, après quelques détours par des ruelles, a débouché sur la place Zoubovskaïa. Le fait est confirmé par les observations d'Emilie qui, en ce point du trajet, a entendu le bruit d'un grand nombre de véhicules et une rumeur de voix.

— Et ensuite ?

Mademoiselle adressa un regard confus à Fandorine (ce bref regard empli de confiance de nouveau m'écorcha le cœur) et, comme pour se justifier, déclara :

— Monsieur Ziouking, hier j'ai réussi à me rappeler onze tournants, aujourd'hui treize.

Elle fronça les sourcils et débita d'un trait :

— Vingt-deux, gauche ; quarante et un, droite ; trente-quatre, gauche ; dix-huit, droite ; quatre-vingt-dix, gauche ; quatorze, droite ; cent quarante-trois, droite ; trente-sept, droite ; vingt-cinq, droite ; cent quinze, droite (et ici, à mi-chemin, au cinquantième tour de roue à peu près, le bruit d'une place encombrée) ; cinquante-deux, gauche ; soixante, droite ; puis à nouveau à droite, mais au bout de combien de tours, je ne m'en souviens plus. Je me suis appliquée autant que j'ai pu, mais j'ai fini malgré tout par perdre le fil...

J'étais bouleversé.

— Seigneur, mais comment avez-vous réussi à retenir tout ça ?

— N'oubliez pas, mon ami, que je suis institutrice, répondit-elle avec un doux sourire.

Je rougis, encore indécis sur la manière d'interpréter cette apostrophe, « mon ami », et ne sachant trop si pareille familiarité était admissible compte tenu de nos relations.

— Mais demain tout recommencera, et à nouveau vous perdrez le fil, dis-je, adoptant à tout hasard un air sévère. La mémoire humaine, même la plus développée, a ses limites.

Le sourire avec lequel Fandorine accueillit ma remarque me déplut terriblement. On n'eût pas souri autrement à l'innocent babil d'un marmot attardé.

— Emilie n'aura pas besoin de tout retenir depuis le début du t-trajet. Passé la place Zoubovskaïa, la voiture a suivi les deux fois le même itinéraire, et le dernier t-tournant que notre agent a gardé en mémoire correspond à la jonction des rues Obolenski et Olsoufievski. Où la voiture s'est-elle dirigée ensuite, nous l'ignorons, mais ce point-là est établi de manière tout à fait précise. De là au terminus, il n'y a plus très loin : l'affaire de quelque dix, quinze minutes.

— En quinze minutes, une voiture peut s'éloigner de trois ou quatre bonnes verstes dans n'importe quelle direction, fis-je observer à Eraste Pétrovitch dont l'arrogance commençait à m'insupporter. Quoi, vous comptez fouiller un périmètre d'une telle étendue ? Mais c'est plus que la surface entière de l'île Vassilievski !

Il esquissa un nouveau sourire encore plus insupportable.

— Le couronnement, Zioukine, a lieu après-demain. Nous devrons alors remettre l'Orlov au docteur Lind, et la partie sera terminée. Toutefois, demain, Emilie reprendra encore une fois sa voiture aveugle pour remettre le dernier versement – je ne sais quel diadème ou bandeau de diamants jaunes et d'opales.

Un gémissement m'échappa. L'inestimable bandeau en forme de guirlande de fleurs ! Mais c'était la pièce la plus précieuse de toute la cassette de Sa Majesté !

— Bien entendu, j'ai dû d-donner à l'impératrice ma parole d'honneur que le bandeau, ainsi que tous les bibelots précédents, lui serait restitué intact, déclara Fandorine avec une extraordinaire assurance. A propos, il me semble avoir omis de mentionner un fait essentiel. Depuis que Karnovitch a fait intrusion dans notre expédition khitrovienne, tel un éléphant dans un magasin de porcelaine, la direction générale des opérations menées contre Lind m'a été confiée, tandis que le chef de la police du palais et le grand maître de la police de Moscou ont désormais l'interdiction de s'en mêler sous peine d'être traduits en cour martiale.

Inouï ! Confier à un simple particulier la charge d'une enquête dont, sans exagération, dépendait l'avenir de la dynastie impériale ! Cela signifiait qu'Eraste Pétrovitch était à l'heure présente le personnage le plus important de tout l'empire de Russie. Je posai soudain sur lui un tout autre regard.

— Emilie entamera son compte à partir de l'instant où la voiture tournera de la rue Obolenski dans la rue Olsoufievski, expliqua-t-il, abandonnant tout sourire, le visage empreint au contraire du plus grand sérieux. Et là, mademoiselle, avec la formidable mémoire qui est la sienne, ne risquera plus de perdre le fil.

— Mais, Votre Haute Noblesse, comment Mlle Declicq devinera-t-elle qu'elle a atteint le bon tournant ?

— De manière très simple, Zioukine. J'aurai vu dans quelle voiture on l'aura fait monter cette fois-ci. Je me garderai bien de la suivre, évidemment, je me rendrai tout droit rue Olsoufievski. Quand je verrai l'attelage approcher, j'agiterai une clochette. Ce sera le signal pour Emilie.

— Mais le cocher ne trouvera-t-il pas la chose suspecte ? Pourquoi un monsieur bien vêtu dans votre genre irait-il tout soudain agiter une clochette en pleine rue ? Peut-être devrait-on plutôt arrêter ce cocher et lui faire avouer où se cache Lind, vous ne croyez pas ?

Fandorine poussa un soupir.

— C'est sans doute le mode d'action que choisirait le grand maître de la police Lassovski. Lind prévoit à coup sûr pareille éventualité, et cependant, p-pour une raison ou pour une autre, ne la craint absolument pas. J'ai conçu à ce sujet un certain nombre d'hypothèses, sur lesquelles je ne vais pas m'appesantir maintenant. En ce qui concerne le monsieur bien vêtu, vraiment, vous m'offensez. Vous avez pourtant déjà pu constater que je savais me travestir à merveille. Sachez donc, Zioukine, que non seulement je ferai tinter une clochette, mais qu'en plus je crierai.

Et brusquement, agitant une clochette imaginaire, il se prit à brailler d'une voix nasillarde et stridente que déformait encore un fort accent tatar :

— On prend les vieilleries, on donne bon argent ! Vieux papier, verre brisé ! Culottes trouées, linge déchiré ! Cuillers rouillées, casseroles percées ! Donnez votre antiquaille, remportez des sous neufs !

Mademoiselle éclata de rire, pour la première fois, ce me semble, depuis tous ces jours. En ma présence, en tout cas.

— Eh bien, monsieur Zioukine, vous allez vous reposer pendant qu'Eraste et moi ferons une petite promenade : nous comptons traîner un peu autour de Diévitché Polié, Tsaritsynskaïa, Pogodinskaïa, Plioustchikha, articula-t-elle avec application, énumérant plusieurs noms de rues moscovites.

Mais seul cet *Eraste* me resta dans l'oreille. Quel *Eraste* était-il pour elle ?

— Je suis en parfaite santé, leur assurai-je à tous deux, et j'aimerais beaucoup vous tenir compagnie.

Fandorine se leva et secoua la tête.

— Nous aurons pour compagnie Massa. Je crains qu'il ne vous en veuille encore. Et le temps qu'il a passé au violon ne l'a sûrement pas b-beaucoup adouci. Restez donc plutôt au lit.

Je me gardai, évidemment, de suivre son conseil, mais je ne trouvai rien non plus pour m'occuper, car Somov avait définitivement accaparé toutes mes fonctions et, il convient de lui rendre cette justice, ne s'en tirait pas si mal – en tout cas, je ne découvris aucun manquement sérieux de sa part, même après avoir contrôlé avec le plus grand soin la propreté des chambres, de la vaisselle, de l'écurie, et même l'état des poignées de porte. Tout au plus ordonnai-je de changer les roses pour des anémones dans la chambre de Xénia Guéorguievna et de ramasser une bouteille vide qui avait roulé sous le lit du lieutenant Endlung.

Ainsi, je me voyais écarté de mon travail, après avoir été rossé (de manière méritée, ce qui était sans doute le plus déplaisant) puis humilié devant Mlle Declicq. Mais ce qui me tourmentait le plus n'était rien d'autre qu'une vision de cauchemar : le petit Mikhaïl Guéorguiévitch languissant au fond d'un souterrain humide. A coup sûr, le choc émotionnel, la violence, les souffrances physiques, l'action prolongée d'un narcotique, tous ces traumatismes endurés à un âge aussi tendre le marqueraient à jamais. Je tremblais en imaginant la manière dont tout cela influerait plus tard sur le caractère et la santé mentale du jeune grand-duc. Mais il était encore bien tôt pour s'en alarmer. Il importait avant tout d'arracher Son Altesse aux griffes du cruel docteur Lind.

Aussi me promis-je de tout pardonner à Fandorine si seulement il réussissait à sauver l'enfant.

Les membres de notre famille qui avaient assisté à la cérémonie de consécration de la bannière impériale étaient de retour à l'heure du dîner.

Dans le couloir, Xénia Guéorguievna me retint par la manche et me demanda à voix basse :

— Où est Eraste Pétrovitch ?

Son Altesse eût aimé, je crois, me faire le confident de son *affaire de cœur*, mais je n'avais absolument aucun désir de me charger d'un rôle si nécessairement ambigu.

— M. Fandorine est sorti en promenade avec Mlle Declicq, répondis-je d'un ton neutre en m'inclinant très bas pour ne pas croiser le regard de la grande-duchesse, au risque de paraître oublieux de me redresser.

Xénia Guéorguievna parut désagréablement surprise.

— Avec Emilie ? Mais pour quoi faire ?

— C'est en rapport avec un nouveau plan d'action pour libérer Mikhaïl Guéorguiévitch, répondis-je, préférant ne pas entrer dans les détails tant j'étais désireux de terminer au plus vite cette conversation.

— Ah, quelle égoïste je fais !

Des larmes avaient perlé aux paupières de Son Altesse.

— Que je suis mauvaise, mauvaise ! Pauvre Mika ! Non, je pense tout le temps à lui, j'ai prié pour lui toute la nuit…

Elle rougit soudain et rectifia :

— Enfin, presque toute la nuit…

Ces derniers mots, auxquels on ne pouvait conférer qu'un seul sens, achevèrent de ruiner totalement mon humeur, et je crains, au cours du dîner, de n'avoir pas accordé toute l'attention nécessaire à l'accomplissement de mes devoirs.

Or il s'agissait ce soir-là d'un repas tout particulier, organisé en l'honneur de nos hôtes britanniques à l'occasion de l'anniversaire de Sa Majesté la reine d'Angleterre, que dans la famille impériale on appelle simplement Granny et à laquelle on voue un amour sincère et un profond respect. La dernière fois que j'avais vu la « grand-mère de toute l'Europe », c'était durant cet automne à Nice, quand la reine Victoria cherchait à arranger l'union de Xénia avec le prince Olav. L'impératrice des Indes, maîtresse de la première puissance du monde, m'avait paru fort vieillie mais toujours vigoureuse. Nos gens, à la cour, prétendent qu'après le décès de son époux elle a entretenu durant de longues années une liaison avec un de ses laquais, mais quand on regarde cette vénérable et majestueuse personne, il est bien difficile de croire pareille chose. Au reste, il se colporte toujours mille anecdotes sur le compte des membres des familles couronnées ; il convient de ne jamais accorder d'importance aux rumeurs tant qu'elles n'ont pas reçu de confirmation formelle. Pour ma part, en tout cas, je me refuse à entendre les commérages concernant Sa Majesté Britannique.

En organisant ce dîner en l'honneur de Granny, Guéorgui Alexandrovitch désirait se racheter, au moins en partie, du manque d'attention témoigné à ses invités anglais à la suite du malheur qui s'était abattu sur la maison verte. C'est Somov qui en avait ordonné les préparatifs, ne me laissant pour seule tâche que de contrôler le service et le menu : tout était irréprochable.

L'ambiance resta morose, bien qu'Endlung s'appliquât de son mieux à l'égayer et que Guéorgui Alexandrovitch se conduisît comme il appartient à un maître de maison ayant le sens de l'hospitalité. Tous ces efforts cependant furent inutiles : Pavel Guéorguiévitch affichait une mine lugubre et ne touchait pas à son assiette, se contentant de boire du vin ; Xénia Guéorguievna semblait ailleurs ; milord et Mr Carr évitaient de se regarder et riaient un peu trop fort aux plaisanteries du lieutenant, comme s'ils se contraignaient à feindre la plus totale insouciance. De longs silences s'installaient périodiquement, signe certain que la soirée était ratée.

J'avais le sentiment qu'au-dessus de la table planait l'ombre invisible du petit prisonnier, bien que pas un mot n'eût été prononcé à son sujet. Il faut dire que les Anglais n'avaient pas été officiellement informés de ce qui s'était passé, car le secret eût été alors immanquablement ébruité dans toute l'Europe. Tant que le problème n'était pas abordé, il n'existait pas. En hommes d'honneur qu'ils étaient, lord Banville et Mr Carr garderaient le silence. Et si d'aventure ils venaient malgré tout à parler, ce serait en privé, dans un cercle restreint de proches relations. Bien sûr, cela donnerait naissance à des rumeurs, mais rien de plus. Et j'ai déjà dit ce que je pensais de la rumeur.

Je me tenais derrière le fauteuil de Guéorgui Alexandrovitch, adressant un signe aux laquais quand il était besoin d'apporter ou de remporter quelque chose. Mais mes pensées flottaient à mille lieues. Je me demandais comment racheter la faute que, sans le vouloir, j'avais commise envers Mikhaïl Guéorguiévitch, s'il existait encore quelque possibilité de contribuer à sa délivrance.

Et aussi – je ne chercherai pas à me le dissimuler – je me remémorai à plusieurs reprises le regard confiant sinon admiratif que Mlle Declicq avait posé sur Fandorine, sur *Eraste*, comme elle disait. J'avoue que, lorsque je m'imaginais en sauveur de Mikhaïl Guéorguiévitch, je caressais l'espoir qu'elle porterait sur moi le même regard (peut-être même plus transporté encore). C'était stupide, bien sûr. Stupide et indigne.

— Pourquoi moi forcément ? demanda Pavel Guéorguiévitch en baissant la voix. C'est toi après tout qui as promis de les emmener aujourd'hui à l'opéra.

— Ça m'est impossible, répondit Guéorgui Alexandrovitch tout aussi discrètement. Tu iras, toi.

De prime abord – sans doute parce que j'étais absorbé dans de fort lointaines pensées –, je crus que je comprenais tout à coup l'anglais (car, bien entendu, la conversation à table avait lieu en cette langue) et il me fallut un moment pour prendre conscience que ces répliques venaient d'être prononcées en russe.

Pavel Guéorguiévitch parlait d'une voix joyeuse, un sourire sur les lèvres, mais ses yeux étaient des plus mauvais. Son père le considérait avec la plus parfaite bonhomie, mais je notai que la nuque de Son Altesse virait au pourpre, ce qui ne promettait rien de bon.

Xénia Guéorguievna n'était plus à table à ce moment, elle s'était retirée en alléguant une légère migraine.

— C'est parce qu'*elle* est arrivée, c'est ça ? demanda Pavel Guéorguiévitch avec le même sourire, les yeux fixés sur les Anglais. Tu comptes aller la retrouver au Loskoutnaïa ?

— Ça ne te regarde pas, Polly.

Guéorgui claqua des lèvres et alluma un cigare.

— Tu iras à l'opéra.

— Non ! s'exclama Pavel Guéorguiévitch, si violemment que les Anglais en sursautèrent.

Endlung débita aussitôt une longue tirade en anglais. Guéorgui Alexandrovitch éclata de rire, ajouta quelques mots, puis, couvrant d'un geste paternel la main de son fils de son énorme paume charnue, gronda :

— C'est soit l'opéra, soit Vladivostok. Et je ne plaisante pas.

— Va pour Vladivostok, va même pour l'enfer ! répondit Pavel Guéorguiévitch de sa voix la plus douce en posant à son tour sa main sur celle de son père, de sorte que, vue de loin, cette scène familiale avait quelque chose de tout bonnement attendrissant. Quant à l'opéra, tu n'as qu'à y aller toi-même.

Le spectre de Vladivostok revenait assez souvent dans la famille. Chaque fois que Pavel Guéorguiévitch s'attirait des ennuis ou bien provoquait d'une manière ou d'une autre le mécontentement de ses parents, Guéorgui Alexandrovitch le menaçait d'user de ses prérogatives de grand amiral pour l'expédier dans l'escadre du Pacifique – servir la patrie, disait-il, lui mettrait un peu de plomb dans la tête. Toutefois l'avertissement n'avait jusqu'à présent jamais été suivi d'effet.

La conversation se poursuivit alors exclusivement en anglais, mais ma pensée avait déjà pris un tout autre cours.

Une idée m'était venue.

Le fait est que le sens de cette altercation entre Leurs Altesses, à coup sûr fort mystérieux même pour une personne sachant le russe, m'apparaissait, à moi, très clairement.

Isabella Félitsianovna Snéjnevskaïa était arrivée à Moscou et était descendue à l'hôtel Loskoutnaïa.

Voilà auprès de qui je pourrais trouver de l'aide !

Mme Snéjnevskaïa était la femme la plus intelligente et la plus sensée que j'eusse jamais rencontrée, or j'avais eu l'occasion de voir nombre d'impératrices, de lionnes du grand monde et de reines dirigeant des Etats.

L'histoire d'Isabella Félitsianovna était si fantastique et incroyable qu'on n'en eût probablement trouvé nul équivalent dans toute l'histoire du monde. Peut-être une Mme de Maintenon ou une marquise de Pompadour, à l'apogée de leur gloire, ont-elles joui d'une puissance bien plus grande, mais je doute que leur position fût jamais plus solide que la sienne dans la maison d'un souverain. Mme Snéjnevskaïa étant, comme je l'ai déjà dit, la plus intelligente des femmes, elle avait hissé le rôle de favorite à des sommets prodigieux : elle n'avait point noué de liaison amoureuse avec un monarque ou un grand-duc, lesquels sont, hélas, mortels et inconstants, mais avec la monarchie, impérissable et éternelle. A vingt-huit ans, Isabella Félitsianovna avait bien mérité le surnom d'« ornement de la couronne », et elle était en effet toute pareille à tel joyau précieux de la chambre du trésor impérial : minuscule, fragile, d'une grâce ineffable, voix de cristal, chevelure d'or, yeux de saphir.

La petite danseuse, la plus jeune et la plus talentueuse de tous les corps de ballet de Saint-Pétersbourg, avait été très tôt remarquée par le défunt tsar. Après avoir rendu hommage aux charmes de cette ondine, Sa Majesté avait perçu chez Isabella Félitsianovna davantage que le simple enchantement de la fraîcheur et de la beauté, à savoir de l'esprit, du tact et, en germe, toutes les qualités d'une fidèle alliée du trône.

Homme d'Etat avisé et père de famille exemplaire, le souverain s'était interdit de trop s'enticher de sa merveilleuse débutante, et avait agi sagement (bien que, sans doute, à regret) en confiant à Mme Snéjnevskaïa le soin de s'occuper du jeune tsarévitch, dont l'excessive bigoterie, ajoutée à une certaine maladresse générale, suscitait les alarmes de son très auguste géniteur.

Isabella Félitsianovna avait bravement accepté la rupture imposée par Sa Majesté et traité son importante mission gouvernementale avec tout le sérieux requis, de sorte que très vite l'héritier du trône avait montré des signes de changement des plus positifs, au point même de commettre quelques folies (certes mesurées et sans nul caractère scandaleux), ce qui avait achevé de rassurer complètement son empereur de père.

A titre de remerciement, Mme Snéjnevskaïa s'était vu dotée d'un fabuleux *palazzo* avenue de la Noblesse, d'une série de rôles à son choix au théâtre Marie, et surtout d'une position toute particulière sinon exceptionnelle dans les milieux de la cour, qu'une foule de personnes aujourd'hui lui enviaient. Elle conservait cependant une attitude modeste, n'abusait pas de son influence et, chose presque incroyable, ne s'était encore fait aucun ennemi. On savait de source sûre que le tsarévitch amoureux avait proposé à la belle de l'épouser en secret, mais qu'elle avait eu la prudence de refuser et que, le jour où une tendre amitié s'était ébauchée entre le dauphin et la princesse Alice, elle s'était retirée dans l'ombre et, au cours d'une touchante scène d'adieu avec le « gentil Nicky », avait béni leur union. Cette conduite s'était révélée par la suite éminemment judicieuse, dans la mesure où la nouvelle tsarine avait apprécié le geste à sa juste valeur et – autre phénomène inouï – témoignait depuis à son ancienne rivale une bienveillance certaine, surtout après qu'Isabella Félitsianovna, au terme d'une bienséante autant que douloureuse période d'affliction, eut confié son tendre cœur à Guéorgui Alexandrovitch. Pour parler en toute franchise, je pense que Mme Snéjnevskaïa n'avait rien perdu à ce changement mais au contraire tout gagné, dans tous les sens où l'on peut l'entendre, Guéorgui Alexandrovitch étant un fort bel homme doué d'une grande générosité et d'un caractère incomparablement plus plaisant que celui de son neveu.

Oh oui, Isabella Félitsianovna était la sagesse même. Il serait possible de tout lui confier. Elle comprenait ce qu'étaient les secrets de la très auguste famille, car elle-même en était la dépositaire. La Snéjnevskaïa saurait imaginer une solution à laquelle jamais n'eussent pensé ni l'adroit colonel Karnovitch, ni le redoutable Kirill Alexandrovitch, ni même l'astucieux M. Fandorine en personne.

Mme Snéjnevskaïa occupait au Loskoutnaïa une aile entière, détail qui en soi témoignait déjà du statut quasi royal de cette femme étonnante, car en ces jours où les fêtes du couronnement battaient leur plein, même la plus ordinaire chambre d'hôtel se louait cinq fois plus cher qu'à l'accoutumée, à condition encore d'en dénicher une.

L'entrée de la suite dite « de luxe » était encombrée d'une multitude de corbeilles de fleurs. Du fond de l'enfilade de pièces parvenait le son étouffé d'un piano à queue. Je donnai à une femme de chambre un billet à remettre à sa maîtresse, et la musique presque aussitôt s'arrêta. Une minute encore s'écoula, et Isabella Félitsianovna vint m'accueillir en personne. Elle portait une robe de soie légère d'un rose soutenu qu'aucune autre blonde sans doute n'eût pu se permettre d'arborer, mais dans cet accoutrement la Snéjnevskaïa ne paraissait nullement vulgaire, elle était au contraire divine – je ne saurais trouver d'autre mot. Je fus de nouveau frappé par sa claire beauté de porcelaine, une de ces beautés très rares et infiniment précieuses qui font qu'à la vue d'un visage qu'on croyait familier on reste saisi de stupeur, le souffle coupé.

— Afanassi ! s'exclama-t-elle dans un sourire, forcée de lever la tête pour me regarder mais réussissant néanmoins par je ne sais quel prodige à paraître juchée sur un piédestal. Bonjour, mon ami. Un message de Georgie ?

— Non, répondis-je en m'inclinant très bas. Je viens vous trouver pour une affaire confidentielle relevant de la sûreté de l'Etat.

Cette subtile personne ne me posa aucune question. Elle savait qu'Afanassi Zioukine n'irait pas sans raison s'aventurer à pareille phrase. Elle haussa un bref instant les sourcils d'un air soucieux, puis de sa jolie main miniature m'invita à la suivre.

Je traversai derrière elle plusieurs pièces communicantes menant à un boudoir. Isabella Félitsianovna en referma la porte, se laissa choir sur le lit, m'indiqua d'un geste un fauteuil où m'asseoir, puis prononça un seul et unique mot :

— Parlez !

Je lui exposai le fond de l'affaire, sans rien dissimuler. Mon récit fut long, car les derniers jours écoulés avaient été riches en événements, mais plus court cependant que ce à quoi on eût pu s'attendre, du fait que la Snéjnevskaïa ne poussa nulle exclamation, ne porta point la main à son cœur, ni ne m'interrompit une seule fois : elle se contenta de tripoter de plus en plus activement la guipure de son col de ses menus doigts charmants.

— Mikhaïl Guéorguiévitch est en danger de mort et une effroyable menace pèse à présent sur toute la maison des Romanov.

Ainsi conclus-je mon singulier discours, même si cette péroraison un peu mélodramatique n'était guère nécessaire, puisque mon auditrice avait déjà parfaitement tout compris.

Isabella Félitsianovna demeura un long, très long moment silencieuse. Jamais encore je n'avais lu sur son visage de poupée une telle émotion, même le jour où, sur ordre de Guéorgui Alexandrovitch, j'étais venu lui reprendre les lettres du tsarévitch.

Incapable de me contenir plus longtemps, je demandai :

— Dites-moi, existe-t-il une solution ?

Elle leva sur moi un regard d'un bleu éclatant, empli de tristesse et, me sembla-t-il aussi, de compassion. Mais sa voix, elle, était ferme :

— Oui, une seule. Sacrifier le moins pour le plus.

— « Le moins », c'est Son Altesse ? dis-je comme s'il était besoin de préciser, un honteux sanglot dans la voix.

— Oui. Et je vous l'assure, Afanassi, pareille décision est déjà prise, même si personne n'en parle à haute voix. Les colifichets de la cassette de l'impératrice, passe encore, mais l'Orlov, personne ne le cédera à ce docteur Lind. Pour rien au monde. Votre Fandorine est un homme adroit. L'idée de la « location » est géniale. Gagner du temps jusqu'au couronnement, puis advienne que pourra.

— Mais... mais c'est monstrueux ! m'écriai-je malgré moi.

— Oui, d'un point de vue humain ordinaire, c'est monstrueux.

Elle m'effleura l'épaule d'une main amicale avant d'ajouter :

— Ni vous ni moi n'agirions de la sorte avec nos enfants. Ah, mais vous n'avez pas d'enfants, je crois ?

La Snéjnevskaïa poussa un soupir, puis énonça de sa voix claire et bien timbrée ce qu'à maintes reprises j'avais déjà tenté de formuler :

— Le fait d'être né dans une maison régnante vous promet à un destin tout particulier. Un destin qui confère des privilèges extraordinaires, mais qui exige aussi qu'on soit prêt à d'extraordinaires sacrifices. Un scandale ignominieux au moment du couronnement, ça n'est pas admissible. En aucune circonstance. Céder à des criminels l'un des plus précieux trésors de l'Empire, ça ne l'est pas davantage. Mais sacrifier la vie d'un des dix-huit grands-ducs, cela, on peut l'admettre, oui, et fort bien. Même Georgie en est conscient, bien entendu. Qu'est-ce qu'un gamin de quatre ans au regard du sort de toute une dynastie ?

Si ces dernières paroles trahissaient une évidente amertume, elles vibraient en même temps d'une authentique grandeur. Aussi les larmes qui perlaient déjà à mes yeux se retinrent-elles de rouler sur mes joues. Je me sentais, je ne sais pourquoi, empli de honte.

Un coup fut frappé à la porte, et une nurse anglaise fit entrer d'adorables petits jumeaux, double portrait craché de Guéorgui Alexandrovitch : mêmes joues rouges et charnues, mêmes yeux vifs couleur de noisette.

— Bonne nuit, maman, gazouillèrent-ils avant de prendre leur élan pour se jeter au cou d'Isabella Félitsianovna.

Il me sembla qu'elle les étreignait et les embrassait avec plus de fougue que ne le réclamait ce rituel quotidien.

Quand on eut reconduit les garçons, la Snéjnevskaïa referma soigneusement la porte et me dit :

— Afanassi, vous êtes au bord des larmes. Cessez immédiatement ou bien je vais éclater en sanglots. Cela m'arrive rarement, mais si je commence, je ne suis pas près de m'arrêter.

— Pardonnez-moi, bredouillai-je en fouillant dans ma poche à la recherche d'un mouchoir.

En vain, car mes doigts refusaient de m'obéir.

Alors elle s'approcha, tira de sa manchette un carré de dentelle et m'en épongea les cils avec beaucoup de précaution, comme si elle avait craint d'abîmer mon maquillage.

Soudain on frappa à la porte : des coups violents, insistants.

— Isabeau ! Ouvre, c'est moi !

— Polly ! s'exclama la Snéjnevskaïa en levant les bras au ciel. Vous ne devez pas vous rencontrer, cela placerait ce garçon dans une situation embarrassante. Vite, par ici !

Elle avait ouvert la porte d'une grande armoire à glace et, me pressant de son petit poing douloureusement pointu, me poussait brutalement à l'intérieur.

— Un instant ! lança-t-elle à l'intention de son visiteur. J'enfile juste des pantoufles !

S'il y faisait fort sombre, cette garde-robe en chêne massif était en revanche assez vaste et tout imprégnée d'un parfum de lavande et d'eau de Cologne. Je me retournai prudemment, de manière à m'installer de manière plus confortable, et m'efforçai de ne pas imaginer l'ampleur du scandale qui éclaterait si ma présence venait à être découverte. Mais ce que j'entendis l'instant suivant me fit complètement oublier d'y penser.

— Je t'adore ! faisait la voix de Pavel Guéorguiévitch. Comme tu es belle, Isabeau ! J'ai pensé à toi chaque jour !

— Arrête, Polly, tu es complètement fou ! Je t'avais pourtant dit que c'était une erreur qui ne se répéterait jamais plus. Et tu m'avais donné ta parole.

O Seigneur ! Je portai la main à mon cœur, entraînant dans mon geste un grand froufrou de robes.

— Tu m'avais juré que nous serions désormais comme un frère et une sœur ! poursuivait Isabella Félitsianovna en haussant la voix, sans doute pour couvrir les bruits qui s'échappaient de l'armoire. Qui plus est, ton père a téléphoné. Il devrait être ici d'une minute à l'autre.

— Ça m'étonnerait ! s'exclama Pavel Guéorguiévitch d'un ton triomphant. Il est parti à l'opéra avec les Anglais. Personne ne nous dérangera. Isabeau, qu'as-tu besoin de lui ? Il est marié, je suis libre. Il a vingt ans de plus que toi !

— Et moi j'en ai sept de plus que son fils, rétorqua la Snéjnevskaïa. Ça vaut pour une femme bien plus que vingt années pour un homme.

A en juger par le bruit de soie froissée qui parvenait à mes oreilles, Pavel Guéorguiévitch tentait de l'embrasser, mais elle se dérobait à ses étreintes.

— Tu es comme Poucette, répétait-il avec feu. Tu seras toujours ma minuscule gamine...

Elle eut un rire bref :

— Eh oui, les petits chiens deviennent de vieux chiots !

Et de nouveau on frappa à la porte, avec encore plus d'insistance que la première fois.

— Madame, Guéorgui Alexandrovitch est là ! fit la voix effrayée de la femme de chambre.

— Comment ça ? s'alarma Pavel Guéorguiévitch. Et l'opéra ? Mince, je suis fichu, me voilà bon pour Vladivostok, ça ne fait pas un pli. Mon Dieu, que faire ?

— Dans l'armoire ! déclara Isabella Félitsianovna d'un ton décidé. Et vivement ! Pas la porte de gauche, celle de droite !

Le vantail grinça tout à côté, et j'entendis à quelque trois pas de moi, derrière l'épais rideau que formaient les robes, une respiration au rythme saccadé. Dieu merci, mon cerveau peinait à suivre les événements, autrement j'eusse risqué de m'évanouir.

— Ah, enfin ! s'exclama la Snéjnevskaïa avec élan. Je commençais à désespérer. Pourquoi promettre pour ensuite me faire languir !

Le bruit d'un long baiser se fit entendre, puis, derrière les robes, celui d'un grincement de dents.

— J'ai dû me rendre à l'opéra, mais je me suis sauvé... Ce gredin de Polly... Ton cou, laisse-moi baiser ton cou... Et puis ici, ici absolument...

— Pas tout de suite, voyons, pas tout de suite... Buvons d'abord du champagne, tout est déjà prêt au salon...

— Au diable le champagne ! Je suis dévoré par le feu, ma petite Bella, sans toi j'étais ici comme en enfer. Oh, si tu savais seulement !... Mais plus tard, plus tard... Déboutonne-moi ce maudit faux col !

— Non, c'est insupportable ! chuchota l'armoire.

— Tu es fou... Vous êtes une famille de fous... Tu avais commencé à dire quelque chose à propos de Polly ?

— Ce gosse ne veut plus en faire qu'à sa tête ! Mais c'est décidé, je l'expédie dans l'océan Pacifique. Tu sais, à mon avis, il en pince pour toi. Le morveux. Je sais que je peux entièrement compter sur toi, cependant sache tout de même qu'au cours de son voyage en mer il a attrapé une vilaine maladie...

La garde-robe vacilla sur ses pieds, l'autre vantail claqua.

— Il ment ! hurla Pavel Guéorguiévitch comme un furieux. Je suis guéri ! Ah, le salaud !

— Quoi-oi-oi ? rugit Guéorgui Alexandrovitch d'une voix terrible. Comment as-tu... Mais comment as-tu... osé ?

Terrorisé, j'entrouvris la porte et découvris un spectacle qu'il m'eût été impossible d'imaginer même dans mes pires cauchemars : Leurs Altesses s'étaient empoignées toutes deux à la gorge et, comme si cela ne suffisait pas, Pavel Guéorguiévitch bourrait de coups de botte les chevilles de son père, tandis que celui-ci lui tordait les oreilles.

Isabella Félitsianovna tenta de s'interposer entre les adversaires, mais le grand amiral heurta légèrement du coude la petite ballerine, qui se trouva projetée à l'autre bout de la pièce contre le lit.

— Afanassi ! lança la Snéjnevskaïa avec autorité. Ils vont s'entre-tuer !

Je bondis hors de l'armoire, prêt à encaisser les coups des deux rivaux, mais ce ne fut pas nécessaire, car Leurs Altesses fixèrent sur moi des yeux écarquillés, et le pugilat cessa de lui-même.

J'aperçus par hasard mon reflet dans un trumeau et tressaillis. Cheveux hirsutes, favoris en bataille, l'épaule décorée de je ne sais quel article de dentelle rose, culotte ou corsage, qui s'y était accroché. Totalement désemparé, j'attrapai le honteux objet et l'escamotai dans ma poche.

— Avez-vous... avez-vous des ordres ? bredouillai-je.

Leurs Altesses échangèrent un regard, et toutes deux affichaient la même mine que si un gobelin ou un bas-relief leur eût soudain adressé la parole. En tout cas la menace de parri- ou filicide était à l'évidence écartée, et je fus à nouveau estomaqué par la présence d'esprit et l'intelligence aiguë d'Isabella Félitsianovna.

Selon toute apparence, Leurs Altesses partageaient le même sentiment.

— Eh bien, Bella, tu es la plus étonnante des femmes ! gronda Guéorgui Alexandrovitch de sa voix de basse.

— Isabeau, je ne te comprendrai jamais... psalmodia à l'octave Pavel Guéorguiévitch, décontenancé.

— Vos Altesses ! protestai-je avec véhémence, ayant compris dans quelle erreur sacrilège se trouvaient plongés les grands-ducs. Je ne suis pas du tout... je ne...

Mais Pavel Guéorguiévitch, sans prendre la peine de m'écouter, se tourna vers la Snéjnevskaïa et s'exclama d'un ton vexé de petit enfant :

— Par conséquent, *pour lui* c'est permis, et pas pour moi ?

J'avais totalement perdu la faculté de parler, ne sachant comment résoudre cette affreuse situation.

— Afanassi, me commanda Isabella Félitsianovna avec autorité. Allez au salon et rapportez-en du cognac. Ah, et n'oubliez pas de couper un citron.

Je courus avec un indicible soulagement exécuter l'ordre qui m'était donné et, pour être sincère, je ne me pressai pas trop pour revenir. Quand je rentrai enfin dans la pièce, un plateau à la main, ce fut un tout autre tableau qui s'offrit à mes yeux : la ballerine se tenait debout entre Leurs Altesses, toutes deux assises sur un minuscule pouf. Un souvenir me revint alors en tête, fort mal à propos : celui d'une représentation du cirque Cinizelli, où

Mademoiselle et moi-même avions emmené Mikhaïl Guéorguiévitch le jour de Pâques. Une courageuse et toute fine dompteuse y déambulait au milieu d'une troupe de lions juchés sur des tabourets. La ressemblance était encore accentuée par le fait que tous trois, la Snéjnevskaïa debout et les deux grands-ducs assis, paraissaient ainsi de même taille.

— ... Je vous aime tous les deux, entendis-je.

Aussi me gardai-je de franchir le seuil, voyant bien que l'instant ne se prêtait guère à servir le cognac.

— Tous les deux vous m'êtes chers, et toi, Georgie, et toi, Polly. Or vous vous aimez l'un l'autre, n'est-il pas vrai ? Est-il quelque chose au monde de plus précieux qu'un tendre attachement et des sentiments entre père et fils ? Nous ne sommes pas de vulgaires petits-bourgeois ! Pourquoi se haïr quand on peut s'aimer ? Pourquoi se quereller quand on peut être amis ? Polly ne partira pas pour Vladivostok, c'est hors de question, il nous manquerait trop, et nous lui manquerions. Et nous allons tout organiser pour le mieux. Polly, quand es-tu de service à l'équipage de la Garde ?

— Le mardi et le vendredi, bredouilla Pavel Guéorguiévitch, interloqué.

— Et toi, Georgie, quand ont lieu tes réunions au ministère et au Conseil d'Etat ?

Guéorgui Alexandrovitch répondit d'un air un peu benêt (mille excuses, mais je ne parviens pas à trouver d'autre qualificatif) :

— Le lundi et le jeudi. Pourquoi ?

— Vous voyez comme c'est pratique ! s'exclama la Snéjnevskaïa, ravie. Voilà, tout est déjà arrangé ! Toi, Georgie, tu viendras me voir le mardi et le vendredi. Et toi, Polly, le lundi et le jeudi. Et nous nous aimerons tous les uns les autres, passionnément, à la folie. Et nous ne nous disputerons plus jamais, parce qu'il n'y a pas de raison.

— Tu l'aimes donc autant que moi ? maugréa le grand amiral.

— Oui, parce qu'il est ton fils. Il te ressemble tellement.

— Et... et Afanassi ? demanda Pavel Guéorguiévitch en tournant vers moi un regard déconcerté.

Les yeux d'Isabella Félitsianovna brillèrent, et il me parut soudain que cette scène horrible, impossible, monstrueuse ne lui pesait nullement.

— Afanassi aussi.

Parole d'honneur, elle venait de m'adresser un clin d'œil. Non, cela ne pouvait être, à l'évidence j'avais rêvé, ou bien sous la tension nerveuse le coin de sa paupière avait tressailli.

— Mais d'une autre manière, précisa-t-elle. Il n'est pas un Romanov, or j'ai, moi, un destin bien singulier. Je ne puis aimer que des hommes qui portent ce nom.

Ces dernières paroles semblaient prononcées avec le plus grand sérieux, comme si à cet instant Mme Snéjnevskaïa avait fait pour elle-même quelque surprenante, et peut-être pas très plaisante, découverte.

13 mai

Je me trouvais dans une situation fausse et pénible d'où je ne savais comment me sortir.

D'un côté, après l'explication de la veille au Loskoutnaïa, la tension qui régnait entre les grands-ducs s'était complètement estompée. Durant le petit déjeuner, ils n'échangeaient plus que des regards emplis, selon moi, d'une affection sincère, évoquant moins les rapports d'un père et d'un fils que ceux de deux bons camarades. On ne pouvait que s'en réjouir.

D'un autre côté, quand, entrant dans la salle à manger pour servir le café, je m'étais incliné et avais souhaité le bonjour à tous, tous deux m'avaient considéré avec une expression bizarre et, au lieu de me répondre par un banal signe de tête, m'avaient eux aussi dit bonjour. Cela m'avait terriblement troublé, et je crois même avoir rougi.

Il fallait à toute force que je lève le monstrueux soupçon qui pesait sur moi, mais je ne voyais absolument pas comment entamer avec Leurs Altesses une conversation sur un pareil sujet.

Pendant que je versais le café dans la tasse de Guéorgui Alexandrovitch, celui-ci avait hoché la tête et grondé à mi-voix, d'un ton lourd de reproche, mais où perçait aussi, à mon avis, une manière d'approbation :

— Bravo...

Ma main avait tremblé, et pour la première fois de ma vie j'avais laissé tomber quelques gouttes à côté, en plein sur la soucoupe.

Pavel Guéorguiévitch n'avait émis aucune remarque, mais m'avait remercié pour le café, ce qui était encore pire.

Je me tenais debout près de la porte et je souffrais le martyre.

Mr Carr babillait sans relâche, ses fines mains blanches esquissant moult gestes gracieux : je crois qu'il parlait d'opéra, en tout cas je distinguai le mot *khovanchtchina*[1] répété à plusieurs reprises. Lord Banville n'avait pas paru à table pour cause de migraine.

Je vais m'approcher de Guéorgui Alexandrovitch, imaginais-je, et lui dire ceci : « L'opinion que se sont forgée Leurs Altesses concernant une hypothétique liaison nouée par moi avec une personne que vous connaissez n'a rien de commun avec la réalité, et si je me suis trouvé dans l'armoire, c'est uniquement parce que la susdite personne désirait éviter de compromettre Pavel Guéorguiévitch. Quant à l'amour qu'elle a déclaré porter à ma modeste personne, si un sentiment si flatteur pour moi a bien lieu d'être, il est sans le moindre rapport avec une passion de caractère non platonique. »

Non, c'est beaucoup trop emberlificoté, pire, trop enjoué. Et si je formulais plutôt la chose ainsi : « La vénération que je porte aussi bien aux membres de la très auguste famille qu'à leurs amis de cœur en aucun cas ne

1. *La Khovanchtchina* est un opéra de Modest Moussorgski.

m'eût permis, même dans mes rêves les plus extravagants, d'imaginer que... » A cet instant je croisai par hasard le regard du lieutenant Endlung, lequel, affichant une mine admirative, haussa les sourcils puis me lança un discret clin d'œil avant de me montrer son pouce jusqu'alors dissimulé sous sa serviette, d'où l'on pouvait tirer pour conclusion que Pavel Guéorguiévitch lui avait tout raconté. Ce n'est qu'au prix d'un effort surhumain que je parvins à conserver un masque impassible.

En vérité, il plaisait au Seigneur de me soumettre à d'aussi lourdes épreuves.

Au moment où l'on quittait la table, Xénia Guéorguievna me chuchota à l'oreille :

— Passe me voir chez moi.

Cinq minutes plus tard, le cœur gros, je me dirigeais vers sa chambre, sachant déjà que rien de bon ne m'y attendait.

La grande-duchesse avait eu le temps de se changer pour passer une robe de promenade et coiffer un chapeau à voilette sous lequel ses grands yeux, magnifiquement fendus en amande, brillaient d'un éclat décidé.

— Je veux faire un tour en landau, déclara-t-elle. La journée est si belle, si ensoleillée... Tu prendras la place du cocher, comme autrefois, quand j'étais petite.

Je m'inclinai, le cœur indiciblement soulagé.

— Quel couple de chevaux désirez-vous faire atteler ?

— Les deux alezans, ils sont plus nerveux.

— Je vais tout de suite donner des ordres.

Mais j'avais eu tort de me croire délivré de mes tourments. Quand j'eus rangé la voiture devant le perron, Xénia Guéorguievna n'y monta point seule mais accompagnée d'un Fandorine aux allures de vrai dandy, avec haut-de-forme gris, redingote grise et cravate aux tons nacrés plantée d'une épingle à tête en perle. Je compris alors pourquoi Son Altesse avait souhaité que ce fût moi qui prisse les rênes, et non le cocher Saveli.

On traversa le parc, par la grande allée, puis Xénia Guéorguievna demanda de prendre en direction de la colline aux Moineaux. Le landau était tout neuf, monté sur des suspensions de caoutchouc. Rouler dans un tel équipage était un vrai plaisir : nulle secousse ni cahot, juste un léger balancement.

Tant que les chevaux filaient au trot au milieu des arbres, la discrète conversation qui avait lieu derrière moi se fondait en un vague murmure étouffé, mais dans la grande avenue de Kalouga un vent violent se mit à souffler dans notre dos. Il saisissait au vol chaque mot prononcé et le portait à mes oreilles, en conséquence de quoi je me trouvai malgré moi placé dans le rôle d'espion, sans que j'y pusse rien.

— ... mais le reste n'a pas d'importance.

Telles furent les premières paroles que m'apporta le vent (la voix appartenait à Son Altesse).

— Emmenez-moi. N'importe où. Avec vous, j'irais au bout du monde. Non, c'est vrai, ne grimacez pas ! Nous pourrions partir en Amérique. J'ai lu qu'il n'y avait là-bas ni titres ni préjugés de caste. Allons, pourquoi vous taisez-vous ?

Je fouettai les chevaux, bien qu'ils n'y fussent pour rien, et ils forcèrent l'allure.

— Les préjugés de caste existent même en Amérique, mais là n'est pas le problème...

— Où est-il, alors ?

— Dans tout… J'ai quarante ans, vous en avez d-dix-neuf. Et d'un. Je suis, comme l'a dit tantôt Karnovitch, un « individu sans profession déterminée », alors que vous êtes, vous, Xénia, grande-duchesse. Et de deux. Je connais trop bien la vie, vous n'en avez aucune expérience. Et de trois. Mais surtout : je n'appartiens qu'à moi seul, tandis que vous appartenez à la Russie. Nous ne pourrions être heureux.

Son éternelle manie de numéroter ses conclusions me parut dans le cas présent assez déplacée, cependant il convenait de reconnaître qu'Eraste Pétrovitch venait de s'exprimer en homme responsable. A en juger par le silence qui s'ensuivit, ses sages paroles avaient dû dégriser Son Altesse.

Un instant après elle demandait à mi-voix :

— Vous ne m'aimez pas ?

Et là il fallut qu'il gâchât tout !

— Je n'ai p-pas dit cela. Vous… vous m'avez p-privé de mon équilibre moral, bredouilla Fandorine qui bégayait encore plus qu'à l'ordinaire. Je ne p-pensais pas qu'une telle chose pût encore m'arriver, et néanmoins elle m'est arrivée…

— Ainsi, vous m'aimez donc ? Vous m'aimez ? insista-t-elle. Si oui, tout le reste est sans importance. Sinon, rien n'a d'importance non plus. Un mot, juste un mot. Alors ?

Mon cœur se serra en entendant combien la voix de Xénia Guéorguievna vibrait à la fois d'espoir et de terreur, et à cet instant je ne pouvais qu'admirer son courage et sa noble franchise.

Bien entendu, le perfide séducteur répondit :

— Oui, je v-vous aime.

Il n'eût plus manqué qu'il osât ne pas aimer Son Altesse !

— En t-tout cas, je suis amoureux, corrigea-t-il aussitôt. Pardonnez-moi, mais je vais vous p-parler en toute honnêteté. Vous m'avez totalement t-tourné la tête, mais... je ne suis pas sûr... qu'il ne s'agisse que de vous... Peut-être la m-magie de votre titre a-t-elle joué aussi son rôle... En ce cas, ce serait honteux... J'ai p-peur de me révéler indigne de votre amour...

Ah, il était bien pitoyable, notre noble héros ! Surtout comparé à Son Altesse, prête, elle, à tout abandonner au nom du sentiment, et ce « tout », en l'occurrence, dépassait de beaucoup ce que l'imagination peut couramment embrasser.

— Et puis, ajouta-t-il d'un ton mieux maîtrisé mais empli de tristesse, je ne suis pas d'accord avec vous sur le fait qu'en dehors de l'amour rien n'aurait d'importance. Il est des choses plus essentielles que l'amour. C'est sans doute la grande leçon que j'ai t-tirée de ma vie.

— Eraste Pétrovitch, répliqua Xénia Guéorguievna d'une voix cristalline, la vie a trouvé en vous un fort mauvais élève.

Sur quoi elle lança à mon adresse :

— Afanassi, à la maison !

De tout le chemin du retour, plus un mot ne fut échangé.

La réunion qui précéda le départ de Mademoiselle pour son nouveau rendez-vous avec le docteur Lind se déroula hors de ma présence, du fait qu'aucun des grands-ducs n'y assista et que nulle boisson n'y fut servie.

Je restai donc à me morfondre dans le couloir. Maintenant que mes appréhensions concernant Xénia

Guéorguievna avaient un peu perdu de leur acuité, j'avais tout loisir de me concentrer sur le plus important, à savoir le sort du petit prisonnier. Les paroles de la très sage Mme Snéjnevskaïa, affirmant que nous serions contraints de sacrifier le moins pour le plus, m'avaient retourné le cœur. Cependant Isabella Félitsianovna ne savait rien du plan de Fandorine. Un espoir subsistait. Tout dépendait de Mademoiselle : parviendrait-elle à localiser l'emplacement de la cache des ravisseurs ?

La conférence ne dura guère longtemps. J'arrêtai Mademoiselle dans le couloir et elle me dit en français :

— J'ai affreusement peur de m'embrouiller. Je n'ai pas dormi de la nuit tant j'étais occupée à exercer ma mémoire. Eraste m'a dit que le meilleur moyen pour cela est d'apprendre par cœur des poésies dont le sens nous échappe un peu. J'ai choisi un extrait de votre affreux poète Pouchkine. Tenez, écoutez :

Vous devant qui l'on vit trembler naguère
D'Europe les plus puissantes nations,
O féroces Gaulois (il s'agit de nous, les Français) !
Vos corps, à leur tour, jonchent la terre.
O terreur ! O jours de désolation !
Où es-tu, enfant chéri de la fortune et de Bellone (il parle de Napoléon),
Qui méprisa la voix des justes, et la foi et la loi,
L'orgueilleux qui par l'épée rêvait de renverser les trônes ?
Enfui ! tel à l'aube un songe d'effroi !

« Après ça, compter les grincements de roue sera un vrai plaisir. Pourvu seulement que je ne m'embrouille pas, pourvu que je ne m'embrouille pas ! C'est aujourd'hui, n'est-ce pas, notre dernière chance. Je suis terriblement nerveuse.

Je voyais bien, en effet, que derrière sa feinte gaieté, derrière tout ce joyeux bavardage se dissimulait une profonde émotion.

J'aurais aimé lui dire que j'avais très peur pour elle. Fandorine n'avait-il pas affirmé que le docteur Lind ne laissait pas de témoin derrière lui ? Il ne lui coûterait rien de tuer cette intermédiaire dès lors qu'il n'en aurait plus besoin. Or, si dans les hautes sphères on était déjà prêt à faire une croix sur la vie de Mikhaïl Guéorguiévitch, qui se soucierait de la mort d'une quelconque petite gouvernante ?

— Je n'aurais pas dû courir après la voiture, l'autre jour. C'était une erreur impardonnable, articulai-je enfin en russe. Vous voyez, vous voilà à présent contrainte de turbiner à ma place.

Ce n'était pas du tout ce que je voulais dire, ni les termes que je voulais employer, qui plus est là-dedans était venu se glisser le verbe « turbiner », dont le sens devait échapper à une étrangère.

— Il est inutile de tant vous alarmer, *Athanase*, me répondit-elle avec un sourire, m'appelant pour la première fois par mon prénom, lequel acquérait dans sa bouche une sonorité caucasienne très inattendue. Ce n'est pas aujourd'hui que le docteur Lind me tuera. Je dois encore lui livrer l'Orlov demain.

J'ai honte de le dire, mais je me sentis à cet instant soulagé au souvenir de l'assurance avec laquelle la Snéjnevskaïa avait déclaré que jamais, en aucun cas, on ne céderait l'Orlov aux ravisseurs. C'était un sentiment vil et indigne. Je blêmis en prenant conscience que je venais de trahir le pauvre petit Mikhaïl Guéorguiévitch, dont tous déjà semblaient s'être détournés. J'avais toujours considéré qu'il n'était rien de plus abject que la trahison. A mon avis, le pire des péchés est de laisser bafouer les plus précieux des sentiments humains : l'amour et la confiance.

Je me sentis ici encore plus honteux, car je venais de me rappeler que M. Massa m'avait qualifié de ce mot japonais : *uri... ugrimono ?*

Il était bien vrai que j'avais agi ce jour-là de manière irresponsable. Si j'étais l'honnête homme que je prétendais être, je me devais d'aller présenter mes excuses.

Je souhaitai à la gouvernante de réussir dans sa difficile et périlleuse entreprise, et je m'en fus trouver le Japonais.

Je frappai à la porte et perçus un grognement indistinct qu'après brève réflexion je décidai d'interpréter comme une invitation à entrer.

M. Massa était assis par terre, vêtu de son seul linge de corps – autrement dit du même accoutrement qu'il portait lorsque je l'avais vu l'autre jour sauter contre le mur. Devant le Japonais était étalée une feuille de papier sur laquelle le valet de chambre de Fandorine traçait au pinceau, d'une main appliquée, des sortes d'arabesques.

— Que voulez-vous ? demanda-t-il en me lorgnant de ses petits yeux étroits et mauvais.

Je fus choqué par le ton grossier dont il usait, cependant il fallait conduire l'affaire à son terme. Mon défunt père me disait toujours : la vraie dignité ne réside pas dans la manière dont les autres te traitent, mais dans celle dont toi-même tu agis.

— Monsieur Massa, commençai-je après l'avoir salué. Je suis venu vous dire, en premier lieu, que je ne vous tiens nulle rigueur du coup que j'ai reçu de vous, car j'avais par ma conduite pleinement mérité un tel traitement. Et en second lieu, que je regrette sincèrement d'avoir malgré moi contribué à faire échouer le plan de M. Fandorine. Je vous demande de me pardonner.

En guise de réponse, le Japonais s'inclina avec cérémonie, sans toutefois se remettre debout.

— Je demande aussi de me paladonner, dit-il, mais je ne peux pas vous paladonner. Voto selvitoro.

Et de s'incliner encore une fois.

Eh bien, pensai-je, c'est comme il lui plaira. J'avais accompli mon devoir. Je pris congé et sortis de la pièce.

J'avais besoin de m'occuper en attendant le retour de Mademoiselle, afin que le temps ne parût pas s'étirer si indéfiniment. J'entrepris une tournée d'inspection de la demeure, et dans le salon mon attention fut attirée par une tenture couverte d'une panoplie d'armes turques et caucasiennes. Je grimpai sur une chaise, décrochai un poignard au manche incrusté d'argent et y passai le doigt. Le fourreau se révéla parfaitement propre : pas un grain de poussière. Je fus curieux de savoir si Somov avait l'esprit assez pointilleux pour avoir veillé à la propreté non seulement du fourreau mais aussi de la lame.

Je dégageai avec précaution l'arme de sa gaine, soufflai dessus et l'observai à la lumière. C'était bien ce que je pensais : des taches apparaissaient. Et si un invité était pris de la même curiosité que moi ? C'était l'embarras assuré. Somov avait malgré tout un long chemin encore à parcourir avant de prétendre être un vrai majordome, conclus-je, et je dois avouer que j'en éprouvai une certaine satisfaction intérieure.

Un bruit de pas étrangement mat se fit entendre derrière moi. Encore juché sur ma chaise, je me retournai et découvris M. Massa. Il n'était toujours vêtu que de son seul linge de corps japonais et avait les pieds nus.

O Seigneur, que se permettait-il là ! Se promener dans toute la maison en pareille tenue !

Il faut croire que j'affectais une mine fort courroucée, et sans doute aussi le poignard dégainé que je brandissais ajoutait-il à mon personnage une note des plus funestes. En tout cas le Japonais eut l'air très effrayé.

Il se précipita vers moi, me saisit par le bras et se mit à baragouiner si vite que je ne démêlai pas la moitié de ce qu'il disait :

— A plésent je vois que vous legrettez sinciriment. Vous êtes varai samouraï, et j'accepte vos edzécuzés. Pas la peine hara-kiri.

Je compris seulement qu'il avait pour une raison ou pour une autre décidé de passer l'éponge et qu'il n'était plus fâché contre moi. Eh quoi, tant mieux !

Je ne pus de toute manière achever mon tour d'inspection. Le laquais Lipps me dénicha à l'office, où je vérifiais si les serviettes étaient bien repassées, et m'informa que je devais sur-le-champ monter à l'étage, aux appartements de Pavel Guéorguiévitch, où celui-ci m'attendait.

Dans la chambre du grand-duc se trouvait également le lieutenant Endlung, lequel me considérait d'un œil énigmatique tout en fumant un long chibouk.

— Assieds-toi, Afanassi, assieds-toi, me dit Son Altesse.

Ce qui était déjà en soi inhabituel.

Je posai prudemment une fesse sur le bord d'une chaise, n'attendant rien de bon de cet entretien.

Pavel Guéorguiévitch semblait très agité en même temps que résolu, cependant il entama la conversation par un tout autre sujet que celui que je redoutais.

— Filia, commença le grand-duc en désignant Endlung de la tête, me répétait depuis longtemps que tu n'étais pas du tout si simple, Afanassi, que tu le laissais paraître, mais je ne le croyais pas. Je vois aujourd'hui qu'il avait raison.

Je me préparais déjà à me justifier, quand Son Altesse eut un geste de la main, comme pour m'intimer l'ordre de me taire, et poursuivit :

— C'est pourquoi, après nous être consultés, nous avons décidé de t'impliquer dans l'affaire. Ne va pas imaginer que je suis une espèce de vaurien sans cœur et que j'ai passé toutes ces journées à me tourner les pouces ou à courir les restaurants. Non, Afanassi, ce n'est qu'une apparence, en réalité Filia et moi n'avons cessé un instant de penser à une seule chose : comment secourir le pauvre Mika. La police est la police, mais après tout nous avons bien, nous aussi, quelque valeur. Il importe d'agir, car sinon tout ce qu'obtiendront ces gros malins de fonctionnaires, c'est que les ravisseurs laisseront périr mon frère d'épuisement, ou bien simplement le tueront. Ils accordent plus de prix à la verroterie !

C'était la pure vérité et je ne pensais d'ailleurs pas autrement, mais pour être franc je n'attendais rien de très sensé de la part de ces hardis marins, aussi me contentai-je de hocher respectueusement la tête.

— Endlung a une théorie personnelle, déclara Pavel Guéorguiévitch avec émotion. Filia, expose-la-lui.

— Très volontiers, acquiesça le lieutenant en soufflant un nuage de fumée. Jugez vous-même, Afanassi Stépanovitch. C'est d'une simplicité enfantine. Que savons-nous de ce docteur Lind ?

J'attendis qu'il répondît lui-même à sa question, et de fait Endlung reprit presque aussitôt, le doigt levé :

— Une seule chose. Qu'il est misogyne. Et ça n'a rien d'étonnant ! Un homme normal, amateur de jolies filles, comme vous et moi...

A cette remarque, je grimaçai malgré moi.

— ... n'irait pas se livrer à de telles ignominies. N'ai-je pas raison ?

— Admettons, répondis-je prudemment. Mais que peut-on en déduire ?

Je ne croyais pas beaucoup aux facultés d'analyse du brave lieutenant. Cependant Endlung me surprit :

— Or, qui ne peut souffrir les femmes ? me demanda-t-il d'un ton triomphant.

— Oui, en effet, qui ? renchérit Pavel Guéorguiévitch.

Je réfléchis puis répétai à mon tour :

— Qui ?

Son Altesse échangea un regard avec son ami.

— Allons, Afanassi, fais un effort.

Je réfléchis encore.

— Eh bien, beaucoup de femmes sont hostiles aux autres représentantes de leur sexe...

— Ah, Afanassi, comme tu es dur de la comprenette, décidément ! Nous ne parlons pas des femmes mais du docteur Lind.

Endlung laissa tomber d'un ton grave :

— Les bougres.

Tout d'abord je ne compris pas de quels bougres il voulait parler, mais ensuite il me vint à l'esprit que le mot ne désignait pas de quelconques gaillards plus ou moins amènes, mais était à prendre dans son ancienne acception, ainsi qu'on faisait dans la bonne société pour nommer les homosexuels. Au reste, le lieutenant précisa sur-le-champ sa pensée en usant d'un autre terme tout à fait réprouvé dans le monde et que par conséquent je ne répéterai pas.

— Et tout, d'un seul coup, devient clair ! s'exclama Endlung. Lind est un bougre, et toute sa bande n'est également composée que de sodomites – de bougres et de tapettes.

— De qui, de qui ? demandai-je, pensant avoir mal entendu.

— De tapettes, de corvettes, si vous préférez, de fiottes, de gironds, de sodomites passifs, quoi ! Bien entendu, dans pareille bande chacun est prêt à se faire tuer pour l'autre ! Et si Lind a choisi Moscou pour perpétrer son forfait, ce n'est pas un hasard. Grâce à tonton Sam, la ville est devenue tout bonnement La Mecque des pédérastes. Ce n'est pas sans raison qu'on dit : autrefois Moscou était la championne de la Russie, aujourd'hui elle est la championne du bilboquet.

J'avais déjà eu l'occasion d'entendre ce méchant calembour, allusion aux penchants particuliers de Siméon Alexandrovitch. Je jugeai de mon devoir d'observer, en m'adressant à Endlung :

— Iriez-vous supposer, monsieur le *Kammerjunker*, que Son Altesse le gouverneur général de Moscou pût être mêlé à l'enlèvement de son propre neveu ?

— Non, bien sûr ! s'exclama Pavel Guéorguiévitch. Mais autour de l'oncle Sam gravitent toutes sortes de louches individus. Tenez, il n'est que de prendre nos chers invités, Carr et Banville. Bon, admettons, nous connaissons plus ou moins le lord, même si c'est de fraîche date : il n'y a pas trois mois que nous l'avons rencontré. Mais qui est au juste ce Mr Carr ? Et pourquoi Banville a-t-il tant insisté pour être invité par papa ?

— Mais comment, Votre Altesse, un pareil événement ! Le couronnement !

— Et si la réalité était toute différente ? intervint Endlung en agitant frénétiquement sa pipe. S'il n'était nullement un lord ? Sans compter, bien sûr, ce minet de Carr, tout particulièrement suspect. Rappelez-vous : ils ont débarqué à l'Ermitage le jour même de l'enlèvement. Ils passent leur temps à tournailler ici, à fureter. Je suis absolument certain que l'un ou l'autre est lié avec Lind, sinon les deux !

— Carr, sans aucun doute c'est Carr, appuya le grand-duc d'une voix convaincue. Banville est tout de même un homme de la haute société. On ne contrefait pas de telles manières, ni une telle prononciation.

— Et qui t'a dit, Polly, que le docteur Lind n'était pas un homme du monde ? objecta le lieutenant.

Ils avaient tous les deux raison, et dans l'ensemble tout cela, de mon point de vue, semblait loin, très loin même, d'être stupide. Voilà ce que je n'attendais pas.

— Ne devrait-on pas faire part de ces soupçons au colonel Karnovitch ? suggérai-je.

— Non, non, fit Pavel Guéorguiévitch en secouant la tête. Lui ou ce bon à rien de Lassovski ne feraient à nouveau que tout gâcher. Qui plus est, ils sont déjà suffisamment occupés par la cérémonie de demain.

— Alors à M. Fandorine ? avançai-je bien à contrecœur.

Endlung et Son Altesse échangèrent un regard.

— Tu comprends, Afanassi, répondit le grand-duc avec une certaine réticence, Fandorine, bien sûr, est un type intelligent, mais il semble préparer je ne sais quelle subtile opération. Qu'il continue donc à la préparer.

— Nous nous débrouillerons tout seuls, coupa le lieutenant. Et nous verrons ensuite qui aura été le plus subtil. Mais nous avons besoin d'un aide. Alors dites, Zioukine : vous êtes avec nous ou non ?

J'acceptai d'emblée et sans la moindre hésitation. L'idée d'être à nouveau plongé véritablement dans l'action, et par-dessus le marché sans le concours du sieur Fandorine, m'inspirait un indicible enthousiasme.

— Que faut-il faire ? demandai-je.

— Pour commencer, surveiller de près les deux hommes, déclara Endlung d'un ton pratique. Polly ne peut pas s'en occuper : il est trop repérable, et en outre il croule sous les obligations. Cette nuit la famille impériale assiste à une vigile, et toute la journée de demain il sera retenu par le couronnement, comme un carlin à l'attache. C'est bien pourquoi nous avons décidé de recourir à vous. Par conséquent, je filerai Mr Carr, et vous, Zioukine, vous vous chargerez de Banville.

Je notai qu'il se gardait ainsi pour lui le plus prometteur des suspects, mais je m'abstins de protester : après tout, c'était Endlung qui était parvenu à cette idée, et non moi.

— Ah, comme je vous envie ! s'exclama Son Altesse avec regret.

Conformément à notre accord, je m'installai avec un numéro du *Bulletin moscovite* sur une banquette, près de l'escalier, d'où l'on pouvait commodément observer la porte de milord. Endlung, pour sa part, s'en fut entamer une patience dans le petit salon, pour cette raison qu'on y avait vue sur la chambre de Mr Carr.

En prévision d'une filature, j'avais troqué ma livrée pour un excellent costume de tweed anglais anthracite, que la grande-duchesse m'avait offert l'an passé. Endlung avait lui aussi opté pour une tenue civile : costume à carreaux couleur sable, élégantes bottines et guêtres blanches.

Je passai un bref moment à lire le texte de la proclamation officielle annonçant pour le lendemain la cérémonie du couronnement :

> Sa Sublimissime Splendeur, le grand et très puissant souverain empereur Nikolaï Alexandrovitch, ayant accédé par succession héréditaire au trône de l'empire de Russie, ainsi que du royaume de Pologne et du grand-duché de Finlande qui lui sont indissolublement attachés, à l'exemple des très pieux souverains ses ancêtres, a ordonné ce qui suit :
>
> *Le très saint sacre de Sa Majesté Impériale et son onction par le saint chrême auront lieu, avec l'aide du Très-Haut, ce quatorzième jour du mois de mai. Sa Majesté Impériale a mandé que Son épouse, la grande souveraine impératrice Alexandra Féodorovna, fût associée à cet acte sacré. Par le présent avis, Elle informe tous Ses fidèles sujets de la célébration de ladite cérémonie, afin qu'au jour de cet événement si ardemment espéré ils multiplient leurs prières pour le tsar des tsars, et qu'ainsi leur secourable ferveur protège le règne de Sa Majesté et que la quiétude et la paix s'y trouvent raffermies, à Sa sainte gloire et pour l'éternelle prospérité de l'Etat.*

Ces mots, tout emplis de grandeur et de noble majesté, me redonnèrent calme et confiance. La lecture des documents officiels a toujours produit sur moi le plus bienfaisant effet ; c'était d'autant plus vrai à ce moment-là, où le caractère inébranlable du solide édifice de la monarchie russe se voyait menacé.

J'étudiai également avec plaisir la composition de l'escouade de dignitaires chargés de donner quotidiennement lecture de cette déclaration sur la place du Sénat, au Kremlin. « Un *Generaladjudant* avec plein grade de général, deux *Generaladjudanten* avec grade de *Generaladjudant*, deux *Oberzeremonienmeister* préposés au couronnement, deux hérauts d'armes, quatre *Zeremonienmeister*, deux secrétaires du Sénat, quatre escadrons de cavalerie – deux issus du régiment de la garde montée de Sa Majesté la souveraine impératrice Maria Féodorovna, les deux autres du régiment de cavalerie de la garde impériale, avec timbaliers et fanfare au grand complet ; chaque groupe de deux escadrons accompagné de deux trompettes aux instruments parés d'un brocart d'or figurant les armoiries de l'Etat, et de douze chevaux de selle de bonne race richement caparaçonnés. » Quelle beauté ! Quelle musique dans chaque mot, quelle sonorité dans chaque grade et chaque titre !

L'an passé, à l'initiative de la nouvelle impératrice, qui désirait se montrer plus russe que les Russes eux-mêmes, la dénomination officielle des titres de cour avait manqué être l'objet d'une véritable révolution : le projet était né d'abandonner les noms allemands pour ceux en usage dans la vieille Moscovie. On avait imaginé de rebaptiser les *Oberkammerherren* sénéchaux, les *Kammerherren* chambriers, les *Oberstallmeister* connétables, les *Mundschenken* bouteillers, les *Kammerjunker* gentilshommes de la chambre, et ainsi de suite. L'émotion avait été grande parmi les serviteurs de la cour, émotion qui, pour reprendre une boutade d'Endlung, n'était pas sans évoquer le tableau du peintre Brioullov *Le Dernier Jour de Pompéi* ; cependant, grâce à Dieu, l'affaire en était restée là. Quand l'*Oberhofmarschall*, Sa Très Haute Excellence le prince Alten-Cobourg-Sviatopolk-Bobrouïski, avait appris que, d'après la nouvelle (ou plutôt ancienne) étiquette, il ne serait plus que « majordome », il avait déclenché un si bruyant scandale que le projet avait été relégué aux oubliettes.

Par le petit trou que j'avais pratiqué dans la feuille de journal, j'aperçus dans le couloir Mr Freyby qui venait vers moi, et aussitôt je fis mine d'être plongé dans ma lecture. Cependant l'Anglais s'arrêta et me souhaita le bonjour.

La compagnie du *butler* produisait d'ordinaire sur moi un effet apaisant, mais il survenait alors fort mal à propos, car la porte de la chambre de lord Banville pouvait s'ouvrir à tout instant.

— *Good news ?* demanda Freyby en désignant mon journal d'un mouvement de menton, en même temps qu'il tirait son dictionnaire de sa poche. Bon... nouvelle ?

Je n'avais pas mon propre dictionnaire sur moi : il était resté dans ma livrée, aussi me contentai-je de hocher la tête.

Après m'avoir dévisagé avec attention, l'Anglais prononça une courte phrase. Puis de nouveau feuilleta son lexique :

— Tu... regarder... mieux... aujourd'hui.

Je sursautai et, levant les yeux, fixai avec effroi sa rougeaude physionomie. Comment était-il informé de notre plan ? Que savait-il au juste ?

Le *butler* sourit avec bienveillance, me salua et poursuivit son chemin.

Cinq minutes après, Mr Carr sortait à son tour dans le corridor. Il était assez bizarrement accoutré : en dépit du ciel dégagé et de la température clémente, il s'était emmitouflé dans une longue cape qui lui tombait jusqu'aux pieds, et s'était enfoncé presque jusqu'au nez un grand chapeau à large bord pendant. Par ailleurs je découvris avec stupeur qu'il portait des souliers à talons hauts et d'une minceur extrême. Collant mon œil au trou de mon journal, je vis aussi que le gentleman anglais s'était fardé et poudré plus qu'à l'ordinaire.

Trottinant avec grâce, Mr Carr se dirigea vers la porte d'entrée. Puis près de moi passa Endlung, sifflotant avec insouciance. Il tourna la tête et me lança un clin d'œil, tandis que je demeurais à mon poste.

Mais je n'eus pas à attendre longtemps. Trente secondes après, exactement, la porte de milord grinça, et Banville, marchant sur la pointe des pieds, emboîta le pas aux deux autres. Lui aussi était vêtu d'une cape, même si elle n'était pas aussi longue que celle de Mr Carr.

Quelque chose de mystérieux était en train de se produire. J'attendis un bref instant, coiffai mon melon puis me joignis à cette singulière procession en qualité de serre-file.

Le jour même, le couple impérial avait déménagé du palais Alexandre pour s'installer au Kremlin, aussi tous les agents avaient-ils disparu du parc d'un seul coup et très opportunément, car nos manœuvres eussent immanquablement paru suspectes à n'importe quel observateur extérieur.

Je ne pouvais alerter Endlung de crainte d'effaroucher lord Banville, et le lieutenant pour sa part ne se retournait pas. Cependant il marchait d'un pas de promeneur nonchalant, et bientôt je compris que ce n'était pas Endlung qui intéressait milord, mais Mr Carr.

Passé le portail, ce dernier grimpa dans un fiacre et prit la direction de la place de Kalouga. Au moment où Carr montait dans la calèche, sa cape s'entrouvrit, et dans la lumière du soleil couchant quelque chose brilla, quelque chose de vivement coloré, de chatoyant, qui ressemblait au bas d'une robe de brocart ou de satin.

Endlung, faisant sonner sa canne, poursuivit un instant sur le trottoir, puis arrêta un cocher de rencontre et, après avoir échangé quelques mots avec lui, s'en fut du même côté. Banville, lui, eut moins de chance : la rue à présent était déserte. Le Britannique s'avança en courant sur la chaussée pour regarder les deux voitures s'éloigner. Quant à moi, je me dissimulai à tout hasard dans les buissons.

Cinq minutes environ s'écoulèrent, peut-être même dix, avant que milord trouvât une voiture. Visiblement, Banville savait ou devinait où se rendait Mr Carr, car il se contenta de lancer au cocher un ordre bref et la calèche s'ébranla, roulant à grand fracas sur le pavé.

Ce fut alors mon tour de devenir nerveux. Toutefois je n'attendis pas que se présentât une voiture libre : j'arrêtai un porteur d'eau, lui fourrai deux roubles dans la main et m'installai à l'avant à côté du tonneau. L'homme fouetta son gros cheval de trait, celui-ci secoua sa crinière hirsute, s'ébroua et s'élança dans la large avenue, d'un trot tout aussi régulier que celui d'une jument de louage.

Sans doute mon sévère accoutrement rendait-il quelque peu saugrenue ma présence à bord de ce chariot fait de simples planches, mais cela n'avait, pour l'heure, strictement aucune importance. Seul comptait le fait que lord Banville ne sortît point de mon champ de vision.

Nous traversâmes le pont de Crimée, qui m'était déjà familier, tournâmes dans plusieurs ruelles et, laissant à main droite l'église du Saint-Sauveur, nous nous engageâmes dans une riche et belle avenue bâtie uniquement de palais et d'hôtels particuliers. Berlines et calèches s'arrêtaient, les unes après les autres, devant l'une de ces demeures au perron vivement éclairé. C'est là que Banville descendit, lui aussi, après avoir payé son cocher. Un suisse d'allure imposante, à la livrée entièrement cousue d'or, s'effaça devant lui, et il disparut par les hautes portes ornées de moulures, tandis que je restais planté sur le trottoir et que mon porteur d'eau poursuivait bruyamment sa route, emportant son tonneau et mes deux roubles.

Selon toute apparence, l'hôtel accueillait une soirée costumée car tous les arrivants portaient des masques. En observant les invités avec plus d'attention, je découvris qu'ils se partageaient en deux catégories : hommes très normalement vêtus de complets ou de fracs, et personnes de sexe indéterminé enveloppées de très longues capes, tout comme Mr Carr. Beaucoup arrivaient en couple, bras dessus, bras dessous, et je devinai sans mal de quelle espèce était le rassemblement qui se produisait là.

Quelqu'un derrière moi me saisit le coude. Je me retournai : c'était Endlung.

— Il s'agit de l'Elyseum, murmura-t-il, les yeux brillants. Un club privilégié pour les pédérastes moscovites. Le mien est là aussi.

— Mr Carr ? demandai-je.

Le lieutenant acquiesça d'un signe de tête tout en triturant d'une main soucieuse sa fine moustache blonde et frisée.

— On n'entre pas là-dedans facilement. Il faut être travesti. Eurêka !

Il me flanqua une claque sur l'épaule.

— Suivez-moi, Zioukine ! Le théâtre des Variétés n'est qu'à cinq minutes d'ici et j'y ai une foule de charmantes connaissances.

Il me prit par le bras et m'entraîna dans une rue que l'obscurité envahissait déjà.

— Vous avez vu ? Certains portent des capes tombant jusqu'à terre. Ce sont des tapettes : ils dissimulent par-dessous des habits féminins. Je ne vous vois guère, Ziou-kine, tenir cet emploi, vous ferez donc le gonze. Ainsi soit-il ! Pour l'amour de la famille impériale, j'accomplirai l'exploit de me travestir en fille.

— Je ferai quoi ? demandai-je, pensant avoir mal entendu.

— Le gonze. C'est ainsi qu'on appelle le protecteur d'une tapette.

Nous prîmes par l'entrée de service du théâtre. Un employé s'inclina très bas devant Endlung, allant même jusqu'à ôter sa casquette, geste pour lequel il reçut une pièce du lieutenant.

— Plus vite, plus vite ! me pressait le *Kammerjunker* très décidé, tout en gravissant quatre à quatre les marches d'un escalier aussi raide que mal entretenu. Où sera-t-on le mieux ? Ah, voilà, la loge de Zizi, ce sera parfait. Il est neuf heures moins cinq, c'est bientôt l'entracte.

Une fois dans la petite pièce, il s'installa devant le miroir comme s'il était le maître des lieux, étudia sa physionomie d'un œil critique et conclut dans un soupir :

— Je serai contraint, nom de Dieu, de me raser la moustache. La marine russe n'avait plus fait de pareils sacrifices depuis le sabordage de l'escadre de la mer Noire. Eh bien, bougres d'Anglais, je vous le ferai payer…

Il prit une paire de ciseaux posée sur la console et rogna l'une après l'autre, sans trembler, les deux pointes de sa moustache. Pareil témoignage d'abnégation prouvait une fois encore que j'avais sous-estimé le lieutenant

Endlung et que Guéorgui Alexandrovitch avait entièrement raison sur son compte.

Le hardi marin savonna ce qui lui restait de poil, et il venait d'ouvrir un rasoir quand dans la pièce entrèrent deux demoiselles fort jolies, bien que peinturlurées à un point qu'on ne saurait croire, vêtues de robes à paillettes agrémentées d'un vertigineux décolleté.

— Filia ! s'écria l'une, une blonde toute fine, avant de se précipiter sur Endlung, qui lui tournait le dos, pour lui coller un bruyant baiser sur la joue. Quelle surprise !

— Filioucha ! fit la seconde d'une voix non moins radieuse, une brunette bien potelée qui baisa sur l'autre joue le lieutenant couvert de savon.

— Zizi, Lola, du calme ! lança-t-il aux demoiselles. Je vais me couper !

S'abattit alors une véritable grêle de questions et de commentaires, au point que je ne pouvais distinguer laquelle des deux filles, précisément, disait quoi :

— Pourquoi te rases-tu la moustache ? Tu seras parfaitement hideux sans elle ! Eh, tu vas émousser mon Solingen avec ton poil dru ! Nous allons quelque part après le spectacle ? Mais où est Polly ? Qui est avec toi ? Bouh, qu'il a l'air guindé et antipathique !

— Qui a l'air antipathique ? Afanassi ? demanda Endlung, prenant ma défense. Si vous saviez... Il me bat de plusieurs longueurs. La moustache ? C'est pour un pari. Afanassi et moi allons à un bal costumé. Allez, les filles, faites de moi une mignonne petite grosse, et lui, donnez-lui une allure, disons, un peu plus avantageuse. Qu'est-ce que c'est ?

Il décrocha du mur une épaisse barbe rousse qui y était pendue et répondit lui-même à sa question :

— Ah oui ! C'était pour *Néron*. Lolotchka était tout simplement adorable dans ce rôle. Tournez-vous donc un peu par là, frère Zioukine...

Les deux comédiennes s'attelèrent gaiement à l'ouvrage, sans cesser un instant de parler. Cinq minutes plus tard, je découvrais dans le miroir le regard effaré d'un monsieur fort déplaisant, affligé d'une barbe rousse en éventail, de sourcils en broussaille de même teinte, d'épais cheveux coupés au bol, et par-dessus le marché d'un monocle.

La métamorphose d'Endlung prit davantage de temps, elle eut en revanche pour résultat de le rendre absolument méconnaissable. Une fois arrangés les volants de sa robe somptueuse tout en ruché, le lieutenant attacha un loup sur son visage, étira ses lèvres copieusement fardées, sourit, et brusquement se trouva changé de hardi navigateur en ronde et accorte luronne. Je remarquai pour la première fois que ses joues roses étaient piquées de deux charmantes fossettes.

— Quel chic ! approuva Endlung. Les filles, vous êtes de vrais amours ! Notre pari est dans la poche. En avant, Afanassi, le temps est précieux !

Comme nous approchions du perron inondé de lumière électrique, je m'affublai moi aussi de mon masque. J'avais très peur qu'on ne nous interdît l'entrée du club, mais visiblement nous avions l'air tout à fait *comme il faut*, car le suisse ouvrit toutes grandes les portes devant nous en nous saluant avec respect.

Nous pénétrâmes dans un riche vestibule où Endlung se débarrassa de la cape qu'il avait jetée par-dessus sa robe vaporeuse. Un large escalier de marbre blanc menait à l'étage. La volée de marches allait buter contre un immense miroir encadré de bronze. Là se tenaient deux couples, très semblables au nôtre, occupés à arranger leur tenue.

Je voulus passer au large, mais Endlung me poussa du coude, et je compris que pareille désinvolture pourrait paraître suspecte. Nous fîmes donc mine d'avoir besoin nous aussi de nous attarder devant la glace, mais je m'appliquai à loucher pour ne pas y voir l'individu caricatural sorti d'entre les mains expertes de Zizi et Lola. Le lieutenant, en revanche, contemplait son reflet avec une évidente satisfaction : arrangeant ses boucles, se tournant comme ci puis comme ça, une jambe en retrait, le pied dressé sur la pointe.

Le vaste salon où nous pénétrâmes était décoré avec autant de luxe que de goût, dans le tout nouveau style viennois : murs peints de ramages d'or et d'argent, confortables alcôves et modestes abris de feuillages formés de jardinières de plantes tropicales. Dans un angle était dressé un buffet proposant vins, alcools et zakouski, tandis qu'une petite estrade s'ornait d'un magnifique piano à queue d'un bleu éclatant – je n'en avais jamais vu de semblable auparavant. Toute la pièce était emplie de murmures et de rires étouffés, d'odeurs de parfums et de tabacs coûteux.

A première vue, tout cela avait l'air d'une simple soirée mondaine des plus ordinaires, cependant, quand on y regardait mieux, on était intrigué par la rougeur exagérée des joues et l'excessive noirceur des sourcils de certains cavaliers ; quant aux dames, elles se révélaient toutes bien singulières, les épaules trop larges, le cou renflé d'une pomme d'Adam, l'une arborant même de fines moustaches. Endlung remarqua lui aussi cette dernière, et une ombre passa sur son visage jusqu'alors enjoué : le sacrifice de ses moustaches se révélait inutile. Par ailleurs, nous croisions également des créatures dont rien ne permettait de deviner si elles étaient hommes ou femmes. L'une d'elles, par exemple, costumée en Colombine et dont la figure me parut vaguement familière, l'eût sans doute disputé en finesse de taille et en souplesse de mouvement à Mlle Zizi elle-même.

Endlung et moi errâmes un instant entre les palmiers, cherchant à apercevoir Banville et Carr. Mais presque aussitôt un monsieur se précipita vers nous, ruban d'ordonnateur épinglé sur la poitrine, et, collant les deux mains sur son cœur, nous chantonna d'un ton de reproche :

— Entorse, grave entorse à la règle ! Ceux qui arrivent ensemble se distraient séparément. Vous aurez tout le temps encore de vous faire des mamours, mes chéris.

Il m'adressa un clin d'œil de la dernière impertinence et pinça légèrement la joue d'Endlung, ce qui lui valut sur-le-champ de recevoir de celui-ci un coup d'éventail sur le front.

— Petite jalouse, dit-il au lieutenant d'une voix câline. Permets-moi de te présenter au comte de Monte-Cristo.

Et sur ces mots, il poussa vers lui un vieillard à la lèvre trop rouge, coiffé d'une perruque noire et bouclée.

— Et toi, cher rouquin, tu connaîtras la félicité en compagnie d'une délicieuse nymphe.

Je supposai qu'il était d'usage dans ce milieu de tutoyer les inconnus, aussi répondis-je sur le même ton :

— Je te remercie, mon ami, de ta sollicitude, mais je préférerais…

Hélas, ladite nymphe – tunique grecque et lyre dorée serrée sous le bras – se pendait déjà sans façon à mon bras.

Elle se mit aussitôt à débiter je ne sais quelles fadaises, d'une voix de fausset on ne peut moins naturelle, et la bouche, qui plus est, constamment arrondie en cul-de-poule.

Je traînai un peu plus loin dans le salon la compagne qu'on venait de m'imposer et soudain aperçus Mr Carr. Il portait un masque de velours, mais je le reconnus dans l'instant à sa chevelure d'un jaune éblouissant. L'Anglais – l'heureux homme ! – était assis tout seul contre un mur et buvait du champagne en jetant des coups d'œil à la ronde. Il se trouva que le lieutenant et son barbon étaient venus s'installer eux aussi à une table voisine. Mon regard rencontra celui d'Endlung, qui tourna ostensiblement la tête de côté.

Je suivis des yeux la direction qu'il indiquait. A quelque distance, derrière une colonne, se tenait lord Banville, bien qu'il fût plus difficile à identifier que son ami Mr Carr, son masque recouvrant son visage jusqu'au menton, mais je reconnus sans peine son pantalon passepoilé d'écarlate.

Je me posai lourdement sur une banquette, et la nymphe se laissa choir volontiers auprès de moi, sa cuisse collée à ma jambe.

– Fatigué ? susurra-t-elle. Pourtant tu as l'air si costaud… Quel joli grain de beauté tu as là ! On dirait un petit raisin sec.

Et de me toucher la joue du bout du doigt. Je me retins à grand-peine de flanquer un coup sur la main de l'insolente, ou plutôt de l'insolent.

— Grain soyeux, cœur voluptueux, roucoula la nymphe. Tu es toujours aussi boudeur ?

— Toujours, grommelai-je sans quitter Banville des yeux.

— Tu m'as décoché un tel regard tout à l'heure... brûlant comme un coup de fouet.

— Si tu laisses tes mains s'égarer encore, sûr que je t'en colle un pour de bon, grondai-je entre mes dents, bien décidé à ne pas faire de cérémonies avec elle.

Ma menace produisit sur la nymphe un effet inattendu.

— Sur les fesses ? gloussa-t-elle toute frissonnante avant de s'affaler de tout son corps contre moi.

— Je t'arrangerai de telle manière que tu t'en souviendras longtemps, ajoutai-je en la repoussant.

— Longtemps, longtemps ? minauda ma tourmenteuse dans un profond soupir.

Je ne sais comment se fût achevé notre dialogue si à ce moment un frémissement n'eût parcouru la salle, telle une brise légère effleurant la surface de la mer. Tout le monde, autour de moi, tourna la tête dans la même direction, mais de manière discrète, comme à la dérobée.

— Ah, ce cher Philador est arrivé ! murmura la nymphe. Comme il est beau ! Un amour, un amour !

L'ordonnateur de la soirée courut au petit trot au-devant d'un homme très grand et fort bien bâti, dont le masque de soie cramoisie laissait dépasser la pointe d'une barbiche soigneusement taillée. Je distinguai derrière le dos du nouveau venu le visage sévère et impassible de Foma Anikeïévitch, et je devinai aussitôt qui était ce Philador. Le majordome du gouverneur général avait l'air d'être venu avec son maître assister à un quelconque raout. Il ne portait pas de masque et tenait à la main une longue cape de velours : à l'évidence, il avait omis exprès de la laisser dans la garde-robe, afin d'éviter que les personnes présentes se méprissent sur son statut. Il n'y avait pas à dire : l'homme était subtil.

— Auprès de qui faut-il te placer, divin Philador ? fit la voix mielleuse de l'ordonnateur.

Le gouverneur général, du haut de sa taille de près d'une toise, inspecta la salle du regard puis se dirigea d'un pas résolu vers l'endroit où Mr Carr attendait tout seul. Il s'assit à côté de l'Anglais, l'embrassa sur la joue et commença de lui parler tout bas à l'oreille, le chatouillant de ses moustaches. Carr sourit, ses yeux brillèrent et sa tête se pencha de côté.

Je vis Banville reculer davantage dans l'ombre.

Non loin avait surgi également la Colombine dont la grâce naturelle m'avait tant impressionné tout à l'heure. Campée contre le mur, elle regardait Son Altesse en se tordant les mains – mains dont je relevai la finesse. Ce geste ne m'était pas inconnu, et je sus alors qu'il s'agissait du prince Glinski, l'aide de camp de Siméon Alexandrovitch.

Sur la scène, entre-temps, le spectacle avait commencé.

Deux « tapettes » venaient d'entamer en duo une romance en vogue du sieur Poïguine : *Ne t'en va pas, reste un peu avec moi.*

Elles chantaient de fort belle manière, avec une véritable émotion, si bien que je me laissai aller malgré moi à les écouter, mais quand elles en furent à « Tu brûleras et te consumeras au feu de mes ardentes caresses », la nymphe posa soudain sa tête sur mon épaule et ses doigts, comme par mégarde, se glissèrent sous ma chemise, geste qui me plongea dans le plus parfait effroi.

Pris de panique, je tournai les yeux vers Endlung. Celui-ci, riant à gorge déployée, martelait à grands coups d'éventail les mains de son cavalier couvert de rides. Le lieutenant ne semblait donc guère en meilleure posture que moi.

Les chanteuses furent récompensées par un tonnerre d'applaudissements, auquel s'associa également mon admiratrice, en sorte que je fus soulagé un moment de son encombrante sollicitude.

L'ordonnateur monta sur la scène et déclara :

— Pour satisfaire au désir de notre cher Philador, vous allez voir exécuter devant vous un numéro de cette danse du ventre qui vous a tant séduits. Voici l'incomparable Mme Désirée, qui a fait spécialement le voyage d'Alexandrie pour s'initier à ce noble et grand art remontant à la plus haute antiquité ! S'il vous plaît !

Un monsieur d'âge moyen, plutôt replet, monta sur l'estrade sous les applaudissements ; il portait des bas résille, un mantelet fort court et une petite jupe tissée de paillettes qui lui laissait le ventre nu, un ventre rond d'une anormale blancheur (peut-être parce qu'il venait d'en raser le poil).

L'accompagnateur entama une mélodie persane tirée de l'opéra *L'Odalisque*, et « madame » Désirée se mit à rouler des hanches et des cuisses, imprimant de multiples ondulations à sa panse rebondie.

Si je trouvai ce spectacle fort peu ragoûtant, le public, quant à lui, fut aussitôt pris d'une véritable frénésie.

« Bravo ! Quelle ensorceleuse ! » criait-on de toutes parts.

Ma nymphe choisit ce moment pour passer à l'offensive : j'eus tout juste le temps de retenir la main qu'elle allait poser sur mon genou.

— Tu es si inaccessible… j'adore… me chuchota-t-elle à l'oreille.

Siméon Alexandrovitch attira soudain brutalement à lui Mr Carr et lui colla un long baiser sur la bouche. Je jetai malgré moi un coup d'œil à Foma Anikeïévitch, qui, la mine impassible, se tenait toujours derrière le fauteuil du grand-duc, et je me dis qu'il fallait décidément posséder bien du sang-froid et de la volonté pour porter sa croix avec une telle dignité. Si Foma Anikeïévitch avait su que j'étais là, dans la salle, sans doute n'eût-il pas survécu à sa honte. Dieu merci, ma barbe rousse me rendait parfaitement méconnaissable.

Mais ensuite, voici ce qui se passa.

Lord Banville surgit de derrière sa colonne en poussant un grognement indistinct, franchit en quelques bonds la distance qui le séparait de la table du grand-duc, empoigna Mr Carr par l'épaule et l'écarta avec violence en hurlant je ne sais quoi dans son zézayant idiome.

Siméon Alexandrovitch se redressa tout aussi vivement, agrippa Mr Carr par la robe et le tira dans l'autre sens. Je me levai à mon tour, conscient que sous mes yeux était en train de se produire un abominable scandale, fort dangereux pour la monarchie. Cependant la suite dépassa mes pires craintes. Banville lâcha Mr Carr et flanqua à toute volée à Son Altesse une gifle magistrale !

La musique s'interrompit tout net, la danseuse s'accroupit, effarée, et un grand silence tomba, où ne s'entendait plus que la respiration haletante de lord Banville.

C'était inouï ! Pareille voie de fait commise contre la très auguste maison ! Qui plus est par un étranger ! Je crois bien que j'en gémis, et même assez bruyamment.

Il me fallut un instant encore pour réaliser qu'aucun membre de la famille impériale n'était ni ne pouvait être présent ici. La gifle avait été reçue par un certain sieur Philador, portant masque cramoisi.

Les sourcils de Siméon Alexandrovitch s'étaient arqués, marquant le plus grand désarroi : sans doute n'était-il encore jamais arrivé à Son Altesse d'affronter une telle situation. Le gouverneur général porta machinalement la main à sa joue meurtrie et fit un pas en avant.

Milord, de son côté, sans plus manifester le moindre signe d'émotion, venait d'ôter lentement un de ses gants blancs. O mon Dieu ! Pour le coup, l'irréparable, cette fois-ci, allait se produire : une provocation en duel, et publique par-dessus le marché. Banville dévoilerait son nom, et Son Altesse ne serait plus en mesure alors de conserver l'incognito !

Foma Anikeïévitch s'avança, mais Colombine fut plus rapide que lui. Elle courut sus au milord et, d'une main leste et vive – un, deux, trois, quatre –, gratifia le Britannique d'une série de soufflets encore plus sonores que celui dont Siméon Alexandrovitch avait écopé.

— Je suis le prince Glinski ! s'exclama l'aide de camp en français en même temps qu'il arrachait son masque.

Il avait fort belle allure en cet instant, ni demoiselle, ni jeune homme, mais singulière créature semblable aux archanges des vieux tableaux italiens.

— Vous venez, monsieur, de violer la règle de notre club, et je vous en demande réparation ! ajouta-t-il.

Banville ôta son masque lui aussi, et ce fut comme si je le découvrais réellement pour la première fois. Regard enflammé, rides sévères partant des ailes du nez, lèvres exsangues et joues colorées de deux taches écarlates. Jamais encore il ne m'avait été donné de voir visage plus effrayant. Comment avais-je pu prendre ce vampire pour un inoffensif original !

— Je suis Donald Neville Lambert, onzième vicomte de Banville. Vous recevrez, prince, pleine satisfaction de moi. Et moi de vous.

Foma Anikeïévitch jeta sur les épaules du grand-duc la cape qu'il tenait à la main, puis tira délicatement son maître par le coude. Ah, l'habile homme ! En des circonstances aussi désespérées, il conservait toute sa présence d'esprit. Le gouverneur général, même sous un masque, ne pouvait être témoin d'une provocation en duel. Il ne s'agissait plus seulement d'un scandale, mais d'un crime de droit commun que l'autorité administrative avait le devoir sacré d'empêcher.

Son Altesse et son majordome s'empressèrent de se retirer. Mr Carr, retenant son loup, s'élança derrière eux.

L'ordonnateur de la soirée adressa un signe au pianiste. Celui-ci de nouveau frappa les touches de son clavier, et je n'entendis pas comment s'acheva la conversation entre milord et le prince. Presque aussitôt, ils sortirent tous deux en compagnie de deux messieurs dont l'un portait smoking et l'autre, robe de dame et gants vénitiens.

La conduite du jeune aide de camp m'inspirait une sincère admiration. On pouvait bien le qualifier de tapette ! Sacrifier sa carrière, sa réputation, risquer sa vie sur un coup de dés, et tout cela pour sauver un supérieur bien-aimé qui pour sa part ne l'avait guère traité de la manière la plus charitable.

L'altercation semblait n'avoir eu pour seul effet que de ranimer la gaieté de chacun. Après la danse du ventre retentirent les accents d'un intrépide french cancan, et sur-le-champ trois messieurs enjuponnés se prirent à gambiller en lançant haut la jambe avec force cris perçants. Mon regard rencontra celui d'Endlung et, sans nous être concertés, nous nous levâmes. Nous n'avions plus de raison de séjourner davantage en ces lieux.

La nymphe, aussitôt, fut debout.

— Oui, oui, allons-y, me murmura-t-elle, solidement agrippée à mon coude. Je suis en feu.

Jugeant qu'il me serait plus facile dehors de me débarrasser de cette créature impossible, je me dirigeai vers la sortie, mais déjà la nymphe cherchait à m'entraîner dans le sens opposé.

— Mais non, imbécile. Pas par là. Il y a ici, en bas, au sous-sol, de merveilleux cabinets particuliers. Tu m'as promis, rappelle-toi, de m'arranger de telle sorte que je m'en souviendrais longtemps...

Cette fois, ma patience était à bout.

— Monsieur, laissai-je tomber sèchement, veuillez lâcher mon bras. Je suis pressé.

— « Monsieur » ? s'exclama la nymphe. Les amis ! Il m'a appelée « monsieur ». Il n'est pas des nôtres !

Et elle s'écarta d'un pas avec une expression de dégoût.

Quelqu'un, non loin de nous, lança :

— Je vois bien que sa barbe a l'air fausse !

Un solide gaillard à jaquette bleue tira sur mon néronien ornement pileux qui, traîtreusement, avait glissé de côté.

— Eh bien, vermine, sale espion, tu vas le payer ! déclara l'homme d'un ton résolu, avec un sourire mauvais.

Son bras se détendit et j'esquivai de justesse un pesant coup de poing.

— Bas les pattes ! hurla Endlung en même temps qu'il se jetait sur mon agresseur pour lui expédier incontinent dans la mâchoire un crochet digne d'un champion de boxe anglaise.

Sonné, l'homme à la jaquette bleue s'effondra sur le plancher, mais déjà on accourait vers nous de tous côtés.

— Amis, ce sont des Censeurs ! cria une voix. Ils sont toute une bande ! Rossons-les !

Une avalanche de coups de poing et de coups de pied s'abattit sur moi. L'un m'atteignit au ventre et me coupa le souffle. On profita de ce que j'étais plié en deux pour me faire perdre l'équilibre, et l'on ne me laissa pas me relever.

Endlung eut beau, semble-t-il, opposer une résistance acharnée, le rapport de force était par trop inégal, et bientôt nous nous trouvâmes collés l'un contre l'autre, maintenus chacun par une bonne dizaine de mains.

Partout ne se voyaient que visages respirant la haine.

— Ce sont des Censeurs, des carrés ! Les porcs ! Les nervis ! Tuons-les, les amis, comme ils ont tué les nôtres !

Une nouvelle grêle de coups s'abattit sur ma tête. Un goût saumâtre envahit ma bouche, et je sentis une de mes dents bouger.

— Qu'on les mène à la salle de torture et qu'ils y crèvent ! cria quelqu'un. Ça servira de leçon aux autres !

Cette sinistre proposition parut plaire à l'assistance.

Nous fûmes poussés dans le couloir puis traînés de force jusqu'au sous-sol par un étroit escalier. Je me contentai pour ma part d'éviter les coups de pied ; Endlung en revanche se répandait en mille jurons de marin et se débattait à chaque marche, tant et si bien qu'on finit par nous empoigner à bras-le-corps pour aller nous jeter dans une pièce obscure, tout au bout d'un corridor sans fenêtre et chichement éclairé. Mon dos heurta douloureusement le sol tandis que la porte métallique se refermait à grand bruit sur nous.

Quand mes yeux se furent un peu accoutumés aux ténèbres, je distinguai à l'angle supérieur le plus éloigné comme un petit rectangle gris. En me cramponnant au mur, je parvins à m'en rapprocher. Il s'agissait d'une lucarne, trop haute pour que je pusse l'atteindre.

Me tournant vers l'endroit où Endlung, d'après mes calculs, devait avoir roulé, je demandai :

— Ils sont devenus fous, ces messieurs, ou quoi ? De quels carrés encore parlent-ils ? Qu'est-ce donc qu'un « censeur » ?

Invisible dans le noir, le lieutenant gémit puis cracha.

— ... proféra-t-il avec un ressentiment si violent que je préfère ne pas reproduire ses paroles. Ils m'ont pété la dent qui avait une couronne... Les carrés, ce sont tous les hommes autres qu'homosexuels, c'est-à-dire comme vous et moi. Quant aux Censeurs, Zioukine, il s'agit d'une société secrète qui s'est mise en devoir de protéger la dynastie et les vieilles familles russes du déshonneur et de la détraction. N'en avez-vous jamais entendu parler, vraiment ? Il y a deux ans, ils ont contraint à s'empoisonner ce... Ah, comment s'appelait-il déjà ? Un compositeur... Zut, son nom m'échappe. Parce qu'il avait débauché ***.

Endlung cita ici le nom d'un des plus jeunes grands-ducs, nom que je me garderai bien, il va de soi, de rapporter.

— Et l'an passé, ils ont jeté dans la Neva ce vieux bougre de Kvitkovski, qui s'en prenait aux jeunes étudiants en droit. C'est pour ces fameux Censeurs qu'on nous a pris. Estimons-nous encore heureux de n'avoir pas été massacrés sur place. En revanche, nous voilà condamnés à mourir à petit feu dans cette cave, de faim et de soif. C'était couru : un lundi 13...

Le lieutenant se tourna et se retourna sur le sol, à la recherche, visiblement, d'une position plus confortable, puis observa avec philosophie :

— A Nagasaki, un voyant m'avait prédit que je mourrais dans un combat naval. Allez croire après cela aux oracles.

14 mai

Quand j'ouvris les yeux, j'eus le plus grand mal à étirer mes membres. Même couvert d'un tapis, un sol dallé de pierre est bien trop dur et froid pour permettre de dormir correctement. J'avais mis longtemps la veille à retrouver mon calme. Tantôt j'arpentais la pièce en longeant les murs, tantôt je tentais de forcer la serrure avec mon épingle de cravate, jusqu'au moment où j'avais senti mes forces m'abandonner. Je m'étais alors allongé. Je ne pensais pas réussir à m'assoupir, et j'enviais Endlung, que j'entendais ronfler paisiblement dans l'obscurité. Cependant Morphée avait fini par avoir raison aussi de moi. Je ne puis dire que mon sommeil fut réparateur, car je m'éveillai perclus de courbatures. Le lieutenant, quant à lui, continuait de dormir comme un bienheureux, le bras replié sous la tête, comme si son cuir épais le rendait insensible au reste du monde.

Si je pouvais observer l'attitude dans laquelle reposait mon compagnon de malheur, c'est qu'il ne faisait plus si noir dans notre cachot : une pâle lumière grisâtre y pénétrait par la lucarne. Je me levai et me rapprochai de celle-ci en boitillant. L'ouverture se révéla grillagée et il me fut impossible d'apercevoir quoi que ce fût au travers. Elle donnait probablement dans une niche située beaucoup plus bas que le niveau de la rue. Que la niche donnât, elle, sur la rue, c'est ce qui ne faisait en revanche aucun doute : je distinguai un bruit de roue heurtant le pavé, le hennissement d'un cheval, le coup de sifflet d'un sergent de ville. Il découlait de toutes ces observations que l'heure n'était point si matinale. Je tirai ma montre de gousset. Il était près de neuf heures. Que pensait-on de notre absence à l'Ermitage ? Ah, mais aujourd'hui Leurs Altesses seraient à mille lieues de se soucier de nos personnes : c'était le jour du couronnement. Et même quand Pavel Guéorguiévitch aurait parlé de la mission dont nous nous étions chargés, Endlung et moi, nous ne serions pas plus avancés. Banville et Carr n'avaient, somme toute, rien à voir avec ce qui nous était arrivé. Etions-nous donc vraiment condamnés à mourir de faim dans cette oubliette ?

Je jetai un coup d'œil autour de moi. Un haut plafond lugubre. Des murs nus, entièrement nus.

Soudain, en y regardant mieux, je constatai qu'il n'en était rien : divers objets bizarres s'y trouvaient pendus ici et là. J'allai voir de plus près et fus parcouru par un frisson d'horreur. Pour la première fois de ma vie, je compris que l'expression « avoir des sueurs froides » n'était pas une figure de style mais l'exacte description d'un authentique phénomène physiologique : je touchai machinalement mon front et le trouvai tout collant, glacé et humide.

Aux parois étaient accrochés, dans un ordre strictement géométrique, des chaînes rouillées munies de fers, de monstrueux fouets à la lanière hérissée de clous, des chats à neuf queues et autres instruments destinés à infliger d'inhumaines souffrances.

On nous avait bel et bien enfermés dans une salle de torture !

Je ne crois pas être froussard, mais je laissai échapper un véritable hurlement de terreur.

Endlung décolla la tête de son coude, cligna des paupières tout en promenant autour de lui un regard ensommeillé, puis dit dans un bâillement :

— Bonjour, cher Afanassi Stépanovitch. Et n'allez pas me répondre qu'il n'a rien de bon. Je le vois déjà à votre grimaçante physionomie.

Je pointai un doigt tremblant sur les instruments de torture. Le lieutenant se figea, bouche bée, sans achever son bâillement. Il émit un sifflement, se redressa avec souplesse et décrocha du mur d'abord une chaîne, puis un des terribles fouets. Il le tourna et le retourna dans ses mains, et enfin hocha la tête.

— Oh, les farceurs ! Jetez donc un coup d'œil...

Je saisis l'arme d'une main craintive et découvris qu'elle n'était pas tressée de cuir mais de soie, d'une douceur et d'une légèreté extrêmes. Les fers se révélèrent également factices : les anneaux métalliques destinés à enserrer chevilles et poignets étaient à l'intérieur garnis d'une épaisse étoffe molletonnée.

— A quoi cela sert-il ? demandai-je, perplexe.

— Il faut croire que ce cabinet est le lieu de distractions sadomasochistes, expliqua Endlung avec une mine de connaisseur.

— De distractions quoi ?

— Zioukine, il n'est pas permis d'être aussi ignare, surtout quand on a vos talents. L'humanité, voyez-vous, se partage en deux catégories.

Il leva l'index d'un air docte.

— Ceux qui aiment faire souffrir les autres, et ceux qui aiment qu'on les fasse souffrir. Les premiers s'appellent des sadiques, les seconds des masochistes, je ne me souviens plus trop pourquoi. Tenez, vous, par exemple, appartenez sans conteste au camp des masochistes. J'ai lu quelque part que c'étaient les masochistes qui le plus souvent se faisaient serviteurs. Je suis, moi, plutôt un sadique, car j'ai horreur qu'on me cogne sur la gueule comme tantôt. Les couples d'époux ou d'amis les plus unis sont composés d'un sadique et d'un masochiste : l'un donne ce que l'autre réclame. Autrement dit, plus simplement, je vous étrille et vous maltraite de mille manières, et vous en tirez le plus grand plaisir. Compris ?

Non, je ne comprenais absolument pas, mais je me rappelai les paroles énigmatiques de la nymphe et je supposai qu'il devait y avoir une part de vérité dans l'étrange théorie d'Endlung.

Si je me trouvais rassuré sur le chapitre des fouets et des chaînes, il me restait une foule de raisons de me tourmenter.

Primo, mon sort personnel. Etait-il possible qu'on eût pour de bon l'intention de nous laisser mourir ici de faim et de soif ?

Nous nous approchâmes du mur donnant sur l'extérieur, le lieutenant grimpa debout sur mes épaules et cria un bon moment par la lucarne d'une voix de stentor, mais à l'évidence on ne nous entendait pas depuis la rue. Puis nous entreprîmes de tambouriner à la porte. Celle-ci était tapissée de feutre à l'intérieur, et les coups en étaient étouffés. Par ailleurs, aucun son ne nous parvenait de l'autre côté.

Secundo, j'étais accablé par la stupidité de la situation ainsi créée. La veille, Mlle Declicq avait dû établir l'emplacement du repaire de Lind. Aujourd'hui Fandorine allait mener une opération pour libérer Mikhaïl Guéorguiévitch, et moi j'étais enfermé là, telle une souris dans une souricière, et tout cela par ma propre bêtise.

Tertio, je crevais de faim. Il faut rappeler que nous n'avions pas dîné la veille.

Je soupirai malgré moi.

— Ah, décidément, Zioukine, vous êtes un brave ! déclara alors Endlung d'une voix quelque peu éraillée à force de crier. J'ai toujours dit des hommes comme vous qu'il fallait se méfier de l'eau qui dort. A la fois coureur de jolies femmes et hardi camarade, et pas pleurnichard pour deux sous. Vous n'en avez pas soupé de faire le laquais ? Venez donc plutôt nous rejoindre sur le *Retvizan*, comme commis aux vivres. Les nôtres vous accepteront de grand cœur. Vous parlez, le majordome d'un grand-duc ! Nous moucherons tous les autres navires. Non, vraiment. Quittez le service de la cour pour vous faire fonctionnaire de la marine, cela peut très bien s'arranger. Vous serez admis au carré des officiers et traité comme un égal, autrement combien de café peut-on verser en une vie dans les tasses des autres ? Nous ferons de sacrées croisières, ma parole ! Je me rappelle que vous n'êtes absolument pas sujet au mal de mer. Ah, Zioukine, vous n'êtes jamais allé à Alexandrie !

Le lieutenant roula de grands yeux.

— *Himmeldonnerwetter*, quels sublimes bordels ! Vous vous y plairez forcément, avec votre goût pour les petits modèles : on y rencontre de ces miniatures… à tenir assises dans le creux de la main, mais à côté de ça dotées de tout le gréement. Le croirez-vous ? La taille, tenez, comme ça, et là tout comme ci, et comme ça…

Il illustrait ses propos avec force gestes arrondis.

— J'ai, quant à moi, toujours adoré les femmes en chair, mais je vous comprends : les petites ont aussi leur charme. Parlez-moi de la Snéjnevskaïa, de camarade à camarade.

Endlung me posa une main sur l'épaule et me regarda dans les yeux.

— Pourquoi cette Polonaise leur fait-elle à tous un tel effet ? Est-ce vrai, ce qu'on dit, qu'à l'instant crucial elle émet certains sons particuliers qui font perdre l'esprit aux hommes, tout comme le chant des sirènes affolait les compagnons d'Ulysse ? Allons, dites-moi !

Il me poussa du coude et m'adressa un clin d'œil.

— Polly prétend que, lors de leur seul et unique rendez-vous, il ne l'a absolument pas entendue chanter, mais Polly est encore un tout jeune chiot et je doute qu'il ait su allumer chez votre petite Polonaise une véritable passion, mais vous, vous êtes un homme d'expérience. Racontez-moi, qu'est-ce qu'il vous en coûte ? De toute façon, nous ne sortirons pas vivants d'ici. Je suis très curieux de savoir de quelle sorte de sons il s'agit.

Et le lieutenant de chantonner :

— J'entends, j'entends le son de la Polonaise, de la Polonaise céleste.

Je ne savais évidemment rien de ce prétendu « chant d'amour » attribué à Isabella Félitsianovna, mais en eussé-je été informé, je ne me fusse certainement pas laissé aller à la confidence sur pareil sujet – ce que je m'efforçai d'exprimer par une mimique appropriée.

Endlung poussa un soupir chagrin :

— Par conséquent, l'on ment ? Ou bien feriez-vous le cachottier ? Bon, d'accord, vous ne voulez pas parler, c'est votre droit le plus strict, même si ce n'est pas agir en bon camarade. Chez les marins, il n'est pas de mise de garder ainsi ses secrets. Vous savez, quand on ne voit que la mer pendant des mois, il fait bon passer du temps au carré des officiers à se raconter les uns aux autres toutes sortes d'histoires...

De très loin, comme montant des entrailles de la terre, s'éleva un puissant grondement de cloche.

— Neuf heures et demie ! m'écriai-je avec émotion sans laisser le lieutenant achever. Ça a commencé !

— Je suis le plus malheureux des hommes, se plaignit Endlung avec amertume. Ainsi, je ne verrai pas le sacre, mon titre de *Kammerjunker* ne m'aura servi à rien. Au dernier couronnement, je n'étais pas encore sorti de l'Ecole navale. Et il y a bien peu de chance que je vive jusqu'au prochain : le tsar est plus jeune que moi. J'avais tellement envie d'y assister ! Je m'étais même procuré un billet pour avoir une bonne place. Juste en face du Perron rouge. En ce moment, ils doivent être en train de sortir de la cathédrale de la Dormition, n'est-ce pas ?

— Non, répondis-je. Ils en sortiront seulement quand la cérémonie sera finie. Je connais le rituel dans ses moindres détails. Voulez-vous que je vous raconte ?

— Et comment ! s'exclama le lieutenant qui déjà s'asseyait en tailleur.

— Eh bien, voilà, commençai-je tout en me remémorant le chapitre du protocole concernant le couronnement. A l'instant présent, Serge, le métropolite de Moscou, s'adresse au souverain depuis le parvis de la cathédrale de la Dormition, et informe solennellement Sa Majesté du lourd fardeau qu'est le service de l'Empire, et également du grand mystère de la sainte onction. Peut-être, du reste, a-t-il déjà fini. A la place d'honneur la plus en vue, devant les portes royales[1], au milieu des uniformes de cour tissés d'or et des robes d'apparat brodées de perles, s'entrevoient de simples chemises blanches de paysan et de modestes *kokochniki*[2] d'un rouge éclatant : ce sont, amenés de la province de Kostroma, les descendants de l'héroïque Ivan Soussanine, sauveur de la dynastie des Romanov. Voici le souverain et la souveraine qui, s'avançant sur le tapis de pourpre, marchent vers les deux trônes dressés face à l'autel. Un troisième placé à part est destiné à Sa Majesté l'impératrice douairière. L'empereur porte aujourd'hui l'uniforme du régiment de Préobrajenski, orné d'un ruban rouge en travers de l'épaule. La souveraine est vêtue de brocart blanc argent, elle arbore un collier de perles roses, tandis que quatre pages de la chambre portent sa traîne. Le trône impérial est de facture très ancienne : il fut fabriqué pour Alexeï Mikhaïlovitch et est qualifié d'adamantin du fait qu'il est incrusté de huit cent soixante-dix diamants, sans compter les rubis et les perles. Les plus hauts dignitaires de l'Empire présentent, posés sur des coussins de velours, les insignes de l'Etat : le glaive, la couronne, l'écu et le sceptre couronné de l'Orlov, le célèbre diamant.

Je soupirai, fermai très fort les paupières et vis la pierre sacrée se dessiner devant moi comme en réalité.

— Il est d'une pureté extrême, plus transparent qu'une larme, tirant un peu sur le bleu-vert, telle l'onde marine sous le feu du soleil. Il pèse près de deux cents carats, a la forme d'une moitié d'œuf mais en plus gros, et il n'en est pas de plus parfait dans le monde entier.

---

1. Les portes qui, dans les églises orthodoxes, séparent la nef du sanctuaire.

2. Parures de tête portées autrefois par les femmes mariées, principalement dans le nord de la Russie.

Endlung m'écoutait, comme ensorcelé. J'avoue m'être moi aussi piqué au jeu, mais mon auditeur paraissait m'en être si reconnaissant que je passai beaucoup de temps encore à conter par le menu le déroulement de cette grande cérémonie, non sans consulter régulièrement ma montre afin de n'être jamais en avance sur l'événement. Et juste comme je disais : « Mais voici le souverain et la souveraine qui gravissent les marches du Perron rouge et exécutent devant le peuple entier un triple salut jusqu'à terre. A quoi répond à présent une salve d'artillerie... », dans le lointain, en effet, éclata un roulement de tonnerre qui ne s'éteignit qu'au bout de plusieurs minutes, du fait que le cérémonial réclamait qu'on tirât cent un coups de canon.

— Quelle remarquable description vous m'avez donnée de tout cela ! déclara Endlung avec chaleur. C'est comme si je l'avais vu de mes propres yeux, et même mieux encore. Le seul point que je n'ai pas tellement saisi, c'est cette histoire de boîte vernie et d'homme tournant une manivelle.

— Je ne le comprends pas très bien moi-même, avouai-je, cependant je suis sûr d'avoir lu dans le *Bulletin du palais* un article annonçant que le sacre serait enregistré au moyen d'un tout nouvel appareil cinématographique, raison pour laquelle on avait engagé un opérateur spécialisé : il tournerait une manivelle et il en ressortirait quelque chose comme une photographie animée.

— Que ne va-t-on pas inventer, tout de même...

Le lieutenant lorgna la lucarne grise d'un œil mélancolique.

— Eh bien, ça y est, on a fini de tirer le canon, et à présent on entend le gargouillis de nos ventres.

— En effet, relevai-je discrètement, j'ai terriblement faim. Allons-nous donc mourir de faim ?

— Allons, que dites-vous là, Zioukine ? protesta mon coéquipier avec un geste fataliste. Ce n'est pas de faim que nous mourrons. C'est de soif. Sans nourriture, un être humain peut survivre deux semaines, sinon davantage. Mais sans eau, nous ne tiendrons pas trois jours.

Je me sentais effectivement la gorge sèche, cependant que l'atmosphère de notre cellule se faisait de plus en plus suffocante. Endlung avait depuis longtemps quitté sa robe, pour ne garder sur lui que son caleçon et une chemise de corps moulante, à rayures bleues et blanches, qu'il m'apprit être un maillot de marin. Comme il ôtait aussi ce dernier vêtement, je découvris, tatouée sur son épaule musclée, une représentation des plus naturalistes d'un membre viril agrémenté de fines ailes de libellule multicolores.

— On m'a fait ça dans un bordel de Singapour, expliqua le lieutenant en réponse à mon regard confus. Je n'étais encore qu'un petit midship, et voilà, j'ai eu cette idée. Une manière de défi, pour crâner. Maintenant, bien sûr, impossible d'épouser une demoiselle comme il faut. Me voici donc apparemment condamné à mourir célibataire.

Au reste, il prononça ces derniers mots sans le moindre accent de regret.

Je passai la seconde partie de la journée à arpenter la pièce en tous sens, de plus en plus tourmenté par la faim, la soif et l'inaction. De temps à autre, je me prenais à crier à la fenêtre ou à cogner dans la porte, sans aucun résultat.

Endlung, quant à lui, pour me remercier de ma description du couronnement, s'employa à me distraire en me contant d'interminables histoires de naufrages et d'îles désertes où des marins de toutes nationalités se mouraient à petit feu, faute de nourriture et d'eau potable.

La nuit était tombée depuis longtemps déjà quand il entama l'histoire déchirante d'un officier français contraint de dévorer son compagnon d'infortune, commis aux vivres de son état.

— Et que croyez-vous ? me demanda le *Kammerjunker* à demi nu. Plus tard, le lieutenant du Bellay témoigna devant le tribunal que la chair de son compagnon s'était révélée des plus tendres, enrichie qu'elle était d'une fine couche de lard, et rappelait au goût la viande de porcelet. Les juges, bien sûr, acquittèrent le lieutenant, compte tenu des circonstances extraordinaires, et aussi du fait que du Bellay était l'unique enfant de sa vieille mère.

Ce récit fort instructif s'interrompit en cet endroit, car la porte de la cellule s'ouvrit soudainement sans bruit, et nous clignâmes tous deux des yeux sous le faisceau de vive lumière que projetait une lanterne.

Une ombre imprécise apparue dans l'embrasure déclara avec la voix de Foma Anikeïévitch :

— Je vous demande pardon, Afanassi Stépanovitch. Hier, je vous avais bien sûr reconnu sous votre barbe rousse, mais il ne m'était pas venu à l'esprit que l'affaire pourrait tourner si mal. Et puis, aujourd'hui, à la réception du Palais à facettes[1], au Kremlin, j'ai entendu par hasard deux habitués d'ici murmurer entre eux et rire en évoquant la leçon qu'ils avaient infligée à deux

1. Ainsi nommé à cause de la modénature de sa façade, il servait notamment à recevoir les ambassades étrangères.

Censeurs. Je me suis alors demandé s'ils ne parlaient pas de vous.

Il pénétra dans notre cachot et demanda avec compassion :

— Mais comment vous êtes-vous sentis ici, messieurs, sans eau, sans nourriture, sans lumière ?

— Mal ! Très mal ! s'écria Endlung en se jetant au cou de notre libérateur.

Je supposai que pareille effusion de la part d'un monsieur transpirant et vêtu de son seul caleçon ne pouvait guère être du goût de Foma Anikeïévitch.

— Je vous présente le *Kammerjunker* de notre maison, Filipp Nikolaïévitch Endlung, dis-je. Et voici Foma Anikeïévitch Savostianov, majordome de Son Altesse le gouverneur général de Moscou.

En ayant ainsi terminé avec les nécessaires formalités d'usage, je me hâtai d'interroger notre homme sur l'essentiel :

— Qu'en est-il de Mikhaïl Guéorguiévitch ? A-t-il été délivré ?

Foma Anikeïévitch écarta les mains en un geste d'impuissance.

— Je ne dispose d'aucune information à ce sujet. Le mauvais sort nous a frappés, nous aussi. Le prince Glinski s'est suicidé. C'est un tel malheur...

— Comment cela, il s'est suicidé ? m'étonnai-je. Il ne s'est donc pas battu avec lord Banville ?

— On dit qu'il s'est tué. Il a été retrouvé dans le parc Pétrovsko-Razoumski, le cœur transpercé d'une balle.

— Ainsi, le petit cornette n'a pas eu de chance, conclut Endlung tout en commençant de renfiler sa robe. L'Anglais ne l'a pas raté. Dommage. C'était un brave gosse, même s'il était pédéraste.

15 mai

— Et aussi, l'aide-buffetier a cassé le plat à gibier du service de Sèvres. J'ai pour l'instant pris comme disposition de lui retenir la moitié de ses gages mensuels à titre d'amende, mais je m'en remets à vous pour le reste. Un mot à présent de la Pétrichtchéva, la femme de chambre de Son Altesse la grande-duchesse. Le laquais Krioutchkov m'a rapporté qu'elle avait été aperçue au milieu des buissons en compagnie du valet de chambre de M. Fandorine, dans une attitude sur laquelle il était impossible de se méprendre. Je n'ai pris encore aucune mesure, car j'ignore comment il est d'usage de traiter chez vous ces sortes de privautés…

— La première fois, une semonce, expliquai-je à Somov en relevant le nez de mon assiette. La seconde fois, la porte. Si elle est enceinte, une prime de départ. Nous sommes très stricts sur ce chapitre.

Il commençait à faire jour, mais la lumière brûlait encore dans la cuisine. J'avais avalé de bon appétit un bol de soupe réchauffée pour m'attaquer ensuite à un plat de côtelettes à la Rohan. Plus de vingt-quatre heures sans rien à se mettre sous la dent, ça n'est pas une mince épreuve.

Après que Foma Anikeïévitch nous eut tirés, Endlung et moi, de notre prison, mon chemin et celui du lieutenant s'étaient séparés. Il s'en était retourné, pour sa part, aux Variétés pour changer de costume. Non sans m'avoir, au demeurant, invité à l'accompagner, m'assurant que les filles passaient la nuit dans des chambres attenantes au théâtre et qu'elles nous combleraient de nourriture, de boisson et de caresses.

Mais j'avais des affaires plus importantes à régler. Les soucis domestiques ne comptaient pas, cependant, au nombre de celles-ci, aussi avais-je écouté mon adjoint avec assez peu d'attention.

— Comment s'est passé le couronnement ? demandai-je tout en cherchant à estimer s'il y avait une chance que Somov sût quelque chose de l'opération de la veille.

Normalement, il n'y en avait aucune, mais l'homme était loin d'être sot, il semblait même plutôt perspicace. Comment l'amener à dire, sans paraître m'y intéresser, si Mikhaïl Guéorguiévitch était ou non de retour ?

— Ce fut d'une parfaite splendeur. Mais...

Somov baissa la voix :

— On dit parmi le personnel qu'il y a eu de mauvais présages...

Je dressai l'oreille. De mauvais présages par une telle journée, ce n'était pas indifférent. Un couronnement est un événement si exceptionnel que chaque détail y a son importance. Nous comptons parmi les serviteurs de la cour de ces amateurs d'oracles qui décomposent tout le déroulement de la cérémonie heure par heure, afin de prédire quelle sera la marche du règne et en laquelle de ses parties il convient de s'attendre à des bouleversements. On peut qualifier ça de superstition, mais il est cependant des signes difficiles à éluder. Par exemple, lors du sacre d'Alexandre l'Emancipateur, au cours de la soirée de réception une bouteille de champagne explosa sur la table, comme une bombe, sans qu'on pût déterminer pourquoi. A cette époque, en 1856, il n'y avait pas encore de terroristes, aussi personne ne fut-il capable d'interpréter l'incident. Ce n'est que bien après, un quart de siècle plus tard, qu'on en eut l'explication[1]. Quant au dernier couronnement, le jour de la cérémonie, le souverain posa la couronne sur son front avant le moment fixé, et les nôtres murmurèrent aussitôt que son règne ne serait pas long. Et ils ne se trompèrent pas[2].

— Tout d'abord, commença Somov après avoir jeté un coup d'œil à la porte, comme le perruquier ajustait la couronne à la coiffure de Sa Majesté l'impératrice, sous le coup de l'émotion il y enfonça une épingle d'un geste si nerveux que la souveraine poussa un cri. Il l'avait piquée jusqu'au sang... Ensuite, alors que le cortège venait de se mettre en marche, la chaîne de la médaille de Saint-André que portait Sa Majesté s'est rompue et l'insigne est tombé par terre ! Pour la piqûre d'épingle, seuls les nôtres sont au courant, mais en ce qui concerne la médaille beaucoup de gens ont vu ce qui se passait.

Effectivement, pensai-je, ce n'est pas bon. Toutefois les choses auraient pu tourner bien plus mal. L'essentiel était que le sacre eût bel et bien eu lieu. Au moins le docteur Lind avait-il échoué à saboter ce solennellissime événement.

— Et comment vont nos Anglais ? demandai-je, m'abstenant de poser une question plus précise du fait

1. Alexandre II, dit l'Emancipateur pour avoir mené à bien la réforme du servage, mourut victime d'un attentat.

2. Le règne d'Alexandre III ne dura que treize ans.

que j'ignorais si, à l'Ermitage, on avait été informé du duel.

— Lord Banville est parti. Hier, à midi. Il n'a même pas assisté à la cérémonie du sacre. Il a laissé une lettre pour Son Altesse et a quitté les lieux. Tout pâle, et l'air furieux. Je ne sais s'il était fâché ou bien souffrant. Il a également laissé de très généreux pourboires à tous les chefs de personnel. Ainsi à vous, Afanassi Stépanovitch, une guinée en or.

— Echangez la pièce contre des roubles, et partagez en mon nom la somme entre Lipps et les deux cochers, de manière égale, ils ont bien travaillé, dis-je, ayant réfléchi que je n'avais nul besoin de recevoir une récompense de ce scélérat. Et qu'en est-il de Mr Carr ?

— Il est resté. Le lord lui a même laissé son majordome : il est parti seul.

— Et Mlle Declicq, ne s'ennuie-t-elle pas sans son élève ? m'enquis-je avec une feinte indifférence alors que j'abordais enfin le sujet pour moi le plus important.

Des pas étouffés s'entendirent dans le couloir. Je me retournai et vis Fandorine. Il portait une veste d'intérieur hongroise à brandebourgs, des pantoufles à semelles de corde et un filet sur les cheveux. Tout lisse, la démarche souple, les yeux scintillants dans la pénombre – on aurait dit un grand chat.

— Le veilleur de nuit m'a dit que v-vous étiez rentré. Mais où est passé Endlung ? me demanda-t-il sans même m'avoir salué.

Il convenait de déduire de cette question que Pavel Guéorguiévitch avait parlé à Fandorine de notre expédition. En dépit de la très forte aversion que m'inspirait le personnage, je brûlais d'avoir un entretien avec lui.

— Vous êtes libre, Korneï Sélifanovitch, dis-je à mon adjoint.

Et celui-ci, en garçon plein d'esprit qu'il était, se retira aussitôt.

— Monsieur le *Kammerjunker* va bien, répondis-je alors d'un ton bref et, pour prévenir d'autres questions forcément désagréables, j'ajoutai : Malheureusement, nous avons perdu notre temps.

— Nous avons, nous aussi, rencontré quelques difficultés, déclara Fandorine en s'asseyant. Avant-hier soir, vous vous êtes esq-quivé avant qu'Emilie fût rentrée. Elle s'est acquittée à merveille de sa mission et nous sommes parvenus à situer avec précision le repaire de Lind. Nous avons découvert qu'il détenait l'enfant dans le mausolée de la princesse Bakhmétiéva, une chapelle édifiée au-dessus d'une crypte, non loin des murs du monastère Novodévitchi. La princesse s'est suicidée, il y a une centaine d'années, à la suite d'un amour malheureux. Devant l'interdiction de l'inhumer à l'intérieur du monastère, la famille inconsolable a fait ériger ce curieux monument. Depuis lors, la lignée des Bakhmétiev s'est éteinte, la chapelle s'est délabrée, la rouille a bloqué la serrure de la porte. Pourtant, Mademoiselle raconte que chaque fois qu'on l'a poussée, les yeux bandés, dans le local humide, elle a entendu un bruit de gonds bien huilés. Nous n'avons pas réussi à nous procurer de plan d'architecture de la chapelle, nous savons juste que le t-tombeau proprement dit se trouve en sous-sol.

Eraste Pétrovitch se mit à tracer des lignes sur la table, du bout du doigt.

— Hier, dès l'aube, nous étions p-prêts. Ceci...

Il montrait la corbeille à pain.

— ... c'est le monastère. Là, c'est la chapelle.

Il posa la salière tout à côté.

— Autour, un terrain vague ; ici, un étang.

Il renversa un peu de thé sur la toile cirée.

— Conclusion : impossible de s'approcher sans se faire remarquer. On avait donc posté des hommes sur un vaste périmètre, tous soigneusement camouflés. Avec défense de se glisser dans la place.

— Pourquoi ? demandai-je.

— Le fait est, Zioukine, que tout le territoire entourant le monastère Novodévitchi est, depuis le temps des troubles, sillonné de passages souterrains. Tantôt c'étaient les Polonais qui assiégeaient l'endroit, tantôt le faux Dimitri, plus tard ce furent les Streltsy[1] qui creusèrent des galeries pour tenter de tirer la tsarevna Sophie Alexeïevna de captivité. Lind est un individu p-prudent et p-prévoyant. Je suis certain que s'il a choisi cet endroit, c'est pour une raison bien précise. Il doit y disposer d'une seconde issue lui permettant au besoin de se replier, cela a toujours été sa tactique. C'est pourquoi j'avais décidé d'agir autrement.

Il fronça les sourcils et soupira.

— Hier, la livraison de la pierre avait été fixée à cinq heures de l'ap-près-midi, du fait que le couronnement devait être terminé à deux. Immédiatement après la cérémonie, l'Orlov a été desserti du sceptre...

— Comment ! m'exclamai-je. On a finalement consenti à s'en servir comme monnaie d'échange ? Elle s'est donc

1. Soldats d'un corps d'infanterie d'élite créé par Ivan IV. Ils permirent à Sophie Alexeïevna, fille du tsar Alexis, de s'emparer de la régence à la mort de son frère Fédor III. Pierre le Grand, en accédant au pouvoir, fit enfermer Sophie au monastère Novodévitchi et massacrer les troupes qui l'avaient soutenue.

trompée ! On a bien décidé malgré tout de sauver Mikhaïl Guéorguiévitch !

— Qui ça, elle ? releva aussitôt Fandorine.

Comprenant cependant à ma mine qu'il n'obtiendrait pas de réponse, il poursuivit :

— On m'a confié l'Orlov à une condition. Je me suis porté garant que la pierre ne resterait en aucun cas entre les mains de Lind. *En aucun cas*, répéta-t-il en appuyant sur ces mots.

Je hochai la tête et demandai :

— Autrement dit, s'il vous fallait choisir entre la vie de Son Altesse et le diamant...

— Exactement.

— Mais comment être sûr que l'Orlov échapperait au docteur ? Mlle Declicq était-elle en mesure d'empêcher qu'il s'en empare ? Et puis, vous l'avez dit vous-même, il y a les souterrains...

— J'avais de mon côté imposé à Lind une condition qu'Emilie lui avait transmise dès avant-hier. Comme il est question non pas d'un joyau ordinaire mais d'une relique sacrée, le d-diamant ne saurait être confié à une faible femme. La gouvernante serait donc escortée d'un convoyeur. Seul et sans arme, de sorte que Lind n'aurait pas à craindre d'agression.

— Et qui s'est chargé de ce rôle ?

— Moi, répondit tristement Fandorine. C'était bien imaginé, n'est-ce pas ?

— Et alors ?

— Et alors, rien. Je me suis grimé en vieux laquais de la cour, tout voûté et décati, mais à l'évidence je n'avais pas assez soigné mon allure. Emilie et moi avons passé plus d'une heure dans l'église sans que personne nous aborde. Or la veille, quand elle était venue seule, tout s'était déroulé normalement. Comme les autres fois, on lui avait remis un billet, une voiture f-fermée l'attendait dans une ruelle voisine, et cetera. Hier, nous avons patienté jusqu'à six heures un quart, et nous sommes rentrés bredouilles.

— Le docteur Lind aurait-il renoncé à l'échange ? demandai-je, découragé.

— Apparemment non. Une lettre nous attendait à l'Ermitage, déposée par le facteur mais sans cachet de la poste, comme les précédentes. T-tenez, lisez-la, d'autant plus qu'elle concerne directement votre personne.

Méfiant, je pris la feuille d'où émanait, à peine perceptible, une odeur de parfum.

— « Comte d'Essex » ?

— Tout juste. M-mais lisez, lisez…

J'ai décidé d'accorder à la dynastie des Romanov un généreux présent à l'occasion du couronnement… A la lecture de cette première phrase rédigée en français, tout se brouilla devant mes yeux. Etait-il possible que… ?

Mais non, ma joie était prématurée. Je battis des cils pour chasser le brouillard qui m'embuait la vue, et lus la lettre en entier :

J'ai décidé d'accorder à la dynastie des Romanov un généreux présent à l'occasion du couronnement. La valeur de ce présent est d'un million. C'est, n'est-ce pas, le montant exact du versement journalier convenu pour le prêt de l'Orlov, prêt aimablement consenti par moi à la monarchie russe. Aussi, vous pouvez disposer de la pierre un jour de plus, et cela à titre entièrement gracieux. Finalement, il serait de ma part pour le moins incivil d'assombrir une journée pour vous si solennelle.

Nous conclurons notre petite transaction demain. Que la gouvernante soit présente à l'église à sept heures du soir. Je comprends votre répugnance à confier à cette femme un tel trésor et ne m'oppose pas à ce qu'une autre personne l'accompagne. Il ne pourra s'agir, cependant, que de l'homme que je connais déjà, à savoir M. Rouflaquettes d'Epagneul.

Sincèrement vôtre,
Docteur Lind.

Mon cœur se mit à battre la chamade.

— Ainsi, voilà pourquoi vous me racontez tout cela...

— Oui.

Fandorine me regarda dans les yeux d'un air inquisiteur.

— Je viens vous demander, Afanassi Stépanovitch, de prendre part à cette dangereuse affaire. Vous n'êtes ni militaire ni agent de police, vous n'êtes pas tenu de risquer votre vie pour d-défendre les intérêts de l'Etat, cependant les circonstances prennent une telle tournure que sans votre concours...

— Je suis d'accord, coupai-je.

A cet instant, je n'éprouvais absolument aucune crainte. Je ne pensais qu'à une seule chose : Emilie et moi serions ensemble. Je crois que c'est alors que, pour la première fois, je désignai mentalement Mademoiselle par son prénom.

Après un court silence, Eraste Pétrovitch se leva.

— En ce cas, reposez-vous, vous avez l'air épuisé. Soyez à d-dix heures au salon. Je vous soumettrai, Emilie et vous, à une séance d'instructions.

Le soleil de fin de matinée avait chauffé les stores de velours, de sorte que si le salon était bien protégé de la lumière, il y régnait en revanche une terrible odeur de poussière. Le velours pose toujours problème, cela tient à la texture de l'étoffe : s'il reste des années pendu sans être régulièrement nettoyé, comme par exemple ici, à l'Ermitage, il devient impossible d'en extraire toute la poussière qui s'y est incrustée. Je notai mentalement qu'il me faudrait prendre ce jour même des dispositions pour qu'on changeât les rideaux. Si, bien entendu, je revenais vivant de notre expédition.

Or il me paraissait fort douteux que le plan envisagé pût connaître un heureux dénouement. A ce dernier – et même, sans doute, ultime – conseil, n'assistaient que les personnes directement impliquées dans l'opération, à savoir Mademoiselle et moi-même, M. Fandorine et les deux colonels Karnovitch et Lassovski, lesquels filaient doux et écoutaient Eraste Pétrovitch avec une déférence appuyée dont je ne savais plus si elle était sincère ou forcée.

Sur la large table était étalé un schéma du territoire compris entre le monastère Novodévitchi et le quai du même nom, schéma, au reste, tracé dans les règles de l'art, et non point comme tantôt sur la toile cirée. De petits cercles hachurés indiquaient les postes occupés par les agents secrets chargés d'investir le terrain vague : le chef du groupe dans le creux d'un vieux chêne à l'angle du square Vsélenski ; six « employés » dans une baraque de la clinique pour enfants, dont les fenêtres donnaient sur l'étang ; onze « moines » sur le mur du monastère ; sept « bateliers » et « gardiens de balises » au milieu du fleuve ; un travesti en marchande au débouché de la rue Pogodinskaïa ; trois « mendiants » aux portes du monastère et deux « pêcheurs » sur l'étang – ceux-ci se trouvant les plus proches de l'objectif –, au total trente et un hommes disposés sur la première ligne d'encerclement.

— La procédure d'échange devra être la suivante, expliqua Fandorine après avoir énuméré les piquets de surveillance. On vous arrête tous deux devant la chapelle, on vous conduit à l'intérieur. Vous exigez qu'on vous ôte vos b-bandeaux. Il y aura là, à coup sûr, le joaillier embauché par Lind. Vous lui confiez l'Orlov pour qu'il l'expertise, après quoi vous le reprenez. Mlle Declicq descend alors dans la crypte et récupère le garçon. Quand l'enfant est auprès de vous, vous remettez la pierre. Et là s'arrête, Zioukine, votre mission.

Je n'en croyais pas mes oreilles. Je connaissais déjà la tournure d'esprit aventureuse de M. Fandorine, mais, même de sa part, je ne m'attendais pas à pareille irresponsabilité. Toutefois, le plus stupéfiant était que le chef de la police du palais et le grand maître de la police de Moscou eussent écouté jusqu'au bout l'exposé de ce plan insensé avec la mine la plus sérieuse du monde et sans soulever la moindre objection !

— Quelle absurdité ! m'exclamai-je avec une violence qui n'était point dans mes manières (même si elle était entièrement justifiée par les circonstances). Je serai seul, sans arme, Mademoiselle n'entre pas davantage en ligne de compte. Sitôt qu'ils seront assurés qu'il ne s'agit pas d'un faux, ils me prendront le diamant sans autre cérémonie ! Quant à nous rendre Mikhaïl Guéorguiévitch, ils n'y songeront même pas ! Ils s'enfuiront tout bêtement par quelque passage souterrain après nous avoir égorgés tous les trois. Magnifique résultat, vraiment ! Ne vaudrait-il pas mieux attendre que Mlle Declicq et moi fussions entrés pour prendre le mausolée d'assaut ?

— Non, répondit Fandorine, laconique.

Et Karnovitch aussitôt d'expliquer :

— Si l'on donnait l'assaut, Son Altesse serait tuée à coup sûr. Et vous deux avec.

Je m'abstins de répondre et regardai Emilie. Force m'est d'avouer qu'elle se montrait beaucoup plus calme que moi et – spectacle particulièrement douloureux pour moi – posait sur Fandorine des yeux tout emplis de confiance.

— Eraste Pétrovitch, dit-elle avec douceur, le docteur Lind est très rusé. Et si aujourd'hui on nous conduisait, M. Zioukine et moi, dans un autre endroit, totalement nouveau ? Si cela devait arriver, votre *embuscade* se révélerait vide.

— Se révélerait vaine, corrigeai-je par habitude avant de me tourner vers le très astucieux M. Fandorine car la question, comme on dit, tombait dans le mille.

— Eh bien, pareille éventualité n'est pas exclue, reconnut-il. Mais j'ai déjà arrêté un certain nombre de m-mesures pour y remédier. Quant aux craintes que vous exprimez, Zioukine, sur le fait qu'on pourrait vous prendre la pierre et ne pas rendre l'enfant, elles sont également pleinement justifiées. Tout dépendra ici de vous, et de vous seul. Et à présent p-passons à l'essentiel.

Sur ces mots, il s'approcha d'un coffret de bois posé sur un guéridon, près de la fenêtre, y plongea les deux mains et en retira une sphère dorée, lisse et étincelante, de la taille d'un petit melon de Crimée.

— Voici votre garantie, déclara Eraste Pétrovitch en posant la boule devant moi.

— Qu'est-ce que c'est ? demandai-je.

Je me penchai sur l'objet. La surface unie de la sphère me renvoyait le reflet de mon visage, comiquement distendu.

— Une bombe, Afanassi Stépanovitch. D'une formidable puissance destructrice. A l'intérieur, ici, se trouve un petit b-bouton. En appuyant dessus, on libère le détonateur, et ensuite il suffit d'un choc – celui produit, par exemple, par la chute de l'engin sur un sol dallé – pour p-provoquer une explosion après laquelle il ne restera rien, ni de vous, ni de Lind, ni de tous ses hommes, ni même de la chapelle. L'Orlov, en revanche, ne subira aucun dommage, parce qu'il est éternel, et nous le retrouverons f-forcément plus tard au milieu des décombres... C'est du reste ce que vous expliquerez au docteur. Vous lui direz qu'au moindre signe de tricherie vous jetterez la sphère par terre. C'est l'unique argument capable d'influer sur Lind. C'est, pour ainsi dire, notre petite surprise.

— Mais la bombe est factice, n'est-ce pas ? crus-je deviner.

— Je vous assure qu'elle est tout ce qu'il y a de plus v-vraie. La charge est constituée par un mélange détonant inventé par les chimistes du Laboratoire impérial des explosifs et munitions. La commission de la direction générale des Mines a renoncé à homologuer ce mélange à cause de son excessive instabilité. Si l'on veut vous fouiller au moment où vous monterez dans la voiture, vous direz que cette sphère est l'écrin de l'Orlov et qu'en aucun cas vous ne permettrez qu'on l'ouvre. Vous déclarerez qu'autrement l'excursion est ajournée. Cela dit, si l'homme qui vient vous chercher est le même cocher taciturne que les fois précédentes, il est peu probable que pareille discussion ait lieu.

Eraste Pétrovitch prit la sphère dans ses mains et du bout de l'ongle souleva un couvercle jusqu'alors invisible.

— L'Orlov est bel et bien logé à l'intérieur, dans le compartiment supérieur de l'objet. En sortant la p-pierre pour la soumettre à examen, vous appuierez – tenez – ici, et par là même déclencherez le mécanisme. Ne faites en aucun cas ceci dans la voiture, le cahotement pourrait provoquer l'explosion. Mais dès lors que vous aurez pressé le bouton, vous informerez Lind ou ses hommes qu'il ne s'agit pas d'un jouet.

Je jetai un coup d'œil à l'intérieur de la sphère. Scintillant d'un faible éclat bleuté, l'inestimable relique de la maison des Romanov reposait au fond d'un évidement cylindrique. Vue de près, la merveilleuse pierre me parut semblable à une de ces poignées de cristal taillé qui ornent la commode placée dans la garde-robe de la grande-duchesse. Pour être tout à fait honnête, je fus beaucoup plus impressionné par le petit poussoir de métal rouge qui se remarquait à peine sur le velours écarlate.

J'épongeai la sueur qui perlait à mon front et regardai Emilie. Que l'affaire tourne mal, ou que je commette un impair, et nous mourrions ensemble, les débris de nos corps se trouvant mêlés. Elle m'adressa un tranquille signe de tête comme pour me dire : ce n'est rien, j'ai confiance en vous et tout se terminera forcément le mieux du monde.

— Mais, et ensuite ? demandai-je. Lind n'aura pas envie de sauter, c'est clair, et n'enfreindra pas les règles du jeu. Il nous rendra Mikhaïl Guéorguiévitch, lui-même s'enfuira par quelque passage secret et l'Orlov sera perdu à jamais.

— Cela ne doit arriver sous aucun prétexte ! intervint pour la première fois Karnovitch. Rappelez-vous, monsieur Fandorine, que vous répondez du diamant sur votre tête.

Comme s'il n'avait pas entendu le colonel, Fandorine me répondit avec un sourire :

— Pour parer à cette éventualité, Zioukine, j'ai prévu une autre surprise à l'intention du docteur.

Toutefois son sourire, tout à fait déplacé dans la situation présente, s'effaça aussitôt pour laisser place à une expression troublée, sinon confuse.

— Emilie, Afanassi Stépanovitch... Le risque auquel vous vous exposez est sans c-conteste immense. Lind est un individu à l'esprit paradoxal, ses actions et ses réactions sont souvent imprévisibles. Un plan est un plan, mais il peut se produire n'importe quoi . Or, Emilie, vous êtes une dame, et pas même sujette de l'Empire russe...

— Peu importe le risque, ce n'est rien. Il faut sauver le petit prince, déclara Mademoiselle avec une imposante dignité. Mais nous serions, M. Zioukine et moi, plus tranquilles sans doute si nous savions quelle autre *surprise* vous avez imaginée...

Fandorine referma avec précaution le couvercle doré, et le halo bleuté qui tremblait au-dessus de la table s'éteignit.

—Mieux vaut que vous ne soyez pas au courant. Ce doit être une surprise également pour vous d-deux. Autrement l'affaire pourrait échouer.

Chose étrange, quand nous nous trouvâmes enfermés tous deux dans la voiture, hermétiquement close et coupée du monde extérieur, nous demeurâmes un long moment sans prononcer une parole. Je prêtai l'oreille à la respiration de Mademoiselle et au bout d'un certain temps, quand mes yeux se furent accoutumés à l'obscurité, je commençai à distinguer sa silhouette. J'avais envie d'entendre sa voix, de lui adresser quelques phrases encourageantes, mais comme d'habitude je ne parvenais pas à trouver les bons mots. La sphère métallique reposait sur mes genoux et, bien que le détonateur ne fût pas enclenché, je tenais la machine infernale à deux mains.

J'avais eu tort de redouter que mon pesant paquet, avec sa singulière forme ronde, ne provoquât l'embarras de l'envoyé du docteur Lind. La première phase de l'opération s'était déroulée sans anicroche ou, comme on dit dans le peuple, comme sur des roulettes.

Mademoiselle et moi n'étions pas dans l'église depuis cinq minutes qu'un gamin, un des habituels petits mendiants, à en juger par sa tenue, qui traînent constamment sur le parvis, m'avait tendu une lettre – j'avais encore dû donner au morveux une pièce de quinze kopecks prélevée sur mes fonds personnels ! Serrés l'un contre l'autre, épaule contre épaule, nous dépliâmes la feuille de papier (je sentis à nouveau un discret effluve de « Comte d'Essex »), sur laquelle ne figurait qu'une seule ligne fort brève, rédigée en français : *Eglise du Prophète-Elie.* J'ignorais où cela se trouvait, mais Mademoiselle, qui avait eu le temps d'étudier à fond toutes les rues et tous les passages environnants, m'entraîna au-dehors d'un pas assuré.

Quelques minutes plus tard, nous faisions halte près d'un petit édifice religieux ; devant une maison voisine attendait une voiture noire aux rideaux tirés, en tout point semblable à celle que j'avais vue une semaine plus tôt, même si je ne saurais jurer que ce fût la même. Le cocher sauta du haut de son siège, un homme de grande taille, au chapeau si profondément enfoncé sur le crâne qu'on ne voyait que son épaisse barbe noire. Sans dire un mot, il ouvrit la portière et poussa Mademoiselle à l'intérieur.

Désignant mon paquet, je prononçai d'une voix sèche la phrase que j'avais préparée :

— C'est l'objet d'échange. Interdiction d'y toucher.

Je ne sais s'il me comprit, mais toujours est-il qu'il s'abstint d'y porter la main. Il s'accroupit et me palpa très rapidement tout le corps, sans se gêner pour explorer les parties les plus intimes de ma personne.

— Permettez, monsieur... lâchai-je, n'y tenant plus.

Mais la fouille était déjà terminée.

Le barbu, toujours silencieux, me poussa dans le dos, et je grimpai à mon tour dans le véhicule, dont la portière claqua derrière moi. On entendit le cliquetis d'un verrou. La voiture s'ébranla et nous partîmes.

Une demi-heure sans doute s'écoula avant que la conversation s'engageât à nouveau entre nous. Et ce fut Mademoiselle qui en prit l'initiative, car, pour ma part, je n'avais toujours pas trouvé par quoi commencer.

— C'est bizarre, dit-elle avec son délicieux accent alors qu'un cahot de la voiture, à la faveur d'un tournant, venait de nous précipiter épaule contre épaule. C'est bizarre, aujourd'hui il ne m'a pas couillée.

— Quoi ? fis-je, stupéfait.

— Comment dites-vous *perquisitionner ?*

— Ah ! Fouillée.

— C'est cela, merci. C'est bizarre, il ne m'a pas fouillée. Les autres fois, il n'y avait pas manqué. Si j'avais su, j'aurais pu dissimuler sous ma robe un petit pistolet.

Je me permis de me pencher vers elle et de lui chuchoter à l'oreille :

— Nous disposons d'une arme bien supérieure.

Et je donnai une petite tape sur la bombe.

— Attention ! s'exclama Mademoiselle. J'ai peur !

Malgré tout, une femme reste une femme, même quand elle est aussi courageuse que celle-là.

— Ce n'est rien, la rassurai-je. Tant que le détonateur n'est pas enclenché, il n'y a rien à craindre.

— Je pense constamment à la seconde surprise de M. Fandorine, déclara soudain Mademoiselle en français, un tressaillement dans la voix. Ne serait-ce pas que la bombe explosera dans tous les cas, nous déchiquetant tous, nous, le docteur Lind et Son Altesse, de sorte qu'ensuite, comme l'a dit M. Fandorine, on n'ait plus qu'à ramasser la pierre au milieu des décombres ? L'essentiel pour le tsar est de conserver l'Orlov et d'éviter que l'affaire ne s'ébruite. Pour M. Fandorine, c'est de se venger du docteur Lind. Qu'en pensez-vous, Athanase ?

Pour dire la vérité, ses soupçons me paraissaient au plus haut point vraisemblables, mais après avoir un peu réfléchi, je trouvai un argument à y opposer :

— En ce cas, on ne nous aurait pas confié la vraie pierre mais une imitation, de manière à ne pas avoir à chercher quoi que ce soit dans les décombres.

— Mais qui vous dit que la sphère contient bien le vrai Orlov ? demanda-t-elle d'un ton nerveux. Après tout, ni vous ni moi ne sommes joailliers. Vous presserez le bouton, et l'explosion aura lieu aussitôt ! Et voilà la surprise promise, dont il ne fallait surtout pas que nous fussions informés.

Je sentis un grand froid me glacer les entrailles tant l'hypothèse avait un air de vérité.

— Cela signifierait alors que tel est notre destin, répondis-je en me signant. Si vous avez deviné juste, cette décision a été prise par l'autorité supérieure, et j'exécuterai fidèlement ma mission. Mais vous n'avez pas besoin, vous, d'entrer dans la chapelle. Quand nous y serons, je dirai au cocher que votre présence est inutile et j'irai récupérer Mikhaïl Guéorguiévitch tout seul.

Mademoiselle me serra la main avec force.

— Je vous remercie, Athanase. Vous me redonnez foi en la grandeur de l'être humain. Non, non, j'irai avec vous. J'ai honte d'avoir pu soupçonner Eraste d'une telle perfidie. Pour lui une pierre, si particulière soit-elle, ne saurait être aussi précieuse que la vie d'un enfant. Ni même aussi précieuse que la nôtre, acheva-t-elle à mi-voix.

La seconde partie de son bref mais émouvant discours gâchait un peu l'agréable impression produite par la première, cependant je fus touché. Je voulus répondre à la pression de ses doigts, mais j'eus peur que pareille liberté ne parût excessive. Aussi le voyage se poursuivit-il de la sorte, sa main sur la mienne.

A la différence de Mademoiselle, je n'étais, pour ma part, nullement certain de la noblesse d'âme du sieur Fandorine. Il me semblait fort probable que dans un délai des plus rapprochés l'existence terrestre d'Afanassi Ziou-kine prît fin, et non pas de la discrète et paisible manière vers laquelle tendait toute la logique de sa vie, mais dans l'indécence de l'agitation et du fracas. La compagnie d'Emilie me rendait cette idée moins odieuse, ce qui, sans conteste, témoignait d'un défaut que je ne souffre pas chez les autres et que je m'étais toujours efforcé de réprimer chez moi : un égoïsme teinté de lâcheté.

Cependant la voiture était si hermétiquement close qu'il devenait de plus en plus difficile de respirer. Des gouttes de sueur ruisselaient sur mon visage et, par-derrière, dans mon col. C'était déplaisant et inconfortable, mais je ne pouvais m'essuyer avec mon mouchoir : pour cela j'eusse dû retirer ma main. Mademoiselle respirait elle aussi à un rythme accéléré.

Tout à coup, il me vint à l'esprit une idée fort élémentaire et si terrifiante que la sueur se mit à dégouliner sur mon front à grands flots abondants. Discrètement, pour ne pas effrayer Mademoiselle, je tentai de glisser la main dans mon paquet et d'ouvrir le couvercle de la sphère. Le déclic du mécanisme s'entendit malgré tout.

— Qu'est-ce que c'était ? sursauta Emilie. Qu'était-ce que ce bruit ?

— Le plan de Lind est plus simple et plus scélérat que ne l'imaginait Fandorine, dis-je en happant une bouffée d'air. Je pense que le docteur a donné l'ordre de nous promener dans cette caisse fermée jusqu'à ce que nous succombions à l'asphyxie, puis de récupérer l'Orlov le plus tranquillement du monde. Seulement il court à l'échec : j'enclenche maintenant le détonateur. Tant que je serai conscient, je tiendrai la bombe à bout de bras. Quand mes forces seront épuisées, la sphère tombera...

— Vous êtes fou ! s'écria Mademoiselle qui dégagea brutalement sa main pour m'empoigner par le coude. Vous êtes fou ! Vous n'y pensez pas ! Je compte les détours, nous y sommes presque !

— Trop tard, j'ai déjà appuyé, répliquai-je en serrant fermement le paquet entre mes mains.

Mais une minute plus tard, la voiture s'immobilisait en effet.

— Eh bien, puisse Dieu nous venir en aide, n'est-ce pas ? murmura Emilie en se signant à son tour, non point selon le rite orthodoxe cependant, mais à la manière des catholiques : de gauche à droite.

La portière s'ouvrit et je clignai les paupières sous l'éclat du jour. Personne ne m'avait bandé les yeux et je découvris devant moi le mur pelé d'une petite chapelle, et un peu plus loin, à une centaine de pas, les tours et le clocher d'un grand monastère visiblement très ancien. Je descendis sur le marchepied et jetai un coup d'œil furtif à la ronde. Des pêcheurs à la ligne étaient installés au bord de l'étang, tandis qu'à l'orée du square voisin se dressait un chêne noueux au frais feuillage vert tendre dont le tronc creux était censé tenir lieu de cachette au chef du groupe d'agents. Mon cœur s'apaisa très légèrement, bien que le fait d'être libre de voir tout cela signifiât presque à coup sûr que Lind n'avait pas l'intention de nous relâcher vivants. Mademoiselle glissa la tête par-dessus mon épaule et se prit elle aussi à examiner les environs : eh oui, c'était la première fois qu'elle se trouvait ici sans bandeau sur les yeux. Peu importe, monsieur le docteur, pensai-je, nous péririons peut-être, mais ce sera avec vous, et je serrai mon paquet contre ma poitrine.

Le cocher, qui se tenait à côté de la portière grande ouverte, m'empoigna par le coude et me tira d'un coup sec pour m'intimer l'ordre de descendre. Je grimaçai tant il y avait de force dans ces doigts d'acier.

La porte rouillée à laquelle pendait un lourd cadenas s'ouvrit devant nous sans le moindre grincement, ou presque.

Je pénétrai dans un local plongé dans la pénombre, un peu plus vaste qu'il ne semblait de l'extérieur, où je discernai plusieurs silhouettes masculines. Avant que j'eusse eu le temps de mieux les regarder, la porte se referma derrière nous, mais la lumière, loin de s'atténuer, ne fit que passer du grisâtre au jaunâtre, car aux murs étaient accrochées plusieurs lampes à huile.

Les hommes du docteur Lind étaient au nombre de quatre. Mon attention se porta avant tout sur un monsieur grisonnant et sec comme un coup de trique, aux traits fort peu russes, avec des lèvres en lame de couteau et des lunettes à monture d'acier. Etait-il possible que ce fût là le docteur Lind ? Il était encadré par deux grands gaillards larges d'épaules dont le visage se perdait dans l'ombre – des gardes du corps, sans doute. Le quatrième était le cocher, qui était entré derrière nous et se tenait adossé à la porte comme pour nous couper la retraite.

L'un des gardes du corps agita la main à l'intention du cocher, à l'évidence pour lui signifier de sortir.

Le cocher hocha la tête mais ne bougea pas d'un pouce.

Le garde du corps, furieux, tendit le doigt vers la porte.

Le cocher croisa les bras sur sa poitrine.

— *Taubstummer Dickkopf*[1] *!* s'emporta l'autre.

Voilà pourquoi le cocher se conduisait avec nous de manière si étrange. Je comprenais à présent la raison pour laquelle Lind ne craignait pas que le barbu tombât entre les mains de la police.

Le deuxième garde du corps se leva et déclara, lui aussi en allemand :

— Ah, fous-lui la paix, il peut bien rester là. Lui aussi doit être curieux…

Mais ici le monsieur grisonnant tendit la main avec autorité vers le paquet, et je compris que commençait la phase principale.

— Vous l'avez apporté ? Donnez, dit-il en français d'une voix atone.

Je jetai à terre le foulard dans lequel était enveloppée la sphère et en ouvris le couvercle, révélant le doux et paresseux éclat de la pierre, nichée au fond de sa loge de velours.

1. « Entêté de sourd-muet ! »

Lentement, articulant distinctement chaque mot, j'expliquai la nature de la surprise dont j'étais porteur et exposai les conditions de l'échange. Dieu merci, pas une fois ma voix ne trembla. Le plus important, en effet, était que Lind fût bien persuadé qu'en cas de besoin je ne reculerais pas.

Il m'écouta jusqu'au bout sans m'interrompre, puis hocha la tête comme si tout cela allait de soi. Enfin il claqua des doigts d'un geste impatient :

— C'est bon, c'est bon. Donnez, je vais vérifier.

Et il tira de sa poche une petite loupe cerclée de cuivre.

Je compris alors seulement que ce n'était point Lind que j'avais en face de moi, mais son joaillier, ainsi que l'avait prédit Fandorine. J'attrapai entre deux doigts la pierre glissante qui vint aussitôt se blottir au creux de ma paume, comme si elle avait été taillée à sa mesure. De l'autre main, je serrai prudemment la bombe contre ma poitrine.

Le joaillier saisit le diamant et s'approcha d'une des lampes. Les deux gardes du corps, ou du moins ceux que je tenais pour tels, allèrent se camper à côté de lui et exhalèrent un soupir d'admiration devant le halo aveuglant qui embrasait chaque facette de l'Orlov.

Je tournai la tête vers Mademoiselle. Elle se tenait immobile, les doigts noués. Haussant les sourcils, elle désigna la sphère du regard, et j'opinai d'un air rassurant : ne vous inquiétez pas, je ne la laisserai pas tomber.

Trouvant insuffisante la lueur que diffusait la lampe à huile, le joaillier tira de sa poche une petite lanterne électrique dont il actionna le ressort. Un mince faisceau de vive lumière effleura le diamant. Je clignai les yeux : on eût dit qu'une pluie d'étincelles jaillissait de la pierre.

— *Alles in Ordnung*[1], déclara dans un allemand parfait le joaillier, impassible, avant de ranger la loupe dans sa poche.

— Rendez-moi la pierre, réclamai-je d'un ton sans réplique.

Et comme il tardait à s'exécuter, je tendis à deux mains devant moi la sphère encore ouverte, d'un air menaçant.

Le joaillier haussa les épaules et reposa le diamant dans sa niche.

Encouragé par ce succès, j'élevai la voix :

— Où est Son Altesse ? A présent, selon les termes de notre accord, vous devez nous la rendre sur-le-champ !

L'homme aux lèvres minces pointa le doigt vers le sol dallé, et à ce moment seulement je remarquai la forme plus sombre d'une trappe carrée munie d'un gros anneau de fonte.

— Qui peut en vouloir, de votre gamin ? Récupérez-le donc avant qu'il soit crevé.

Dans la bouche de ce monsieur à l'allure respectable, ce mot grossier de « crevé », appliqué à un tout jeune enfant, résonnait de manière si inattendue et si terrible que j'en tressaillis. Seigneur, qu'était-ce que ces gens ?

Mademoiselle prit une profonde aspiration, se précipita sur la trappe et empoigna l'anneau, qu'elle tira de toutes ses forces. L'abattant se souleva légèrement pour retomber aussitôt dans son logement en un retentissant fracas de métal. Aucun des bandits n'esquissa le moindre geste pour l'aider. Emilie tourna vers moi un regard désespéré, mais je ne pouvais pas davantage lui prêter main-forte, car il m'eût fallu pour cela lâcher la sphère.

1. « Tout est en ordre. »

— *Aufmachen*[1] *!* criai-je en levant la bombe plus haut.

Avec une évidente mauvaise grâce, l'un des malfaiteurs écarta Mademoiselle et, sans aucune peine, rabattit d'une main le panneau.

L'entrée d'un souterrain apparut, souterrain non point noyé de ténèbres comme je m'y attendais, mais empli de lueurs vacillantes, provenant sans doute, là aussi, d'une lampe à huile qu'on y avait allumée. Il en montait un terrible relent d'humidité et de moisissure.

Pauvre Mikhaïl Guéorguiévitch ! Etait-il possible qu'on l'eût gardé tant de jours au fond de ce trou ?

Retroussant le bas de sa robe, Mademoiselle entreprit d'y descendre. L'un des sbires lui emboîta le pas. Je sentais le sang battre à mes tempes à grands coups précipités.

Un bruit de voix me parvint d'en bas, suivi du cri perçant d'Emilie :

— *Mon bébé, mon pauvre petit ! Tas de salauds !*

— Son Altesse est morte ? grondai-je, prêt à jeter la bombe par terre et advienne que pourra.

— Non, il est en vie ! l'entendis-je répondre. Mais il va très mal !

Je ne puis décrire le soulagement que j'éprouvai à cet instant. Bien sûr on avait exposé Son Altesse au refroidissement, on l'avait mutilée, droguée à l'opium, mais elle était vivante, et c'était l'essentiel.

Le joaillier tendit la main.

— Donnez-moi la pierre. Votre compagne va remonter l'enfant.

— Qu'elle le remonte d'abord, bredouillai-je.

Je me rendais compte soudain que je n'avais pas la moindre idée de la conduite à tenir à partir de là, les

1. « Ouvrez ! »

instructions de Fandorine ne disant rien à ce sujet. Devais-je remettre la pierre ou non ?

Tout à coup le second garde du corps se rua sur moi avec une surprenante agilité et des deux mains comprima les miennes, toujours crispées sur la sphère. Le choc fut insignifiant et le mécanisme de mise à feu ne fonctionna pas, mais le diamant roula hors de sa niche et rebondit sur le sol avec un bruit sec. Le joaillier le ramassa et l'enfourna dans sa poche.

Il était vain de vouloir lutter avec pareil gaillard, et je voyais déjà s'approcher derrière lui notre cocher à barbe noire, dont j'avais eu l'occasion d'observer la force herculéenne. Seigneur, j'avais tout fait échouer !

— Et voici la surprise numéro deux ! me glissa à l'oreille le sourd-muet.

Dans le même instant, il frappa le bandit d'un coup de poing en plein front. Le coup ne me parut pas très violent, néanmoins les yeux de l'Allemand se révulsèrent, il desserra ses énormes poings et tomba assis par terre.

—Tenez ferme ! me lança le cocher avec la voix de Fandorine.

En un seul bond, il fut auprès du joaillier. Il lui plaqua une main sur la bouche, en même temps qu'il lui collait la pointe d'un stylet sous le menton.

— Taisez-vous ! Un mot et vous êtes mort ! lui dit-il en français. Zioukine, désamorcez le mécanisme, nous n'aurons plus besoin de la bombe.

La rapidité à laquelle se succédaient les événements m'avait plongé dans un tel état de stupeur que je ne fus nullement surpris de la métamorphose inopinée du cocher en Fandorine ; je fus bizarrement bien plus frappé de constater qu'Eraste Pétrovitch avait totalement cessé de bégayer.

Docile, je crochai avec les ongles le bouton noyé dans le velours et tirai dessus : il se remit en place avec un léger déclic.

— Criez que vous avez la pierre et qu'on peut relâcher l'enfant, dit Fandorine à voix basse, toujours en français.

Le joaillier battit des paupières à une vitesse surnaturelle : il ne pouvait acquiescer de la tête sans s'embrocher la gorge sur la lame.

Fandorine écarta la main de sa bouche, tout en gardant la pointe de la dague tournée vers le haut.

Le prisonnier joua des mâchoires et passa la langue sur ses lèvres meurtries, puis il renversa la tête en arrière comme s'il voulait observer quelque chose au plafond, et soudain lança d'une voix forte :

— Alerte ! Fuyez !

Il voulut crier encore, mais l'étroite lame d'acier s'était déjà enfoncée jusqu'à la garde entre sa gorge et son menton, de sorte qu'il ne sortit de sa bouche qu'un son rauque. Je poussai une exclamation.

Le cadavre ne s'était pas encore effondré sur le sol qu'une tête émergeait déjà par l'ouverture de la trappe, celle de ce même bandit, semble-t-il, qui était tout à l'heure descendu avec Mademoiselle.

Fandorine bondit à nouveau, pour lui flanquer à toute volée un coup de pied au visage. Il y eut un bruit pesant de corps qui s'écroule, et Eraste Pétrovitch, sans perdre une seconde, se précipita au bas des marches.

— Seigneur ! laissai-je échapper. Seigneur Dieu !

Un grand fracas s'entendit au sous-sol, quelqu'un cria en allemand puis en français.

Je me signai avec ma boule dorée et courus à la trappe voir ce qui se passait.

Je découvris un véritable méli-mélo : un énorme type, brandissant un couteau, écrasait de tout son poids Fandorine, lui-même étendu sur le corps inerte du sbire qu'il venait d'assommer. Eraste Pétrovitch étreignait d'une main le poignet de son adversaire afin de maintenir le couteau à distance, et de l'autre cherchait à atteindre sa gorge, sans toutefois y parvenir. Il convenait, semblait-il, de sauver l'ancien conseiller d'Etat.

Je lançai la sphère en visant la nuque du géant, et tapai pile dans le mille : j'entendis le bruit mat du projectile frappant sa cible. A un homme ordinaire, j'eusse certainement fendu le crâne ; celui-ci accusa le choc par un simple vacillement en avant. Vacillement qui se révéla toutefois suffisant pour que Fandorine touchât enfin sa gorge. Je ne vis pas ce que firent exactement les doigts d'Eraste Pétrovitch, j'entendis juste un craquement à vous retourner le cœur, puis le type roula sur le côté.

Je me pressai de descendre. Fandorine était déjà debout et regardait autour de lui.

Nous nous trouvions dans une pièce carrée dont l'obscurité estompait les angles. Au milieu de la crypte s'élevait un tombeau couvert de mousse, sur lequel brûlait une lampe à huile.

— Où est Mademoiselle ? m'alarmai-je. Où est Son Altesse ? Où est Lind ?

Contre un mur était posée une malle sur laquelle on avait jeté quelques haillons, et je me dis que c'était bien là qu'on avait dû garder Mikhaïl Guéorguiévitch. Cependant Fandorine se précipitait du côté opposé.

J'entendis un rapide martèlement de pas qui s'éloignaient – à en juger au bruit, il devait y avoir là trois ou quatre personnes qui couraient.

Fandorine saisit la lampe, la leva au-dessus de sa tête, et nous découvrîmes une galerie percée dans le mur, dont une grille barrait l'accès.

Un éclair déchira les ténèbres, l'air siffla méchamment, puis l'écho porta le long roulement d'une déflagration.

— Mettez-vous à l'abri ! me cria Fandorine en se jetant de côté.

— Emilie, c'est vous ? hurlai-je à pleins poumons.

L'obscurité me répondit par la voix étouffée de Mademoiselle :

— Ils sont trois ! Et Lind est ici ! C'est...

La voix s'étrangla dans un cri. Je me jetai sur la grille et la secouai avec violence, mais elle était verrouillée.

Eraste Pétrovitch me tira brutalement par la manche, juste à temps pour me soustraire à un second coup de feu tiré des profondeurs du souterrain. L'un des barreaux de fer se brisa dans un jaillissement d'étincelles, tandis qu'un pic invisible frappait la paroi opposée, lui arrachant une avalanche de débris de pierre.

Plusieurs voix d'hommes se firent entendre au loin, quelqu'un poussa un gémissement aigu – une femme, ou bien un enfant.

— Lind ! lança Eraste Pétrovitch en français. C'est moi, Fandorine ! J'ai la pierre ! Notre accord tient toujours ! J'échange l'Orlov contre la femme et l'enfant !

Nous retînmes notre souffle. Silence – pas un murmure, pas un bruit de pas. Lind avait-il entendu ?

Fandorine leva un petit revolver noir apparu dans sa main je ne sais comment, et tira sur la serrure, une fois, deux fois, trois fois.

Il y eut une nouvelle pluie d'étincelles, mais la serrure refusa de céder.

16 mai

Assis au bord du fleuve, je suivais d'un œil vide les longs trains de grumes à l'écorce brune et rugueuse qui dérivaient au fil de l'eau, et je ne parvenais toujours pas à saisir si c'était moi qui étais devenu fou ou bien le monde qui m'entourait.

Afanassi Zioukine déclaré hors la loi ? Recherché en tous lieux par la police et la gendarmerie ?

Peut-être en ce cas cet Afanassi Zioukine n'avait-il aucun rapport avec moi ? Peut-être était-ce une autre personne ?

Pourtant non, toutes les forces garantes du maintien de l'ordre dans l'Empire avaient été mises en alerte à cause de nous, et nous seuls, le sieur Fandorine et moi. Et la raison n'en était pas quelque monstrueux malentendu, mais bien notre conduite criminelle. Oui, oui, je dis bien *notre* conduite, car c'est de plein gré que je m'étais fait le complice de Fandorine. Ou presque.

J'avais besoin de reprendre tout cela depuis le début, de me remémorer les événements de la nuit passée dans tous leurs détails.

Quand nous eûmes enfin réussi à briser la serrure et que nous nous engageâmes dans le souterrain, il était déjà vain d'espérer rattraper Lind. Mais dans le feu de l'action nous ne le comprîmes pas aussitôt. S'éclairant de la lampe prise sur la table du tombeau, Fandorine courut en avant, je le suivis, courbant un peu le dos pour ne pas me cogner la tête contre la voûte trop basse. La lueur vacillante arrachait aux ténèbres des lambeaux de toiles d'araignée, des tessons qui se détachaient sous nos pieds, l'éclat humide de parois glaiseuses.

Au bout d'une vingtaine de pas, le couloir bifurquait. Eraste Pétrovitch s'accroupit un instant, éclaira le sol et prit à droite sans plus hésiter. Trente secondes après, le tunnel se divisait à nouveau. Ayant repéré des traces distinctement imprimées dans l'épaisse couche de poussière, nous obliquâmes à gauche. Nous passâmes sept ou huit autres fourches avec la même facilité, mais bientôt l'huile de la lampe vint à s'épuiser, et nous nous trouvâmes dans le noir total.

— C'est parfait, grommela Fandorine, furieux. C'est absolument parfait. Maintenant, non seulement il n'est plus q-question de rattraper Lind, mais jamais nous ne retrouverons le chemin pour revenir sur nos pas. Qui aurait pu penser qu'il y avait ici un tel labyrinthe ? Mais il est vrai qu'on a creusé là pendant trois cents ans, sinon p-plus : les moines durant les temps troubles, les Streltsy rebelles, les *raskolniki* désireux de soustraire au patriarche Nikon les livres anciens et les trésors de l'Eglise, or à en juger par certaines galeries qu'on a déjà rencontrées, il devait y avoir aussi des carrières de pierre… C'est bon, Ioukine, en route, vers là où nos pas nous conduisent…

Progresser dans l'obscurité totale fut un exercice long et fort pénible. Je tombai à plusieurs reprises, pour avoir trébuché sur un ressaut. Une fois je m'affalai sur quelque chose de vivant qui détala aussitôt en poussant un couinement. Je crus que mon cœur me lâchait. J'ai honte d'avouer une faiblesse fort peu virile : je ne puis souffrir les rats et les souris. Cette sournoise vermine, fureteuse et toujours prompte à se carapater, répugne profondément à mon être.

Une autre fois mon pied accrocha un objet que je pris d'abord pour une racine, mais qui, lorsque je l'eus palpé, se révéla être la cage thoracique d'un squelette humain.

Quand je chutai pour la troisième fois, j'entendis quelque chose tinter à mes pieds. Je portai la main à ma poche : l'Orlov n'y était plus.

— La pierre est tombée ! criai-je, saisi d'angoisse.

Fandorine craqua une allumette et j'entrevis à la lueur de celle-ci une cruche éventrée, à l'intérieur de laquelle luisait faiblement un tas de rondelles métalliques aux contours irréguliers. J'en ramassai une : c'était une pièce d'argent, très ancienne. Mais je me souciais fort peu à ce moment-là de numismatique. Etait-il possible que j'eusse perdu le diamant plus tôt, lors d'une chute précédente ? Il serait en ce cas bien difficile de le retrouver.

Grâce à Dieu, à la troisième allumette, Fandorine repéra la pierre à demi enfouie dans la poussière, s'en saisit et ne daigna pas me la restituer. Après ce qui venait de se produire, je n'osai point émettre de protestation. Je me remplis pour ma part les poches de deux poignées de pièces puisées dans la cruche au trésor, et nous reprîmes notre laborieux cheminement.

Je ne sais combien d'heures dura cette épreuve. Il nous arrivait de nous asseoir par terre pour reprendre souffle. C'était la deuxième nuit d'affilée que je passais sous terre et, ma foi, j'eusse été bien embarrassé de dire laquelle m'était la plus cruelle.

Impossible de consulter nos montres, car l'humidité était telle que nos allumettes nous eurent bientôt refusé tout service. Quand je trébuchai pour la seconde fois contre les mêmes ossements que tantôt, il fut évident que nous tournions en rond.

— Vous savez, Zioukine, déclara alors Fandorine, nous n'y arriverons jamais comme ça. Vous avez envie que les rats f-fassent leur nid entre vos côtes ?

Je fus secoué d'un frisson de dégoût.

— Moi non plus. Par conséquent, cessons de baguenauder en nous en remettant au hasard. Il nous faut nous tenir à un système. Je vous propose de progresser désormais en alternant strictement les changements de direction : une fois à droite, une fois à gauche. En avant !

Mais même après l'adoption de ce « système », nous marchâmes encore longtemps avant de voir enfin une faible lueur poindre au loin. Je fus le premier à courir vers elle. Le passage s'étrécissant, je dus d'abord me plier complètement en deux, puis poursuivre à quatre pattes, mais peu m'importait : la lumière se faisait de plus en plus vive. Parvenu presque au bout du tunnel, je venais d'agripper une racine au contact froid et rugueux, quand soudain celle-ci se détendit comme un ressort et échappa à mes doigts avec un sifflement courroucé. Un serpent ! Je poussai un cri et me cognai durement le sommet du crâne contre la voûte. A la vue des taches jaunes dont s'ornait l'étroite tête de l'animal, qui déjà s'était esquivé tel un ruissellement d'eau noire, je compris qu'il s'agissait d'une inoffensive couleuvre.

Mais mon cœur continuait à battre à grands coups furieux.

Le trou débouchait sur la rive du fleuve affouillée par le courant. Je devinai la silhouette sombre d'une barge enveloppée de brume matinale, les toits des entrepôts érigés sur l'autre berge, et à quelque distance les arcades en plein cintre d'un pont de chemin de fer.

— Nous ne sommes p-pas rendus bien loin, vous et moi, dit Fandorine en s'étirant avant de secouer son cafetan de cocher souillé de terre.

Il avait eu tout le temps de se débarrasser de sa longue barbe noire ; quant à son chapeau à large bord, je crois qu'il ne l'avait déjà plus dans la crypte.

Je suivis la direction de son regard. A une centaine de pas, les bulbes du monastère Novodévitchi scintillaient d'un doux éclat sous les premiers rayons de soleil.

— Les moines devaient se servir de ce passage pour accéder discrètement au fleuve, déclara Fandorine. Je serais curieux de savoir dans quel but.

Pour moi, cela m'était totalement indifférent.

— Tenez, voici la chapelle ! m'exclamai-je en montrant l'édifice. Venez vite. MM. Karnovitch et Lassovski doivent être en train de tout fouiller. Moins dans l'espoir de nous retrouver, nous, que de remettre la main sur l'Orlov. Pour le coup, ils seront ravis de nous revoir !

Je souris. L'espace, la lumière, la fraîcheur de l'aube… tout cela, en cet instant, m'emplissait d'un sentiment bien particulier de plénitude et de bonheur de vivre, le même sans doute qu'avait dû éprouver jadis Lazare ressuscité des morts.

— Vous voulez rendre l'Orlov à Karnovitch ? me demanda Fandorine d'un ton incrédule.

Sur le coup, je crus avoir mal entendu, mais je compris ensuite que M. Fandorine était, comme moi, si ravi de l'heureux dénouement de cette nuit de cauchemar qu'il se sentait d'humeur facétieuse. Eh quoi, il est des circonstances où M. Zioukine n'est pas, lui non plus, hostile à la plaisanterie, quand même il ne se trouverait pas en compagnie du plus agréable des interlocuteurs.

— Non, je compte apporter la pierre au docteur Lind, répliquai-je tout en donnant à entendre, par le biais d'un sourire très contrôlé, que j'avais apprécié la boutade et y répondais dans le même esprit.

— Bon, c'est bien, opina Eraste Pétrovitch avec sérieux. Vous êtes conscient que si nous rendons le d-diamant aux autorités, nous ne le reverrons plus. Et alors l'enfant et Emilie seront condamnés.

Ce n'est qu'à ce moment que je saisis enfin qu'il ne plaisantait nullement.

— Vous avez vraiment l'intention de négocier personnellement avec le docteur Lind ? demandai-je à tout hasard, en quête de précisions.

— Mais oui, comment faire autrement ?

Nous demeurâmes silencieux, à nous dévisager l'un l'autre avec une égale perplexité. De mon récent élan d'optimisme, il ne restait plus trace. J'avais la bouche sèche tant j'étais tenaillé d'un mauvais pressentiment.

Fandorine me toisa de la tête aux pieds comme s'il me voyait pour la première fois, puis me demanda, me sembla-t-il, avec curiosité :

— At-tendez, Zioukine, vous n'aimez donc pas le petit Mika ?

— Je l'aime énormément au contraire, balbutiai-je, surpris d'une telle question.

— Et… Emilie non plus ne vous est pas indifférente, n'est-ce pas ?

Je me sentais épuisé, nous étions tous deux barbouillés de poussière et de glaise, l'herbe et le fleuve mêlaient autour de nous leurs odeurs… tout cela engendrait l'impression que les conventions habituelles n'avaient plus guère de sens. C'est pour cette seule raison que je me résolus à répondre à une question d'une si révoltante immodestie.

— Le sort de Mlle Declicq m'intéresse.

— Ainsi, c'est la vie de d-deux personnes qui est en jeu. De deux personnes que vous… eh bien, disons, « dont le sort vous intéresse ». Et vous seriez prêt à sacrifier ces personnes pour un morceau de carbone poli ?

— Il est des choses qui ont plus d'importance que l'amour… soufflai-je à mi-voix.

Et je me rappelai soudain que Fandorine avait débité les mêmes paroles à Xénia Guéorguievna il n'y avait pas si longtemps.

Ce souvenir m'était très désagréable, aussi jugeai-je nécessaire de préciser :

— Par exemple, l'honneur. La fidélité. Le prestige de la monarchie. Les saintes reliques nationales.

Je me sentais assez sot d'exposer des vérités aussi évidentes, mais que faire d'autre ?

Après un silence, Fandorine déclara :

— Vous avez, Zioukine, à faire un choix. Vous voyez, près de la chapelle, ce cordon de police ? Ou bien vous allez là-bas et vous dites que Fandorine s'est éclipsé en emp-portant l'Orlov avec lui. Ou bien nous essayons ensemble de sauver Emilie et l'enfant. Décidez-vous.

Sur ces mots, il tira de sa poche barbe noire et perruque hirsute – qu'il se révélait avoir conservées malgré tout – et ajusta à sa physionomie cette exubérante pilosité, se métamorphosant sous mes yeux en un simple rustaud de paysan, de ceux qui affluent dans les grandes villes avec l'espoir d'y trouver du travail.

Je ne sais pourquoi je suis resté avec lui. Parole d'honneur, je l'ignore. Je n'ai pas prononcé un mot, mais n'ai pas non plus bougé de place.

— Eh bien, nous irons au b-bagne enchaînés ensemble ! conclut Fandorine avec une gaieté déplacée.

Puis il me tendit la main. Sa poignée de main était ferme, la mienne d'une grande mollesse.

— Asseyez-vous ici et ne vous exp-posez pas trop. Je pars en reconnaissance.

Il prit la direction du monastère tandis que je me laissais tomber à genoux près de l'eau. Elle était pure et limpide, et je commençai par étancher ma soif, mais ensuite, quand les rides troublant la surface se furent dissipées, j'y observai le reflet de mon visage. A première vue, il ne semblait avoir changé en rien : mêmes moustaches, mêmes favoris, même front bombé et dégarni. Et cependant ce n'était plus le visage du *Hoffurier* Zioukine, majordome de la maison verte et fidèle serviteur du trône, mais celui d'un criminel d'Etat.

Le retour d'Eraste Pétrovitch me tira de ma triste hébétude, mais n'améliora en rien mon humeur.

Il se trouvait que policiers et soldats cernaient non seulement la chapelle mais aussi le monastère tout entier. Sous terre, dans le labyrinthe, les recherches duraient depuis plusieurs heures. Un sergent de ville avec lequel Fandorine avait parlé lui avait appris qu'on avait distribué à tous les postes de police le signalement de deux dangereux criminels, auteurs d'un forfait dont on savait seulement qu'il était, selon toute apparence, d'une extrême gravité. Toutes les voies permettant de sortir de Moscou étaient strictement surveillées, et la capture des malfaiteurs n'était qu'une question de temps. L'un d'eux était un homme brun, plutôt maigre et d'allure jeune, arborant de fines moustaches ; signes particuliers : cheveux blanchis sur les tempes et bégaiement caractéristique. L'autre... Ici Fandorine décrivit ma modeste personne de manière autrement détaillée. Je sus ainsi que j'avais le nez de type cartilagineux et dichotome, un poireau situé non pas simplement sur la joue mais dans le troisième secteur gauche de celle-ci, et des yeux d'un jaune tourbeux fendus en amande.

— Comment avez-vous réussi à faire parler ce policier ? demandai-je, stupéfait. Et puis, comment se fait-il que votre bégaiement ne lui ait pas paru suspect ?

— Pour délier la langue d'un inconnu, il n'est besoin que d'un peu de p-psychologie et de physiognomonie, expliqua Eraste Pétrovitch d'un air docte. Quant au bégaiement, eh bien, comme vous avez déjà pu le remarquer, lorsque j'entre dans la peau d'un autre p-personnage, je change et de voix et de façon de parler, pour adopter d'autres singularités de langage. Je ne suis plus du tout moi, ou en tout cas plus tout à fait moi. Mon bégaiement est la conséquence d'une c-contusion reçue autrefois par un certain Fandorine, mais dont jamais ne fut victime le bonhomme rangé qui conversait tout à l'heure si poliment avec monsieur le sergent de ville.

— Toute votre psychologie, dans les circonstances actuelles, ne vaut pas tripette. Nous ne sommes en mesure de sauver personne. C'est même plutôt nous qui aurions besoin de quelqu'un pour nous tirer d'affaire.

La police connaît nos signalements. Tenez, mieux vaut encore aller nous rendre. Nous expliquerons le pourquoi du comment et nous serons pardonnés.

Fandorine haussa les épaules avec une révoltante désinvolture :

— Nos signalements, et après ? Nous en changerons ! Il nous suffira de vous teindre en blond, de vous costumer en fonctionnaire, de vous raser la moustache et les favoris…

— Pour rien au monde ! m'écriai-je. Je les porte depuis plus de vingt ans !

— A votre aise, mais avec vos « rouflaquettes d'épagneul », comme dit Lind, vous êtes bien trop facilement identifiable. Vous vous condamnez à rester cloîtré entre q-quatre murs, pendant que moi j'arpenterai la ville en totale liberté.

Cette menace ne m'effrayait nullement, toutefois une autre idée me préoccupait déjà.

— J'imagine que Leurs Altesses doivent être fort inquiètes de ma mystérieuse disparition, bredouillai-je tristement.

— Dites plutôt qu'elles en sont scandalisées, corrigea Fandorine. Vue du dehors, la situation paraît assez peu équivoque. Tout le monde a évidemment conclu que vous et moi étions de mèche avec Lind et que nous agissions depuis le début de connivence avec lui. Ou bien que nous avons décidé de p-profiter de l'occasion pour nous emparer de l'Orlov. C'est pour cette raison que la police s'intéresse tant à nous.

Je poussai un gémissement. Mais oui, bien sûr, c'était exactement ce que notre conduite pouvait laisser croire !

Fandorine lui aussi s'était rembruni. Je crus qu'il venait enfin de prendre conscience de la situation dans laquelle nous étions tombés, entraînés par son goût de l'aventure.

Mais non, c'était en réalité tout autre chose qui le chagrinait.

— Ah, Zioukine, quelle merveilleuse op-pération nous avons ratée là ! La substitution du cocher, c'était une idée si simple, p-presque géniale ! Grâce au témoignage d'Emilie, j'avais deviné que l'homme était sourd-muet. Ce détail, ajouté au chapeau rabattu sur les yeux et à l'épaisse b-barbe noire, m'a facilité la tâche. A l'heure présente, le cocher est entre les mains de la police, mais on n'en tirera rien. Non seulement il est muet, mais c'est une brute tenant de l'animal. C'est d'ailleurs pourquoi Lind n'a pas craint de l'exposer. Tout était réglé comme du papier à musique ! Nous aurions dû sauver l'enfant et en même temps capturer Lind.

Il agita la main avec dépit.

— Ou si nous ne l'avions pas pris vivant, au moins l'aurions-nous abattu sur place, ce qui n'eût pas été une bien grande p-perte pour l'humanité. Il fallait seulement que je descendisse dans le souterrain. Qui aurait pu penser que le joaillier ne serait pas effrayé à la vue du poignard ? A cause de cela, tout a échoué. Mais quel dévouement, tout de même, ce Lind inspire à ses hommes ! Comment s'y prend-il pour les tenir de la sorte ? Non, c'est proprement incroyable !

Eraste Pétrovitch se releva d'un bond, en proie à une vive agitation.

— Ce diable de Belge ne pensait pas à lui, mais à Lind. Il ne s'agit plus seulement de code de l'honneur entre malfrats, mais de véritable amour fou !

— D'où tirez-vous que le joaillier était belge ?

— Quoi ? demanda-t-il d'un ton distrait. Ah ! D'après l'accent. Un Belge, originaire d'Anvers, sans le moindre doute. Mais c'est sans importance. Autre chose m'intrigue davantage. Comment interp-prétez-vous les paroles d'Emilie ? Rappelez-vous, elle a crié : « Lind est ici ! C'est... » Que signifie ce « c'est » ? On a le sentiment qu'elle voulait prononcer un nom qui nous était connu, ou bien désigner quelque signe particulier très caractéristique ou inattendu. Dans les deux cas, lequel ? « C'est un bossu » ? « C'est un Chinois » ? « C'est une femme » ?

Fandorine fronça les sourcils et reprit :

— Pour ce qui est d'une femme ou d'un Chinois, je ne sais pas, tout est possible, mais Lind n'est pas bossu, j'en suis absolument certain : je l'aurais remarqué... Mais ce n'est rien, bientôt nous saurons tout.

Il prononça ces dernières paroles avec une si tranquille assurance qu'un faible espoir s'éveilla en moi.

— Par conséquent, Zioukine, réfléchissons, p-pesons les plus et les moins de notre situation.

Eraste Pétrovitch s'assit par terre à côté de moi, ramassa quelques cailloux dans le creux de sa main et traça une ligne sur le sable.

— L'enfant est toujours entre les mains de Lind. Mauvais point.

Un caillou, noir, vint se poser à gauche de la ligne.

— Emilie est devenue elle aussi son otage. Autre mauvais point.

Un deuxième caillou noir s'en fut rejoindre le premier.

— Et qu'avons-nous de positif ? coupai-je, incapable de me contenir plus longtemps. Ajoutez à cela que toutes les polices de l'Empire, tant l'ordinaire que la secrète, au lieu de s'occuper de Lind sont à présent à nos trousses. Que Son Altesse, après toutes les épreuves qu'elle a subies, est dans un état grave, et peut-être même désespéré. Enfin que Lind, comme vous l'avez dit vous-même, ne laisse pas de témoins derrière lui !

Fandorine acquiesça d'un hochement de tête et déposa trois autres cailloux au même endroit avant de poursuivre son raisonnement :

— Mais maintenant c-considérons l'affaire sous un autre angle. Un bon point est que nous avons l'Orlov et que vous et moi sommes prêts, en dernière extrémité, s'il n'est vraiment pas d'autre solution, à accepter l'échange. Et d'un. Un autre point positif est que Lind a p-perdu le plus gros de sa bande. A dire vrai, presque l'intégralité : quatre hommes le jour de l'enlèvement, puis toute la bande du Moignon, et cinq autres encore hier. Emilie a crié : « Ils sont trois ! » Lind n'a donc plus que deux complices à sa disposition, alors qu'initialement ils étaient près d'une vingtaine. Et de deux. Enfin, hier, j'ai eu le temps de me nommer et de lui faire savoir à quelles conditions l'échange était possible. Et de trois.

Je regardai les cinq pierres noires puis les trois blanches, et ne sentis monter en moi aucune vague de réconfort.

— Très bien, et après ? De toute manière nous n'avons plus aucune idée de l'endroit où le chercher à présent. Et même si nous le savions, nous avons les mains liées. Nous ne pourrions faire un pas dans Moscou sans être aussitôt arrêtés.

— Vous venez d'avancer deux thèses dont l'une est dénuée de fondement et l'autre fausse, objecta Eraste Pétrovitch d'un ton professoral. Il est faux en effet que nos déplacements soient désormais limités. Comme j'ai déjà eu l'honneur de vous l'expliquer, il est très facile de modifier notre apparence. Lind se trouve bien plus empêché que nous. Il a sur les bras un fardeau passablement encombrant, à savoir deux prisonniers : un enfant malade et une femme au caractère extrêmement résolu. Le docteur ne prendra pas le risque de les supprimer parce qu'il a eu tout le loisir de m'étudier et qu'il sait que je ne me laisserai pas tromper. Au fait, c'est pour nous un autre plus.

Il posa par terre un quatrième caillou blanc.

— Quant à votre première thèse, elle est sans fondement pour une t-très simple raison : ni vous ni moi n'allons nous lancer à la recherche de Lind, de même qu'on n'a jamais vu la carotte courir après l'âne. C'est Lind lui-même qui viendra nous trouver.

Oh, comme ce masque impassible, comme ce ton de mentor avaient le don de me mettre hors de moi ! Je m'appliquai cependant à conserver mon calme.

— Me permettrez-vous de savoir pour quel motif Lind ferait l'effort de nous chercher ? Et surtout, comment il s'y prendrait…

— Maintenant, au lieu de deux thèses, vous formulez deux questions, ironisa Fandorine avec un insupportable aplomb. Eh bien, soit ! Je vais répondre à la première. Nous sommes avec le d-docteur dans une situation commerciale classique. Il y a une marchandise et il y a un négociant. Ou plutôt il y a deux négociants qui ont chacun quelque chose à vendre. Les marchandises dont j'ai besoin et que détient Lind sont les suivantes : un, le petit Mika ; deux, Emilie ; trois, la peau du docteur Lind lui-même. Quels sont à présent les biens en ma possession, convoités par notre p-partenaire de marché ? Premièrement, un diamant de deux cents carats, sans lequel toute l'escapade moscovite du docteur ne se résumerait plus qu'à un fiasco des plus lamentables, or Lind n'est pas accoutumé à de tels échecs. Deuxièmement, ma vie. Je vous assure que le docteur a une ardoise à me faire payer, au moins aussi longue que celle qu'il a chez moi. En sorte que lui et moi saurons fort bien conclure la transaction.

En prononçant ces mots, Eraste Pétrovitch affichait la même figure que s'il eût parlé non point d'un combat à livrer au plus dangereux criminel du monde contemporain, mais de quelque palpitante aventure ou autre partie de whist. Je n'ai jamais aimé les poseurs, surtout quand il est question d'affaires importantes, et la crânerie de Fandorine me parut déplacée.

— Passons maintenant à votre seconde question, poursuivit-il sans accorder d'attention à mes sourcils froncés. Comment Lind s'y prendra-t-il pour nous retrouver ? Eh bien, c'est f-fort simple. Ce soir, nous étudierons, vous et moi, les réclames et les annonces particulières de tous les journaux moscovites. Nous relèverons forcément un détail curieux. Vous ne me croyez pas ? Je suis prêt à p-parier, bien que ce ne soit pas dans mes habitudes.

— Parier ? fis-je d'une voix mauvaise, totalement exaspéré par sa forfanterie. Soit ! Si vous perdez, nous irons aujourd'hui même nous rendre à la police.

Il éclata d'un rire insouciant :

— Et si je gagne, vous raserez vos célèbres f-favoris, et les moustaches qui vont avec. Tope là ?

Et nous scellâmes notre accord par une poignée de main.

— Il nous faut rendre une visite à l'Ermitage, déclara Fandorine redevenu sérieux. En ramener Massa, il nous sera très précieux. Et nous munir de plusieurs choses indispensables. Par exemple, d'argent. Au moment de partir en opération, je n'ai pas pris mon portefeuille. J'avais prévu que ma rencontre avec Lind ne se passerait pas sans bondissements, remuements de bras, galopades et autres activités de ce genre, or en pareil cas le moindre p-poids inutile, même le plus insignifiant, est une gêne. Tenez, voilà encore la confirmation d'une très ancienne vérité : l'argent n'est jamais un fardeau. Combien avez-vous sur vous ?

Je glissai la main dans ma poche pour découvrir que lors d'une de mes très nombreuses chutes nocturnes, sans doute, j'avais perdu mon porte-monnaie. Si je ne me trompe pas, il devait contenir dans les huit roubles et des poussières. Je tirai à sa place une poignée de pièces d'argent noircies que je considérai d'un œil navré.

— C'est tout ce que vous avez ?

Eraste Pétrovitch prit un des jetons grossièrement découpés et le tourna entre ses doigts.

— Pièce de trois kopecks frappée sous Pierre le Grand. Je doute que nous puissions acheter quoi que ce soit avec ça. Dans un magasin d'antiquités, votre t-trésor trouverait facilement preneur, mais il serait risqué de nous montrer dans des lieux fréquentés dans la tenue où nous sommes. Par conséquent, nous sommes en plein paradoxe : nous avons en notre possession un d-diamant d'une valeur d'on ne sait combien de millions, et nous ne pouvons même acheter un quignon de pain. C'est une raison de plus pour aller à l'Ermitage.

— Mais comment ferons-nous ?

Je jetai un coup d'œil par-dessus le bord de la berge envahie de hautes herbes. Un cordon de policiers et de soldats avait pris position tout autour de l'étang et du pré.

— Tout est cerné ici. Et même si nous parvenions à échapper à l'encerclement, il resterait impensable de traverser toute la ville à pied au beau milieu du jour !

— On voit tout de suite, Zioukine, que vous ne connaissez rien à la géographie de l'ancienne capitale. Qu'est ceci, selon vous ?

Fandorine désigna le fleuve d'un mouvement de menton.

— Comment cela ? La Moscova, bien sûr.

— Et que voyiez-vous chaque jour depuis les fenêtres de l'Ermitage, dites-moi ? Rappelez-vous : cette chose humide, verdâtre, qui s'écoulait lentement en direction du Kremlin ? Nous devrons seulement nous résoudre à commettre encore un crime, moins retentissant, il est vrai, que le vol de l'Orlov.

Il s'approcha d'une méchante barque amarrée au rivage, l'examina et hocha la tête :

— Ça fera l'affaire. Certes, il n'y a pas de rames, mais voici une p-planche qui nous conviendra parfaitement. Grimpez, Zioukine. On n'aura pas l'idée de nous chercher au milieu du fleuve, et le trajet n'est pas long. Dommage seulement pour le propriétaire de la barque. Pour lui, cette perte sera à coup sûr bien plus catastrophique que celle de l'Orlov pour les Romanov. Allons, donnez-moi vos trophées.

Sans plus de cérémonie, il plongea les mains dans mes poches et les vida de toutes les pièces de monnaie qui s'y trouvaient, pièces qu'il déposa à côté du pieu auquel était attachée l'embarcation, puis saupoudra d'un peu de sable.

— Eh bien, que faites-vous planté là ! Montez ! Mais en douceur, autrement notre c-cuirassé va se retourner.

Je m'exécutai, résigné à tremper mes souliers dans l'eau accumulée au fond. Fandorine poussa sur la planche, et la barque, très lentement, s'éloigna de la rive. Il se mit alors à jouer comme un perdu de sa lourde pagaie improvisée, la plongeant alternativement à gauche et à droite. Toutefois, en dépit de cet acharnement digne d'un Sisyphe, notre nacelle ne se mouvait qu'à peine.

Dix minutes plus tard, comme nous n'avions pas encore atteint le milieu du fleuve, je demandai :

— Tout de même, à quelle distance sommes-nous du Jardin des Divertissements ?

— Trois... ou quatre... verstes... je suppose, répondit péniblement Fandorine, le visage rougi par l'effort.

Je ne pus retenir un sarcasme :

— A pareille allure, nous serons peut-être arrivés demain matin. Le courant n'est pas bien vif par ici.

— On se fiche du courant, grommela Eraste Pétrovitch.

Il redoubla de vigueur dans le maniement de sa planche, et la proue de l'embarcation vint donner contre un tronc d'arbre – élément d'un long train de bois que remorquait une petite péniche à vapeur.

Fandorine noua l'amarre à un moignon de branche, laissa tomber la planche au fond de la barque et s'étira d'un air satisfait.

— Et voilà, Zioukine. Une petite demi-heure, le temps de nous reposer un peu, et nous touchons au but.

A gauche défilaient sans hâte des étendues de prés et de potagers au-delà desquels se dessinaient en blanc les murs du monastère Novodévitchi, dont la vue, pour être tout à fait sincère, finissait par m'écœurer passablement. A droite en revanche s'élevaient de hautes collines boisées au flanc desquelles j'aperçus le dôme d'une église tout immaculée, d'élégantes tonnelles et même une grotte.

— Vous voyez devant vous le parc des Moineaux, tracé sur le modèle anglais et imitant le naturel d'une forêt sauvage, expliquait déjà Fandorine d'une voix de guide professionnel. Remarquez le pont suspendu jeté là-bas en travers de ce ravin. J'ai vu exactement le même type d'ouvrage dans l'Himalaya, mais tressé de tiges de bambou. Il est vrai que celui-ci ne franchissait pas un creux de vingt toises, mais un abîme de près de d-deux verstes de profondeur. Cela dit, pour celui qui tombe, la différence importe peu… Mais qu'est-ce donc que ceci ?

Il se pencha et tira de sous son banc une rustique canne à pêche. Il l'examina avec intérêt, puis tourna la tête en tous sens, avant de pousser une exclamation joyeuse pour enfin décoller du bordé une petite chenille verte.

— Eh bien, Zioukine, tentons notre chance !

Il lança l'hameçon dans l'eau et presque aussitôt remonta au bout de sa ligne un gardon argenté grand comme la main.

— Pas mal, hein ? s'exclama Eraste Pétrovitch d'une voix tout excitée en me fourrant sous le nez sa prise frétillante. Non, mais vous avez vu ? Il ne s'est pas p-passé une minute ! Excellent présage ! C'est comme ça également que nous allons pêcher Lind !

Que dire ? Un vrai gamin ! Vantard, irréfléchi, comme un gosse. Il glissa le poisson humide dans sa poche, qui se mit à remuer comme si elle était vivante.

Mais devant nous se profilait déjà un pont aux contours familiers : celui-là même qu'on apercevait des fenêtres de l'Ermitage. Bientôt je distinguai entre la ramure des arbres les toits verts du palais.

Fandorine dénoua l'amarre qui nous retenait au train de bois, et dès que celui-ci passa à proximité de notre objectif, nous mîmes le cap sur la rive droite. Un quart d'heure après, nous étions devant la clôture du parc.

Cette fois-ci je franchis l'obstacle sans aucune difficulté – résultat de l'expérience accumulée en ces quelques jours. Nous nous enfonçâmes assez loin dans le bosquet, mais Fandorine jugea plus prudent de ne pas s'approcher davantage du bâtiment.

— Certes il y a peu de chances qu'on vienne nous chercher ici, déclara-t-il en s'étendant dans l'herbe. Mais m-mieux vaut

attendre la tombée du jour. Vous avez faim ?

— Oui, très. Vous avez des provisions ? m'enquis-je avec espoir, car à dire vrai il y avait un bon moment qu'une terrible fringale me taraudait le ventre.

— Tenez.

Il tira de sa poche le fruit de sa pêche de tantôt.

— Vous n'avez jamais goûté au poisson cru ? Au Japon, tout le monde le mange comme ça.

Je déclinai, bien entendu, une offre de repas aussi inconcevable, et regardai non sans répulsion Eraste Pétrovitch dévorer avec appétit son gardon froid et glissant, dont il détachait et suçotait élégamment toutes les menues arêtes.

Ayant achevé son festin de barbare, il s'essuya les doigts dans un mouchoir, sortit ses allumettes puis extirpa de je ne sais quelle poche intérieure un cigare. Il secoua la boîte et m'informa d'un ton satisfait :

— Elles ont séché. Vous ne fumez pas, je crois ?

Il aspira une longue bouffée de tabac avec volupté, puis glissa un bras sous sa tête.

— Quel p-pique-nique épatant, vous ne trouvez pas ? Il fait bon. Un vrai paradis.

— Un paradis ?

Je me redressai à demi, vibrant d'indignation.

— Le monde s'écroule sous nos yeux, et vous appelez ça un « paradis » ? Les fondements de la monarchie vacillent, un enfant innocent est tourmenté par des malfaisants, la plus digne des femmes subit peut-être en ce moment même…

Je n'achevai pas, car il est des choses qu'on ne peut prononcer à haute voix.

— Le chaos, voilà ce que c'est. Et il n'est rien au monde de plus effrayant, car le chaos engendre la folie, la ruine de toutes les règles et de tous les principes…

Je m'étranglai dans une quinte de toux sans avoir exprimé jusqu'au bout ma pensée, mais Fandorine m'avait compris et son sourire s'était effacé.

— Savez-vous, Afanassi Stépanovitch, quelle est votre erreur ? répondit-il d'une voix lasse en fermant les yeux. Vous croyez que l'existence du monde repose sur des règles, qu'elle p-possède un sens et un ordre. Or moi, j'ai compris depuis belle lurette que la vie n'est rien d'autre que chaos, qu'elle n'obéit absolument à aucun ordre, non plus qu'à aucune loi.

— Cependant vous-même produisez l'impression d'être un homme à principes, ripostai-je, piqué au vif, après un coup d'œil à la raie impeccable qui partageait ses cheveux et que toutes les aventures et émotions que nous venions de vivre n'avaient point dérangée.

— C'est vrai, j'ai des p-principes. Mais ce sont les miens, forgés par moi et pour moi seulement, non pour le reste du monde. Que le monde se gouverne comme il l'entend, j'aurai toujours, moi, mon propre gouvernement. Pour autant que c'est possible. Suivre ses principes, Afanassi Stépanovitch, ce n'est pas vouloir régler l'ensemble de l'univers, mais tenter d'organiser au moins un peu l'espace se trouvant à p-proximité immédiate. Pas davantage. Et même réduite à si peu, la tâche dépasse encore mes forces… Allez, Zioukine, je crois que je vais faire un petit somme.

Il se tourna sur le côté, replia son bras sous sa joue et s'endormit sur-le-champ. Quel homme incroyable !

Je ne sais ce qui me tourmentait le plus : la faim, la colère, ou l'aveu de ma propre impuissance. Quoique non, je le sais fort bien : c'était la peur. Peur pour la vie de Mikhaïl Guéorguiévitch, pour Emilie, pour moi-même.

Oui, oui, pour moi-même. Et c'était bien la pire de toutes les peurs que je connaissais. Je redoutais terriblement non point la douleur, ni même la mort, mais le déshonneur. Toute ma vie, j'avais craint par-dessus tout de tomber dans une situation infamante et par là même de perdre le respect que j'avais de moi-même. Que me resterait-il si je venais à être privé de ma dignité ? Qui serais-je alors ? Un médiocre, solitaire et vieillissant, au front bosselé, au nez en patate et aux « rouflaquettes d'épagneul », qui aurait usé sa vie on ne sait à quoi ni pour quoi.

La recette pour toujours conserver sa dignité, je l'avais découverte il y avait bien longtemps, au temps de ma jeunesse. La formule magique s'était révélée simple et brève : éviter par tous les moyens d'être surpris, et pas seulement par le malheur, mais aussi par les joies. Toutes les situations honteuses naissent d'une transgression de l'ordre établi, autrement dit, justement, d'événements imprévus. Il est nécessaire par conséquent de tout prévoir et envisager à l'avance. D'être toujours armé, d'accomplir consciencieusement son devoir et de ne pas courir après des chimères. C'est ainsi que j'avais vécu. Or quel était le résultat ? Afanassi Zioukine était un voleur, un escroc, une canaille et un criminel d'Etat. Du moins était-ce là ce que pensaient les gens dont le jugement comptait pour moi.

Le soleil passa le mitan du ciel et commença à décliner doucement. Fatigué d'arpenter la clairière, je m'assis dans l'herbe. Le frais feuillage bruissait sous la brise légère, un bourdon vrombissait sur une note basse parmi les pissenlits, sur le ciel turquoise glissaient de lentes dentelles de nuages.

De toute manière, je n'arriverai pas à fermer l'œil, pensai-je en m'adossant au tronc d'un orme.

— R-réveillez-vous, Zioukine. Il est temps.

J'ouvris les yeux. Les nuages se traînaient toujours avec la même lenteur, mais de blancs qu'ils étaient ils avaient viré au rose, tandis que le ciel obscurci semblait s'être rapproché de la terre.

Le soleil n'était pas encore couché, mais cela signifiait que j'avais dormi au moins neuf heures.

— Ne battez pas des p-paupières comme ça, dit Fandorine d'un ton alerte. Nous partons à l'assaut de l'Ermitage.

Eraste Pétrovitch avait ôté son long cafetan de cocher. Dans l'ombre grandissante, avec son gilet de satin et sa chemise bleue, il était presque invisible.

Nous traversâmes rapidement le parc en direction du palais.

Quand je vis les fenêtres illuminées de l'Ermitage, une inexprimable angoisse me serra le cœur. La demeure était pareille à un blanc paquebot transocéanique voguant, tranquille et assuré, à travers les ténèbres, et moi qui me trouvais encore si peu de temps auparavant sur le luxueux pont-promenade, j'avais chu par-dessus bord et me débattais à présent au milieu des vagues noires sans même oser crier au secours.

Fandorine interrompit le cours de mes tristes pensées :

— A qui appartient cette fenêtre, au premier étage, la t-troisième à partir de la gauche ? Vous ne regardez pas au bon endroit, celle-ci, vous voyez ? qui est ouverte mais pas éclairée.

— C'est la chambre de Mr Freyby.

— Vous vous sentez capable d'y grimper ? Très bien, en avant !

Nous franchîmes en courant la pelouse, puis, rasant le mur, nous nous glissâmes jusque sous la fenêtre désignée. Eraste Pétrovitch plaça ses mains en godet et me fit si habilement la courte échelle que je n'eus aucune peine à escalader le rebord de la croisée. Fandorine me suivit.

— Restez là. J-je reviens.

— Et si Mr Freyby entre dans la chambre ? demandai-je, affolé. Comment lui expliquerai-je ma présence ici ?

Fandorine regarda autour de lui et, avisant la table, se saisit d'une bouteille posée dessus, dans laquelle clapotait un liquide ambré – sans doute le fameux whisky dont m'avait régalé le *butler* quelques jours plus tôt.

— Tenez, prenez. Vous lui en flanquez un c-coup sur la tête, vous le ligotez et lui fourrez un bâillon dans la bouche, cette serviette, là, par exemple. Il n'y a rien à faire, Zioukine, nous sommes dans une situation d'exception. Il ne manquerait plus que l'Anglais pousse des cris. Mais cessez de trembler comme ça, je reviens tout de suite.

Et en effet, moins de cinq minutes plus tard, il était de retour. Un sac de voyage à la main.

— J'ai là tout le n-nécessaire. Ma chambre a fait l'objet d'une perquisition, mais rien n'a été touché. Massa n'était pas sur place. Je vais tâcher de le t-trouver.

Je demeurai seul à nouveau, mais eus encore peu à attendre, car la porte se rouvrit quelques instants après.

Cependant ce n'est pas Eraste Pétrovitch qui entra cette fois-ci, mais Mr Freyby. Il tendit la main, tourna la molette de la lampe à huile, et la lumière se fit dans la chambre. Je clignai des yeux, désemparé.

Cramponné à la bouteille, j'esquissai un timide pas en avant. Pauvre *butler*, il n'y était pour rien.

— Bonne swar, me dit aimablement Freyby en considérant le flacon avec intérêt. *I didn't realize that you liked my whisky that much.*

Il tira son dictionnaire de sa poche et, avec une dextérité impressionnante – on voyait qu'il s'était fait la main –, en feuilleta rapidement les pages :

— Je... n'avais pas... rendre compte... que tu... aimer... mon whisky... que... beaucoup.

Là, mon désarroi atteignit son comble. Assommer un homme qui venait d'engager la conversation, c'était pour le coup parfaitement inconcevable.

Devant ma figure embarrassée, l'Anglais me tapota l'épaule et, désignant la bouteille, me dit :

— *A present.* Un cadeau.

Le *butler* remarqua alors le sac de voyage que je tenais de l'autre main.

— *Going on travel ?* Tut-tut-tuuut ?

En l'entendant imiter le sifflet d'une locomotive, enfin je compris : Freyby imaginait que je partais en voyage et que j'avais décidé d'emporter avec moi une bouteille de la boisson dont j'étais devenu le fervent amateur.

— Oui, oui, bredouillai-je. Voyage. Tènk you.

Et je sortis précipitamment de la pièce. Dieu sait ce que Freyby allait penser des majordomes russes, mais l'heure n'était pas à se préoccuper du prestige national.

Dans la chambre voisine, chez Mr Carr, retentit le timbre grêle de la sonnette d'appel des domestiques.

J'eus à peine le temps de me dissimuler derrière une portière que le jeune laquais Lipps surgissait déjà dans le couloir au grand trot. Je ne pouvais que me féliciter. Voilà ce que signifiait tenir fermement une maison en ordre. Je n'étais plus sur place, mais tout continuait de fonctionner comme une horloge.

— Qu'y a-t-il pour votre service, Monsieur ? demanda Lipps en ouvrant la porte.

Mr Carr débita quelques mots d'une voix indolente, parmi lesquels je distinguai celui d'« encrier », prononcé avec un accent impossible, et le laquais se retira, adoptant aussitôt la même allure digne de tous les éloges, tandis que je battais en retraite dans le couloir adjacent qui menait à ma chambre, décidé à me réfugier en attendant dans celle-ci. Je reculais ainsi à petits pas prudents, le sac et la bouteille serrés contre ma poitrine, quand soudain mon dos heurta quelque chose de mou. Je me retournai : ô Seigneur, Somov !

— Bonjour, Afanassi Stépanovitch, balbutia mon adjoint. Ou plutôt, bonsoir. On m'a attribué, voyez-vous, votre chambre…

Je déglutis et restai muet.

— On prétend que vous avez pris la fuite… Que M. Fandorine et vous serez bientôt retrouvés et arrêtés. Le Japonais de Monsieur a déjà été mis en prison. On dit que vous êtes des criminels, conclut-il dans un chuchotement.

— Je sais, répliquai-je vivement. Mais c'est faux. Korneï Sélifanovitch, vous avez eu peu de temps pour apprendre à me connaître, mais, je vous le jure, tout ce que je fais, c'est uniquement pour le bien de Mikhaïl Guéorguiévitch.

Somov me regarda en silence, sans que son visage permît de deviner ce qu'il pensait. Allait-il crier ou non, c'était tout ce qui m'occupait en cet instant. A tout hasard, je serrai entre mes doigts le goulot de la bouteille.

— C'est vrai, dit enfin Somov à voix basse, j'ai en effet disposé de trop peu de temps pour faire vraiment votre connaissance, mais un grand majordome se reconnaît tout de suite. Avec votre permission, j'oserais cependant vous dire, Afanassi Stépanovitch, que je vous admire et que je rêverais de vous ressembler. Et... et si vous avez besoin de mon aide, je ferai tout ce qui est en mon pouvoir.

Je sentis ma gorge se nouer et craignis de ne pouvoir ouvrir la bouche sans fondre en larmes.

— Je vous remercie, articulai-je enfin. Je vous remercie d'avoir choisi de ne pas me livrer.

— Comment pourrais-je vous livrer si je ne vous ai pas vu ? répondit-il en haussant les épaules.

Il me salua et s'éloigna.

Cette conversation, remarquable à tous points de vue, me fit perdre un peu de ma vigilance, en sorte que je tournai l'angle du couloir sans prendre le soin de m'assurer au préalable que la voie était bien libre. Or la femme de chambre de Son Altesse, Liza Pétrichtchéva, était là, devant le miroir, occupée à se contempler sous toutes les faces.

— Ah ! glapit Liza, fille sotte et étourdie, qu'on avait surprise, qui plus est, à batifoler avec le valet de chambre de Fandorine.

— Chut ! lui fis-je. Silence, Pétrichtchéva. Surtout, ne crie pas.

Elle hocha plusieurs fois la tête d'un air effrayé, puis se retourna soudain et prit ses jambes à son cou en hurlant à pleins poumons :

— Au secours ! A l'assassin ! Il est iciiiii ! ! !

Je m'élançai dans le sens opposé, vers le vestibule, mais des voix masculines, très agitées, y retentissaient déjà. Où filer ?

A l'étage, c'était la seule solution.

J'escaladai en moins de deux l'escalier pour me heurter à une forme blanche surgie de la pénombre du corridor. Xénia Guéorguievna !

Je me figeai sur place.

— Où est-il ? me demanda aussitôt Son Altesse. Où est Eraste Pétrovitch ?

On entendait en bas le piétinement d'une troupe fort nombreuse.

— Zioukine est ici ! Trouvez-le ! lança une voix de basse pleine d'autorité.

La grande-duchesse me prit par la main.

— Venez chez moi !

Nous claquâmes la porte derrière nous, et trente secondes plus tard plusieurs personnes traversaient le couloir en courant.

— Inspectez les chambres ! commanda la même voix grave.

Soudain des cris éclatèrent au niveau inférieur, quelqu'un hurla :

— Halte ! Halte, salopard !

Un coup de feu partit, puis un autre.

Xénia Guéorguievna lâcha une exclamation et vacilla sur ses jambes. Je dus la retenir dans mes bras. Son visage était devenu livide et ses yeux paraissaient entièrement noirs tant les pupilles en étaient dilatées.

Une vitre brisée tinta au rez-de-chaussée.

Son Altesse me repoussa brutalement et se précipita à la fenêtre. Je l'y rejoignis. Nous aperçûmes en bas une silhouette sombre qui, à l'évidence, venait juste de sauter à terre.

C'était Fandorine : je reconnus son gilet.

Dans la seconde qui suivit, deux autres hommes en civil bondirent de la même ouverture et empoignèrent Eraste Pétrovitch par les bras. Xénia poussa un cri perçant.

Cependant Fandorine fit preuve d'une stupéfiante souplesse. Sans chercher à libérer ses mains, il se ploya à la manière d'un ressort et frappa l'un de ses adversaires d'un coup de genou dans l'aine, puis infligea aussitôt le même traitement au second. Tandis que les deux agents se pliaient en deux, Eraste Pétrovitch, telle une ombre légère, franchit la pelouse en trois enjambées et disparut dans les buissons.

— Dieu soit loué ! murmura Son Altesse. Il est sauvé !

Des gens se mirent à courir autour de la maison, certains en uniforme, d'autres en bourgeois. Quelqu'un s'élança dans l'allée en direction du portail, d'autres se jetèrent à la poursuite du fugitif. Mais les traqueurs n'étaient pas si nombreux, une dizaine tout au plus. Ce n'étaient pas eux qui allaient rattraper, dans un parc aussi vaste envahi de ténèbres, le vif et fringant M. Fandorine.

Il n'y avait plus lieu de s'alarmer pour celui-ci. Mais moi, qu'allais-je devenir ?

On frappa violemment à la porte.

— Votre Altesse Impériale ! Il y a un criminel dans la maison ! Tout va bien chez vous ?

D'un geste, Xénia Guéorguievna m'ordonna de me dissimuler dans l'armoire. Elle ouvrit la porte et dit d'une voix mécontente :

— J'ai une migraine affreuse, et vous venez crier et faire du vacarme. Attrapez donc votre criminel et ne me dérangez plus !

— Votre Altesse, au moins enfermez-vous à clef.

— Fort bien.

Quand j'entendis la clef tourner dans la serrure, je sortis de ma cachette et m'avançai au milieu de la pièce.

— Je sais, souffla Xénia Guéorguievna dans un chuchotement fiévreux, les mains frileusement crispées sur les épaules. Rien de tout cela n'est vrai. Il n'a pas pu commettre un vol. Et toi non plus, Afanassi, tu n'es pas capable d'une telle chose. J'ai tout deviné. Vous voulez sauver Mika. Je ne te demande pas de me raconter quel est exactement votre plan. Dis-moi seulement si j'ai deviné juste ?

— Oui.

Elle ne me posa plus, en effet, la moindre question. Elle tomba à genoux devant l'icône et se mit à se prosterner. Je n'avais jamais vu auparavant Son Altesse manifester une telle dévotion, même dans son enfance. Je crois qu'elle murmura encore plusieurs phrases, une prière probablement, mais il me fut impossible d'en discerner les mots.

Xénia Guéorguievna pria insupportablement longtemps. Durant plus d'une demi-heure, je pense, cependant que j'attendais là, debout, sans bouger. Tout au plus me permis-je d'escamoter la bouteille de whisky dans le sac de voyage. Je n'allais tout de même pas la laisser dans la chambre de la grande-duchesse !

Quand la maison fut redevenue silencieuse et que les hommes partis à la poursuite de Fandorine rentrèrent du parc en échangeant à haute voix leurs impressions, alors seulement Son Altesse se releva. Elle marcha jusqu'à son secrétaire, y fouilla un instant, entrechoquant divers objets, puis m'appela auprès d'elle.

— Prends, Afanassi. Vous aurez besoin d'argent. Je n'en ai pas, tu le sais. Mais voici des boucles d'oreilles en opale et une broche en diamant. Elles m'appartiennent en propre, ce ne sont pas des bijoux de famille. On peut vendre ces choses-là. Sans doute valent-elles cher.

Je tentai de protester, mais elle ne voulut pas même m'écouter. Pour ne pas m'engager dans une longue discussion qui à ce moment eût été tout à fait mal venue, je pris les joyaux en me promettant fermement de les rendre tous intacts à Son Altesse.

Après quoi Xénia Guéorguievna tira de son armoire une longue ceinture de soie appartenant à une robe de chambre chinoise.

— Noue ceci à l'espagnolette et descends. Elle ne tombera pas jusqu'à terre, tu devras sauter. Mais tu es brave, n'est-ce pas ? Tu n'auras pas peur. Le Seigneur te protège.

Elle fit sur moi le signe de croix, puis brusquement me baisa la joue. J'en fus tout décontenancé. Et, sans doute pour cette raison, je demandai :

— Dois-je transmettre quelque chose à M. Fandorine ?

— Que je l'aime, répondit brièvement Son Altesse en même temps qu'elle me poussait vers la fenêtre.

J'atteignis le sol sans m'estropier aucun membre. Je traversai le parc également sans incident. Parvenu à la clôture longée par la grande avenue de Kalouga, presque déserte à cette heure tardive, je fis halte. J'attendis qu'il n'y eût plus de passants dans le voisinage, et très lestement escaladai la grille : j'avais accompli de nets et importants progrès dans l'art de grimper aux palissades.

Cependant je ne savais pas trop quelle conduite adopter ensuite. Je n'avais toujours pas d'argent, je n'étais même pas en mesure de louer un fiacre. Et pour aller où, du reste ?

Un petit vendeur de journaux traînait dans la rue. Un tout jeune gamin encore, qui ne devait pas avoir neuf ans. Il braillait à tue-tête, bien qu'il n'y eût là personne, a priori, pour lui acheter sa marchandise.

— *Le Journal à un kopeck !* Dernière édition ! *Le Journal à un kopeck !* Le journal des petites annonces ! A qui son cavalier, à qui sa fiiiiancée ! A qui un *appartament*, et à qui un boooon emploi !

Je tressaillis au souvenir de mon pari avec Fandorine. Je fouillai mes poches dans l'espoir d'y découvrir quelque menue pièce rescapée, d'un ou deux kopecks. Un petit objet rond et plat était passé derrière la doublure. Une antique pièce d'argent, cinq kopecks du temps de Pierre le Grand.

Tant pis, peut-être ne remarquerait-il rien dans l'obscurité.

Je hélai le vendeur de journaux, tirai de sa saccoche un exemplaire plié et jetai ma pièce d'argent dans sa sébile, où elle tinta aussi bien que si elle eût été de cuivre. Le garçon, comme si de rien n'était, s'en fut plus loin, criant toujours sa maladroite réclame.

Je m'approchai d'un réverbère, dépliai la feuille de papier gris, et vis imprimé en première page, au beau milieu, en lettres d'un pouce de hauteur :

Mon aigle ! Mon diamant nué de saphir ! Je te pardonne. Je t'aime. J'attends de tes nouvelles.

Ta Linda.

Ecrire à l'hôtel des postes, à l'attention du porteur du bon du Trésor n° 137078859.

C'était ça ! Aucun doute possible ! Et comme c'était habilement formulé ! Aucune personne étrangère à l'affaire, ne sachant rien du diamant ni de l'échange, n'irait soupçonner quoi que ce soit !

Mais Fandorine verrait-il ce journal ? Comment l'informer ? Où rechercher sa trace à présent ? Ah, quelle déveine !

— Alors, comment trouvez-vous ça ? fit une voix familière surgie de l'obscurité. Voilà ce qui s'appelle du v-vrai amour. Cette déclaration enflammée est publiée par tous les journaux du soir.

Je me retournai, stupéfait d'une si heureuse rencontre.

— Eh bien quoi, Zioukine, pourquoi paraissez-vous si surpris ? Il était pourtant évident que si vous parveniez à vous échapper du palais, vous passeriez par-dessus la grille. J'ignorais s-seulement en quel point précis. J'ai dû embaucher quatre vendeurs de journaux pour se balader le long de la clôture et signaler les petites annonces en criant le plus fort possible. Vous deviez forcément mordre à l'hameçon. C'est tout, Zioukine, vous avez perdu votre pari. Dites adieu à vos chers favoris et à votre superbe moustache.

17 mai

L'individu qui me dévisageait dans le miroir présentait une physionomie bouffie, affligée d'une bouche molle, d'un double menton naissant et de joues d'une pâleur malsaine. Privé de ses somptueuses moustaches et de ses favoris bien peignés, mon visage paraissait avoir émergé de derrière un nuage ou des profondeurs de la brume, pour s'exposer à moi nu, évident et vulnérable. Je me sentis ébranlé par ce spectacle : c'était comme si je me voyais vraiment pour la première fois. J'avais lu dans je ne sais plus quel roman qu'au fil des années vécues on forgeait peu à peu son propre portrait, en inscrivant sur la toile lisse et vierge de l'être qu'on était à la naissance tout un ensemble de plis, de rides, de creux et de bosses. Comme on sait, les rides peuvent trahir l'intelligence ou la sottise, la bonté ou la méchanceté, la bonne humeur ou la tristesse. Et sous l'influence de ce dessin tracé par la vie même, avec les années, les uns gagnaient en beauté, les autres en laideur.

Quand le premier choc fut passé et que j'eus étudié plus attentivement ce nouvel autoportrait, je me rendis compte que j'étais incapable de dire avec précision si j'étais content de l'œuvre. Pour le pli au coin des lèvres, oui : il témoignait d'une solide expérience de la vie et d'une incontestable fermeté de caractère. Cependant la large mâchoire inférieure laissait deviner une nette tendance à la maussaderie, tandis que les joues tombantes induisaient à soupçonner certaine prédisposition à l'échec. Mais le plus surprenant était que, débarrassée de tout poil, ma figure se trouvait bien plus changée que par l'épaisse barbe rousse de l'autre jour. J'avais cessé brusquement d'être le majordome d'un grand-duc pour n'être plus qu'une simple motte de glaise pouvant servir à modeler à présent n'importe quel personnage de toute origine et de toute condition.

Cependant, quand il eut étudié mon nouveau faciès d'un œil d'expert en objets d'art, Fandorine parut d'un autre avis. Reposant son rasoir, il grommela comme à part soi :

— Vous vous prêtez fort mal au déguisement. Vous n'avez rien perdu de votre air guindé, le pli hautain qui vous barre le front est toujours là, même le p-port de tête... Hum, Zioukine, vous ne me ressemblez pas du tout, rien à faire, à part la taille peut-être qui coïncide à peu près... Mais bon, ça n'est pas très grave. Lind sait que je suis passé maître dans l'art des métamorphoses. Une si évidente dissemblance peut justement conforter ses gens dans la certitude que vous êtes moi. Mais en quoi vous costumer ? Tenez, si vous le voulez bien, nous ferons de vous un fonctionnaire, disons de sixième, septième classe. Vous ne supporteriez pas un grade inférieur. Ne b-bougez pas d'ici, je cours faire un saut rue Strétenka au magasin de prêt-à-porter pour militaires et fonctionnaires. J'en profiterai pour me trouver aussi quelque chose. Chez nous, en Russie, le plus simple est encore de se cacher derrière un uniforme.

La veille au soir, dans le même *Journal à un kopeck* où le docteur Lind avait inséré son impertinente annonce, Eraste Pétrovitch avait relevé un avis de location d'appartement :

A louer pour les fêtes du couronnement : un appartement de sept pièces avec mobilier, vaisselle et téléphone. A proximité de Tchistyé Prudy. 500 roubles. Possibilité de mise à disposition de domestiques en échange d'un supplément. Rue d'Arkhangelsk, immeuble de la conseillère d'Etat Soukhoroukova. Se renseigner à la loge du concierge.

Le nombre de pièces m'avait paru excessif, et le prix – compte tenu du fait que les cérémonies du couronnement touchaient déjà à leur fin – carrément exorbitant, mais Fandorine n'avait pas voulu m'entendre. « En contrepartie, c'est tout près de l'hôtel des postes », avait-il dit. Et avant qu'il fût minuit, nous emménagions dans un luxueux et confortable logement, situé au rez-de-chaussée d'un immeuble neuf en pierre de taille. Le concierge était si heureux de toucher le loyer à l'avance qu'il ne demanda pas même à voir nos papiers.

Après avoir pris le thé dans la salle à manger décorée avec un faste qui ne dissimulait pas cependant un assez mauvais goût, nous discutâmes de notre futur plan d'action. A dire vrai, la conversation se réduisit plutôt à un long monologue débité par Fandorine, car pour ma part je me contentai dans l'ensemble d'écouter. Je soupçonnais que pour Eraste Pétrovitch « discuter » signifiait simplement « réfléchir à haute voix », et que ses invitations à lui fournir avis ou conseils n'étaient pas à tenir pour davantage que de simples figures de rhétorique.

Certes, c'est moi qui engageai la conversation sur le sujet. La démarche de Lind ainsi que le fait d'avoir trouvé un toit avaient produit sur moi le plus réconfortant effet, si bien que je ne me ressentais plus du tout de mon précédent abattement.

— L'affaire ne me paraît plus si compliquée, déclarai-je. Nous allons expédier une lettre exposant les conditions de l'échange et occuper un poste d'observation près du guichet où est délivré le courrier en poste restante. Quand le porteur du billet requis se présentera, nous le suivrons discrètement et il nous conduira au nouveau repaire de Lind. Vous avez dit vous-même que le docteur ne disposait plus que de deux hommes de main, de sorte que nous en viendrons à bout tout seuls, sans avoir à recourir à la police.

A mon sens, ce plan était tout à fait judicieux, pourtant Fandorine me regarda comme si je venais de lâcher une énormité.

— Vous sous-estimez Lind. Le truc de la poste restante s'interprète tout autrement. Lind s'attend bien sûr que je file son c-commissionnaire. Il sait déjà à coup sûr que je joue à présent en solo et que les autorités ne me soutiennent plus, qu'au contraire elles cherchent à m'arrêter. Ce que sait toute la police de la ville ne peut plus être un secret. Lind, par conséquent, pense que je suis seul désormais à agir. Je me tiendrai en faction au bureau de poste à guetter l'agent de liaison de Lind, et pendant ce temps un autre aura tout le loisir de me repérer. Le chasseur sera ainsi pris au piège qu'il aura lui-même tendu.

— Que faire, alors ?

— Donner dans le piège. Il n'y a p-pas d'autre moyen. Je possède un atout, voyez-vous, dont Lind ne se doute pas. Cet atout, c'est vous.

Je me redressai, car, je ne le cache pas, entendre de telles paroles de la bouche de ce bêcheur de Fandorine m'était agréable.

— Lind ignore que j'ai un c-collaborateur. Je vous grimerai de si habile manière que vous ressemblerez... non pas à Fandorine, mais à Fandorine *déguisé*. Vous et moi sommes presque de la même taille, et c'est le plus important. Vous êtes sensiblement plus corpulent, mais cela peut se dissimuler au prix de vêtements un peu amples. Quiconque restera à poireauter trop longtemps près du fameux guichet donnera matière à penser qu'il n'est autre que moi, grimé et travesti.

— Mais par ailleurs il ne sera pas difficile non plus de reconnaître l'homme de Lind, puisque lui aussi, pour reprendre votre expression, « poireautera » quelque part dans le voisinage.

— Pas obligatoirement. Les hommes de Lind peuvent fort bien se r-relayer. Nous savons que le docteur n'a plus que deux complices, tout au plus. Ils m'intéressent presque autant que Lind lui-même. Qui sont-ils ? De quoi ont-ils l'air ? Que savons-nous à leur sujet ?

Je haussai les épaules :

— Rien.

— C'est malheureusement exact. Quand j'ai sauté dans la crypte de la chapelle, je n'ai eu le temps de rien voir. Comme vous devez vous en souvenir, je me suis trouvé sur-le-champ assailli par ce pesant monsieur, auquel j'ai été f-forcé de pincer l'artère carotide. Le temps que je me débarrasse de lui, Lind avait déjà pris la fuite, sans qu'on soit plus avancés sur son compte. Tout de même, que voulait nous dire Emilie à son sujet ? « C'est... » Quoi, « c'est » ?

Il grimaça malgré lui.

— Enfin, à quoi bon jouer aux devinettes... Des c-complices, je ne puis dire qu'une chose. L'un d'eux est russe, ou en tout cas a vécu de nombreuses années en Russie et possède parfaitement notre langue.

— D'où tenez-vous cela ?

Eraste Pétrovitch posa sur moi un regard navré.

— Le texte de l'annonce, Zioukine ! A votre avis, un étranger irait-il se servir d'une expression comme « diamant nué de saphir » ?

Il se leva, fit quelques pas dans la pièce, puis tira de sa poche un chapelet de jade qu'il se mit à égrener à petits claquements secs. Je ne sais d'où ce chapelet était sorti : probablement du sac de voyage. D'où provenaient aussi sans doute la nouvelle chemise blanche à col rabattu et le léger veston couleur crème. Quant à la bouteille de whisky, cadeau de Mr Freyby, elle campait à présent sur le buffet.

— Demain, ou p-plutôt aujourd'hui, Lind et moi nous livrerons un combat décisif. Nous le comprenons tous deux, et lui, et moi. Il est exclu qu'aucun ne l'emporte sur l'autre. Telle est la particularité de notre échange c-commercial : chacun a la ferme intention de tout s'approprier, sans pour autant renoncer à rien. Que signifierait dans notre cas faire match nul ? Vous et moi sauverions les otages et perdrions l'Orlov.

Fandorine désigna du menton le sac de voyage où il avait la veille rangé la pierre.

— Lind resterait en vie, et moi aussi. Cela ne peut nous convenir, ni à l'un, ni à l'autre. Non, Zioukine, il n'y aura pas d'ex aequo.

— Et si Mademoiselle et Mikhaïl Guéorguiévitch étaient déjà morts ? demandai-je, exprimant tout haut ce que je redoutais par-dessus tout.

— Non, ils sont vivants, déclara Fandorine d'un ton assuré. Lind sait parfaitement que je ne suis pas un imbbécile : je ne céderai pas la pierre avant de m'être assuré que les otages sont saufs.

Il fit claquer encore une fois les grains de son chapelet avant de le glisser dans sa poche.

— Par conséquent, nous agirons ainsi : vous, en qqualité de pseudo-Fandorine, vous surveillerez le guichet. Les hommes de Lind vous surveilleront. Et eux-mêmes seront surveillés par le vrai Fandorine. Elémentaire, n'est-ce pas ?

Son assurance avait fait renaître l'espoir en moi, mais en même temps m'exaspérait. C'est à cet instant que je résolus le douloureux dilemme qui me tourmentait depuis la veille au soir : non, je ne lui transmettrais pas les paroles de Xénia Guéorguievna. M. Fandorine nourrissait déjà sans cela une bien trop haute opinion de sa personne.

Il s'assit à la table et, après une courte réflexion, jeta sur le papier quelques lignes en français. Je regardai pardessus son épaule.

Pour moi, à la différence de vous, un être humain vaut plus qu'une pierre. Vous aurez votre diamant. Cette nuit, à quatre heures du matin, amenez l'enfant et la femme dans le terrain vague qui, à partir du virage, s'étend de la chaussée de Saint-Pétersbourg jusqu'au palais Pétrov. Nous y procéderons à l'échange. Je serai seul. Le nombre de gens qui seront avec vous m'est indifférent.

Fandorine

— Pourquoi précisément là, et pourquoi à une heure aussi saugrenue ? demandai-je.

— Ça p-plaira à Lind : juste avant l'aube, quand il fait encore nuit noire, un endroit désert... En réalité, ça n'a aucune importance. L'affaire aura été résolue avant... Allez dormir, Zioukine. Une journée captivante nous attend demain. Quant à moi, je m'en vais jeter cette lettre dans la boîte de l'hôtel des postes. Le courrier arrivé le matin est délivré à partir de trois heures de l'après-midi. C'est alors également que vous gagnerez votre poste. Mais d'abord nous vous aurons t-transformé au point de vous rendre méconnaissable.

A ces mots, je me raidis et rentrai la tête dans les épaules. La suite confirma que je n'avais pas tort.

L'hôtel des postes de Moscou me parut fort médiocre, aucune comparaison avec celui de Saint-Pétersbourg : mal éclairé, exigu, dépourvu de commodités pour les visiteurs. A mon sens, il conviendrait qu'une ville peuplée d'un million d'habitants se pourvût d'un bureau de poste central un peu plus présentable. Toutefois l'indigence de cet établissement administratif se révéla en fait très propice à mes desseins. Grâce à la presse continuelle qui y régnait et à la pauvreté de l'éclairage, mes longues déambulations à travers la salle se remarquaient moins. Fandorine m'avait costumé en conseiller de collège du ministère de l'Agriculture et du Domaine de l'Etat, de sorte que j'en imposais. Pourquoi un homme si sérieux, aux bajoues rasées de près et soutenues d'un faux col empesé, eût-il passé tant d'heures de suite à flâner entre les comptoirs ? Plusieurs fois je m'arrêtai comme par hasard devant un miroir ébréché afin d'observer plus discrètement les nouveaux arrivants. Mais à quoi bon taire un péché : j'avais envie de me regarder moi aussi plus attentivement.

A mon avis, le rôle de personnage de sixième classe me seyait à merveille. Je paraissais être né avec les pattes de col en velours ornées de passements dorés, et la croix de Saint-Vladimir au cou (la décoration provenait encore du même endroit : du sac de voyage de Fandorine). Aucun des visiteurs ne me dévisageait avec étonnement ni méfiance : à leurs yeux j'étais un fonctionnaire comme un autre. Seul l'employé assis au guichet de la poste restante se mit au bout d'un certain temps à jeter dans ma direction des regards scrutateurs. Comment le lui reprocher : je me promenais devant lui depuis trois heures de l'après-midi. Or durant les journées du couronnement, en raison de la surabondance d'envois, l'ouverture de l'hôtel des postes avait été prolongée jusqu'à neuf heures, si bien que je fus amené à jouer les arpenteurs un sacré long moment.

Mais l'employé ne me souciait guère, il pouvait bien me regarder, libre à lui ! Le pire était que le temps passait sans que rien ne se produisît. Aucune des personnes qui s'étaient adressées au guichet n'avait présenté de bon du Trésor. Je n'avais pas remarqué non plus que quelqu'un fût sorti de la salle pour y réapparaître peu après, comme l'avait envisagé Fandorine.

A la fin de la journée, je sentis le désespoir m'envahir. Lind avait-il éventé notre plan ? Tout était-il perdu ?

Mais vers neuf heures moins cinq, alors que le bureau se préparait déjà à fermer, un marin de belle prestance, caban bleu et casquette dépourvue d'insigne – un ancien bosco ou aide-pilote à la retraite, à en juger par son allure –, franchit la porte du local d'un pas vif et pressé.

Sans regarder personne, il se dirigea tout droit vers le guichet marqué « Poste restante » et gronda d'une voix rauque, usée par l'alcool :

— J'attends une lettre ici. Adressée au porteur d'un bon du Trésor numéroté...

Il fouilla dans sa poche et en tira un bout de papier, sur lequel il lut, bras tendu devant lui à la manière des presbytes :

— Un trois sept zéro sept huit huit cinq neuf. Il y a quelque chose ?

Je m'approchai sans bruit, m'efforçant vainement de faire cesser le tremblement qui agitait mes genoux.

Le postier fixa le marin avec des yeux ronds.

— Je n'ai pas de lettre libellée ainsi, répondit-il enfin après un assez long silence. Il n'est rien arrivé aujourd'hui qui corresponde à ça.

Comment cela, il n'est rien arrivé ? m'exclamai-je en pensée. Et où est-elle donc passée, cette lettre ? Aurais-je poireauté ici pendant six heures pleines pour rien !

Le bosco ne l'avait pas moins mauvaise :

— Regardez-moi ça, bougonna-t-il, ils vous font courir un vieux, et tout ça pour des prunes ! Peuh !

Il remua ses épais sourcils d'un air furieux, passa sa manche sur ses grosses moustaches et tourna les talons.

Une seule chose était claire : je devais le suivre. Je n'avais plus de raison de m'attarder au bureau de poste, qui de toute manière était en train de fermer.

Je m'esquivai au-dehors et emboîtai le pas au vieil homme, à distance respectable toutefois. Cela dit, pas une fois le marin ne se retourna. Les mains dans les poches, il marchait, roulant les hanches, avec l'air de ne pas se presser mais à une allure étonnamment rapide en réalité, au point que j'avais peine à le suivre.

Absorbé par ma filature, je mis quelque temps à me rappeler que notre plan m'assignait un tout autre rôle : celui d'appât vivant. Il fallait vérifier si je n'étais pas filé moi aussi. Me gouvernant sur les instructions que j'avais reçues, je sortis de mon gousset la montre dans le couvercle de laquelle Fandorine avait enchâssé, spécialement dans ce but, un petit miroir rond, et fis mine d'en consulter le cadran.

Ça y était ! Derrière moi, à une vingtaine de pas, s'en venait un individu suspect : grand, voûté, col relevé et large casquette rabattue sur le front. A tout hasard, j'inclinai légèrement la montre pour observer l'autre côté de la rue, et découvris un autre particulier non moins louche, un long escogriffe de même acabit qui lui aussi manifestait un évident intérêt pour ma personne. Ainsi, ça avait mordu ?

Deux d'un coup ! Et peut-être le docteur Lind se trouvait-il lui-même dans les parages...

Fandorine voyait-il tout cela ? J'avais, quant à moi, parfaitement tenu mon rôle d'amorce, c'était à présent son tour de jouer.

Le bosco obliqua dans une ruelle. Je le suivis. Les deux autres, derrière moi, en firent autant. Il ne restait plus aucun doute : c'étaient bien eux, les jolis oiseaux, les complices du docteur !

Soudain le marin s'engagea dans un étroit passage. Je ralentis le pas, en proie à une angoisse très compréhensible. Si les deux lascars m'imitaient et que Fandorine se fût laissé distancer ou se trouvât même parti ailleurs, il était fort probable que je ne ressortirais pas vivant de ce sombre boyau. Sans parler du vieillard qui semblait bien n'être pas aussi inoffensif qu'il le paraissait au début.

Devais-je vraiment aller tout seul me fourrer dans le piège ?

N'y tenant plus, je me retournai carrément. Hormis les deux bandits, la ruelle était déserte. L'un fit mine de s'intéresser à l'enseigne d'une épicerie, l'autre détourna la tête avec un air d'ennui. Et pas d'Eraste Pétrovitch !

Je n'avais pas le choix : je m'avançai dans le passage. Il se révéla fort long : d'abord une cour, puis une arcade, puis une autre, puis encore une autre. Dehors, le jour déclinait déjà, cependant qu'ici l'ombre régnait depuis longtemps, mais ce n'était pas assez, malgré tout, pour que je ne pusse distinguer la silhouette du bosco. Seulement tout le problème était que le vieux s'était évaporé !

Il ne pouvait avoir traversé en si peu de temps toute cette enfilade, à moins d'avoir couru, mais j'eusse entendu alors ses pas résonner. Se serait-il donc dissimulé dans la première cour ?

Je me figeai.

Tout à coup, de l'obscurité, quelque part tout près, émana la voix de Fandorine :

— Mais ne restez pas planté là, Zioukine. Marchez sans vous presser en restant dans la lumière pour qu'ils vous voient.

N'y comprenant plus rien, je repris docilement ma progression. D'où sortait Fandorine ? Et où était passé le vieux bosco ? Eraste Pétrovitch aurait-il déjà eu le temps de l'assommer et de cacher son corps ?

Derrière moi retentirent des pas, dont la voûte basse répercuta l'écho. Ils s'accélérèrent, puis commencèrent de se rapprocher. Mes poursuivants avaient-ils décidé de me rattraper ?

A cet instant j'entendis un craquement qui sur-le-champ me fit dresser les cheveux sur la tête. J'avais eu les oreilles suffisamment rebattues de ce bruit bien particulier, quand je chargeais les revolvers de Pavel Guéorguiévitch et en relevais le chien – Son Altesse aime à tirer le tigre.

Je me retournai, m'attendant à une détonation et une lueur fulgurante, mais le coup de feu ne partit pas.

Je vis deux silhouettes se dessiner sur un rectangle de lumière, puis une troisième. Cette dernière se détacha du mur, jeta en avant sa longue jambe avec une formidable rapidité, et l'un de mes poursuivants aussitôt se trouva plié en deux. L'autre étendit vivement le bras, et je distinguai nettement le canon d'un pistolet, mais l'ombre impétueuse lança sa main – de bas en haut, à l'oblique –, et la langue de feu jaillit à la verticale, vers la voûte de pierre, tandis que l'homme qui venait de tirer valdinguait contre le mur puis glissait lentement à terre, pour demeurer assis là sans bouger.

— Zioukine, ici !

J'accourus en bredouillant :

— Ne nous soumets pas à la tentation, mais délivre-nous du mal.

Je ne sais pas moi-même ce qui m'avait pris – le choc, sans doute.

Eraste Pétrovitch se pencha sur la forme assise et craqua une allumette.

Il se révéla alors qu'il ne s'agissait nullement d'Eraste Pétrovitch, mais de mon ami le bosco aux moustaches blanches, et je me mis à cligner des paupières à toute allure.

— M-malédiction, maugréa le bosco. J'ai mal dosé mon coup. Tout ça à cause de cette fichue pénombre.

La cloison nasale est brisée, et l'os a pénétré dans le cerveau. Tué net. Bon, et celui-là ?

Il s'approcha du premier bandit, lequel s'efforçait de se relever.

— Parfait, celui-ci est encore frais comme un gardon. Eclairez-nous donc, Afanassi Stépanovitch.

J'enflammai une allumette. La faible lueur fit ressortir des ténèbres deux yeux hébétés et une bouche grande ouverte, cherchant vainement à happer l'air.

Le bosco, qui malgré tout n'était autre que Fandorine, s'accroupit devant l'homme encore bien sonné et lui flanqua plusieurs vigoureuses paires de gifles :

— Où est Lind ?

Pas de réponse. Juste le bruit d'une respiration laborieuse.

— *Dove e Lind ? Wo ist Lind ? Where is Lind ?* répéta Eraste Pétrovitch dans différentes langues en ménageant une pause entre deux interrogations.

Le regard du gisant avait déjà perdu sa fixité et luisait à présent d'un feu ironique et mauvais. Ses lèvres se resserrèrent, tressaillirent, puis s'arrondirent pour expulser un crachat qui atteignit Fandorine en pleine face.

— *Du, Scheißdreck ! Küß mich auf*[1]...

Son cri éraillé se trouva coupé net quand Fandorine lui porta un bref coup à la gorge du tranchant de la main droite. L'éclat haineux de ses yeux s'éteignit, et sa nuque heurta le sol avec un bruit mat.

— Vous l'avez tué ! m'écriai-je horrifié. Pourquoi ?

— Il n'aurait rien dit de toute façon, et nous avons t-très peu de temps.

1. « Sale merde ! Baise-moi le... »

Eraste Pétrovitch commença par s'essuyer la joue, puis dépouilla le mort de sa veste, avant de lui jeter sur la poitrine je ne sais quoi de blanc, de petites dimensions – je ne vis pas bien ce que c'était.

— Vite, Zioukine ! Otez votre uniforme, laissez-le ici. Enfilez ça.

Il arracha sa moustache postiche et ses faux sourcils blancs, balança par terre sa vareuse de marin, se révélant vêtu en dessous d'une courte redingote à étroites épaulettes, puis épingla une cocarde à son couvre-chef, qui tout à coup m'apparut n'être nullement une coiffure de marin, mais une casquette de policier.

— Il vous manque le sabre, observai-je. Un officier de police ne saurait s'en passer.

— Vous l'aurez, votre sabre. T-tout à l'heure.

Fandorine me prit par le bras et m'entraîna derrière lui.

— Plus vite, Zioukine, plus vite !

Je répugnais à laisser traîner un uniforme d'aussi belle qualité dans la poussière, aussi le pendis-je à une poignée de porte dans l'espoir qu'il servît au moins à quelqu'un.

Eraste Pétrovitch se tourna vers moi sans pour autant s'arrêter :

— La décoration !

J'ôtai la croix de Saint-Vladimir de mon cou et la fourrai dans ma poche.

— Où courons-nous ainsi ? criai-je en m'élançant à la suite de Fandorine.

Je ne reçus pas de réponse.

Nous nous jetâmes hors de la ruelle pour regagner à toutes jambes la rue des Bouchers, cependant, juste avant d'atteindre l'hôtel des postes, nous nous engouffrâmes par un portail ouvert dans une étroite cour dallée sur laquelle donnaient plusieurs portes de service.

Fandorine m'entraîna dans un coin, derrière de grands bacs à ordures bourrés jusqu'à ras bord de papier brun d'emballage et de bouts de ficelle, puis consulta sa montre.

— D-dix heures moins neuf. Nous avons fait vite. Il n'est sûrement pas encore sorti.

— Qui ça : *il ?* demandai-je, le souffle court. Lind ?

Fandorine plongea hardiment la main dans un des bacs et en retira un long et mince paquet qui, une fois déballé, se trouva contenir un ceinturon et un sabre de police.

— Notre ami de la poste restante. C'est lui, vous ne l'aviez pas compris ?

— C'est le docteur Lind ? m'exclamai-je, stupéfait.

— Non, le complice de Lind. Tout est très simple finalement, plus simple que je ne le sup-posais. Et l'énigme posée par les lettres s'en trouve du même coup élucidée. On comprend à présent pourquoi les lettres du docteur arrivaient à l'Ermitage sans qu'elles fussent oblitérées. L'employé des postes travaillant pour Lind – pour faire court, appelons-le le postier – les glissait tout bonnement dans le sac de courrier destiné au bureau dont dépend le palais. Notre lettre d'aujourd'hui lui a, elle aussi, atterri directement entre les mains. Il a remarqué vos allées et venues dans les p-parages du guichet et s'est arrangé pour prévenir Lind. Celui-ci a dépêché ses hommes, lesquels vous ont p-patiemment attendu dans la rue. Ou plutôt ont attendu Fandorine, puisqu'ils pensaient que c'était moi.

— Mais… mais comment avez-vous deviné tout cela ?

Il sourit d'un air fat.

— J'avais pris place dans le salon de thé en face de l'hôtel des postes. Je guettais le moment où vous ressortiriez sur les talons de l'homme venu chercher la lettre.

Or le temps passait, et vous ne ressortiez toujours pas. Une telle lenteur de la part de Lind m'a paru étrange. Il devait être, n'est-ce pas, aussi intéressé que moi par cette rencontre. Aucun des individus entrant dans le bureau ne s'y attardait très longtemps, et je n'avais remarqué personne de suspect. La situation a commencé de se pimenter avec l'apparition des deux messieurs que vous savez, qui se sont présentés sur les lieux à quatre heures moins le quart. Arrivés ensemble, ils se sont séparés aussitôt. L'un est entré dans mon salon de thé et s'est installé deux tables plus loin après avoir réclamé en allemand une place près de la fenêtre. Il n'a plus q-quitté des yeux les portes du bureau de poste, pas une fois il n'a regardé ailleurs. Le second est allé jeter un coup d'œil à l'intérieur du bâtiment, puis a rejoint le premier. En conséquence, vous étiez découvert, et cependant les hommes de Lind, bizarrement, ne manifestaient aucun intérêt pour le contenu de la lettre. J'y ai réfléchi un assez long moment, et une hyp-pothèse a fini par germer dans mon esprit, hypothèse que je m'en suis allé vérifier juste avant la fermeture du bureau. Vous avez vu de quelle manière le postier m'a dévisagé quand je me suis dit porteur du billet du Trésor ? C'était pour lui totalement inattendu, puisque personne ne pouvait prétendre l'être, il ne le savait que trop pertinemment. Faute d'avoir su dissimuler sa surprise, le postier s'est trahi. Il faut croire que c'est lui le complice russe du docteur, auteur de la burlesque annonce parue dans les journaux. Et c'est lui, le postier, qui va nous conduire jusqu'à Lind.

— Mais si, alarmé par l'apparition du mystérieux bosco, il avait déjà couru avertir le docteur ?

Fandorine me regarda comme on regarde un petit enfant sans discernement.

— Dites-moi, Zioukine, vous est-il déjà arrivé de recevoir une lettre en poste restante ? Non ? Ça se voit. Le bureau de poste conserve la lettre ou l'envoi durant trois jours gratuitement, puis commence à additionner les pénalités.

Je réfléchis, réfléchis, mais ne découvris dans cette circonstance aucun lien avec la crainte que je venais d'exprimer.

— Bien, et alors ?

— Alors, soupira Eraste Pétrovitch, là où il y a encaissements, il y a toujours tenue de comptabilité. Notre ami commun ne peut quitter son travail avant d'avoir fait ses comptes et rendu sa caisse : cela paraîtrait trop suspect. Tenez, cette porte est la sortie de service. Dans cinq minutes environ, au plus tard dans dix, le postier sortira par là et s'empressera de filer tout droit chez Lind. Et nous, nous serons dans son sillage. J'espère vivement qu'il ne reste plus au d-docteur d'autres collaborateurs. J'en ai vraiment soupé.

— Pourquoi avez-vous tué cet Allemand ? demandai-je, l'épisode me revenant à l'esprit. Juste parce qu'il vous avait craché dessus ? Mais il était à moitié assommé, hors d'état de se défendre !

Fandorine s'étonna :

— Je m'aperçois, Zioukine, que vous me prenez pour un monstre d'une plus belle eau encore que Lind. Quelle raison aurais-je eue de le tuer ? Sans p-parler même du fait qu'il s'agit d'un témoin précieux. Je l'ai juste endormi, et pour peu de temps, quatre ou cinq heures au plus. Je pense que ce délai suffira pour que la police découvre nos deux c-compères. La trouvaille devrait l'intéresser : un cadavre et, à côté, un type sans connaissance avec un revolver dans sa poche. J'ai en outre laissé sur place ma carte de visite avec pour commentaire : « C'est un homme de Lind. »

Je me rappelai le machin blanc que Fandorine avait jeté sur la poitrine du bandit.

— Peut-être Karnovitch et Lassovski réussiront-ils à en tirer quelque chose. Bien que ce soit peu p-probable : Lind n'a jamais été trahi par aucun de ses complices. En tout cas la police remettra en doute la thèse qui fait de nous des voleurs, et ce n'est déjà pas si mal.

Cette dernière réflexion était frappée au coin du bon sens, et je voulus l'exprimer à Fandorine, mais il colla sa main sur ma bouche avec un odieux sans-gêne.

— Taisez-vous !

L'étroit vantail de la porte s'ouvrit avec violence, et dans la cour sortit, ou plutôt déboula notre fameux employé, cette fois-ci coiffé d'une casquette d'uniforme, un dossier serré sous le bras. Trottinant à pas menus, il passa devant les bacs à ordures puis franchit le portail.

— Il est pressé, chuchota Eraste Pétrovitch. C'est excellent. Cela signifie qu'il n'a pas pu t-téléphoner. Je serais curieux de savoir comment il a informé Lind de votre arrivée. Par un message ? Il faudrait alors en conclure que la tanière du docteur est quelque part tout près d'ici. Bien, allons-y !

Nous gagnâmes rapidement la rue, que je scrutai dans les deux sens en guettant un fiacre qui fût libre : si le postier était vraiment pressé, il prendrait forcément une voiture. Mais non : la vive silhouette en uniforme noir d'employé des postes avait déjà tourné dans une ruelle. L'hypothèse d'Eraste Pétrovitch était-elle donc juste ? Lind se cachait-il dans le voisinage ?

Sans s'arrêter, Fandorine me commanda :

— Restez à une dizaine de toises derrière moi et gardez la distance. Et surtout ne c-courez pas.

« Ne courez pas » – facile à dire ! Eraste Pétrovitch, par je ne sais quel miracle, réussissait le tour de force de marcher à vive allure sans paraître se hâter, quand je me voyais, moi, contraint de progresser à la manière d'un lièvre blessé par un chasseur : une vingtaine de pas en marchant, puis quelques autres à toutes jambes ; je marchais, je courais. Sinon je me fusse laissé distancer. Il faisait déjà presque nuit noire, et cela tombait on ne peut mieux, autrement j'ai bien peur que mes singulières manœuvres eussent attiré l'attention des quelques rares passants.

Le postier zigzagua un moment par les ruelles, et soudain s'arrêta devant une petite maison de bois dont la porte donnait directement sur le trottoir. L'une des fenêtres était éclairée, derrière son store baissé. Toutefois le postier ne prit pas la peine de sonner. Il ouvrit la porte avec une clef et se glissa prestement à l'intérieur.

— Que faisons-nous ? demandai-je à Fandorine quand je l'eus rejoint.

Il me prit par le coude et m'entraîna à l'écart de la maison.

— Je ne sais pas. Réfléchissons, v-voulez-vous ?

A la lumière du réverbère, je vis son front pur se creuser de rides sous la visière vernie de sa casquette de policier.

— Il y a plusieurs possibilités. Un : le docteur Lind et les otages sont ici. Il faut alors surveiller les fenêtres et attendre. Dès qu'ils sortent, nous frappons. Deuxième possibilité : Lind est ici tout seul, tandis qu'Emilie et l'enfant sont détenus dans un autre endroit. Il faudra alors de toute façon attendre qu'il sorte et le suivre jusqu'à ce qu'il nous conduise aux otages. Troisième possibilité : cette maison n'abrite ni Lind ni ses prisonniers, mais simplement le postier et sa famille – il y avait bien déjà quelqu'un à l'intérieur avant qu'il n'arrive, n'est-ce pas ? Dans ce cas, le postier doit recevoir la visite d'un envoyé de Lind, car je doute que le téléphone soit installé dans cette bicoque. Et là, encore une fois, il est nécessaire d'attendre. Nous observerons qui vient ici et agirons ensuite selon les circonstances. Ainsi, pour résumer, nous disposons de trois variantes, dont chacune réclame que nous restions postés dans les parages. Installons-nous plus confortablement, v-voulez-vous, l'attente risque d'être longue.

Eraste Pétrovitch jeta un coup d'œil circulaire.

— Tenez, Zioukine, courez donc jusqu'au boulevard et ramenez-en un fiacre. N'indiquez pas de destination. Dites seulement au cocher que vous le recrutez pour plusieurs heures et qu'il sera grassement dédommagé. Moi, pendant ce temps, je vais nous chercher un coin où nous serons à notre aise.

Quand, un quart d'heure plus tard, je revins au même endroit à bord d'une voiture de louage, Fandorine sortit de l'ombre dense pour nous accueillir. Redressant son ceinturon, il lança d'une voix sévère et impérieuse :

— Matricule n° 345 ? Tu vas passer toute la nuit avec nous. Affaire confidentielle. Avec vingt-cinq roubles à la clef pour ta peine. Pour l'instant, va te ranger dans ce passage, là-bas, et attends. Mais ne t'avise pas de t'endormir, ou tu pourrais rentrer vite fait à Vologda ! Compris ?

— Compris ! Ce n'est pas bien dur à comprendre ! répondit d'un ton alerte le jeune gars à la mine dégourdie et au nez retroussé.

Comment Fandorine avait-il deviné qu'il était originaire de Vologda, je l'ignore encore, mais notre cocher avait en effet l'accent prononcé des gens du Nord.

— Venez, Afanassi Stépanovitch, j'ai déniché le poste d'observation rêvé, d'un confort parfait.

Juste en face de la maisonnette de bois s'élevait un bâtiment bien plus imposant, entouré d'une palissade grillagée. Eraste Pétrovitch sauta par-dessus la clôture en deux temps, trois mouvements, et d'un geste m'invita à imiter son exemple. Comparé à l'enceinte du Jardin des Divertissements, l'obstacle relevait de la plaisanterie.

— Eh bien, vous trouvez ça comment ? Pas mal, non ? me demanda fièrement Fandorine en désignant le côté opposé de la rue.

La vue qui s'offrait sur la demeure du postier était en effet idéale, mais quant à qualifier notre observatoire de confortable, seul un habitué du cabinet masochiste (si j'ai bien retenu le mot) de l'Elyseum aurait pu s'y risquer. Derrière la palissade poussaient d'épais buissons d'épines qui agrippèrent mes vêtements et me griffèrent le front. Je pestai tout bas en tentant de libérer mon coude. Allait-on devoir passer ici toute la nuit ?

— Ce n'est rien, murmura Fandorine avec bonne humeur. Comme disent les Chinois, « le sage ne recherche pas le confort ». Observons plutôt les fenêtres.

Ce que nous fîmes.

A dire vrai, je n'y vis rien de bien remarquable, à part une vague silhouette qui par deux fois passa derrière les stores.

Alors que les croisées des autres maisons s'étaient depuis longtemps éteintes, les occupants de la nôtre ne semblaient nullement disposés à dormir, c'était là tout ce qu'on pouvait relever de suspect contre eux.

— Et s'il y en avait une quatrième ? demandai-je deux heures plus tard.

— Une quatrième quoi ?

— Possibilité.

— Et laquelle ?

— Si vous vous trompiez et que l'employé des postes n'ait aucun rapport avec Lind ?

— Impossible, rétorqua Fandorine avec un agacement un peu trop marqué. Il en a un, c'est obligé. Et il nous conduira forcément au d-docteur.

Espérons que vous ne vous fourrez pas le doigt dans l'œil, pensai-je, me remémorant une locution populaire. Mais je me gardai de m'exprimer tout haut.

Une demi-heure s'écoula encore. J'en vins à me dire que pour la première de ma vie, sans doute, j'avais perdu le compte des jours. Qu'était-on aujourd'hui : vendredi ou samedi ? le 17 ou le 18 ? Non que ce fût pour moi si important, mais la question, je ne sais pourquoi, ne cessait de m'agiter. Enfin, n'y tenant plus, je demandai dans un murmure :

— Nous sommes le 17 aujourd'hui ?

Fandorine consulta sa Breguet, dont les aiguilles s'allumèrent d'une lueur phosphorique.

— Non, le 18, d-depuis déjà cinq minutes.

18 mai

La température, la veille, avait été douce et le vent modéré, cependant, après tant d'heures passées assis sans bouger, j'étais transi jusqu'à la moelle. Je claquais des dents, ne sentais plus mes jambes et voyais déjà s'envoler tout espoir que notre surveillance nocturne connût un dénouement utile. Fandorine demeurait, quant à lui, totalement impassible. Bien plus : durant tout ce temps écoulé, il n'avait pas remué une seule fois, de sorte que le soupçon m'était venu que peut-être il dormait les yeux ouverts. Ce qui m'irritait le plus vivement, c'était l'expression sereine, je dirais même béate, qu'affichait son visage, comme s'il eût écouté là, immobile, quelque musique enchanteresse ou autre chant d'oiseaux paradisiaques.

Tout à coup, alors que je commençais sérieusement à caresser l'idée de me révolter, Eraste Pétrovitch, sans rien perdre de son calme, murmura :

— Attention !

Je sursautai et me repris, mais n'observai pour autant aucun changement notable. La maison d'en face avait toujours deux fenêtres éclairées. Pas un mouvement, pas un bruit.

Je jetai à nouveau un coup d'œil à mon voisin et constatai qu'il n'était toujours pas sorti de son sommeil, de son assoupissement, de sa rêverie, en un mot de son espèce de transe.

— Ils vont sortir, dit-il tout bas.

— Comment le savez-vous ?

— Je me suis fondu avec la maison en un seul être, j'ai laissé la demeure pénétrer en moi jusqu'à entendre sa resp-piration, déclara Eraste Pétrovitch avec le plus grand sérieux. Il s'agit d'une méthode orientale. Ce serait trop long à expliquer. Mais il y a une minute, la maison s'est mise à grincer et osciller. Elle se p-prépare à expulser des gens hors de soi.

Il était difficile de comprendre d'emblée si Fandorine plaisantait ou bien commençait à divaguer. Je penchais plutôt pour la seconde hypothèse, car si c'était là une plaisanterie, je la trouvais fort peu drôle.

— Monsieur Fandorine, vous dormez ? m'enquis-je avec prudence.

A l'instant même les fenêtres s'éteignirent. Trente secondes après, la porte s'ouvrait, livrant passage à deux hommes.

— Il n'y a plus personne maintenant dans la maison, elle est vide, prononça Fandorine d'une voix lente.

Brusquement il me saisit le bras et chuchota avec excitation :

— C'est Lind, Lind, Lind !

Effrayé, je reculai la tête et me rendis compte qu'Eraste Pétrovitch s'était complètement métamorphosé : visage tendu, paupières mi-closes, mine concentrée.

Etait-il possible que ce fût Lind, vraiment ?

L'un des deux individus qui venaient de sortir était le postier : je le reconnus à son allure et à sa casquette.

L'autre était de taille moyenne et portait une longue cape à l'espagnole jetée sur les épaules, ainsi qu'un grand chapeau calabrais dont le bord s'incurvait très bas.

— La deuxième, me souffla Fandorine en me serrant le coude à me faire mal.

— Hein ? Quoi ? bredouillai-je, décontenancé.

— La deuxième variante. Lind est ici, mais les otages sont quelque part dans un autre endroit.

— Mais vous êtes sûr que c'est bien Lind ?

— Aucun doute. Mêmes gestes, économes en même temps qu'élégants. Même manière de coiffer son chapeau. La démarche, enfin. C'est lui.

Je demandai encore, non sans un tremblement dans la voix :

— Nous allons nous emparer de lui ?

— Vous avez tout oublié, Zioukine. Nous devions nous emparer de Lind s'il sortait avec les otages. C'était la première variante. Ici, c'est la deuxième. Nous suivons le docteur, qui nous conduira à l'enfant et à Emilie.

— Et si…

Eraste Pétrovitch, comme tout à l'heure, me colla une main sur la bouche : l'individu à la longue cape venait de se retourner, bien que nous ne fissions que murmurer et qu'il fût impossible qu'il nous entendît.

Furieux, je repoussai la main de Fandorine et posai malgré tout ma question :

— Et s'ils ne s'en allaient nullement retrouver les otages ?

— Il est quatre heures moins cinq, me répondit-il tout à trac.

— Je ne vous ai pas demandé l'heure ! m'emportai-je, excédé par ses faux-fuyants. Vous passez votre temps à me…

— Auriez-vous oublié, coupa Fandorine, que nous avons fixé au docteur un rendez-vous pour quatre heures du matin ? Si Lind veut être ponctuel, il faut qu'il aille récupérer ses prisonniers au plus vite et qu'il se presse de gagner le t-terrain vague du p-palais Pétrov.

A en juger par le bégaiement qui l'avait repris, Eraste Pétrovitch semblait s'être un peu détendu. Et bizarrement, je cessai soudain moi aussi de trembler et d'enrager.

A peine Lind (si c'était bien lui) et le postier eurent-ils tourné l'angle que nous sautâmes tous deux la palissade. Il me vint au passage que jamais, même dans mon enfance, je n'avais escaladé autant de barrières que depuis que je connaissais M. Fandorine. Comme on dit dans le peuple avec raison, on apprend à hurler avec les loups.

Tout en marchant, Eraste Pétrovitch me donnait ses instructions :

— Montez dans la calèche et suivez-moi à petite allure. Avant chaque tournant, descendez et observez attentivement la rue. Je vous ferai signe de vous engager ou bien d'attendre.

C'est de cette manière fort peu hâtive que nous atteignîmes le boulevard, où Fandorine soudain agita la main, nous invitant à le rejoindre.

— Ils ont pris un fiacre, ils vont rue Strétenka, me dit-il en grimpant à côté de moi. Allez, l'homme de Vologda, on les suit ! Mais prends garde tout de même à ne pas les serrer de trop près.

Nous roulâmes un bon moment le long d'une suite de boulevards, ne dégringolant au bas d'une pente que pour entamer une nouvelle ascension. Bien que la nuit fût fort avancée, les rues n'étaient point désertes. Bavardant avec animation, des passants cheminaient par groupes sur les trottoirs, et à plusieurs reprises nous fûmes dépassés par d'autres attelages. A Saint-Pétersbourg, on se moque volontiers de l'ancienne capitale qui passe pour se coucher avec les poules, or il ressortait que c'était entièrement faux. A quatre heures du matin, même sur la perspective Nevski on n'eût pas croisé tant de monde.

Nous allions toujours tout droit et ne tournâmes qu'une seule fois, devant la statue de Pouchkine, dans une grande artère que je reconnus aussitôt : c'était la rue de Tver. De là au palais Pétrov, il n'y avait plus que trois ou quatre verstes à vol d'oiseau. Le cortège impérial, le jour de son entrée solennelle dans Moscou, avait suivi le même itinéraire, mais en sens inverse.

Rue de Tver, badauds et voitures se firent encore plus nombreux. Qui plus est, tous paraissaient se diriger du même côté que nous.

Je trouvais certes le fait très étrange, mais j'étais préoccupé par tout autre chose.

— Ecoutez, ils n'ont pas l'air de vouloir prendre qui que ce soit nulle part ! m'exclamai-je, n'y tenant plus. Je crois plutôt qu'ils se rendent tout droit sur le lieu de rendez-vous !

Fandorine ne répondit pas. A la lumière blafarde des réverbères, son visage semblait d'une pâleur de mort.

— Peut-être Lind a-t-il encore malgré tout quelques hommes à sa disposition, et les otages seront-ils amenés d-directement à l'endroit convenu, déclara-t-il enfin après un long silence.

Son aplomb habituel s'était comme envolé.

— Et s'ils avaient déjà été… commençai-je.

Mais je ne pus exprimer jusqu'au bout la terrible idée qui me poursuivait.

Eraste Pétrovitch répondit lentement, à voix basse et d'un ton qui me donna la chair de poule :

— Alors, au moins, il nous restera Lind.

Passé les portes Triomphales et la gare Alexandrovski, les groupes isolés de passants se fondaient en une foule compacte qui envahissait même la chaussée. Notre cheval se vit contraint d'adopter le pas. Il est vrai que la voiture de Lind ne progressait pas plus vite que la nôtre : je voyais toujours, devant nous, par-dessus la capote de cuir baissée, les deux couvre-chefs de ses occupants : le chapeau avachi du docteur et la casquette du postier.

— Seigneur, c'est vrai ! Nous sommes le 18 aujourd'hui !

Je venais de sursauter sur mon siège en me rappelant ce qu'était cette date.

— Monsieur Fandorine, le rendez-vous sur le terrain vague ne donnera rien ! Avec toutes ces émotions, j'avais complètement oublié le calendrier du couronnement ! Le samedi 18 mai est prévue une journée de réjouissances populaires en face du palais Pétrov, avec collation gratuite et distribution de souvenirs commémoratifs. Vous parlez d'un terrain vague ! Il y aura là-bas une bonne centaine de milliers de personnes !

— Nom d'un chien ! s'exclama nerveusement Fandorine. Moi non plus je n'avais pas tenu compte de cela. Je ne pensais même pas, d'ailleurs, que la rencontre aurait lieu. J'ai écrit la première chose qui m'est passée par la tête. C'est une faute impardonnable !

De tous côtés s'élevaient des voix vibrantes d'excitation, pour beaucoup avinées, et des éclats de rire joyeux. La foule, dans l'ensemble, n'était composée que de gens de très modeste condition. Rien d'étonnant à cela : ce n'était pas avec une poignée de croquets et une tasse de tisane au miel qu'on allait attirer un public plus relevé, quant à ceux que poussait vraiment la curiosité, ils préféraient les tribunes dont l'entrée était payante. Lors du dernier couronnement, dit-on, la kermesse avait rassemblé plus de trois cent mille personnes, or on pouvait supposer qu'il en viendrait aujourd'hui un plus grand nombre encore. D'ailleurs, on affluait déjà alors que le jour n'était pas levé.

— Et au fait, messieurs les policiers, c'est-y vrai, ce qu'on dit, que chacun aura droit à une chope d'étain aux armes de l'Empire, et toute remplie à ras bord de vraie vodka ? demanda le cocher en tournant vers nous sa face ronde et joviale.

Il s'était apparemment laissé gagner par l'humeur folâtre de la foule en goguette.

— Halte ! commanda Eraste Pétrovitch.

Je vis que la calèche de Lind venait de s'arrêter, bien qu'il restât une bonne trotte avant d'atteindre l'allée menant au palais Pétrov.

— Ils descendent ! m'écriai-je.

Fandorine glissa un billet dans les mains du cocher et, nous frayant un passage au milieu de la lente populace, nous nous élançâmes en avant.

Il faisait fort sombre, bien qu'une moitié de lune perçât à travers les nuages. C'est pourquoi nous prîmes le parti de nous rapprocher un peu, d'une dizaine de pas. Dans la plaine, à gauche à partir de la route et à droite, au-delà des buissons, brûlaient maints feux de camp, de sorte que les deux silhouettes, l'une un peu plus grande que l'autre, se détachaient nettement.

— Pourvu qu'on ne les perde pas de vue ! répétais-je comme une incantation.

A cet instant, j'avais oublié Son Altesse et Mlle Declicq. Un instinct puissant, ancestral, bien éloigné de toute pitié et plus fort que la peur faisait battre mon cœur à coups accélérés mais réguliers. Jamais je n'avais compris le charme de la chasse, or là, soudain, il me vint à l'esprit que sans doute les chiens éprouvaient un sentiment semblable quand la meute se voyait lâchée après le loup.

Nous progressions à présent au milieu d'une véritable cohue, pareille à celle qui envahit la perspective Nevski au plus fort de la journée, à tel point que nous étions, par moments, contraints de jouer des coudes. Devant nous surgit un robuste gaillard, en tenue d'ouvrier, qui nous boucha la vue. Je me glissai tant bien que mal pardessous son bras, réussis à passer la tête, et tout à coup poussai une exclamation d'intolérable effroi. Lind et le postier avaient disparu !

Désespéré, je tournai la tête vers Fandorine. Celui-ci s'étira de toute sa taille et, à mon avis, se dressa même sur la pointe des pieds pour observer les alentours.

— Que faire ? m'écriai-je. Mon Dieu, que faire ?

— Vous à droite, moi à gauche ! lança-t-il.

Je me précipitai vers le bas-côté. Des gens étaient assis dans l'herbe, par grands ou petits groupes. Quelqu'un errait sans but entre les arbres. Au loin, on chantait en chœur sans grand souci d'harmonie. De mon côté, pas de Lind. Je revins en courant sur la chaussée, où je me heurtai à Eraste Pétrovitch qui justement se frayait un passage pour me rejoindre.

— Nous les avons laissés filer... dis-je, ayant déjà compris.

Tout était fini. Je me couvris le visage de mes mains pour ne plus voir la foule, ni les feux de camp, ni le ciel bleu sombre.

Fandorine me secoua par l'épaule avec impatience.

— Allons, du nerf, Zioukine ! Voici le terrain vague où doit avoir lieu la rencontre. Nous allons marcher, chercher et attendre l'aube. Lind n'a filé nulle part. Il a autant besoin de nous que nous de lui.

Il avait raison, aussi m'efforçai-je de me reprendre, de me concentrer.

— La pierre ! dis-je, soudain inquiet. Vous n'avez pas perdu la pierre ?

Pourvu seulement qu'on les ramène vivants, peu importe la suite – voilà ce qui me vint à l'esprit à cet instant.

— Non, elle est là, répondit Fandorine en tapotant sa poitrine.

Comme on nous bousculait de tous côtés, il me prit solidement par le bras.

— Vous, Zioukine, vous regardez à droite, moi à gauche. Marchons lentement. Si vous apercevez ceux q-que nous cherchons, ne criez pas, contentez-vous de me le signaler d'un coup de coude.

Je n'avais jamais eu l'occasion jusqu'alors de marcher bras dessus, bras dessous avec un homme. Ni avec une femme, à dire vrai, si l'on excepte cette vieille histoire du temps où j'étais encore un jeune blanc-bec fort sot. Je ne vais d'ailleurs pas la raconter, car vraiment elle n'en vaut pas la peine.

En mai, les nuits sont courtes ; le ciel à l'orient déjà se soulignait de rose tandis que l'obscurité peu à peu se faisait moins dense. La plaine du palais Pétrov, et plus généralement toute l'étendue que le regard pouvait embrasser, était couverte de gens assis, couchés, ou bien déambulant. On voyait que beaucoup s'étaient installés là dès la veille au soir. Les gens se massaient, de plus en plus nombreux, autour des feux.

A gauche, au-delà des barrières défendues par un cordon de soldats, s'étendait un vaste pré tout entier bâti de baraques de foire et de constructions en rondins fraîchement érigées. C'était là, probablement, qu'étaient entreposés les cadeaux impériaux. Je frissonnai en imaginant le tohu-bohu qui allait naître ici dans quelques heures, quand, épuisée par de longues heures d'attente, la marée humaine déborderait les chevaux de frise.

Nous marchâmes des barrières jusqu'au palais puis inversement, une fois, deux fois, trois fois. L'aube s'était levée depuis longtemps, et il devenait de plus en plus difficile de se frayer un chemin à travers la foule toujours grandissante. Je tournais sans cesse la tête pour observer la moitié de terrain vague dont j'avais la charge, et luttais de toutes mes forces contre le désespoir qui m'envahissait.

Quelque part au loin, un puissant clairon sonna la diane, et je me rappelai alors que le champ de manœuvre de Khodynskoïé Polié se trouvait dans le voisinage.

Sept heures sans doute, pensai-je en tâchant de me rappeler dans combien de temps retentirait l'appel du matin. Et au même instant j'aperçus soudain devant nous le fameux chapeau calabrais, escorté de la casquette de fonctionnaire.

— Les voilà ! hurlai-je en tirant de toutes mes forces Fandorine par la manche. Dieu soit loué !

Le postier se retourna, m'aperçut et cria :

— Zioukine !

Son compagnon regarda brièvement derrière lui, ne me laissant le temps de distinguer qu'une paire de lunettes et une barbe, et tous deux plongèrent au plus épais de la foule massée à quelques pas des barrières.

— Suivons-les ! commanda Eraste Pétrovitch en me poussant avec rage.

Un gros marchand ventru nous barrait le passage et ne faisait pas mine de vouloir s'écarter. Fandorine, sans la moindre hésitation, l'empoigna d'une main par le col, de l'autre par un pan de son long surtout, le souleva et le balança hors du chemin.

Nous nous jetâmes dans la cohue, Eraste Pétrovitch en tête, moi dans son sillage. Il fendait la masse humaine, telle une vedette amirale le flot de la mer, à cette différence que les vagues s'écartaient toutes seules devant lui. De temps à autre, Fandorine sautait à pieds joints à une hauteur surprenante, pour éviter de perdre à nouveau Lind de vue.

— Ils se dirigent vers le champ de manœuvre ! me lança Eraste Pétrovitch. C'est tout bonnement parfait ! Làbas la foule est moins dense, en revanche c'est plein de policiers !

« Ils sont à nous, ils sont à nous ! » entendis-je, et mes forces en furent décuplées. Je remontai au niveau de Fandorine et me mis à aboyer :

— Allons ! place ! place !

A proximité des barrières, les plus prévoyants et les mieux armés de patience attendaient sans bouger, pressés les uns contre les autres, de sorte que notre avance se trouva ralentie.

— Ecartez-vous, braillai-je. Police !

— Ecoutez-le, le malin !

Je reçus tant de coups dans les côtes que ma vue se brouilla et que j'en perdis le souffle.

Eraste Pétrovitch tira de sa poche un sifflet de policier et le porta à sa bouche. Au son strident qui en sortit, la foule s'écarta d'un seul mouvement et nous pûmes progresser encore de quelques pas avec une relative facilité, mais très vite nous nous heurtâmes à nouveau à un mur de cafetans de gros drap, de vestes de coutil et de simples chemises battant sur les cuisses de leurs propriétaires.

Pourtant Lind et le postier étaient à portée de main. Les voilà qui glissaient sous la barrière pour se camper en terrain découvert, face au cordon de soldats. Ça y était, ils étaient faits !

Je vis le chapeau se pencher vers la casquette et lui murmurer quelques mots.

Le postier se retourna, agita les mains et cria d'une voix de stentor :

— Les amis ! Regardez ça ! Les gars de Vaganki déboulent par l'autre côté ! Ils sont passés en force ! Ils vont rafler toutes les chopes ! En avant, tout le monde !

Un seul rugissement retentit, échappé de milliers de gorges :

« Ah, les salauds ! On est là depuis la nuit, et eux croient pouvoir se pointer comme ça ! On va leur montrer ! »

Je fus soudain soulevé et propulsé en avant avec une telle violence que mes pieds cessèrent de toucher terre. Tout s'était mis en mouvement autour de moi, et chacun jouait vigoureusement des coudes pour se frayer passage jusqu'aux tentes et aux pavillons.

De longs coups de sifflet retentirent à l'avant, suivis de tirs en l'air.

Quelqu'un hurla dans un porte-voix :

— Où allez-vous ? Où allez-vous ? Vous allez vous piétiner !

Une multitude de voix répondirent joyeusement :

— T'inquiète, Vot' Noblesse ! Allez, les gars, foncez !

Une femme poussa un hurlement atroce.

Je finis par retrouver tant bien que mal le contact avec le sol et entrepris de progresser à petits pas, au même rythme que la foule. Fandorine n'était plus à côté de moi, il s'était trouvé emporté dans une autre direction. Je manquai trébucher en posant le pied sur un objet mou, et je ne compris pas tout de suite qu'il s'agissait d'un être humain. J'aperçus entre mes jambes une vareuse blanche de soldat, mais il me fut impossible de secourir le malheureux tant j'avais les bras comprimés.

Puis je vins à buter contre d'autres corps, de plus en plus nombreux, et je n'eus plus qu'une pensée en tête : Dieu me garde d'un faux pas, ou je ne me relèverai plus. A gauche, un homme courait littéralement par-dessus les autres, écrasant têtes et épaules de ses bottes noires, couleur de goudron. Enfin il vacilla, battit des bras et s'effondra pour ne pas reparaître.

Je me voyais entraîné droit vers l'angle acéré, tout hérissé de fraîches échardes, d'un kiosque en planches. Je tentai de dévier légèrement, mais allez donc !

— Prenez-le ! criait-on à droite. Prenez le petit !

On se passait à bout de bras un mioche de six ou sept ans. Le gosse roulait de grands yeux effarés, en reniflant, le nez en sang.

Je fus violemment projeté contre le mur, ma joue racla le bois et y récolta une telle moisson d'échardes que les larmes jaillirent de mes yeux. Puis je me heurtai la tempe au chambranle sculpté d'une fenêtre et me sentis glisser à terre, n'ayant que le temps de penser : Voilà, c'est la fin, je vais mourir piétiné.

Quelqu'un m'agrippa alors solidement par les aisselles et d'une brusque secousse me remit sur pied. C'était Fandorine. J'étais dans un tel état d'hébétude que sa réapparition ne me procura aucun étonnement.

— Arc-boutez-vous contre la paroi ! cria-t-il. Autrement vous allez être écrasé !

Il leva la main et d'un seul coup de poing défonça le volet artistement ouvragé. Puis il me souleva par les fesses et me poussa vers le haut avec une force incroyable, à tel point qu'au lieu d'escalader le rebord de la fenêtre je volai par l'ouverture pour aller m'aplatir sur le plancher, lequel embaumait le copeau neuf. Autour de moi, en pyramides régulières, se dressaient des montagnes de chopes fabriquées pour le couronnement. Se hissant à la force des bras, Fandorine se glissa à son tour à l'intérieur du kiosque. Il avait l'arcade sourcilière amochée, son uniforme était en loques, son sabre, à moitié dégagé du fourreau.

Etions-nous sauvés, vraiment ?

Je jetai un coup d'œil au-dehors et vis le terrain entièrement submergé par une foule saisie de démence. Cris, gémissements, craquements, éclats de rire... tout se confondait. Il n'y avait pas là des centaines de milliers de personnes, mais bien un million au moins ! Les nuages de poussière qu'elles soulevaient rendaient l'air aussi scintillant et mouvant qu'un épais bouillon gras.

On s'était introduit également dans la baraque voisine, d'où l'on jetait par la fenêtre chopes et sacs de friandises. Une bagarre éclata aussitôt.

— Seigneur, sauve tes créatures ! m'exclamai-je malgré moi tandis que ma main se tendait d'elle-même pour faire le signe de croix.

— Et qu'est-ce que vous foutez ? nous cria-t-on d'en bas. Balancez les chopes ! Y a de l'alcool là-dedans ?

Le kiosque se mit à vaciller, une pluie de sciure tomba du plafond. Je poussai un cri d'horreur en voyant notre fragile refuge menacer de tomber en morceaux. Quelque chose me heurta le sommet du crâne et, non sans un certain soulagement, je l'avoue, je perdis connaissance.

Je ne sais par qui ni de quelle manière je fus tiré de sous les décombres puis transporté en lieu sûr. Le plus probable est que je dus encore une fois mon salut à Fandorine, bien qu'il me soit déplaisant d'y penser.

Quoi qu'il en soit, quand je revins à moi, j'étais couché dans la tribune en bois située tout au bout de Khodynskoïé Polié. Le soleil était déjà haut dans le ciel. Je soulevai légèrement la tête, pour la reposer aussitôt, et me cognai durement la nuque contre le banc.

Je réussis tant bien que mal à m'asseoir. Ma tête bourdonnait, au point que je n'étais pas sûr que ce fût vraiment la mienne. En la palpant, je découvris sur le dessus une bosse assez sérieuse, mais pour le reste je semblais plus ou moins sauf.

Fandorine n'était pas à portée de mes yeux. J'étais encore plongé dans un demi-sommeil et ne parvenais pas à me débarrasser du tintement métallique qui m'emplissait les oreilles.

En premier lieu, je promenai un regard circulaire sur l'immense étendue de terrain. Je vis des baraques effondrées, des rangs serrés de soldats qui s'avançaient lentement dans l'herbe. Le sol était partout jonché de corps, quasiment les uns contre les autres : beaucoup étaient immobiles, certains remuaient faiblement. Le spectacle de cette multitude m'était insupportable, le sang battait à grand bruit à mes tempes, le vif éclat du soleil m'éblouissait. Je piquai du nez dans mes bras, et je ne sais pas trop ensuite si je m'assoupis ou si je tombai de nouveau dans les pommes. J'ignore combien de temps je restai assis de la sorte, appuyé au rebord de la tribune, mais quand je rouvris les yeux, midi était déjà loin et le champ, désert : il n'y avait plus ni soldats ni corps.

La tête me faisait moins mal, en revanche je mourais de soif.

L'esprit encore flou, je passai un moment à me demander s'il valait mieux s'éloigner de là ou bien rester sur place.

Finalement je décidai de ne pas bouger, et bien m'en prit, car Eraste Pétrovitch ne tarda pas à se montrer.

Il était toujours vêtu de son uniforme de policier, mais ses bottes étaient couvertes de poussière et ses gants blancs, maculés de terre noire.

— Alors, ressuscité ? fit-il d'une voix maussade. Mon Dieu, Zioukine, quelle horreur ! Sauf à Plevna[1], je n'ai j-jamais rien vu d'aussi atroce. Des milliers de morts et d'estropiés. C'est le pire des crimes que Lind aura commis. Tel un roitelet de l'Antiquité, il a entraîné avec lui dans sa tombe toute une armée d'esclaves.

— Lind est donc mort lui aussi piétiné ? demandai-je sans curiosité particulière, peinant encore à sortir de ma léthargie.

— Je n'imagine pas comment il aurait pu réchapper à une b-bousculade aussi meurtrière. Cela dit, nous allons vérifier. Les soldats et la police viennent de finir d'aligner les corps des victimes pour identification, là-bas, le long de la route. Un chapelet de cadavres de près d'une verste de long. Mais comment le reconnaîtrons-nous ? Nous n'avons jamais vu son visage ! Reste toutefois la cape qu'il portait… Venez, Zioukine. Venez…

---

1. *Cf. Le Gambit turc*, deuxième épisode de la série des aventures d'Eraste Fandorine.

Et je le suivis en clopinant.

Une double rangée de morts bordait en effet la chaussée, aussi loin que portait la vue. Une longue théorie de chariots et de fiacres s'étirait depuis la sortie de Moscou : ordre avait été donné de transporter les corps au cimetière de Vaganki, mais on n'avait pas encore commencé de procéder à leur enlèvement.

Partout allaient et venaient des représentants de l'autorité, militaires, policiers, civils, la mine morose, chacun accompagné de sa suite. Eh oui, vous allez tous écoper pour avoir laissé gâcher les fêtes du couronnement ! pensai-je sans nulle méchanceté, avec plutôt une certaine compassion. C'était Lind qui avait provoqué ce carnage, et c'étaient autant d'hommes de devoir qui allaient en payer le prix.

Tandis que je marchais à pas lents le long du bas-côté, il me venait l'étrange impression d'être un grand personnage passant en revue une armée de défunts. Beaucoup de ces derniers me souriaient de toutes leurs dents, la face littéralement aplatie, écrasée. Depuis le début, j'étais comme transi de froid, mais bientôt je me sentis totalement engourdi, ce qui sans doute valait mieux. Une fois seulement, je m'arrêtai devant le corps du petit garçon qu'on avait tenté de sortir de la foule en se le passant à bout de bras, en vain. Je regardai avec une curiosité hébétée le bleu transparent de ses yeux grands ouverts sur le ciel, puis m'éloignai en traînant la jambe. Des gens occupés, comme Fandorine et moi, à scruter le visage de chaque mort, il y en avait un assez grand nombre, les uns à la recherche de parents, les autres mus par la seule curiosité.

— Regarde-moi ça, regarde ! entendis-je quelqu'un s'exclamer. En voilà un qui sera mort riche.

Une petite troupe de badauds se pressait autour d'un cadavre auprès duquel un sergent de ville montait la garde. Un mort comme tous les morts, le corps malingre, les cheveux couleur paille et le nez démoli, à cette seule différence que sur sa poitrine étaient exposées quelques montres avec leur chaîne et une douzaine de porte-monnaie.

— Un pickpocket, m'expliqua un petit vieillard, vif et alerte, qui ponctua sa phrase d'un claquement de langue en signe de commisération. Lui non plus, le malandrin, la poisse l'aura point épargné. Et pourtant c'te journée lui promettait une belle pêche.

Un peu plus loin, devant moi, un homme poussa un hurlement terrible ; sans doute venait-il de reconnaître un des siens, aussi me hâtai-je de le dépasser.

Ainsi trottant menu, je parcourus une vingtaine de pas quand tout à coup la torpeur qui me pétrifiait l'esprit s'évanouit comme par enchantement. Cette redingote noire, je la connaissais !

Oui, c'était bien lui : le postier !

Fandorine l'avait lui aussi aperçu. Il s'approcha rapidement et s'accroupit auprès du corps.

Le visage du complice du docteur était absolument intact, à l'exception d'une joue portant l'empreinte d'une semelle de botte. Je fus frappé par l'expression d'extrême incrédulité qui s'était figée dans ses traits immobiles. J'eusse été curieux de savoir ce qui l'avait tant surpris au dernier instant de sa vie criminelle. Qu'avait-il vu de si incroyable ? L'enfer qui lui ouvrait ses entrailles ?

Eraste Pétrovitch se redressa brusquement et prononça d'une voix rauque :

— Lind est vivant !

Me voyant hausser un sourcil perplexe, il se pencha, écarta les revers du vêtement trempé de sang qui couvrait la poitrine du mort, puis déboutonna la chemise, dénudant la partie supérieure du torse, pâle et velu. Sous le sein gauche une blessure dessinait un triangle noir aux contours parfaits.

— C'est bien ça, murmura Fandorine. On reconnaît la signature. C'est le stylet de Lind. Le docteur est fidèle à lui-même : il ne laisse pas de témoins.

Il se redressa à nouveau et tourna la tête du côté de Moscou.

— Partons, Zioukine ! Nous n'avons plus rien à faire ici. Vite !

Et d'un pas vif, presque en courant, il s'élança en direction du palais Pétrov.

— Où allez-vous ? criai-je en cherchant à le rattraper.

— Comment, où ? A la maison du postier ! Peut-être Lind y est-il encore ? Après tout, il ignore que nous avons découvert son repaire !

Cependant, ce n'était pas à pied que nous allions regagner Moscou. Or entre-temps tous les fiacres avaient été réquisitionnés par la police pour transporter les cadavres – les blessés ayant déjà été évacués et répartis dans les différents hôpitaux de la ville au cours de la matinée. Les attelages s'éloignaient les uns après les autres vers la barrière de Tver, chacun avec son chargement funèbre.

Le grand maître de la police, Lassovski, passa devant nous, accompagné d'un groupe d'uniformes bleus. Je me hâtai de détourner le visage, avant de prendre conscience que j'eusse été bien difficile à reconnaître sous mon aspect actuel. Sans parler du fait qu'il était fort douteux que le colonel se souvînt à l'heure présente d'un quelconque Afanassi Zioukine. L'enlèvement de Mikhaïl

Guéorguiévitch et même la disparition de l'Orlov se trouvaient éclipsés par la tragédie qui venait de se produire. La Russie n'avait jamais connu de telle infortune à l'occasion du sacre d'un souverain, du moins depuis le 14 décembre 1825. Seigneur, quel scandale universel ! Et quel monstrueux présage pour le règne à venir !

Le grand maître de la police affichait un visage livide et un air misérable. Rien d'étonnant à cela : c'était lui surtout qui allait devoir rendre des comptes. Et il n'en serait pas quitte pour une simple démission. D'après les textes officiels, l'organisation des fêtes du couronnement relevait de la seule compétence du gouverneur général de Moscou, mais on n'allait tout de même pas traduire en justice l'oncle de Sa Majesté Impériale ! Or il faudrait bien qu'un représentant des autorités locales réponde devant un juge. Pourquoi n'avait-on pas prévu qu'il viendrait tant de monde ? Pourquoi avait-on mobilisé pour la circonstance un aussi maigre effectif de soldats ?

Fandorine se campa au garde-à-vous et rendit crânement le salut militaire au chef de la police moscovite, mais celui-ci ne lui accorda même pas un regard.

— Parfait, me glissa Eraste Pétrovitch à l'oreille. Et voici notre voiture.

J'aperçus à quelque distance la célèbre calèche de Lassovski, attelée d'une paire de magnifiques chevaux moreaux. Sur le siège du cocher, tenant les rênes d'un air avantageux, trônait le non moins fameux Sytchov, si fréquemment cité par les journaux de l'ex-capitale quand il s'agissait de rapporter les expéditions quotidiennes entreprises par l'infatigable grand maître de la police pour débusquer concierges en goguette et sergents de ville négligents.

Eraste Pétrovitch releva son sabre et, tintant gaillardement des éperons, s'élança vers la voiture au pas de course.

— Rapport urgent ! cria-t-il au cocher en sautant dans la calèche d'un seul élan. Allez, Sytchov, pas le moment de dormir ! Ordre de monsieur le grand maître de la police !

Puis, s'adressant à moi, la main à la visière :

— Votre Excellence, je vous en supplie, plus vite !

Le cocher se retourna, jeta un coup d'œil à l'énergique officier, puis posa son regard sur moi. Bien que je ne portasse qu'un simple veston emprunté à un forban allemand, Sytchov ne parut pas autrement surpris. C'était une journée si démentielle que bien malin qui eût su dire qui avait le droit de monter dans la voiture du maître.

— Faites les g-gros yeux, me murmura Fandorine en s'installant en face de moi. Vous êtes un gros bonnet. On ne trimballe pas n'importe qui dans cette calèche.

Je bombai le torse et, ainsi qu'il convient à un personnage de réelle importance, tournai légèrement la tête, le regard un peu haut, en même temps que je plissais le front en un réseau de rides d'authentique homme d'Etat. Dieu merci, j'avais assez fréquenté de ministres et de généraux au cours de mon existence.

— Allez, Sytchov, allez ! aboya Eraste Pétrovitch en enfonçant son poing dans le dos rembourré de notre pompeux automédon.

Le cocher agita les guides d'une main nerveuse, les chevaux magiques s'élancèrent au trot dans un ensemble parfait, et la calèche s'en fut, bercée par ses moelleuses suspensions.

De temps à autre, Sytchov tonnait d'une voix profonde : « Gaaaaardez-vous ! »

On vit défiler les troncs badigeonnés de blanc des peupliers bordant la route. La triste procession de camions bâchés s'éloignait toujours plus vite en arrière. Les passants se retournaient sur notre passage, le regard empli (c'est en tout cas l'impression que j'eus) de crainte mêlée d'espoir, tandis que les policiers portaient la main à la visière.

A hauteur de la gare Alexandrovski, Fandorine donna l'ordre au cocher de s'arrêter. Nous descendîmes, Eraste Pétrovitch jeta sa carte de visite sur le siège de cuir et fit signe à Sytchov de s'en retourner.

Nous avisâmes une voiture de remise et partîmes à fond de train vers la rue des Bouchers.

— Qu'est-ce qui se passe là-bas, au champ de manœuvre, Vot' Noblesse ? nous demanda le cocher, quittant un instant ses chevaux des yeux. On raconte que les youpins ont versé une drogue dans l'alcool qu'était distribué, et qu'à cause de ça les gens se sont trouvés tous comme engourdis, ils auraient piétiné comme ça au moins cent mille chrétiens. C'est-y vrai ou pas ?

— On ment, répondit Eraste Pétrovitch d'un ton bref. Allez, plus vite, plus vite !

Nous nous engouffrâmes dans la ruelle à grand fracas de sabots et cliquetis de métal. Quand nous eûmes sauté à terre, Fandorine, d'un geste impérieux, héla le concierge d'un immeuble voisin.

— Qui loge là, à ce numéro ? lui demanda-t-il en désignant la maison du postier.

— Un fonctionnaire des postes, le sieur Téréchtchenko Ivan Zakharovitch ! répondit le concierge, comme au rapport, le balai déjà à l'épaule pour présenter les armes.

— Ancien soldat ? s'enquit Eraste Pétrovitch d'une voix sévère.

— Exact, Votre Noblesse ! Caporal Fiodor Svichtch, du sixième régiment de dragons de Son Altesse Impériale le prince Heinrich de Prusse.

— Ecoute un peu, Svichtch. Ce monsieur et moi sommes venus ici pour procéder à l'arrestation de ce fameux Téréchtchenko. Voilà un sifflet. Contourne la maison par la cour et surveille bien les fenêtres. S'il tente de sortir par là, siffle aussi fort que tu peux. Compris ?

— Compris, Votre Noblesse !

— Mais attends donc un peu ! cria Fandorine à l'ancien caporal qui déjà partait en courant exécuter l'ordre reçu. As-tu une pince-monseigneur ? Apporte-la, et ensuite file à ton poste.

Nous nous plaçâmes sur le perron de manière qu'on ne pût nous voir depuis les fenêtres.

Eraste Pétrovitch actionna la clochette, puis frappa à la porte.

— Téréchtchenko ! Monsieur Téréchtchenko ! Ouvrez, c'est l'inspecteur de quartier ! On vous demande d'urgence à votre travail ! Rapport aux événements d'aujourd'hui !

Il colla l'oreille à la porte.

— Forcez-la, Zioukine.

Je n'avais jamais eu l'occasion de tenir dans mes mains un instrument aussi grossier qu'une barre de fer de cette sorte, et encore moins de m'en servir pour enfoncer une porte. Je découvris que ce n'était pas facile du tout. Je frappai contre la serrure, une fois, deux fois, trois fois. La porte trembla mais ne s'ouvrit pas. Alors j'insérai l'extrémité plate et effilée de la pince entre chant et chambranle, pesai de tout mon poids et tentai de faire céder le pêne. Je transpirai, poussai mille grognements et gémissements, tout cela en pure perte.

— Oh, allez au diable, Zioukine, avec votre outil !

Eraste Pétrovitch m'écarta, empoigna à deux mains la balustrade, prit son élan et lança ses deux pieds contre le vantail. La porte vola dans l'embrasure, pour rester pendue de guingois à un seul gond.

Nous parcourûmes rapidement toutes les pièces, Fandorine brandissant un petit revolver noir, le doigt sur la détente.

Personne. Eparpillés sur le plancher, des pièces d'habillement, plusieurs barbes postiches, une perruque rousse, quelques cannes, manteaux, chapeaux, et une poignée de billets de banque froissés.

— Trop tard ! soupira Eraste Pétrovitch. Il s'en est fallu de bien peu...

Tandis que je me laissais aller à ma déception, il inspecta soigneusement le minuscule salon et soudain déclara tout bas, d'un ton mystérieux :

— Ah, voilà qui est plus intéressant !

Posé sur un guéridon, près de la fenêtre, se trouvait un coffret laissé ouvert. Fandorine en tira un objet oblong, chatoyant, qui semblait jeter entre ses doigts une pluie d'étincelles jaunes.

— Qu'est-ce que c'est ? demandai-je, surpris.

— Je sup-pose qu'il s'agit du fameux diadème-bandeau, répondit-il en examinant avec curiosité la parure, entièrement sertie d'opales et de diamants jaunes d'un prix inestimable. Et voici l'agrafe en diamant de l'impératrice Anne, et le carcan de saphir de l'impératrice Elisabeth, et le petit b-bouquet de brillants rehaussé d'un spinelle, et ceci... comment l'appelle-t-on déjà ?... l'aigrette fontaine. J'avais promis à Sa Majesté Impériale que les joyaux de sa cassette lui seraient tous restitués intacts. J'aurai tenu parole.

Je me précipitai vers le coffret et me figeai, plein de vénération, n'en croyant pas mes yeux. Quelle chance ! Tous ces trésors de conte de fées, auréolés de la sainte histoire de la maison impériale, rendus sans dommage à la couronne ! Ce seul exploit justifiait toute l'aventureuse entreprise de Fandorine et restaurait entièrement l'honneur de mon nom. Je ne pouvais espérer connaître de plus grand bonheur, sinon celui de sauver Mikhaïl Guéorguiévitch et Mlle Declicq.

Mais si Fandorine se réjouissait de la trouvaille, c'était pour une tout autre raison.

— Lind était ici encore t-tout récemment et a manifestement l'intention de revenir. Et d'un. Il ne lui reste effectivement plus aucun homme de main, il est seul. Et de deux. Enfin, nous avons une excellente chance de le capturer. Et de t-trois.

Je réfléchis un peu et reconstituai tout seul son raisonnement :

— S'il n'avait pas l'intention de revenir, il n'aurait pas abandonné le coffret, n'est-ce pas ? Et s'il avait encore des complices, il les aurait laissés à la garde du trésor. Qu'allons-nous faire ?

— D'abord, réparer la p-porte d'entrée.

Nous courûmes jusqu'au vestibule. Sous la violence du coup de pied décoché par Fandorine, l'un des gonds avait été arraché en même temps qu'un bon morceau de bois, mais ce n'était encore qu'un demi-malheur. Le pire était que, devant la maison, s'était assemblée toute une foule de badauds qui observaient avec une curiosité avide les fenêtres et l'embrasure béante de la porte.

— Malédiction ! gémit Eraste Pétrovitch. Nous avons fait un tel boucan, vous et moi, que toute la rue est accourue voir, et dans dix minutes ce sera tout le q-quartier qui rappliquera ! Bientôt nous verrons débarquer la vraie police et tout sera gâché. Non, il ne sert plus à rien d'attendre ici le retour de Lind. Mais il faut au moins s'assurer qu'il ne reste pas d'éléments ou d'indices qui nous auraient échappé.

Il parcourut à nouveau chaque pièce, ramassant à mesure les différents vêtements qui traînaient par terre. Il parut particulièrement intrigué par une fine bottine couverte de poussière, dont la sœur jumelle se révéla introuvable à proximité.

Pendant ce temps, je m'avançai dans l'étroit couloir et, faute de savoir à quoi m'employer, jetai un coup d'œil à la petite cuisine crasseuse où trônait, dans un coin, un poêle de faïence.

Je ne découvris là rien de remarquable, à l'exception d'une impressionnante collection de cafards, et m'apprêtais déjà à passer mon chemin quand mon regard fut attiré par une trappe découpée dans le plancher. Sans doute la cave, pensai-je. Mais il semble qu'une force occulte gouvernait alors mes actes. Juste désireux de tuer le temps en attendant que Fandorine eût achevé sa perquisition, je me penchai et soulevai le panneau. Du puits obscur s'exhala une odeur de moisissure, d'humidité et de terre, à dire vrai exactement celle qu'on s'attend à sentir dans un local souterrain où sont conservées betteraves, carottes et pommes de terre.

Je voulus refermer la trappe, mais un bruit retentit alors, qui au premier instant me glaça, puis me fit trembler de tous mes membres.

C'était un gémissement, très faible, certes, mais bien distinct !

— Monsieur Fandorine ! hurlai-je à pleine voix. Par ici !

Une lampe à pétrole était posée sur la table de cuisine. Je m'en emparai, craquai une allumette d'une main tremblante et me glissai dans les ténèbres et le froid.

Je n'eus à descendre que quelques marches pour la voir.

Mlle Declicq gisait, recroquevillée contre la paroi, entre deux sacs de toile grise. Elle n'était vêtue que d'une chemise : je fus frappé par la vue d'une fine cheville marquée, autour de la malléole, d'une large ecchymose, et je détournai vivement les yeux. Cependant, l'heure n'était pas aux convenances.

Je posai la lampe sur un tonneau (de choucroute, à en juger par l'odeur aigre qui en émanait) et me précipitai vers la captive.

Sa tête était renversée en arrière, ses yeux étaient clos. Je vis qu'Emilie était menottée par une main à un anneau de fer scellé dans le mur. Le visage de la pauvre Mademoiselle était couvert de griffures et de sang coagulé. La chemise avait glissé sur sa blanche épaule ronde, et je remarquai au-dessus de la clavicule un énorme hématome.

— Zioukine, vous êtes en bas ? fit d'en haut la voix de Fandorine.

Je ne répondis pas, car j'étais déjà occupé à fouiller tous les autres recoins de la cave. Mais non, Son Altesse n'était pas là.

— Vous m'entendez ? demandai-je.

Fandorine sauta sur le sol et se campa derrière moi.

Mademoiselle entrouvrit les yeux, cligna les paupières, éblouie par la lampe, et sourit.

— Athanase, comme tu es marrant sans tes favoris. Je t'ai vu en rêve. Je rêve encore...

Elle avait l'esprit dérangé, c'était évident. Jamais autrement elle ne m'eût tutoyé.

Je me sentais submergé de peine.

Mais Fandorine se montra moins sentimental.

Il me força à m'écarter et appliqua à la malheureuse quelques claques sur la joue.

— Emilie, où est le prince ?

— Je ne sais pas... murmura-t-elle avant de refermer les yeux.

— Comment ? Vous n'avez pas deviné qui est Lind ?

Emilie posa sur Fandorine un regard incrédule.

— Et moi qui étais certaine qu'avec votre esprit vous aviez déjà tout résolu. Ah, ça me paraît tellement simple à présent ! Vraiment, nous étions tous aveugles.

Eraste Fandorine semblait décontenancé, et moi-même, je dois l'avouer, je ne trouvais nullement l'énigme si facile à résoudre.

La conversation avait lieu en français, car il eût été trop cruel, après toutes les épreuves qu'elle avait endurées, de tourmenter Mlle Declicq avec la grammaire russe. J'avais déjà remarqué auparavant que lorsqu'il parlait dans une langue étrangère, Fandorine ne bégayait plus du tout, mais je n'avais pas eu le temps de réfléchir à cet étrange phénomène. Selon toute apparence, son infirmité – car j'avais lu quelque part que le bégaiement relevait très précisément de l'infirmité psychique – était liée d'une manière ou d'une autre à l'expression russe. Ce trébuchement sur les sons de la langue maternelle ne trahissait-il pas quelque secrète hostilité à la Russie et à tout ce qui était russe ? Je n'en eusse été nullement surpris.

Une demi-heure plus tard, nous arrivions à l'appartement que nous avions loué. Fandorine tenait le coffret, tandis que m'était échu un fardeau bien plus précieux encore : je portais dans mes bras Emilie emmitouflée dans la cape espagnole du docteur. Le corps de Mademoiselle était potelé et brûlant – cela se sentait même à travers l'étoffe. Sans doute est-ce la raison pour laquelle la fièvre me cuisait les joues, et je mis longtemps ensuite à retrouver mon souffle, bien que Mademoiselle ne fût point lourde du tout.

Nous décidâmes d'installer notre hôte bien-aimée dans l'une des chambres. J'allongeai la pauvrette sur le lit, me hâtai de rabattre sur elle la couverture et épongeai les gouttes de sueur qui perlaient à mon front. Fandorine, quant à lui, s'assit à son chevet et lui dit :

— Emilie, nous ne pouvons appeler de médecin pour vous. M. Zioukine et moi-même nous trouvons, pour ainsi dire, dans une situation illégale. Si vous le permettez, j'examinerai et soignerai moi-même vos blessures et vos contusions, j'ai quelque expérience dans ce domaine. Vous ne devez pas vous sentir gênée.

Et pourquoi ça ? m'indignai-je en mon for intérieur. Quel culot inouï !

Mais Mademoiselle ne trouva rien de scandaleux à la proposition de Fandorine.

— Ce n'est pas le moment pour moi de faire la délicate, répondit-elle avec un faible sourire. Je vous suis très reconnaissante de votre aide. J'ai mal partout. Comme vous le voyez, les ravisseurs ne m'ont pas traitée de la manière la plus élégante.

— Afanassi Stépanovitch, f-faites chauffer de l'eau, m'ordonna Fandorine en russe d'un ton énergique. Et j'ai vu dans la salle de bains un flacon d'alcool et de l'extrait de Saturne[1].

Le voilà qui jouait les Pirogov[2] à présent ! Je m'exécutai néanmoins et rapportai par la même occasion des serviettes propres, de la teinture d'iode et du taffetas anglais que je découvris dans l'un des tiroirs du cabinet de toilette.

Avant de se soumettre à l'examen, Mademoiselle coula un timide regard dans ma direction. Je me retournai vivement, en rougissant, je le crains, jusqu'aux oreilles.

J'entendis un léger froissement d'étoffe, puis Fandorine s'exclama d'une voix inquiète :

— Seigneur, vous n'avez pas un endroit intact. Ici, ça ne vous fait pas mal ?

— Non, pas très.

— Et ici ?

— Aïe !

— On dirait que la côte est fêlée. Pour l'instant, je vais la recouvrir de taffetas gommé... Et ici, sous la clavicule ?

— Quand vous appuyez, oui...

Un peu plus loin, un miroir était accroché au mur. Je réfléchis qu'il me suffirait de deux minuscules petits pas sur la droite pour voir ce qui se passait sur le lit, cependant je me sentis sur-le-champ honteux de cette indigne pensée et, au contraire, me déplaçai légèrement sur la gauche.

— Retournez-vous, commanda Eraste Pétrovitch. Je vais palper votre colonne vertébrale.

---

1. Solution d'acétate de plomb utilisée autrefois comme émollient.

2. Nikolaï Ivanovitch Pirogov (1810-1881) : illustre chirurgien et anatomiste russe, qui s'illustra notamment durant la guerre de Crimée. Il fut l'un des premiers à utiliser l'éther comme anesthésique.

— Oui, oui, là ça fait mal, au niveau du coccyx.

Je grinçai des dents. Cela devenait réellement insupportable ! Je regrettai de n'être pas sorti dans le couloir.

— On vous a donné un coup de pied, constata Fandorine. C'est un endroit très douloureux. Eh bien, nous allons mettre une compresse là. Et ici aussi... Ce n'est rien, vous allez souffrir encore quelques jours, et puis ça passera.

Il y eut un clapotement d'eau. Mademoiselle émit plusieurs gémissements étouffés.

— C'est tout, Athanase, vous pouvez remuer, dit-elle enfin.

Je me retournai aussitôt.

Emilie était étendue sur le dos, la couverture remontée sur la poitrine. Son sourcil gauche était barré d'un petit rectangle de taffetas blanc soigneusement découpé, le coin de sa bouche était jaune de teinture d'iode, un coin de serviette dépassait de sous le col grand ouvert de sa chemise.

Incapable de regarder Mademoiselle dans les yeux, je lorgnai Fandorine qui, la mine imperturbable, tel un vrai médecin, se lavait les mains dans la cuvette. A la seule idée que ces doigts fins et vigoureux venaient d'effleurer la peau d'Emilie, et qui plus est en des lieux auxquels il était impossible de penser sans être saisi de vertige, je me mordis les lèvres.

Le plus surprenant était que Mademoiselle ne paraissait nullement troublée et regardait Fandorine avec un sourire reconnaissant.

— Merci, Eraste.

Eraste !

— Merci. Je me sens maintenant beaucoup mieux.

Elle partit d'un rire léger.

— Hélas, je n'ai plus aucun secret pour vous. Comme vous êtes un honnête homme, vous voilà contraint de m'épouser.

La plaisanterie était si risquée que même Fandorine rougit. Quant à moi, inutile d'en parler.

Pour remédier au tour inconvenant et fort pénible que prenait la conversation, je demandai sèchement :

— Et cependant, mademoiselle Declicq, où se trouve Son Altesse ?

— Je l'ignore. On nous a séparés sitôt que nous sommes sortis du passage souterrain, et après cela on nous a tenus à l'écart l'un de l'autre. L'enfant était sans connaissance, et j'étais moi-même à moitié évanouie : j'avais reçu un coup violent à la tête au moment où je tentais de crier.

— Oui, oui ! s'exclama Eraste Pétrovitch, s'animant soudain. Que vouliez-vous nous faire savoir ? Vous avez lancé : « Lind est ici ! C'est... » Et puis plus un mot.

— C'est vrai, à ce moment il a collé sa main sur ma bouche et, pour faire bonne mesure, m'a frappée au visage d'un coup de poing. Je l'avais reconnu malgré son masque !

— Vous l'aviez reconnu ? nous écriâmes-nous d'une seule voix.

C'est alors que Mademoiselle, haussant un sourcil étonné, posa la question qui devait tant décontenancer Fandorine :

— Comment ? Vous n'avez pas deviné qui est Lind ? Et moi qui étais certaine qu'avec votre esprit vous aviez déjà tout résolu. Ah, ça me paraît tellement simple à présent ! Vraiment, nous étions tous aveugles.

Fandorine et moi échangeâmes un regard et, à l'expression un peu fausse de ses yeux, j'eus le sentiment qu'il voulait s'assurer que je ne m'étais pas révélé plus malin que lui.

Hélas ! Et pourtant j'aurais donné cher pour cela.

— O Seigneur, mais c'est Banville ! dit Mademoiselle en hochant la tête, toujours étonnée de notre manque de perspicacité. En tout cas, celui que nous connaissons sous le nom de lord Banville. Je l'ai reconnu à sa voix, alors que nous étions encore dans la crypte. En haut, quelqu'un a crié : « Alerte ! Fuyez ! », et Lind a perdu son éternelle prudence et hurlé à pleine voix : *« Take the kid and the slut ! Run*[1] *! »* C'était Banville !

— Banville ? répéta Eraste Pétrovitch, désemparé. Mais comment est-ce possible ? Il est pourtant l'ami de Guéorgui Alexandrovitch, non ? Ils se connaissent depuis longtemps !

— Pas si longtemps que ça, corrigeai-je tout en m'efforçant de rassembler mes idées. Son Altesse n'a fait la connaissance de Banville qu'au début de ce printemps, à Nice.

— Je ne le savais pas, bredouilla Fandorine comme pour se justifier. Comme tout est simple, en effet… « Il n'est si sage q-qui ne faille[2] », poursuivit-il en russe. Mais, dans le cas présent, ma faillite est tout à fait impardonnable. Mais oui, bien sûr !

Il bondit du lit où il était venu s'asseoir et se mit à arpenter la chambre, presque au pas de course, en gesticulant comme un furieux. Jamais je ne l'avais vu dans un tel état d'agitation. Les mots jaillissaient de sa bouche en cascade, se bousculant les uns les autres.

---

1. « Prenez le gosse et la garce ! Courons ! »

2. Allusion au titre d'une pièce célèbre d'Alexandre Ostrovski (1823-1886).

— C'est à Nice que le docteur a commencé de mettre son plan à exécution. Il était certainement v-venu là exprès pour choisir la victime qui lui conviendrait le mieux : au printemps, n'est-ce pas, seuls les *grands-ducs de Russie*, comme on dit en français, visitent la Côte d'Azur. Et il était bien sûr déjà informé de la cérémonie du sacre qui devait avoir lieu au mois de mai à Moscou ! S'insinuer dans la confiance d'un des membres de la maison impériale, devenir l'ami de la famille, obtenir une invitation pour les f-fêtes du c-couronnement… le reste n'était plus qu'une question de préparation technique !

— Et ceci encore ! coupai-je. Sa haine pour les femmes ! Vous avez dit vous-même que Lind ne supportait pas la présence de femmes autour de lui ! A présent l'on comprend pourquoi. Par conséquent, Endlung avait raison !

— Endlung ? reprit Fandorine d'une voix accablée.

Il se frotta furieusement le front, comme s'il eût voulu s'user le crâne jusqu'à toucher son cerveau.

— Oui, oui, effectivement. Et moi qui n'ai accordé aucune attention à sa stupide théorie : pour moi, il suffisait qu'elle vînt de cette andouille d'Endlung. En vérité : « Il a élu des sots pour humilier les sages ». Ah, Zioukine, le snobisme est le pire des p-péchés… Banville ! C'était Banville ! Et le parfum, le « Comte d'Essex »… Comme il s'est habilement assuré toute liberté de mouvement en simulant un départ inopiné ! Et ce duel tombant si à propos ! Glinski touché en plein cœur ! Je reconnais là la diabolique précision de Lind ! Magnifique mascarade : un Britannique excentrique et homosexuel. Envergure, plan peaufiné dans les moindres détails, audace incroyable, absence totale de pitié… c'est sans conteste la signature de Lind ! Et encore une fois je l'ai laissé échapper...

— Mais il reste Mr Carr, rappelai-je. Lui aussi est une créature de Lind.

Eraste Pétrovitch rétorqua :

— Je vous assure que Carr n'a rien à voir là-dedans. Autrement Lind ne l'aurait pas ab-bandonné. Le docteur n'a amené avec lui ce jeune éphèbe maniéré que dans le but de rendre son propre p-personnage plus convaincant, et aussi probablement pour joindre l'utile à l'agréable. Lind est connu pour ses mœurs sodomites. Mais nom d'un chien, le plus vexant, c'est qu'Endlung ait pu avoir raison ! Une bande formée d'homosexuels se trouve soudée non seulement par l'intérêt matériel, mais aussi par d'autres liens. Voilà d'où venaient un tel dévouement et une telle abnégation !

Mademoiselle, sourcils froncés, écoutait avec une attention extrême les lamentations de Fandorine et semblait tout comprendre, ou presque.

— Oh oui ! Lind déteste bel et bien les femmes, dit-elle avec un sourire amer. J'ai eu le loisir d'en faire l'expérience. Durant tout le temps de ma détention, je n'ai reçu qu'un unique morceau de pain et, par deux fois, une tasse d'eau. Heureusement qu'il y avait tout près un tonneau de cet affreux chou qu'on prépare chez vous... J'étais tenue enchaînée, dévêtue. Hier soir, Banville, je veux dire Lind, est descendu dans la cave mauvais comme mille diables et, sans dire un mot, s'est mis à me bourrer de coups de pied. Il avait dû, je crois, essuyer quelque déconvenue. La douleur était vive, mais plus vive encore était ma peur.

Secouée d'un frisson, Emilie remonta la couverture sur elle jusqu'au menton avant de poursuivre :

— Ce n'est pas un être humain, mais une boule de méchanceté. Il me frappait sans prononcer une parole, et avec un tel acharnement que, si le propriétaire de la maison n'avait pas été là, sans doute le docteur m'aurait-il tuée sous les coups. Au reste, le propriétaire – un homme assez grand au visage renfrogné – est le seul qui ne m'ait pas tourmentée. C'est lui qui m'a donné du pain et de l'eau.

Mademoiselle porta la main avec précaution à son sourcil raccommodé.

— Vous avez vu, Eraste, comment Lind m'a arrangée. Le salaud ! Et absolument pour rien, par-dessus le marché !

— Il est devenu furieux quand il a appris qu'il avait perdu ses deux complices, expliquai-je. M. Fandorine a tué l'un et livré le second à la police.

— Dommage, Eraste, que vous n'ayez pas tué les deux, dit-elle en reniflant après avoir battu des cils pour les débarrasser d'une vilaine larme qui y restait accrochée. Ces Allemands étaient de véritables brutes. Lequel d'entre eux avez-vous expédié ? Celui avec les oreilles décollées ou bien l'autre, avec les taches de rousseur ?

— Celui aux taches de rousseur, répondit Eraste Pétrovitch.

Je n'avais pu, quant à moi, dévisager ni l'un ni l'autre, tant il faisait sombre dans le passage.

— Peu importe, relevai-je. Ce qui compte, c'est que le docteur est désormais totalement seul.

Fandorine serra les lèvres, sceptique :

— J'en doute. Il faut bien quelqu'un encore pour garder l'enfant. Si le malheureux est encore en vie…

— Oh, le petit est vivant, j'en suis sûre ! s'exclama Mademoiselle. En tout cas, hier soir, il l'était encore.

Comme le maître de maison éloignait de force Banville qui, devenu enragé, menaçait de me tuer, j'ai entendu celui-ci rugir : « S'il n'y avait pas la pierre, je lui aurais déjà expédié leurs têtes à tous les deux : celle du gosse comme celle de cette grognasse ! » Je crois, Eraste, qu'il faisait allusion à vous.

— Dieu soit loué ! soupirai-je malgré moi.

Je me tournai vers l'icône de saint Nicolas le Juste, accrochée dans un coin, et me signai. Mikhaïl Guéorguiévitch était vivant, il restait un espoir !

Cependant une question encore subsistait, qui me tenaillait l'esprit. Une de ces questions qu'on ne doit pas poser et, si l'on s'y aventure malgré tout, à laquelle on n'a pas le droit d'attendre une réponse. Et pourtant je m'y décidai :

— Dites-moi, ils... ils... vous ont violentée ?

Pour être sûr d'être compris, je prononçai ces mots en français.

Grâce à Dieu, Emilie n'en parut pas choquée, au contraire elle sourit tristement :

— Oui, Athanase, ils m'ont violentée, comme vous pourriez le constater vous-même en voyant mes bleus et mes bosses. Ma seule consolation est que les violences qu'ils m'ont infligées ne furent pas de celles auxquelles, visiblement, vous pensez. Ces messieurs eussent sans doute préféré se pendre plutôt que d'avoir un rapport physiologique avec une femme.

Cette réponse franche et hardie acheva de me clouer le bec et je détournai les yeux. Si quelque chose me déplaisait chez Mlle Declicq, c'était bien cette précision fort peu féminine dans le choix des termes.

— Par conséquent, dressons un bilan, proposa Fandorine en croisant les doigts. Nous avons tiré Emilie des griffes du docteur. Et d'un. Nous savons à présent à quoi ressemble le docteur Lind. Et de deux. Nous avons récupéré les joyaux de l'impératrice. Et de trois. La moitié de l'affaire est résolue. Le reste n'est plus qu'un jeu d'enfant.

Il poussa un profond soupir, et je compris que « jeu d'enfant » devait s'entendre dans un sens ironique. Il conclut :

— Délivrer l'enfant. Et supprimer Lind.

— Oui, oui ! renchérit Mademoiselle avec véhémence en décollant la tête de l'oreiller. Mort à cette canaille, à ce lâche !

Puis, posant sur moi un regard dolent, elle ajouta d'une toute petite voix :

— Athanase, vous n'imaginez pas comme j'ai faim...

Ah, le butor insensible et borné ! Fandorine passe encore, seul Lind l'intéressait, mais moi, moi, j'étais beau !

Je me précipitai vers la porte, mais Fandorine me retint par le bas de ma veste.

— Où allez-vous comme ça, Zioukine ?

— Comment, où ? A la salle à manger. Il y a là-bas dans le buffet du fromage et des biscuits, et dans la glacière du pâté et du porc froid.

— Pas question de p-porc froid. Un verre de thé sucré additionné de rhum et un petit morceau de pain noir. Rien de plus pour l'instant.

Il avait raison. Après un long jeûne, il ne convenait pas de se surcharger l'estomac de nourriture trop lourde. Mais je mis dans le thé quatre cuillerées de sucre, coupai une énorme tranche de pain et versai dans le verre une bonne rasade de whisky de la bouteille de Mr Freyby.

Mademoiselle but son thé en souriant de ses lèvres meurtries, et ses joues pâles se colorèrent de rose.

Mon cœur se serrait d'indicible pitié. Me fussé-je trouvé à cet instant en face de cet ignoble docteur Lind capable de rouer de coups de pied une pauvre femme sans défense, je l'eusse empoigné sur-le-champ à la gorge, et aucune force au monde n'eût pu desserrer l'étreinte de mes doigts.

— Il vous faut dormir un peu, dit Fandorine en se levant. Nous déciderons demain d'un nouveau plan d'action. Afanassi Stépanovitch (il était passé au russe), accepteriez-vous de p-passer la nuit ici, dans le fauteuil ? Au cas où Emilie aurait b-besoin de quelque chose ?

Il me posait la question ! A moi qui mourais d'envie de passer un moment en tête à tête avec elle ! Simplement, sans rien dire. Et si jamais je m'en sentais capable, de lui parler des sentiments qui se pressaient dans ma poitrine. Mais où prendre de tels mots ?

Fandorine sortit. Emilie me regardait, toujours souriante, et moi, pitoyable babouin empoté, je ne trouvai rien d'autre à faire que me passer la langue sur les lèvres et toussoter en serrant et desserrant les doigts. Enfin je me résolus à ouvrir la bouche :

— Je... Vous m'avez beaucoup manqué, mademoiselle Declicq.

— Vous pouvez m'appeler Emilie, dit-elle dans un souffle.

— Bon, très bien. Ce ne sera pas en effet une familiarité excessive, puisque après tout ce à travers quoi vous... je veux dire nous... c'est-à-dire, après ce que vous et moi avons traversé, j'ose espérer que nous...

Je m'interrompis et rougis.

— Que vous et moi...

— Oui ? fit-elle en hochant la tête avec sympathie. Parlez, parlez...

— Que vous et moi pouvons nous considérer désormais non plus seulement comme des collègues, mais aussi comme des amis.

— Des amis ?

Je crus déceler dans sa voix une pointe de déception.

— Non, bien sûr, je ne suis pas assez présomptueux pour prétendre à une complicité plus étroite, ou plus intime, m'empressai-je de corriger afin que Mademoiselle n'allât pas penser que, profitant de la situation, je cherchais à m'imposer comme confident auprès d'elle. Nous sommes simplement devenus, vous et moi, bons camarades. Et j'en suis très heureux... Voilà.

Je n'ajoutai plus rien, car à mon avis nos relations venaient déjà de connaître un progrès des plus considérables : non seulement nous pouvions désormais en toute légitimité nous adresser l'un à l'autre par nos prénoms, mais je venais de lui offrir mon amitié et, pour autant qu'il m'était possible d'en juger, ma proposition avait été accueillie avec bienveillance.

Pourtant Emilie me regardait comme si elle attendait autre chose de moi.

— Vous me voyez comme une amie, une camarade ? demanda-t-elle après un long silence, comme pour préciser.

— Oui, comme une amie chère, m'enhardis-je à confirmer.

Alors Mademoiselle soupira, ferma les yeux et dit doucement :

— Pardonnez-moi, Athanase. Je suis très lasse. Je vais dormir.

Je ne remarquai pas le moment où elle sombra dans le sommeil. Sa poitrine se soulevait et s'abaissait à un rythme toujours aussi régulier, ses longs cils frémissaient à peine, et de temps à autre une ombre légère passait sur son visage, tel un nuage sur le miroir de l'onde azurée.

Je passai toute la nuit tantôt plongé dans une brève somnolence, tantôt parfaitement éveillé. Il suffisait qu'Emilie remuât un doigt ou bien poussât un soupir un peu long pour qu'aussitôt j'ouvrisse les yeux, prêt à lui offrir de l'eau, à remonter sa couverture ou redresser son oreiller. Ces fréquents réveils ne m'étaient nullement pénibles, mais au contraire plaisants et même voluptueux. Il y avait longtemps, bien longtemps, que je n'avais ressenti pareille quiétude.

19 mai

Je servis un petit déjeuner cette fois-ci digne de ce nom : avec porcelaine, argenterie et nappe amidonnée. Sans cuisinier à notre disposition, il était bien sûr impossible de préparer quoi que ce fût de convenable, néanmoins il y eut une omelette, des fromages et des confitures.

Ce matin-là, Emilie affichait bien meilleure mine et mangeait de fort bon appétit. Ses yeux brillaient avec vivacité, sa voix était sonore et gaie. Les femmes possèdent la stupéfiante faculté de se guérir très vite des maux les plus graves, dès lors que leurs conditions de vie se trouvent soudainement et notablement améliorées : j'avais déjà été, en quantité d'occasions, témoin de pareilles métamorphoses. Il est vrai aussi que rien n'exerce sur les représentantes du beau sexe d'influence plus bénéfique que l'entourage et l'attention des hommes, et à cet égard nous traitions Mademoiselle comme une véritable reine.

Fandorine parut pour le petit déjeuner en smoking de jour et cravate blanche, voulant manifestement démontrer par là que les libertés auxquelles il avait été contraint de recourir la veille n'avaient d'aucune manière amoindri le respect qu'il portait à notre hôte. J'appréciai le geste.

A dire vrai, mes pensées suivaient un cours semblable, seulement voilà : à la différence d'Eraste Pétrovitch, je n'avais rien pour me changer et j'avais dû me contenter de me raser au plus près, ainsi que l'exigeait ma glabre physionomie.

Comme nous en étions au café (j'avais moi aussi pris place à table, du fait que je me trouvais là non point en qualité de majordome, mais à titre strictement privé), Eraste Pétrovitch aborda l'affaire qui nous occupait. La conversation eut lieu en français.

— J'ai peu dormi cette nuit, en revanche j'ai beaucoup réfléchi. A présent je comprends d'où vient que j'aie pu commettre une erreur si impardonnable. Je n'attendais pas du docteur Lind une telle témérité : il avait toujours observé la plus grande prudence lors de ses précédentes opérations. Mais cette fois-ci l'enjeu était trop gros, et Lind avait décidé d'occuper la position la plus avantageuse. En s'installant à l'Ermitage, il pouvait facilement observer tous nos préparatifs. Une autre source d'informations, pour lui, était bien sûr Mr Carr, si habilement délégué auprès de Siméon Alexandrovitch. La scène du drame de la jalousie à l'africaine n'était probablement que pur spectacle. Le gouverneur général s'abandonnait aux confidences avec le joli Anglais, et celui-ci rapportait ensuite ce qu'il avait entendu au prétendu lord Banville.

— Peut-être la témérité du docteur peut-elle s'expliquer par le fait qu'il avait décidé, une fois en possession d'un butin aussi grandiose, de se retirer à jamais des affaires ? suggéra Emilie. Finalement, un homme a-t-il besoin d'autant d'argent ?

Fandorine esquissa une moue sceptique :

— Je ne sais ce dont cet homme-là est le plus amateur : d'argent, ou bien de crime ? Ce n'est pas un vulgaire requin. C'est un véritable poète du mal, un ingénieur virtuose de la perfidie et de la cruauté. Je suis sûr que le docteur tire plaisir à échafauder des constructions criminelles en forme de formidables casse-tête, mais cette fois-ci il s'est surpassé : c'est une véritable tour Eiffel qu'il a bâtie. Nous avons sapé la base de cette architecture compliquée et elle s'est écroulée, mais, hélas, il semble que ses débris aient considérablement endommagé l'édifice de la monarchie russe.

Je poussai un soupir accablé, bien conscient que la catastrophe de la veille risquait en effet d'entraîner d'incalculables conséquences. On pouvait craindre jusqu'à un soulèvement. Mais déjà la seule idée de ce que les journaux de l'émigration et la presse des pays hostiles allaient publier me faisait froid dans le dos.

— Je n'ai pas bien compris votre allégorie de la tour effondrée, dit Emilie, mais je crois, Eraste, que vous avez très exactement défini ce qui constitue le principal trait de caractère de Lind. Il est effectivement un poète du mal. Et de la haine. Cet être est plein de haine, il la sue littéralement par tous les pores. Si vous aviez entendu de quelle manière il prononçait votre nom ! Je suis certaine qu'il est pour lui aussi important de régler ses comptes avec vous que de s'emparer de ce funeste diamant. Au fait, ai-je bien interprété les cris de colère du docteur ? La pierre est toujours en votre possession ?

— Vous voulez la voir ?

Fandorine tira de sa poche un mouchoir roulé en boule et en dégagea le diamant, dont les facettes bleutées, captant aussitôt les rayons du soleil matinal, s'allumèrent dans l'instant de mille feux irisés.

— Que de lumière ! observa Mademoiselle d'une voix rêveuse en clignant les paupières tant le scintillement était insupportable. Je sais d'où elle provient. Au fil des siècles, cette pierre a éteint quantité de vies, qui à présent brillent toutes ici, à l'intérieur. Je fais le pari qu'au cours de ces derniers jours, gavé comme il l'a été de nourriture fraîche, l'Orlov a acquis un éclat encore plus vif.

Elle posa son regard sur moi, ou plutôt sur le sommet de ma tête et s'exclama :

— Pardonnez-moi, Athanase, j'étais hier trop préoccupée de moi-même et je ne vous ai même pas demandé ce qui vous était arrivé. D'où vous vient cette grosse bosse violacée sur le crâne ?

— Ah, mais c'est vrai, vous ne savez rien ! D'ailleurs, c'est pourquoi l'allusion à la tour Eiffel vous a échappé.

Et je lui narrai l'affreuse bousculade survenue la veille sur le champ de manœuvre de Khodynskoïé Polié, en concluant mon récit par ces mots :

— Lind n'est pas seulement impitoyable, il est aussi d'une habileté surnaturelle. Des milliers de personnes y ont trouvé la mort, et lui s'en est tiré sain et sauf.

— Non, non, il ne s'agit pas seulement là d'habileté, protesta Mademoiselle en levant la main en l'air, de sorte que la couverture glissa de son épaule.

Sans doute, pour un observateur ignorant de la situation, notre trio eût-il paru bien singulier : l'un arborant cravate blanche, l'autre, un veston déchiré, et la dame enveloppée d'une simple couverture de soie, puisque nous n'avions pas trouvé d'autre vêtement à offrir à Emilie.

— A mon avis, le docteur Lind est de ces gens qui aiment faire d'une pierre deux coups, poursuivit Mademoiselle. Pendant que nous nous sauvions par cet affreux souterrain, il a déclaré en allemand à ses hommes, après que vous lui eûtes crié que l'échange tenait toujours : « J'ai encore quatre affaires à régler à Moscou : le diamant, Fandorine, le prince Siméon et ce Judas de Carr. » Par conséquent je suppose, Eraste, que votre hypothèse selon laquelle il n'aurait fait que feindre la jalousie est fausse. Lind est véritablement affecté par la trahison de son amant. Quant à la catastrophe d'hier, il est probable qu'elle poursuivait également un autre but : rendre la monnaie de sa pièce au gouverneur général. Si Lind avait seulement voulu s'éclipser, il eût imaginé un moyen moins compliqué et surtout moins risqué. Après tout, il eût fort bien pu être piétiné lui aussi dans la bousculade.

— Vous êtes une femme très intelligente, mademoiselle, déclara Eraste Pétrovitch avec sérieux. Ainsi, vous pensez que la vie de notre amateur d'œillets extravagants est en danger ?

— Sans aucun doute. Lind n'est pas de ceux qui renoncent ou qui pardonnent. Les échecs ne font que réchauffer la haine qui bout en lui. Vous savez, j'ai conçu le sentiment que ces gens attribuaient à l'homosexualité une signification particulière, presque mystique. Les tueurs au service de Lind semblaient éprouver pour leur chef moins de crainte que de respect. Il m'a paru qu'ils étaient proprement amoureux de lui, si le terme peut être décemment employé ici. Lind fait un peu figure de sultan au milieu de son harem, un harem peuplé non point d'odalisques, mais de voleurs et d'assassins. Je pense toutefois qu'en ce qui concerne Mr Carr vous avez raison : pour Lind, il joue le rôle de bichon ou de levrette, il allie l'utile à l'agréable. Je suis convaincue que le docteur ne lui pardonnera pas sa trahison.

— Il faut donc prêter main-forte à Mr Carr, dit Fandorine qui posa sa serviette froissée sur la table et se leva. Emilie, nous allons vous renvoyer à l'Ermitage, et vous avertirez l'Anglais du danger qu'il court.

— Vous me suggérez de me présenter au palais enroulée dans ce chiffon ? se récria Mademoiselle. Pour rien au monde ! Plutôt retourner dans ma cave !

Eraste Pétrovitch se frotta le menton, perplexe.

— En effet. Je n'avais pas pensé à cela. Zioukine, vous vous y entendez en robes de dame, chapeaux, souliers et toutes ces choses ?

— Fort peu, avouai-je.

— Et moi encore moins. Mais il n'y a pas d'autre solution. Nous allons laisser à Emilie le loisir de procéder à sa t-toilette matinale, et pendant ce temps nous ferons un saut jusqu'aux boutiques de la rue des Bouchers. Nous trouverons bien quelque chose. Emilie, vous acceptez de vous fier à notre goût ?

Mademoiselle plaqua une main sur son cœur :

— A vous, mes chers messieurs, je fais confiance pour tout.

Nous nous arrêtâmes non loin de la porte des Bouchers pour examiner, indécis, les enseignes des boutiques de prêt-à-porter.

— Que pensez-vous de celle-ci ? me demanda Fandorine en désignant une vitrine où se lisait l'inscription « Dernière mode de Paris ». Si c'est de Paris, c'est bien, non ?

— J'ai entendu dire à Son Altesse Impériale que cette saison-ci la mode était à tout ce qui venait de Londres. Par ailleurs, n'oublions pas que Mademoiselle manque également de ce dont les dames convenables n'ont point coutume de se passer.

— Dans q-quel sens ? fit-il.

Il posa sur moi un œil interloqué, de sorte que je me vis contraint de m'exprimer de manière plus abrupte :

— Du linge de dessous, des bas, des culottes.

— Oui, oui, effectivement. Tenez, Zioukine, je vois que vous êtes plus c-compétent que moi en ces matières. Prenez le commandement.

La première difficulté surgit à la boutique du chausseur. Devant l'empilement de boîtes, je me rendis soudain compte que je n'avais absolument aucune idée de la pointure qu'il nous fallait. Mais l'esprit d'observation de Fandorine tomba ici à pic. Il montra sa main ouverte au vendeur et lui déclara :

— La même chose augmentée d'un pouce et demi. Je pense que ça ira parfaitement.

— Et quel modèle désirez-vous ? s'enquit le vendeur en cambrant les reins. Nous avons des souliers en prunelle à talons trois quarts : du dernier chic, cher monsieur. Ou bien préférez-vous des mules vernies, des escarpins de satin turc imprimé, des bottillons en youfte de Kimry, de la chaussure française de chez Albin Picot ?

Nous échangeâmes un regard.

— Donnez-nous celles qui sont du dernier chic, décida Fandorine qui dut débourser en échange dix-neuf roubles cinquante kopecks.

La boîte mauve à la main, nous poussâmes plus loin notre exploration. La vue de l'élégant emballage de carton me rappela un autre contenant que je n'avais pas revu depuis la veille.

— Et où est le coffret ? demandai-je, soudain inquiet. Imaginez qu'on soit cambriolés ! Chacun sait que Moscou est un vrai nid de voleurs.

— Ne vous en faites pas, Zioukine. J'ai si bien caché le coffret que même les services de la police de sûreté ne le dénicheraient pas, répondit-il pour me rassurer.

Nous trouvâmes facilement à acheter robe et chapeau dans la boutique Beau Brummel, articles de Londres. Nous fûmes tous deux séduits par une robe d'un jaune paille très clair en barège de Chambéry à fil d'or, avec mantelet en guise de sortie de bal. Fandorine dépensa pour elle cent trente-cinq roubles et, par Dieu, elle valait bien cette somme. Le chapeau de tulle valenciennes agrémenté d'un fanchon écossais (mon choix) en coûta vingt-cinq. Eraste Pétrovitch jugeait superflues les violettes de papier qui parsemaient le tulle, mais je trouvais, moi, qu'elles s'accorderaient parfaitement avec les yeux d'Emilie.

Une pénible épreuve nous attendait cependant à la boutique de lingerie féminine. Nous y passâmes un long moment, du fait que nous étions incapables de fournir une réponse précise à aucune des questions posées par la vendeuse. Fandorine paraissait des plus embarrassés et, pour ma part, j'eusse mille fois préféré disparaître sous terre, surtout quand l'effrontée demoiselle se mit en devoir de nous questionner sur les mesures du buste.

C'est dans cette boutique que je surpris par ailleurs une conversation qui acheva de ruiner totalement mon humeur, au point que je cessai de m'intéresser à nos emplettes et m'en remis entièrement au choix d'Eraste Pétrovitch.

Deux dames bavardaient, à mi-voix certes, mais de manière qu'on les entendait parfaitement.

— ... Alors le souverain a fondu en larmes et a dit : « C'est un signe d'en haut que je ne dois pas régner. Je vais déposer ma couronne et me retirer dans un monastère où je passerai le reste de mes jours à prier pour les âmes des victimes », racontait l'une, une grosse femme qui, en dépit des airs importants qu'elle se donnait, ne semblait pas sortir du meilleur monde. Mon Serge l'a entendu de ses propres oreilles, du fait que, hier, il était de service auprès de Sa Majesté.

— Quelle grandeur d'âme ! s'extasia sa compagne, une dame un peu plus jeune et un peu moins affectée, qui regardait la dondon avec beaucoup de respect. Et Siméon Alexandrovitch ? Est-ce bien vrai, ce qu'on dit, que ce serait lui qui aurait persuadé le tsar et la tsarine de se rendre malgré tout à ce fichu bal ?

Je me rapprochai discrètement, faisant mine d'être absorbé par l'examen de diverses culottes de dentelle à ruche et falbalas.

— C'est la pure vérité, reprit plus bas la première voix. Serge a même entendu Son Altesse déclarer : « Eh, la belle affaire ! Un peu de populace qui s'est entre-piétinée au cours d'une bousculade pour des colifichets. Assez d'enfantillages, Nicky, va-t'en régner ! »

Je doutais que la grosse dame eût assez d'imagination pour avoir inventé pareille chose. Cela ressemblait si bien à Siméon Alexandrovitch d'aller ainsi répéter mot pour mot la phrase adressée autrefois à Alexandre Ier par le meurtrier de son empereur de père !

— Ah, Filippa Karlovna, mais pourquoi accepter de se rendre un tel jour au bal de l'ambassadeur de France ?

Filippa Karlovna poussa un soupir affligé et leva les yeux au ciel.

— Que puis-je vous répondre, Polinka, à part vous répéter les paroles de Serge : « Qui veut noyer son chien l'accuse de la rage » ? Voyez-vous, le comte de Montebello avait fait venir de France cent mille roses spécialement pour le bal. Si l'on avait reporté la date de celui-ci, les roses auraient fané. C'est pourquoi Leurs Majestés ont assisté au raout, mais en signe de deuil se sont abstenues de danser. Et pourtant, à Moscou, le bruit court déjà dans le peuple que le tsar et son Allemande dansent et se réjouissent d'avoir causé la perte de tant de chrétiens orthodoxes. C'est horrible, tout simplement horrible !

Seigneur, me dis-je, quelle impardonnable légèreté. Pour quelques roses, dresser toute la Russie contre soi ! Il aurait été encore possible d'expliquer la tragédie de Khodynskoïé Polié par un malheureux concours de circonstances, d'instruire un procès exemplaire contre les organisateurs de la fête, n'importe quoi pourvu que l'autorité du pouvoir suprême ne fût pas ébranlée. Mais à présent la haine du peuple allait s'abattre non point sur le gouverneur général de Moscou, mais sur le tsar et la tsarine. Et tout le monde répéterait : les roses leur sont plus chères que les êtres humains.

Nous remontions la rue en sens inverse, porteurs d'un monceau de boîtes et de paquets. Je ne sais à quoi réfléchissait Fandorine qui, bien qu'il n'eût pas entendu la conversation des deux clientes, semblait très absorbé : sans doute échafaudait-il un futur plan d'action. Je fis sur moi un effort pour me reprendre et considérer la situation d'un point de vue pratique : comment, maintenant qu'il était en fuite, retrouver lord Banville, et avec lui Mikhaïl Guéorguiévitch ?

Et tout à coup je m'arrêtai, comme cloué sur place.

— Et Freyby ? m'écriai-je.

— Quoi, Freyby ?

— Nous l'avons complètement oublié, or lui aussi est un homme de Lind, c'est évident ! Et si le docteur l'a laissé à l'Ermitage, c'est dans un but bien précis : garder un mouchard dans la place. Mais oui, bien sûr ! gémis-je, souffrant de me voir si tardivement frappé par cette illumination. Depuis le début, l'attitude de Freyby est étrange. Dès le premier jour, il a déclaré qu'il y avait à coup sûr un espion au palais. En nous entraînant lui-même sur cette piste, il évitait que les soupçons ne tombent sur lui. Et puis un autre détail, dont j'avais complètement oublié de vous parler. Le jour où Endlung et moi avions décidé de filer Banville et Carr, Freyby m'a dit : « Regarder mieux aujourd'hui. » Sur le moment déjà, sa réflexion m'avait surpris : on aurait cru qu'il savait pourquoi je m'absentais.

— « Regarder mieux aujourd'hui » ? Ce sont les termes qu'il a employés ? s'étonna Fandorine.

— Oui, avec l'aide de son dictionnaire.

Nous dûmes suspendre là notre discussion, car déjà nous approchions de notre porte.

Mademoiselle nous accueillit dans le vestibule, toujours enveloppée de la même couverture, mais joliment coiffée, pomponnée et parfumée.

— Oh, des cadeaux ! s'exclama-t-elle en posant un regard ravi sur les paquets que nous rapportions. Ah, vite, vite !

Et sans plus attendre, elle entreprit de dénouer rubans et ficelles.

Fandorine et moi nous campâmes à l'écart, émus et inquiets.

— Mon Dieu, qu'est-ce que c'est que ça ? marmonna Emilie en extrayant d'un emballage rose les culottes choisies par Fandorine. Quelle horreur ! Pour qui me prenez-vous ?

Fandorine faisait pitié à voir. Il parut se ratatiner tout à fait quand Mademoiselle déclara que le corset rose à lacets violets était d'une parfaite vulgarité, que seules les cocottes en portaient de semblables, et qu'il était, par-dessus le marché, au moins trois fois trop grand pour ses modestes proportions.

J'étais révolté. Il était impossible de rien confier à cet homme. Il avait suffi que je me laisse distraire un instant pour qu'il gâchât tout. De tous les achats qu'il avait faits, seuls les bas de soie reçurent approbation.

Mais une terrible claque m'attendait moi aussi. Ayant tiré de sa boîte le merveilleux chapeau à violettes qui m'avait tant plu, Mademoiselle haussa tout d'abord un sourcil étonné, puis pouffa de rire. Elle courut au miroir, tourna la tête dans un sens, puis dans l'autre...

— Un vrai épouvantail !

Tel fut son impitoyable verdict.

La superbe robe en barège de Chambéry et les souliers de prunelle, du dernier chic parisien, furent l'objet d'un jugement non moins rigoureux.

— Je constate, messieurs, qu'on ne peut vous faire confiance pour les missions les plus essentielles, conclut Emilie avec un soupir. Mais bon, pourvu que je parvienne jusqu'à l'Ermitage, je pourrai toujours me changer là-bas.

Avant de faire monter Mademoiselle dans un fiacre, Eraste Pétrovitch lui donna ses dernières instructions :

— Dites que Zioukine et moi avons réussi à vous délivrer et que nous continuons à rechercher Lind. Ne révélez pas notre adresse. Vous ignorez également si l'Orlov et les autres joyaux sont entre nos mains. Reposez-vous, reprenez des forces. Et puis j'ajouterai encore ceci...

Il était passé au chuchotement, bien que le cocher ne pût, de toute manière, comprendre le français.

— Selon toute apparence, Freyby est une créature de Lind. Surveillez-le bien, et soyez particulièrement prudente. Mais pas un mot de cela à Karnovitch, autrement le colonel risque de tout compromettre en voulant faire du zèle. Ne manquez pas, en revanche, de tout lui raconter concernant Banville : tant mieux si la police lance des recherches de son côté, ça compliquera l'existence de Lind. Voilà, c'est tout, au revoir. En cas d'urgence, téléphonez ici. Vous connaissez le numéro.

Et il lui serra la main. Le détail me sauta aux yeux. Ah, les gants ! Nous avions complètement oublié de lui acheter des gants !

— Au revoir, mes amis.

Emilie battit des cils, qu'elle avait fort longs, et détacha son regard de Fandorine pour le poser sur moi.

— Je suis à jamais votre obligée. Vous m'avez libérée de cet affreux sous-sol où j'allais mourir suffoquée par l'odeur de pomme de terre pourrie.

Ses yeux gris brillèrent d'une lueur espiègle.

— C'était très romantique, exactement comme dans un roman de chevalerie. Même si je n'avais jamais entendu dire que des chevaliers, pour délivrer leur belle du château ensorcelé, pussent avoir recours à une pince-monseigneur.

Elle agita la main à notre adresse en guise d'adieu, et la calèche s'ébranla en direction de la porte des Bouchers.

Nous restâmes un bon moment à la regarder s'éloigner : jusqu'à ce que la voiture eût disparu au tournant. J'observai Fandorine du coin de l'œil. Il avait l'air pensif et même un peu désemparé. Cela me déplut à un point que je ne saurais dire. Ce Lovelace avait-il donc conçu des sentiments particuliers pour Emilie ?

— Et maintenant ? demandai-je d'un ton que je voulus d'une extrême sécheresse.

Son visage se fit soudain sombre et résolu, mais il ne me répondit cependant qu'après un long silence.

— Eh bien, Zioukine, femme et bagages sont en lieu sûr. Nous v-voici de nouveau sur le sentier de la guerre. Le docteur Lind se promène encore en liberté, et par conséquent notre tâche n'est pas terminée.

— Le plus important est de sauver Son Altesse, lui rappelai-je. J'espère que le désir de vengeance ne vous fera pas négliger le sort de Mikhaïl Guéorguiévitch.

Il se troubla : je le vis fort bien. Mon observation était donc venue à propos.

— Oui, oui, bien sûr. Mais en tout cas, il nous faut d'abord p-parvenir jusqu'à notre remuant docteur. Or comment faire ?

— En utilisant Freyby, rétorquai-je avec un haussement d'épaules. Le *butler* est certainement, d'une manière ou d'une autre, en contact avec Lind.

— Je pense tout le temps à Mr Freyby, voyez-vous...

Eraste Pétrovitch gravit les marches, ouvrit la porte et poursuivit :

— Quelque chose, là dedans, ne colle pas. S'il était effectivement le complice de Lind, quel besoin aurait-il eu de vous avertir de la présence d'un espion ? Et p-pourquoi vous dire de mieux surveiller son maître ? Un truc ne va pas. Pourriez-vous vous rappeler quels mots, exactement, il a prononcés ?

— Je m'en souviens très bien. *Tu regarder mieux aujourd'hui.* Il est allé pêcher chaque mot l'un après l'autre dans son lexique.

— Hum ! Et cela donnait quoi en anglais ? *You... watch out today ?*

— Non, ça sonnait autrement.

Je plissai le front, fouillant dans ma mémoire. Il y avait quelque chose qui commençait par « b »...

— Par « b » ? *Better ?*

— Oui, exactement !

— Bon, essayons alors de reconstituer la phrase anglaise. « Tu » c'est *you*. « Regarder » se dit *see* ou *look*, ensuite *better*, « aujourd'hui » c'est *today*. *You see better today*, c'est absurde. Par conséquent nous obtenons : *You look better today*.

— Oui, bravo ! Ce sont bien les termes qu'il a employés ! m'exclamai-je tout réjoui.

Eraste Pétrovitch écarta les mains en signe d'impuissance :

— En ce cas, Zioukine, je me vois contraint de vous décevoir. Il ne s'agit nullement d'un encouragement à mieux surveiller son maître, mais d'une expression signifiant : « Vous avez meilleure mine aujourd'hui. »

— C'est tout ? fis-je, déçu pour de bon.

— Hélas ! Vous et Mr Freyby avez été victimes d'une traduction trop littérale.

Fandorine semblait fier de sa petite victoire. Il pouvait toujours l'être : après la révélation de la veille concernant Banville, sa réputation de génie analytique se trouvait joliment entamée.

— Il ne faut pas trop se fier aux d-dictionnaires, reprit-il. Pour ce qui est de l'espion, en revanche, il vous a donné un avis des plus pertinents. J'aurais dû méditer là-dessus dès le début. Il y avait à coup sûr à l'Ermitage quelqu'un qui espionnait pour Lind. Le docteur était informé de tout : et de l'heure de votre arrivée, et de votre emploi du temps, et même de l'itinéraire de votre promenade et du personnel vous accompagnant. Banville, Carr et Freyby sont arrivés trop tard, ils n'auraient tout bonnement pas eu le temps de démêler tout cela.

— Qui est alors l'espion ?

— Réfléchissons, voulez-vous ?

Eraste Pétrovitch alla s'asseoir sur le divan du salon et croisa les jambes.

— Attendez un peu… Mais bien sûr !

Il se flanqua une claque sur le genou.

— Vous avez entendu le p-postier hier, sur le champ de manœuvre, crier « Zioukine » en vous apercevant ?

— Oui, bien sûr.

— Et comment savait-il au juste que vous étiez Ziou-kine ? Vous vous c-connaissiez ?

— Non, mais il m'avait vu au bureau de poste et, naturellement, il se souvenait de moi.

— Qui avait-il vu au bureau de poste ?

Eraste Pétrovitch s'était déjà relevé d'un bond.

— Un fonctionnaire du ministère de l'Agriculture et des Domaines. Le postier devait conclure qu'il s'agissait de Fandorine déguisé. Cependant, il a compris, par je ne sais quel miracle, que ce fonctionnaire c'était vous, bien qu'il ne vous eût jamais c-croisé auparavant. D'où lui venait, je vous le demande, une perspicacité aussi prodigieuse ?

— Eh bien, il faut croire que Lind lui aura expliqué la chose entre-temps, suggérai-je.

— C'est possible, très possible même. Mais alors comment le docteur savait-il que vous participiez à l'opération ? La lettre dans laquelle je lui fixais rendez-vous était rédigée en mon seul nom et ne mentionnait aucunement le vôtre. Auriez-vous révélé à q-quelqu'un que vous alliez m'assister dans cette dangereuse opération ?

J'hésitai un instant, puis décidai qu'il ne servait à rien de faire des cachotteries dans une affaire aussi grave.

— Quand nous nous sommes introduits dans l'Ermitage, j'ai parlé de nos plans à deux personnes. Mais quand je vous aurai expliqué comment c'est arrivé, vous comprendrez que je n'avais pas d'autre issue...

— A qui ? demanda Eraste Pétrovitch d'un ton brusque. Des noms !

— A Son Altesse...

— Vous avez vu Xénia ? me demanda-t-il, ému, sans me laisser achever. Qu'a-t-elle dit ?

Je répondis sèchement :

— Rien. Elle m'a caché, et c'est déjà assez.

— Et qui fut la deuxième personne ? s'enquit Fandorine en soupirant.

— Mon adjoint moscovite, Somov. Il s'est conduit en homme de cœur. Non seulement il ne m'a pas trahi, mais il m'a promis son aide...

Et je rapportai le contenu de ma conversation avec Somov, en m'efforçant de tout me remémorer en détail.

— Eh bien, Somov est l'espion que nous cherchons, conclut Eraste Pétrovitch avec un haussement d'épaules. C'est l'évidence même. Il était installé à l'Ermitage avant que vous n'arriviez de Saint-Pétersbourg. Il connaissait parfaitement la demeure et la disposition des pièces. Il avait certainement étudié avec soin la topographie du parc et repéré les endroits propices à une embuscade. Il était facile de d-deviner qu'après un voyage fatigant on emmènerait l'enfant en promenade. Quant au fait que vous agissiez de concert avec moi, à part Somov, personne n'était en mesure d'en informer Lind.

Je restai silencieux. Je n'avais rien à objecter à Fandorine, cependant je m'étais déjà formé sur Somov une opinion dont je répugnais à me défaire.

— Vous n'êtes pas convaincu, je le vois. Eh bien, assurons-nous du fait, v-voulez-vous. Vous avez dit que Somov avait emménagé dans votre chambre ? Par conséquent il y dispose du téléphone. Appelez-le. Dites-lui que nous sommes dans une situation désespérée et que nous avons b-besoin de son aide.

— Et ensuite ?

— Ensuite, vous me p-passerez l'appareil.

Je communiquai le numéro à l'opératrice. Eraste Pétrovitch colla son oreille au récepteur d'appoint, et nous attendîmes. La sonnerie retentit un très long moment sans que personne décrochât, et j'étais déjà sur le point de conclure que Korneï Sélifanovitch vaquait aux affaires de la maison dans quelque partie éloignée du palais, quand au bout de trois ou quatre minutes s'entendit un déclic, suivi de la voix essoufflée de Somov :

— L'Ermitage... à l'appareil...

— Ecoutez et ne dites rien, commençai-je. Vous reconnaissez ma voix ?

— ... Oui, répondit-il après un bref silence.

— Vous êtes toujours prêt à nous aider ?

— Oui.

Cette fois-ci, il n'avait pas eu la moindre hésitation.

— Nous devons nous rencontrer.

— Je... je ne peux pas maintenant. Vous n'imaginez pas ce qui se passe ici ! Mr Carr vient d'être trouvé mort ! Juste à l'instant ! J'entre, et il est étendu sur son lit, un couteau planté dans la poitrine ! Un couteau de cuisine, celui qui sert à parer les poissons blancs ! La police a déjà retourné toute la maison, à présent elle fouille le jardin !

— Demandez-lui à quelle heure remonte le crime, murmura Eraste Pétrovitch.

— A quelle heure remonte le crime ? répétai-je fidèlement.

— Quoi ? Comment je le... Quoique non, je le sais ! J'ai entendu ces messieurs de la police du palais déclarer que le corps était encore tout chaud.

— Ce Lind n'est pas un être humain, c'est le diable ! chuchotai-je, la main sur le récepteur. Il continue à régler ses comptes comme si de rien n'était !

— Demandez-lui si Emilie est rentrée.

— Dites-moi, Korneï Sélifanovitch, Mlle Declicq a-t-elle reparu ?

— Mademoiselle ? Elle est donc retrouvée ?

La voix de Somov avait tremblé. Il interrogea :

— Vous savez quelque chose à son sujet ?

Il y avait une raison, oh, certainement, il y avait une raison pour qu'il se montrât si troublé. Je me rappelai aussitôt son entêtement à importuner Emilie avec ses leçons de français. Peut-être les soupçons de Fandorine à son endroit n'étaient-ils pas si infondés qu'il me semblait ?

— Banville aurait-il eu l'audace de s'introduire en cachette à l'Ermitage ? demandai-je à Eraste Pétrovitch. C'est tout bonnement incroyable !

— Bien sûr, c'est incroyable, observa-t-il avec sang-froid. C'est Somov qui a assassiné Mr Carr. Au reste, il semble fort bien s'y connaître en couteaux de cuisine.

— Je n'entends plus rien ! fit la voix dans le récepteur. Afanassi Stépanovitch, où êtes-vous ? Comment vous retrouver ?

Fandorine me prit le microphone des mains.

— Fandorine à l'appareil. Bonjour, Somov. C'est moi qui désire vous rencontrer. Si la vie de Son Altesse vous est chère, quittez immédiatement le palais par la porte de service, passez par le parc et dans trente minutes, au plus tard, soyez au cimetière Donski, devant le mur opposé à l'entrée. Tout retard serait fatal.

Et sans attendre de réponse, il raccrocha.

— Pourquoi une telle hâte ? demandai-je.

— Je ne veux pas qu'il c-croise Emilie, qui devrait arriver à l'Ermitage d'une minute à l'autre. Il pourrait se mettre en tête d'éliminer un témoin dangereux. Vous avez entendu comme moi combien il a paru inquiet tout à coup. A en juger par la brutalité de son crime, votre précieux adjoint avait de toute manière l'intention de déguerpir.

Je hochai la tête, point du tout convaincu que Somov fût bien le meurtrier de Carr.

— Voilà, Afanassi Stépanovitch.

Fandorine glissa dans sa poche un petit revolver et en sortit un autre de son sac de voyage, d'une taille un peu plus impressionnante, qu'il passa dans sa ceinture.

— A p-présent nos routes se séparent. Je vais rencontrer Somov et avoir avec lui une conversation sérieuse.

— Qu'entendez-vous par « sérieuse » ?

— Je lui dirai qu'il est démasqué et lui proposerai un choix : le bagne à p-perpétuité ou bien sa collaboration pour capturer Lind.

— Et si vous vous trompiez et qu'il ne fût coupable de rien ?

— Je m'en rendrai c-compte à son attitude. Mais Somov est notre espion, j'en suis certain.

Je suivais Eraste Pétrovitch partout dans la pièce, observant ses préparatifs. Tout se déroulait trop vite, je ne parvenais pas à rassembler mes idées.

— Mais pourquoi nous séparer ?

— Parce que si Somov est bien le complice de Lind, il est très probable qu'en cet instant même il téléphone à son chef, et que l'entrevue qui m'attend au cimetière soit un peu plus m-mouvementée que je ne l'escompte. Certes, ils ont t-très peu de temps pour s'y préparer. Mais l'endroit est idéal, très isolé.

— Raison de plus pour que je vous accompagne !

— Non, Zioukine. Vous devez rester ici pour garder ça.

Eraste Pétrovitch plongea la main dans sa poche et en ressortit le diamant enveloppé d'un mouchoir. Je tendis la main avec une pieuse émotion et ressentis sur ma paume l'étrange chaleur qui émanait de la pierre sacrée.

Fandorine tourna les talons et sortit dans le couloir. Je ne le lâchai pas d'une semelle. Devant le seuil de la cuisine, il s'accroupit, crocha une lame de parquet, la souleva, pour l'instant d'après faire surgir entre ses mains le coffret aux joyaux.

— Eh bien voilà, Zioukine, à présent je ne d-dois plus rien à la maison des Romanov. Vous pouvez bien vous considérer comme le représentant plénipotentiaire de la famille impériale, non ?

Il eut un bref sourire.

— Surtout, ne vous éloignez de l'appareil sous aucun prétexte. Je vous téléphonerai sans faute.

— De quel endroit ?

— Pour l'instant, je l'ignore. D'un hôtel, d'un restaurant, d'un bureau de poste…

Au moment de franchir la porte, il se retourna et me regarda. Il avait des yeux bizarres, comme s'il hésitait à me dire quelque chose ou bien balançait sur la conduite à suivre. J'en fus vivement contrarié, à dire vrai j'eus peur qu'il n'eût changé d'avis et ne se proposât d'emporter les joyaux avec lui.

Je reculai, les doigts serrés sur le coffret, et dis :

— Vous allez être en retard. Ce n'est pas tout près, il me semble. Imaginez que Somov ne vous attende pas...

— Il m'attendra, répondit Fandorine d'une voix distraite, l'esprit visiblement ailleurs.

N'y avait-il pas comme une lueur de pitié dans ses yeux ?

— Ecoutez, Afanassi Stépanovitch...

— Quoi ?

Je me raidis, sentant bien qu'il allait me confier une information très importante.

— Non... Rien. Attendez mon appel.

Il me tourna le dos et sortit.

Quelles manières détestables, décidément !

Je m'installai auprès de l'appareil le plus confortablement possible.

Ayant réfléchi que Fandorine ne pourrait en aucun cas m'appeler dans l'heure qui allait suivre, je pris de l'argent (Eraste Pétrovitch avait laissé sur la table une grosse liasse de billets de banque), courus jusqu'à la rue des Bouchers et achetai du pain frais, une bonne portion de cet excellent jambon de Moscou et une pile de journaux. J'avais emporté le coffret avec moi. Je le tenais solidement serré sous le bras et jetais à la ronde des regards vigilants pour m'assurer qu'il ne se trouvait pas quelque malfaiteur à rôder dans les alentours. L'Orlov pendait à mon cou, logé dans un scapulaire spécialement taillé à cet effet dans une chaussette de drap.

Fatiguée d'émotions violentes, mon âme s'était aguerrie et endurcie. Quelques jours plus tôt encore, je doute que j'eusse pu passer une telle journée assis tranquillement à siroter du thé, casser la croûte et feuilleter les journaux. Comme on dit dans le peuple, à trop courir les monts Louvette s'use sabots.

Je n'irai pas jusqu'à dire que les quotidiens moscovites passaient sous silence la catastrophe de Khodynskoïé Polié – allez taire pareil événement quand tout Moscou n'était que pleurs et lamentations ! –, mais ils en parlaient dans un style évasif, en insistant plutôt sur les gestes de charité et les actions philanthropiques des membres de la très auguste famille. On sentait là un tact de circonstance et le souci de préserver l'autorité de la maison impériale.

Par exemple, *Les Nouvelles de Moscou* décrivaient avec force détails la visite de l'impératrice douairière au vieil hôpital Sainte-Catherine, où Sa Majesté avait offert à chacun des blessés une bouteille de madère.

Le souverain et la souveraine avaient donné l'ordre que l'Etat prît en charge les funérailles des victimes, et alloué une aide financière aux familles ayant perdu un soutien. Mesure au plus haut point noble et généreuse, même si j'eus le sentiment que le journal s'enthousiasmait un peu trop de la munificence de Leurs Majestés, pour mieux laisser dans l'ombre la raison première des largesses impériales. Je doutais que le ton de l'article fût du goût des Moscovites.

Mais si je fus bien affligé c'est par *La Gazette de Moscou illustrée*, qui n'avait rien trouvé de mieux que de reproduire le menu, artistement calligraphié, du prochain grand dîner officiel donné au palais à Facettes pour trois mille convives.

Bouillon Lucullus
Pirojki variés
Aspic de gélinotte à la Souvorov
Rôti : chapon à la broche

Salade
Asperges entières
Glaces
Dessert

Certes, je voyais fort bien, pour ma part, qu'en considération des tristes événements on avait composé un menu des plus modestes, sans rien d'excessif ni de superflu : qu'était-ce qu'une simple salade ? Pas d'esturgeons, pas de faisans farcis, pas même de caviar de bélouga. Un vrai repas de Spartiates. Les hauts personnages invités à la soirée sauraient comprendre l'initiative et l'estimer à sa juste valeur. Mais pourquoi publier pareille information dans un journal dont nombre de lecteurs tenaient un malheureux saucisson pour la plus délicieuse des friandises ?

Après mûre réflexion, je crus déceler dans tout cela non point le souci de sauvegarder le prestige du pouvoir, mais un dessein tout à fait opposé. A l'évidence, Siméon Alexandrovitch et son grand maître de la police avaient interdit aux journaux de rapporter librement ce qui s'était passé, et maintenant les rédacteurs s'ingéniaient, chacun à sa manière, à exciter l'indignation de la foule.

Démoralisé, je repoussai les journaux et me mis à regarder par la fenêtre. Cette occupation, à première vue fort inutile, apaise merveilleusement les nerfs tendus par l'anxiété, surtout par une claire soirée de mai, où les ombres sont si douces et dorées, où les arbres ne se sont pas encore bien accoutumés à leur feuillage neuf, où le ciel est tranquille et serein.

Je demeurai un long moment plongé dans une paisible contemplation, l'esprit totalement vide. Les contours des maisons avaient achevé de s'effacer, gommés par le crépuscule, et déjà les réverbères commençaient de s'allumer, quand la sonnerie du téléphone retentit.

— Ecoutez attentivement et ne m'int-terrompez pas, fit la voix de Fandorine. Vous connaissez la colline aux Moineaux ?

— Oui, c'est tout près de...

— Il y a là-bas un parc p-paysager. Nous l'avons aperçu ensemble depuis la barque, vous vous rappelez ? Vous vous souvenez du pont suspendu jeté par-dessus un ravin ? Je vous avais même dit à ce moment-là avoir vu presque le même dans l'Himalaya...

— Oui, je m'en souviens, mais pourquoi vous me...

— Soyez là-bas demain matin. A six heures. Apportez la pierre et le coffret.

— Pourquoi ? Que s'est-il pas...

— Oui, une dernière chose encore, reprit-il en me coupant sans façon la parole. Ne soyez pas étonné, je serai costumé en moine. J'arriverai très certainement en retard, mais vous, Zioukine, soyez là à l'heure dite. Vous avez bien tout compris ?

— Oui, c'est-à-dire non, je n'ai absolument rien...

La communication fut coupée et je reposai brutalement le microphone, en proie à une indignation extrême. Mais comment osait-il me traiter de la sorte ? Il ne m'avait rien expliqué, rien raconté ! Comment s'était déroulée son entrevue avec Somov ? Où était Fandorine à présent ? Pourquoi ne revenait-il pas ici ? Et surtout, pourquoi devais-je transporter les joyaux de la couronne en un lieu si saugrenu ?

Je me rappelai soudain l'étrange expression de ses yeux, au moment de nous séparer. Que voulait-il me dire en guise d'adieu, qu'il ne s'était finalement pas résolu à me confier ?

« A p-présent nos routes se séparent », avait-il déclaré.

Et si elles s'étaient séparées en effet, dans tous les sens du terme, aussi bien littéral que figuré ? Seigneur, et je n'avais personne auprès de qui prendre conseil !

Je demeurai assis, le regard fixé sur l'appareil téléphonique muet, et réfléchis intensément.

Karnovitch ? Exclu.

Lassovski ? Il avait déjà dû être écarté de ses fonctions, et même s'il ne l'avait pas été…

Endlung ? C'était, bien sûr, un excellent garçon, mais dans une affaire aussi complexe il ne me serait pas d'un grand secours.

Emilie ! Voilà qui pourrait m'aider.

Il me faut téléphoner à l'Ermitage, raisonnai-je aussitôt, contrefaire ma voix – le mieux étant de me faire passer pour une femme – et demander à parler à Mlle Declicq…

Juste à cet instant, l'appareil se réveilla, secoué par un carillon furieux.

Dieu soit loué ! Fandorine n'était finalement pas le malappris que j'imaginais. Nous avions simplement été coupés.

Je pris exprès la parole le premier, afin qu'il n'eût pas le temps de m'étourdir par quelque nouveau tour de passe-passe dont il avait le secret :

— Avant d'exécuter vos ordres, j'ai besoin d'éclaircissements, débitai-je à toute allure. Que s'est-il passé avec Somov ? Et ensuite, pourquoi vous déguiser en moine ? Il n'était pas possible de trouver un autre costume ? C'est un sacrilège !

— Mon Dieu, de quoi parlez-vous, Athanase ? fit, dans le récepteur, la voix de Mademoiselle.

Je manquai m'étrangler mais repris néanmoins bien vite mes esprits. C'était tout bonnement prodigieux, c'était elle qui me téléphonait !

— A qui vous adressiez-vous ? demanda Emilie, cette fois-ci en français.

— A Fandorine, bredouillai-je.

— De quel moine s'agit-il ? Et que vient faire Somov là-dedans ? Je vous appelle justement de sa chambre, je veux dire, de celle que vous occupiez avant. Somov paraît s'être évaporé, personne ne sait où il se trouve. Mais c'est sans importance. Carr a été tué !

— Oui, oui, je sais.

— Vous le savez ? Mais comment ?

Sa voix trahissait une extrême surprise.

— Tous les grands-ducs sont ici, ainsi que le colonel Karnovitch. Il interroge Freyby depuis déjà plusieurs heures. Le pauvre colonel a complètement perdu la tête. Mon arrivée ne lui a fait, pour ainsi dire, ni chaud ni froid, il a seulement dit : « Vous nous raconterez ça plus tard, pour l'instant c'est secondaire. » Je lui parle de lord Banville, il ne me croit pas ! Il prétend que les émotions que j'ai vécues m'ont dérangé l'esprit, vous imaginez ? Il s'est mis dans la tête que Freyby était le docteur Lind ! J'aimerais vous demander conseil, à Eraste et à vous. Peut-être devrais-je oser encore une tentative ? Expliquer à Karnovitch que Freyby n'est qu'un pion ? Ou bien peut-être lui dire que vous avez retrouvé les joyaux volés de l'impératrice ? Alors tous ces messieurs se calmeraient aussitôt et accepteraient de m'écouter. Que dois-je faire ?

— Ah, Emilie, j'ai moi-même besoin d'un conseil, avouai-je. Tant pis pour Mr Freyby. Il est sans doute parfaitement innocent, mais mieux vaut que Karnovitch continue à l'interroger, au moins ainsi sera-t-il occupé. Et inutile de parler des joyaux. J'ai une autre idée…

Je n'achevai pas, car l'idée en question venait juste de germer dans mon esprit et attendait encore d'être formulée convenablement. Je pris sur la table l'annuaire téléphonique et l'ouvris à la lettre « P ». Le parc aux Moineaux y figurait-il ?

Tout en feuilletant l'ouvrage, je me laissai aller à des propos que je n'eusse pu prononcer si Emilie s'était trouvée devant moi, car jamais je ne m'y fusse résolu.

— Je suis si heureux d'entendre votre voix. Je me sentais à l'instant infiniment seul et abattu, mais à présent je vais beaucoup mieux. J'espère ne pas m'exprimer en termes trop hardis ?

— Mon Dieu, Athanase, votre formalisme vous rend parfois proprement insupportable ! s'exclama-t-elle. Ne me direz-vous donc jamais les mots que j'attends ? Avec clarté et simplicité, sans équivoques ni faux-fuyants ?

Je devinai aussitôt à quels mots elle faisait allusion, et sentis ma bouche se dessécher.

— Je ne vous comprends pas bien, bredouillai-je, stupéfait de son audace. Je crois vous en avoir déjà dit beaucoup plus que ce qu'on pourrait tenir pour admissible, étant donné…

— Et le voilà reparti à radoter ! coupa Mademoiselle. Très bien, allez au diable. Je saurai bien vous arracher un aveu quand nous nous rencontrerons. En attendant, exposez-moi votre idée. Mais faites vite. On peut entrer ici à tout moment.

Alors je lui rapportai les étranges instructions que m'avait données Fandorine.

Emilie écoutait sans rien dire.

— J'ai l'intention de procéder autrement, dis-je. Rencontrons-nous. Je vous remettrai le coffret et l'Orlov. A l'aube, je me rendrai à l'endroit fixé et exigerai de Fandorine des explications. Si ses réponses me satisfont et que je juge que la pierre lui est effectivement indispensable pour régler l'affaire, je vous téléphonerai de la direction du parc aux Moineaux, il y a là-bas un appareil, je viens de le vérifier. Tenez-vous prête. De l'Ermitage à la colline aux Moineaux, il n'y a qu'un quart d'heure de trajet en fiacre. Cette précaution ne fera pas perdre beaucoup de temps à notre ami.

J'entendais son souffle dans le récepteur, et cette douce musique me réchauffait le cœur.

— Non, déclara Emilie après un long silence. Votre idée, Athanase, ne me plaît pas du tout. Premièrement, je ne suis pas sûre de pouvoir quitter l'Ermitage aujourd'hui sans me faire remarquer. Deuxièmement, j'ai peur que nous ne portions tort à Eraste. J'ai confiance en lui. Et vous aussi devez lui faire confiance. Il possède une véritable noblesse de cœur. En outre, c'est un être tout à fait exceptionnel, de ma vie je n'ai rencontré quelqu'un qui lui ressemble. Si vous voulez que le petit prince soit sauvé, allez au rendez-vous que vous a fixé Eraste, et exécutez fidèlement toutes ses consignes.

Son jugement me foudroya, au sens le plus désagréable du terme. Elle s'était même mise à parler comme Fandorine : « premièrement, deuxièmement ». Ah, comme cet homme était habile à susciter l'admiration !

Je demandai d'une voix tremblante :

— Vous lui faites donc confiance à ce point ?

— Oui. Sans réserve, répondit-elle d'un ton tranchant avant de pouffer soudain de rire : Sauf, bien entendu, pour ce qui est des robes et des corsets !

Quelle femme étonnante ! Plaisanter en pareil instant ! Cela dit, elle reprit aussitôt son sérieux.

— Je vous en supplie, Athanase, faites tout ce qu'il vous a demandé. Et aussi…

Elle hésita.

— Soyez prudent… Pour l'amour de moi.

— Pour l'amour de vous ? répétai-je bêtement, ce qui bien sûr était fort grossier de ma part, car une dame qui se respecte n'eût pu s'exprimer plus franchement.

Mais Mademoiselle répéta elle aussi :

— Oui, pour l'amour de moi. S'il arrivait un malheur à M. Fandorine, même s'il est un véritable héros et un être exceptionnel, je pourrais y survivre.

Elle se tut un instant.

— Mais si quelque chose devait vous arriver, à vous, je crains que…

Elle n'acheva pas, et du reste ce n'était pas nécessaire.

Totalement dérouté, je bafouillai de la manière la plus pitoyable :

— Merci, mademoiselle Declicq. Je vous rappellerai demain matin sans faute.

Et je m'empressai de raccrocher.

Seigneur, n'avais-je pas rêvé ? Et avais-je bien compris le sens de ses paroles ?

Inutile de dire que je passai toute la nuit, jusqu'au lever du jour, sans pouvoir fermer l'œil.

20 mai

Selon mon éternelle habitude, j'arrivai au lieu de rendez-vous avant l'heure fixée.

A six heures moins vingt, le fiacre me déposait devant l'allée principale du parc aux Moineaux, totalement désert à cette heure matinale. Je pris par un chemin sablonneux, jetai un coup d'œil distrait sur ma gauche où s'étendait la ville emmitouflée d'ombres gris-bleu, et clignai les yeux sous l'éclat du soleil. Le spectacle était fort beau et l'air vous enivrait de fraîcheur aurorale, mais mon humeur ne favorisait guère les élans poétiques. Mon cœur tantôt défaillait, tantôt se prenait à battre à grands coups furieux ; je serrai fermement le coffret contre moi, tandis que le diamant de deux cents carats se balançait légèrement sur ma poitrine, sous ma chemise de dessous. Il me vint une pensée singulière : combien moi, Afanassi Zioukine, pouvais-je valoir à cet instant ? Pour la dynastie des Romanov, énormément, infiniment plus qu'un Zioukine sans coffret ni Orlov pendouillant au bout d'un lacet dans une chaussette de drap. Mais pour moi-même je valais exactement autant qu'une semaine ou un an plus tôt. Et pour Emilie, tous ces diamants, rubis et saphirs ne devaient pas non plus avoir modifié mon prix d'un fifrelin.

Cette découverte me redonna des forces. Je n'étais plus un misérable et indigne vide-poche amené pour un temps, par un caprice du sort, à conserver pieusement d'inestimables trésors, mais le défenseur et le sauveur de la dynastie.

Comme j'approchais du bouquet d'arbres derrière lequel devait se trouver le pont suspendu, je consultai de nouveau ma montre. Six heures moins le quart.

Encore quelques pas, et le ravin apparut. Ses pentes herbeuses et abruptes scintillaient sous la rosée d'un dur éclat métallique. D'en bas montait le paisible murmure d'un ruisseau dérobé à la vue par des volutes de vapeur. Mais mon regard ne fit que glisser rapidement sur ces détails et se tourna aussitôt vers l'étroite passerelle. Fandorine était arrivé en avance et m'y attendait déjà.

Il m'adressa un signe de la main et marcha d'un pas vif à ma rencontre, progressant avec assurance sur les planches du tablier animé d'une légère oscillation. Ni la robe trop ample ni le *klobouk*[1] noir monacal dont le crêpe retombait sur les épaules ne parvenaient à dissimuler l'élégance de sa droite silhouette.

Vingt pas, à peine, nous séparaient. Le soleil brillait dans son dos, et cette circonstance fut cause que j'eus soudain l'impression que, tombée tout droit du ciel, une forme noire nimbée de lumière descendait vers moi sur un fin rayon d'or.

Portant une main en visière au-dessus de mes yeux, j'agrippai de l'autre la chaîne tenant lieu de garde-corps

1. Coiffure des moines orthodoxes, composée d'une haute toque quasi cylindrique recouverte d'un voile.

et m'avançai sur le pont, auquel mes pieds imprimèrent aussitôt un souple balancement.

Ensuite, tout se déroula très vite. Si vite que je n'eus pas le temps d'esquisser un pas de plus.

Du côté opposé du ravin, une mince silhouette noire se jeta vers la passerelle. Je vis que l'un de ses bras était plus long que l'autre et s'embrasait au soleil d'un halo d'étincelles. Le canon d'une arme !

— Attention ! criai-je.

Fandorine, vif comme l'éclair, se retourna, en même temps que de la manche de sa robe émergeait son poing, serré sur un petit revolver.

Eraste Pétrovitch chancela, manifestement aveuglé par le soleil, mais dans le même instant il tira. L'arme de Lind lui répondit à un intervalle extrêmement bref, presque imperceptible.

Tous deux furent touchés.

La mince silhouette, de l'autre côté du ravin, tomba à la renverse, et Fandorine fut projeté en arrière, sur le côté. Il se rattrapa d'une main à la chaîne et parvint encore un instant à se maintenir debout. J'eus le temps d'entrevoir son visage livide, barré d'un trait de moustache, avant que le voile de crêpe noir ne le dissimulât à nouveau. Puis, perdant l'équilibre, Eraste Pétrovitch bascula par-dessus le garde-corps et chuta dans le vide.

Le pont se mit à vaciller dangereusement, comme ivre, et je dus me cramponner des deux mains à la chétive barrière. Le coffret s'échappa de sous mon coude, alla heurter une planche puis une pierre, sur laquelle il se fendit en deux, et les joyaux de Sa Majesté, jetant une gerbe de reflets multicolores, s'en furent rouler dans l'herbe.

Le double écho des coups de feu parcourut le ravin puis s'éteignit. Un très grand silence se fit à nouveau. Des oiseaux chantaient, quelque part au loin retentit une sirène d'usine, appelant les ouvriers au travail. Puis s'entendit un martèlement rapide, cadencé, comme le bruit de la tasse dans sa soucoupe quand le train express où vous voyagez file à toute vapeur.

Je mis plusieurs secondes à comprendre que c'étaient mes dents qui claquaient.

De l'autre côté du ravin, un corps gisait, immobile.

Un autre, que la bure éployée faisait paraître plus grand, dessinait une large forme noire juste au bord du ruisseau. Le voile de brume qui un instant auparavant tapissait le fond de la crevasse s'était dissipé, et l'on voyait que la main du cadavre trempait dans l'eau. Il n'y avait aucun espoir que Fandorine fût encore en vie après une telle chute : son corps avait heurté le sol dans un tel fracas d'os brisés qu'il était impossible que cela fût.

Je n'aimais pas cet homme. Peut-être même le haïssais-je. En tout cas je désirais qu'il disparût une fois pour toutes de notre vie. Cependant je ne souhaitais pas sa mort.

Son métier était le risque, il jouait constamment avec le danger, mais bizarrement je n'avais jamais imaginé qu'il pût périr. Il me semblait immortel.

Je ne sais combien de temps je suis resté là, debout, cramponné à la chaîne, le regard rivé en bas. Quelques secondes peut-être, ou bien une heure.

C'est un reflet de soleil qui m'a tiré de ma stupeur, un reflet jailli d'entre les herbes et venu frapper mes yeux. J'ai tressailli puis fixé sans comprendre la source de lumière, pour enfin reconnaître les diamants jaunes en forme d'étoiles du diadème-bandeau. Abandonnant la passerelle, j'ai reposé le pied sur la terre ferme dans le dessein de ramasser les joyaux éparpillés, mais ne suis pas allé plus loin : de toute façon ils n'allaient pas se sauver.

Si détestable fût-il de son vivant, Fandorine ne méritait pas d'être abandonné là sur les galets mouillés, telle une charogne d'animal.

Je me suis signé et ai entrepris de descendre la pente en m'agrippant aux hautes herbes. Par deux fois, j'ai glissé mais ai réussi à ne pas tomber.

Je me suis campé auprès du mort, sans savoir que faire. Puis, enfin décidé, je me suis penché et l'ai empoigné par l'épaule pour le retourner sur le dos. Je ne sais pas moi-même pourquoi. Simplement, il m'était insupportable de le voir, lui toujours si élégant et plein de vie, gisant ainsi, le corps en miettes, absurdement cambré, la main pendante, inerte, agitée par le flot rapide de l'eau.

Fandorine s'est révélé beaucoup moins lourd que je ne m'y attendais. Je n'ai guère eu de peine à le renverser face au ciel. J'ai hésité un instant, écarté le voile qui s'était replié sur son visage et...

Non, je dois ici m'interrompre. Parce que je ne sais comment décrire les sentiments qui m'ont envahi à l'instant où j'ai vu la moustache noire légèrement décollée et le filet de sang écarlate qui s'écoulait de la bouche de Mlle Declicq, morte.

En réalité, des sentiments, je n'en ai éprouvé aucun. J'ai subi alors une *paralysie émotionnelle*, comme on dit en français – j'ignore le terme russe.

Je ne sentais rien, je ne comprenais rien, je ne faisais que tenter obstinément d'essuyer le sang échappé des lèvres livides d'Emilie.

— Elle est morte ? a crié quelqu'un d'en haut.

Pas le moins du monde étonné, j'ai levé lentement la tête.

Une main cramponnée à l'épaule, Fandorine dévalait déjà le versant opposé du ravin.

Son visage m'a paru d'une blancheur extraordinaire ; des gouttes d'un liquide rouge perlaient entre ses doigts.

Fandorine parlait. J'écoutais. Je chancelais un peu, aussi regardais-je plus volontiers par terre pour m'assurer que le sol n'était pas en train de se dérober sous mes pieds.

— J'ai tout d-deviné hier matin, quand nous l'avons accompagnée au fiacre. Vous vous rappelez ? Elle a plaisanté sur les chevaliers qui s'armaient aujourd'hui d'une pince-monseigneur. Ce fut une imprudence de sa part. Comment, enchaînée et recluse dans la cave, la prisonnière pouvait-elle savoir que nous avions cherché, vous et moi, à forcer la porte au moyen d'une pince-monseigneur ? Il était douteux qu'elle eût même entendu le vacarme. Seul quelqu'un p-posté derrière le store pouvait nous avoir vus agir.

Les traits contractés de douleur, Eraste Pétrovitch a entrepris de laver son épaule blessée à l'eau du ruisseau.

— Je n'arrive pas à comprendre si l'os est touché... On dirait que non. Heureusement que c'était un petit c-calibre. Mais quelle précision ! Avec le soleil dans les yeux, sans viser ! Diable de femme... En tout cas, cette réflexion bizarre à propos de la pince-monseigneur a eu pour effet, en quelque sorte, de me dessiller les yeux. Je me suis demandé aussi pour quelle raison les bandits auraient gardé Emilie en négligé. Il était exclu, n'est-ce pas, que cette bande de misogynes éprouvât pour elle un quelconque intérêt sexuel, quand d'ailleurs la seule vue d'un corps de femme, selon les propres paroles de la gouvernante, était censée leur inspirer du dégoût. Rappelez-vous à présent les pièces de costume masculin traînant dans la m-maison. C'est très simple, Afanassi Stépanovitch. Nous avons pris Lind au dépourvu et, au lieu de fuir, il a préféré – veuillez me pardonner, mais je parlerai du docteur au masculin, cela m'est plus familier –, il a préféré, donc, tenter un coup audacieux. Il s'est débarrassé de ses vêtements d'homme, a enfilé à la hâte une chemise de femme tirée de la garde-robe de Mlle Declicq, est descendu dans la cave et s'est lui-même menotté à l'anneau scellé dans le mur. Lind n'a eu que très peu de temps : il n'a même pas trouvé le moyen de cacher le coffret.

Lentement, prudemment, pouce par pouce, j'ai déplacé mon regard vers le corps étendu. Je voulais contempler encore une fois son visage sans vie, mais l'hématome qui se dessinait sous le col dégrafé de la robe m'a sauté aux yeux. Ce bleu ne datait pas d'aujourd'hui, je l'avais déjà remarqué à l'appartement de la rue d'Arkhangelsk.

L'épais brouillard qui enveloppait mon cerveau s'est mis soudain à flotter, comme s'il allait se dissiper.

— Et les contusions et les écorchures ? m'écriai-je. Elle ne s'est tout de même pas rouée de coups toute seule ! Non, vous mentez ! Il s'est produit une terrible erreur !

Fandorine, de sa main valide, m'a empoigné par le bras et m'a secoué.

— Calmez-vous. Ces contusions et ces écorchures, Lind les a récoltées à Khodynskoïé Polié. Lui aussi s'est fait joliment amocher là-bas : n'oubliez pas qu'il a été pris dans une bousculade bien pire que celle où nous nous sommes trouvés.

Oui. Oui. Fandorine avait raison. Bien sûr, il avait raison. Le bienfaisant brouillard m'a enveloppé de nouveau de son voile protecteur. Je pouvais entendre la suite.

— J'ai eu assez de temps pour reconstituer tout le plan de l'opération moscovite imaginée par Lind.

Eraste Pétrovitch a déchiré un mouchoir avec les dents, bandé maladroitement sa blessure et épongé les grosses gouttes de sueur qui roulaient sur son front.

— Le docteur s'est préparé longtemps à l'avance, sans précipitation. On savait déjà depuis l'an passé que le couronnement allait avoir lieu. L'entreprise, d'une certaine manière, était géniale : un chantage exercé contre la m-maison impériale tout entière. Lind avait calculé juste en pensant que la peur d'un scandale à l'échelle internationale pousserait les Romanov à tous les sacrifices. Le docteur avait choisi une position avantageuse pour diriger l'opération : au sein de la famille même qu'il avait l'intention de frapper. Qui serait allé soupçonner l'excellente gouvernante d'un tel crime ? Avec son vaste réseau de relations, il n'a pas été difficile à Lind de se procurer de fausses lettres de recommandation. Il a rassemblé une équipe c-complète. Outre ses collaborateurs ordinaires, il s'est adjoint les services de truands varsoviens qui l'ont mis en rapport avec la pègre de Moscou. O cet homme-là était un stratège hors pair !

Fandorine a posé un regard pensif sur le cadavre étendu à ses pieds.

— C'est tout de même étrange, je ne parviens pas à parler de Lind comme d'une femme…

Je me suis enfin obligé à contempler le visage éteint d'Emilie. Il affichait une expression paisible et cependant mystérieuse. Sur le bout de son nez retroussé s'était installée une grosse mouche noire. Je me suis accroupi et ai chassé l'ignoble insecte.

— Pourtant, le principal secret de la p-puissance du docteur résidait justement dans sa féminité. Il s'était entouré d'une bande très singulière, Zioukine. Une bande d'extorqueurs et d'assassins sur laquelle régnait l'amour. Tous les hommes de Lind étaient amoureux de lui... ou plutôt d'elle, chacun à sa manière. Le vrai génie de « Mlle Declicq » était de savoir trouver accès à n'importe quel cœur d'homme, même le moins disposé à l'amour.

J'ai senti son regard peser sur moi, mais n'ai pas relevé la tête. Deux autres mouches tournoyaient au-dessus du visage d'Emilie, il fallait les en écarter.

— Savez-vous, Zioukine, ce que m'a dit Somov avant de mourir ?

— Il est donc mort lui aussi ? ai-je demandé avec indifférence.

Je venais juste à cet instant de remarquer une colonne entière de fourmis en train d'escalader la manche d'Emilie, si bien que l'ouvrage ne me manquait pas.

— Oui. Je l'ai mis à l'épreuve très simplement. Je lui ai tourné le dos, feignant de ne nourrir aucune m-méfiance à son endroit. Et lui, bien sûr, a aussitôt sauté sur l'occasion. Il s'est ensuivi une courte lutte, à l'issue de laquelle votre adjoint s'est emb-broché sur son propre couteau. Alors qu'il râlait déjà dans les affres de l'agonie, il s'efforçait encore de m'empoigner à la gorge. Je ne suis pas froussard, mais à la vue d'un tel acharnement je vous jure qu'un frisson glacé m'a parcouru l'échine. « Mais enfin, lui ai-je crié, qu'est-ce donc que vous avez trouvé chez elle, tous ? » Et vous savez, Zioukine, ce qu'il m'a répondu ? « L'amour ! » Ce furent ses dernières paroles...

Oh, elle savait s'y prendre pour inspirer l'amour ! Vous avez, vous aussi, je crois, fait l'expérience des charmes du docteur Lind ? Je crains, il est vrai, que vous ne vous soyez montré trop scrupuleux. Selon toute apparence, Somov a mieux réussi que vous. Regardez ce que j'ai découvert.

Il a sorti de sa poche un petit sachet de soie d'où il a tiré une longue boucle châtaine. J'ai aussitôt reconnu les cheveux d'Emilie. Ainsi voilà en quoi consistaient leurs leçons de français... Mais je n'avais pas le temps de m'affliger : les maudites fourmis avaient entrepris une manœuvre de contournement, et j'en ai attrapé une, la plus obstinée, sur l'oreille de Mademoiselle.

— On comprend maintenant pourquoi le docteur Lind n'avait pas de maîtresses et passait pour misogyne, a repris Fandorine. Ce n'était nullement une question d'homosexualité. Emilie nous a habilement donné le change en nous lançant sur une fausse piste. Lord Banville avait sans doute depuis longtemps quitté le territoire de l'Empire, après s'être vengé de la perte de son amant sur ce pauvre gosse de Glinski. Ah, le délicat Mr Carr, l'inoffensif amateur d'œillets bleus et de myosotis verts ! Il a été tué pour nous mieux faire accroire que Lind n'était autre que lord Banville. Pendant que nous étions, vous et moi, occupés comme deux idiots à choisir pour le docteur culottes de dentelle et bas de soie, mademoiselle, à coup sûr, fouillait l'appartement et, ne trouvant ni le coffret ni l'Orlov, décidait d'avancer encore d'un pas dans son ingénieux stratagème : elle t-téléphonait à l'Ermitage et ordonnait à Somov d'exécuter l'Anglais. L'opération entrait dans sa dernière phase : il ne restait plus à Lind qu'à récupérer les joyaux et s'emparer du diamant.

— Non ! me suis-je écrié, saisi d'un brusque effroi. Non ! Quelque chose ici ne colle pas ! Vous vous trompez malgré tout !

Il m'a fixé d'un œil surpris et, la voix étranglée de sanglots, je lui ai rapporté mon ultime conversation téléphonique avec Emilie.

— Si... si elle était Lind, pourquoi a-t-elle refusé ? C'est moi... c'est moi qui lui ai proposé de lui remettre le coffret et le diamant ! Elle n'a pas voulu ! Elle a dit qu'elle avait confiance en vous et... et que je ne devais pas vous compliquer la tâche !

Mais Fandorine n'a nullement été désarçonné par cette information.

— Mais naturellement ! a-t-il dit en hochant la tête. Le docteur ne pouvait se satisfaire du seul butin. Il... ah, zut !... je veux dire : elle brûlait également d'avoir ma peau. En l'informant de l'heure et du lieu du rendez-vous, vous lui fournissiez le moyen de conclure son opération moscovite. De la plus g-glorieuse manière, en rattrapant tous ses échecs et en soldant l'intégralité de ses comptes.

Eraste Pétrovitch s'est tu. Il avait l'air de se sentir coupable à mon endroit, et sur le point de me demander pardon.

Ce n'était pas là une illusion : ce sont bel et bien des excuses qu'il m'a présentées.

— Afanassi Stépanovitch, je me suis conduit de manière cruelle avec vous. Je me suis servi de vous comme d'un pion aveugle, sans rien vous expliquer ni vous révéler. Mais je ne pouvais vous dire la vérité : vous étiez sous le charme d'Emilie, et pour rien au monde vous n'auriez accepté de me croire. Hier soir, c'est à dessein que je vous ai tant brusqué au téléphone, en m'abstenant de vous communiquer aucun détail. J'avais besoin d'attiser votre m-méfiance. Je savais que, assailli par le doute, vous voudriez prendre conseil auprès de la seule personne en laquelle vous aviez foi, à savoir Mlle Declicq. Et que vous lui raconteriez tout. C'est exprès également que j'ai parlé de m'accoutrer en moine. Il était forcé que Lind, avec son extraordinaire ingéniosité, vît tout le parti qu'il… ô Seigneur, qu'*elle* pouvait tirer de cette mascarade. Le *klobouk*, le voile de crêpe noir et la bure permettent de dissimuler à merveille les formes du corps autant que les traits du visage. J'ai moi-même soufflé à Lind, par votre entremise, son plan d'action. Mademoiselle connaissait votre habitude de toujours vous présenter en avance aux rendez-vous. Elle est arrivée au pont à six heures moins vingt et a attendu. Je vous avais averti, n'est-ce pas, qu'il se pouvait que je fusse en retard, c'est pourquoi elle ne doutait pas que vous seriez le premier sur les lieux. Elle aurait eu tout le temps de s'emparer des j-joyaux et de se préparer à m'accueillir. Seulement je m'étais embusqué dans les buissons à cinq heures et demie… J'aurais pu descendre Lind p-plus tôt, avant votre arrivée, sans courir aucun risque. Mais Dieu sait ce que vous seriez allé imaginer ensuite. Vous n'auriez jamais cru à la culpabilité de Mlle Declicq si elle ne s'était elle-même démasquée en votre présence. Ce qu'elle a d'ailleurs très bien fait. Certes, cela m'a coûté un trou dans l'épaule. Mais si elle n'avait pas eu le soleil dans les yeux, l'issue de ce d-duel eût été encore plus triste pour moi…

Je ne pensais à rien en cet instant, je me contentais d'écouter. Mais Fandorine a détaché son regard de la morte pour me dévisager, paupières mi-closes, de ses yeux d'un bleu de glace.

— Ce que je me demande, c'est comment elle c-comptait s'y prendre avec vous, prononça-t-il d'un ton rêveur. Pensait-elle simplement vous tuer ? Ou bien vous gagner à sa cause ? Qu'en pensez-vous, y aurait-elle réussi ? Aurait-il suffi d'un quart d'heure pour que, par amour, vous oubliiez tout le reste ?

Quelque chose, à ces mots, s'est éveillé en moi. Soit vexation, soit colère, disons plutôt une sorte de rancœur, mais fort peu véhémente, sinon très émoussée. Je me suis en outre rappelé que je devais, que j'avais même le devoir de poser une question. Mais laquelle ?

Ah oui !

— Et Mikhaïl Guéorguiévitch ? Où est-il ?

Une ombre est passée sur le visage pâle et fatigué, et néanmoins fort beau, de Fandorine.

— Vous le d-demandez encore ? L'enfant a été tué. Le jour même, je pense, où, pour tenter de le sauver, vous vous êtes lancé à la poursuite de la voiture. Lind a décidé de ne plus prendre de risque et a choisi pour nouvel intermédiaire Mlle Declicq, c'est-à-dire lui-même. Mais peut-être était-ce prévu depuis le début. Notre Emilie s'est brillamment acquittée de son rôle. Elle a poussé le souci de vraisemblance jusqu'à nous conduire à la crypte, d'où un souterrain permettait si commodément de s'échapper. Elle aurait réussi son coup sans ma petite surprise du cocher.

— Mais ce jour-là Son Altesse était encore en vie ! ai-je objecté.

— D'où tenez-vous cela ? C'est Lind, autrement dit Emilie, qui nous a crié d'en bas que l'enfant était vivant. Mais en réalité il n'y avait pas d'enfant. Le petit reposait déjà depuis plusieurs jours quelque part au fond du fleuve ou bien enterré je ne sais où. Et le plus abominable, c'est qu'avant de tuer le gosse ils lui ont coupé un doigt, quand il respirait encore.

Pareille chose m'était impossible à croire.

— Comment le savez-vous ? Vous n'y étiez pas, après tout !

Eraste Pétrovitch s'est rembruni.

— Mais j'ai vu le doigt. Les gouttes de sang séché montraient bien qu'il n'avait pas été prélevé sur un cadavre. C'est d'ailleurs pourquoi j'ai longtemps cru que l'enfant, quand bien même il était malade et abruti de stupéfiants, était néanmoins toujours en vie.

J'ai à nouveau regardé Emilie, cette fois-ci longuement et avec attention. C'est le docteur Lind, me suis-je dit, celui qui a torturé et assassiné Mikhaïl Guéorguiévitch. Mais Lind était Lind, et Emilie était Emilie, il n'existait entre eux aucun lien.

— Zioukine ! Afanassi Stépanovitch, réveillez-vous !

Je me suis tourné lentement vers Fandorine, sans comprendre ce qu'il attendait encore de moi.

Eraste Pétrovitch, grimaçant de douleur, rendossait sa redingote.

— Je vais d-devoir disparaître. J'ai éliminé Lind, j'ai conservé l'Orlov et récupéré les joyaux de Sa Majesté l'impératrice, mais je n'ai pu sauver le grand-duc. L'empereur n'a plus besoin de moi, et les autorités moscovites nourrissent à mon endroit une vieille inimitié... Je vais repartir à l'étranger, je n'ai plus rien à faire ici. Seulement...

Il a agité la main, comme s'il désirait me confier un secret mais qu'il ne parvenait pas à s'y résoudre.

— J'ai une prière à vous faire. Dites à Xénia Guéorguievna que... que j'ai beaucoup réfléchi à la discussion que nous avons eue, elle et moi... et que je ne suis plus si certain d'avoir raison. Vous v-vous rappellerez ? Elle comprendra de quoi il est question… Et aussi remettez-lui ceci.

Il m'a tendu une feuille de papier.

— C'est une adresse à Paris, à laquelle on peut me joindre. Vous la lui donnerez ?

— Oui, ai-je dit d'une voix neutre en fourrant la feuille dans ma poche.

— Eh b-bien, adieu !

Il y a eu un bruissement d'herbe : c'était Fandorine qui escaladait la pente. Je ne l'ai pas regardé s'éloigner. Une fois je l'ai entendu jurer, pour avoir malmené, sans doute, son épaule blessée, mais peu importe, je ne me suis pas retourné.

J'ai pensé qu'il faudrait ramasser les joyaux semés par terre : le diadème-bandeau, l'agrafe en diamant, le carcan, le petit bouquet, l'aigrette fontaine.

Mais surtout : que faire de Mlle Declicq ? Je pouvais toujours, bien sûr, aller trouver la direction du parc et en ramener des employés qui remonteraient le corps là-haut. Mais je n'allais tout de même pas laisser Emilie toute seule ici, pour que les fourmis se promènent sur elle et que les mouches se posent sur son visage.

D'un autre côté, bien qu'elle ne fût guère lourde (j'avais déjà eu l'occasion de la porter dans mes bras), serais-je capable de la hisser, seul, en haut d'une pente aussi abrupte ?

Peut-être cela valait-il la peine d'essayer, après tout.

— … une infinie reconnaissance à la providence divine qui a conservé à la Russie ce symbole sacré du pouvoir impérial.

La voix de Sa Majesté se brisa, et le souverain dut s'interrompre, le temps de maîtriser le flot de sentiments qui l'envahissait. L'impératrice fit le signe de croix et le tsar suivit aussitôt son exemple, en s'inclinant, qui plus est, vers l'icône pendue dans l'angle.

Personne d'autre, dans l'assistance, ne se signa. Moi non plus.

L'audience impériale m'était accordée dans le grand salon de l'Ermitage. En dépit du caractère solennel de l'événement, n'étaient présentes que les personnes initiées aux circonstances du drame récemment survenu, à savoir les membres de la très auguste famille, le colonel Karnovitch et le lieutenant Endlung.

Tous portaient un brassard de deuil : on venait d'annoncer le matin même que Son Altesse Mikhaïl Guéorguiévitch était décédée en sa résidence de campagne d'un subit accès de rougeole. Comme on savait que tous les cadets de la maison verte étaient frappés de cette dangereuse maladie, la nouvelle paraissait vraisemblable, encore que certains bruits bizarres, parfaitement fantastiques, eussent déjà circulé. Cependant la vérité était trop incroyable pour qu'on ajoutât foi à ces rumeurs.

Xénia Guéorguievna et Pavel Guéorguiévitch étaient en larmes, mais Guéorgui Alexandrovitch restait maître de lui. Kirill Alexandrovitch affichait un masque impassible : sans doute, de son point de vue, cette très vilaine histoire ne s'était pas conclue de manière encore trop catastrophique. Siméon Alexandrovitch portait constamment à ses yeux rougis un mouchoir parfumé, toutefois je soupçonne qu'il s'affligeait moins de la perte de son jeune neveu que de celle de certain Anglais aux cheveux jaune paille.

La voix de nouveau assurée, Sa Majesté poursuivait :

— Il serait cependant injuste de remercier le Tout-Puissant sans rendre hommage à celui que le Seigneur a choisi pour être l'arme de Sa miséricorde : notre fidèle *Hoffurier*, Afanassi Zioukine. Reconnaissance éternelle à vous, précieux Afanassi Stépanovitch, pour votre fidélité au devoir et votre dévouement à la maison impériale.

— Oui, cher Afanassi Stépanovitch, nous vous devons d'interminables remerciages, renchérit avec un sourire Sa Majesté l'impératrice qui peinait toujours à s'y retrouver dans les mots russes un peu compliqués.

Je notai qu'en dépit du deuil un petit bouquet de diamants chatoyait sur sa poitrine comme autant de gouttelettes radieuses.

— Approchez, Afanassi Stépanovitch, prononça le souverain d'un ton solennel. Je veux que vous sachiez que les Romanov savent estimer à son prix et récompenser l'abnégation de leurs serviteurs.

Je m'avançai de trois pas, courbai respectueusement la tête et gardai les yeux fixés sur le vernis étincelant des bottes de Sa Majesté.

— Pour la première fois dans l'histoire de la cour impériale, passant outre à une règle séculaire, nous vous élevons au noble titre de *Kammerfurier* [1] et vous nommons chef de tout le personnel des serviteurs de la cour, déclara le tsar.

Je m'inclinai plus bas. La veille encore, j'eusse été pris de vertige et me fusse senti le plus heureux des mortels à l'annonce d'une si extraordinaire promotion, mais à présent la nouvelle n'éveillait aucun écho dans mon cœur engourdi.

1. Fourrier de la chambre, titre de cour correspondant au grade de colonel dans la hiérarchie militaire.

Et cependant le flot des faveurs impériales n'était pas encore tari :

— En échange du contenu de certain coffret restitué grâce à vous à la tsarine...

Je crus déceler dans la voix de l'empereur une note narquoise.

— ... nous vous accordons une tabatière en diamant marquée à notre chiffre, ainsi qu'une gratification de dix mille roubles prélevés sur nos fonds personnels.

Je m'inclinai une nouvelle fois :

— Je remercie très humblement Votre Majesté Impériale.

Ici prenait fin la cérémonie des récompenses, et je reculai pour reprendre ma place, derrière les représentants de la très auguste famille. Endlung me lança un clin d'œil à la dérobée puis esquissa une grimace de respect, comme pour dire : « Comment vais-je oser aborder à présent un si important personnage ? » Je voulus lui sourire mais n'y parvins pas.

Mais déjà le souverain s'adressait aux membres de la maison verte.

— Pauvre petit Mika ! déplorait-il en fronçant les sourcils d'un air affligé. Innocent agneau odieusement immolé par d'abominables criminels ! Nous partageons tous ton chagrin, oncle Georgie. Mais sans oublier un instant nos sentiments familiaux, rappelons-nous aussi que nous ne sommes pas de simples particuliers mais les membres de la maison impériale, et que pour nous l'autorité de la monarchie est au-dessus de tout. Je vais prononcer des mots qui peut-être vous sembleront monstrueux, mais qu'il est de mon devoir de dire. Mika est mort et demeure à présent dans les cieux. Nous n'avons pas réussi à le sauver. En revanche l'honneur et la réputation des Romanov ont été préservés. Le cauchemar que nous avons vécu n'a eu aucune publicité. Et c'est l'essentiel. Je suis sûr, oncle Georgie, que cette idée t'aidera à surmonter ta douleur de père. En dépit de ce drame, le couronnement s'est parfaitement bien passé. Enfin, presque parfaitement... ajouta le souverain avec une moue douloureuse au souvenir, sans doute, des tristes incidents de Khodynskoïé Polié.

Cette restriction gâcha quelque peu l'effet produit par son petit discours, pourtant pénétré de grandeur.

Guéorgui Alexandrovitch acheva d'en atténuer la portée en répliquant à mi-voix :

— Nous verrons, Nicky, comment tu parleras des sentiments d'un père quand tu auras toi aussi des enfants...

Dans le couloir, Xénia Guéorguievna s'approcha de moi, m'étreignit sans rien dire, posa la tête sur mon épaule et donna libre cours à ses larmes. Je demeurai immobile et me contentai de caresser d'une main prudente les cheveux de Son Altesse.

Enfin la grande-duchesse se redressa, leva le regard vers moi et demanda, étonnée :

— Afanassi, tu ne pleures pas ? Seigneur, qu'est-il arrivé à ton visage ?

Ne comprenant pas à quoi elle faisait allusion, je tournai la tête pour jeter un coup d'œil au miroir accroché en face.

Mon visage était des plus habituels, juste un peu figé peut-être.

— Lui as-tu transmis mon message ? murmura Xénia Guéorguievna en étouffant un sanglot. Lui as-tu dit que je l'aimais ?

— Oui, répondis-je après une hésitation, incapable de me souvenir sur le moment de ce dont elle voulait parler.

— Et alors ?

Les yeux de Son Altesse, tout mouillés de larmes, me fixaient, emplis de crainte et d'espoir.

— Il ne t'a rien confié pour moi ?

Je secouai la tête.

— Non. Seulement ceci.

Je tirai de ma poche les boucles d'oreilles en opale et la broche en diamant.

— Il a dit qu'il n'en avait pas besoin.

Xénia Guéorguievna cilla légèrement, mais ce fut tout. Les leçons de self-control que recevait Son Altesse depuis sa plus tendre enfance avaient porté leurs fruits. Ainsi, tenez, les larmes ne coulaient déjà plus sur ses jolies joues.

— Merci, Afanassi, me dit-elle tout bas.

Sa voix trahissait tant de fatigue qu'on eût dit que Son Altesse n'avait pas dix-neuf ans, mais pour le moins quarante.

Je sortis sous la véranda. L'atmosphère était devenue quelque peu oppressante. A l'approche du soir, de lourdes nuées pesaient au-dessus de Moscou. Il fallait s'attendre à un orage pendant la nuit.

J'éprouvais une étrange impression. Le destin ainsi que la bonté du monarque m'avaient comblé de faveurs avec une générosité fabuleuse, m'avaient élevé à une hauteur dont je n'eusse pas même osé rêver, et pourtant j'avais le sentiment d'avoir perdu tout ce que je possédais, et de l'avoir perdu à jamais.

Le vent bruissait dans les cimes des arbres du parc, agitant les feuillages, et je me rappelai soudain, je ne sais pourquoi, la proposition d'Endlung de passer dans la marine. J'imaginai l'horizon dégagé, les crêtes écumeuses des vagues, le souffle frais de la brise. Sottises, bien sûr.

Mr Freyby parut par la porte vitrée. Lui aussi avait connu bien des déboires au cours des derniers jours. D'abord abandonné par son maître, il avait vécu sous le poids de graves soupçons, subi des heures d'interrogatoire, et à présent remportait en Angleterre, au milieu de ses bagages, un cercueil de plomb renfermant le corps de Mr Carr. Cependant toutes ces épreuves ne paraissaient avoir en aucune manière affecté le *butler*, qui montrait toujours le même flegme et la même bonhomie.

Il m'adressa un amical signe de tête, vint se poster à côté de moi, les deux coudes sur la balustrade, et alluma sa pipe.

Cette présence me convenait fort bien, car avec Mr Freyby il était tout à fait possible de ne pas parler, sans ressentir la moindre gêne.

Une longue file de voitures s'était rangée devant le perron : on allait bientôt prendre congé.

Voilà, ça y était : Leurs Majestés descendaient l'escalier, accompagnées des membres de la famille impériale.

A la dernière marche, le souverain trébucha et manqua tomber : Kirill Alexandrovitch eut tout juste le temps de rattraper son empereur de neveu par le bras.

A côté de son oncle, grand et de belle prestance, Sa Majesté n'en imposait que bien peu, autant qu'un poney des Shetland au milieu de pur-sang taillés pour la course. En vérité, les voies du Seigneur sont impénétrables, me dis-je. Parmi tous les Romanov, le Tout-Puissant avait, on ne sait pourquoi, choisi justement celui-ci pour porter sur ses frêles épaules l'écrasante responsabilité de l'avenir de la dynastie.

Le couple impérial monta en voiture. Les grands-ducs saluèrent, la main à la visière ; Xénia Géorguievna fit une révérence. Le visage de Son Altesse était fier et hautain, ainsi qu'il sied à une grande-duchesse.

Pour l'audience impériale, j'avais revêtu ma livrée verte à passements dorés. Pour la dernière fois, par conséquent.

Quelque chose pesait dans la poche de côté. J'y plongeai distraitement la main et mes doigts rencontrèrent un livre. Ah oui, le lexique russe-anglais que m'avait offert Mr Freyby.

Je fus curieux de savoir ce que le perspicace Anglais pensait du tsar de Russie.

Je feuilletai le volume et composai ma question :

— *Wot sink you èbaout niou tsar ?*

Mr Freyby suivit du regard le landau doré, avec ses laquais en grand uniforme juchés sur la planche de derrière. Il hocha la tête puis déclara :

— *The last of Romanov, I'm afraid.*

Il sortit lui aussi son dictionnaire, anglais-russe, et se mit à marmonner :

— *« The » is « le » or « la »... « Last » is « dernye », rignt... « Of » is « de » ou « des »...*

Puis il prononça enfin, avec une solide assurance, en articulant soigneusement chaque mot :

— Le... dernier... des... Romanov.

GROUPE CPI

Achevé d'imprimer en juillet 2005
par **BUSSIÈRE**
à Saint-Amand-Montrond (Cher)
N° d'édition : 7288. — N° d'impression : 052882/1.
Dépôt légal : août 2005.
Imprimé en France